Teil 1

1. Kapitel

Merle

Falls ich geglaubt habe, die Aufnahmen aus dem Internet könnten genügen, um eine Stadt wie Venedig auch nur annähernd zu beschreiben, so habe ich mich verflucht noch mal geirrt. Allein die Aussicht aus der Lagune raubt mir förmlich den Atem. Das Wasser glitzert in der Morgensonne, und der Himmel ist nicht nur blau, sondern komplett wolkenfrei. Im Flugzeug hat alles noch so klein ausgesehen, die vielen Brücken wirkten wie ein Netz, das sich über die Stadt spannt. Doch als ich jetzt in einem geräumigen Boot sitze und aus dem Fenster sehe, ist es, als erhebe sich mitten aus dem Nichts die Pracht einer altehrwürdigen Republik. Ich spüre den sanften Rhythmus des Bootes, das sich durch die Wasserwege Venedigs schlängelt.

Die Pension *Ferrari* habe ich übers Internet gefunden, nachdem ich in einigen Foren gelesen hatte, dass es sinnvoller wäre, sich vor Ort auf einen Platz im Studentenwohnheim zu bewerben.

»In Venedig gibt es eine Menge Bruchbuden«, höre ich die Stimme meiner Mutter in meinem Kopf. »Wenn du Pech hast, kannst du dir dein Bett mit ein paar Ratten teilen. Wusstest du, dass es auf der Insel ein Rattenproblem gibt?« Allein die Erinnerung an unser Gespräch lässt mich die Augen verdrehen. Sie hat alles versucht, um mir das Auslandssemester madig zu reden.

»Wenn du wenigstens so was wie London ausgesucht hättest.

Die italienische Kultur ist nicht mit unserer zu vergleichen. Dieses ständige Ins-Wort-Fallen wird dir auf die Nerven gehen. Vor allem das der Männer. Das sind solche Machos! Als Frau muss man sich durchbeißen. Das sage ich dir gleich vorab, damit du weißt, worauf du dich einlässt.«

»Mama!«, habe ich in dem vergeblichen Versuch, sie zum Schweigen zu bringen, eingewandt. »Ich habe nicht vor, für die Präsidentschaft zu kandidieren. Ich studiere für ein Semester dort.«

»Diese ganze Aktion ist Unsinn. Wenn du deine Grenzen austesten möchtest, dann geh zum Friseur. Lass dir eine Kurzhaarfrisur schneiden oder fliege in den Semesterferien zehn Tage nach Mallorca. Das habe ich in deinem Alter auch gemacht.«

Ich habe nicht gefragt, was es mit *Grenzen testen* zu tun hat, wenn sie mir wieder einmal genau vorschreibt, was zu tun ist. Dabei ging es mir von Anfang an um etwas vollkommen anderes. Vielleicht hätte ich ihr von meinem Plan erzählt, wenn sie sich ein Mal im Leben wie eine einfühlsame Mutter verhalten hätte und nicht, als sei ich eine ihrer Patientinnen.

»Weißt du, was?«, meinte ich also bei unserem Gespräch vor sechs Monaten. »Vielleicht mache ich das sogar. Und zwar nach meinem Auslandssemester in Venedig. Nach Mallorca muss ich erst mal nicht, aber kurze Haare könnten mir wirklich stehen, findest du nicht?«

Vielleicht war es kindisch gewesen, sie zu provozieren. Aber ich bin zweiundzwanzig und habe es so was von satt, ständig nach ihrer Pfeife zu tanzen. Ich bin also nach Venedig gegangen. Für meine Eltern wird sich dadurch kaum etwas ändern. Sie werden ihre perfekten Jobs machen und weiter ihr perfektes Leben leben. Das perfekte Leben, in dem ich mich immer wie ein Fremdkörper gefühlt habe. Zu laut. Zu ungeduldig und zu neugierig. Zu wenig angepasst.

In der schönsten Stadt Italiens werde ich mich nun davon freimachen.

Ich atme tief durch und verdränge die Stimme meiner Mutter aus meinem Kopf. Ab heute bin ich unabhängig und frei. Selbstaffirmation nennt meine Cousine Olivia das. *Wenn du es dir ganz oft vorsagst, fühlst du es auch.*

Beim Aussteigen fühle ich allerdings eher eine Kombination aus lähmender Müdigkeit und aufbrausender Panik. Vielleicht wird sich das Freiheitsgefühl einstellen, wenn ich endlich diesen monsterschweren Koffer los bin. Ganz bestimmt. Ich gehe einige Meter, wobei ich meinen Blick nur schwer von den vielen Wassertaxis lösen kann, die an die Anlegestellen tuckern und Passagiere rein- und rauslassen, als wäre es das Normalste der Welt.

Das Gedränge am Ufer ist überwältigend; Menschen strömen in Scharen aus den Booten, während andere ungeduldig darauf warten, einzusteigen. Die Luft ist erfüllt von einem vielstimmigen Gewirr, das sich über das gesamte Hafengebiet erstreckt. Man hört das Lachen von Touristen, die angeregten Diskussionen von Einheimischen und die Rufe der Bootsführer, die ihre nächsten Fahrten ankündigen.

Zum fünften Mal scrolle ich jetzt durch meine Buchungsbestätigung. Die zwei Fotos der Unterkunft sind leicht unscharf und lassen noch keine Rückschlüsse auf das vermeintliche Rattenpotenzial zu.

»*Scusa.*«

Ich zucke zusammen, als mir ein Mädchen von hinten auf die Schulter tippt. Sie ist ein Stück kleiner als ich, hat braun gebrannte Haut und türkis gefärbte Haare, die ihr knapp bis zu den Schultern reichen.

»Du hast etwas verloren.«

Mit einem freundlichen Lächeln reicht sie mir ein Papier, das ich gleich im nächsten Moment als meinen Notizzettel identifiziere.

Ganz unten habe ich für den Notfall in krakeligen Buchstaben den Namen und die Adresse der Pension notiert.

»*Grazie.*« Ich werfe dem Mädchen ein dankbares Lächeln zu und ertappe mich bei einem Gefühl der Erleichterung. Es ist das erste Mal seit Stunden, dass jemand mit mir spricht. »Kennst du dich hier aus?« Und zu meiner eigenen Verwunderung klingt mein Italienisch weniger holprig, als ich es erwartet habe. Da hat vier Jahre Fremdsprachenunterricht wohl doch etwas gebracht.

Sie nickt. »Bist du für Urlaub hier?« Ihr Blick fällt auf meinen Koffer.

»Ich … ich mache ein Auslandssemester in Venedig«, murmele ich, als würde das ihre Frage beantworten.

»*È fantastico.* Du wirst es hier lieben! Ganz bestimmt!«

»Das glaube ich.« Ich zwinge mich zu einem Lächeln. »Gerade suche ich erst einmal meine Pension. Kannst du mir sagen, wie ich von hier am schnellsten nach Castello komme?«

»Na klar.« Das Mädchen nickt und zieht sein Smartphone aus der Tasche. »Also, entweder du gehst den Weg zu Fuß …« Noch einmal fällt ihr Blick auf meinen Koffer. »Oder du steigst in einen Bus.«

Auf meinen verdutzten Gesichtsausdruck hin lacht sie.

»Ein Wasserbus natürlich. Das sind Boote, die kleiner sind als das AliLaguna, mit dem du sicher vom Flughafen gekommen bist.«

Mir wird klar, dass ich noch einiges über diese Stadt lernen muss.

»Wie heißt du eigentlich?«

»Merle. Und du?«

»Giulia.« Sie macht eine kurze Pause. »Du kommst aus Deutschland, oder?« Bevor ich antworten kann, erklärt sie: »Es sind viele Touristen hier. Irgendwann lernt man die Akzente zu unterscheiden. Mal ganz davon abgesehen, dass …« Grinsend deutet sie auf den kleinen Anhänger, der an meinem Rucksack baumelt. 1. FC Köln.

»Ahh! Der hängt da schon seit Ewigkeiten. Gab es damals in der Erstitüte bei uns an der Uni. Ich bin nicht wirklich Fußballfan.«

»Ich auch nicht. Aber mein bester Freund oder Situationship-Typ … keine Ahnung, als was man uns aktuell bezeichnen würde … könnte dir jetzt einen ganzen Vortrag halten.« Giulia grinst.

»So einen Kandidaten gab es bei mir auch mal.«

»Einen Fußballfreak oder einen besten Freund, der zu heiß ist, um nur der beste Freund zu sein?«

»Tatsächlich beides«, antworte ich schmunzelnd. »Ist Gott sei Dank lange her.«

Sie nimmt die Sonnenbrille, die bislang in dem Ausschnitt ihres Tops geklemmt hat, und setzt sie sich auf die Nase.

»Also … Castello hast du gesagt. Ich würde dich sofort mitnehmen, aber leider muss ich heute noch ein paar Dinge erledigen.«

Schade. Giulia ist mir auf Anhieb sympathisch.

»Kein Problem. Ich werde mich schon zurechtfinden.«

»Venedig ist ziemlich verwinkelt, dafür aber klein. Solltest du verloren gehen, tauchst du früher oder später wieder an einem belebten Platz auf.«

Ich habe keine Ahnung, ob mich Giulias Bemerkung tatsächlich beruhigen sollte, doch ich lasse mir von meiner Unsicherheit nichts anmerken.

»War schön, dich kennenzulernen.«

»Die Freude war ganz auf meiner Seite, Merle.«

Kaum ist Giulia in einer Gasse verschwunden, fühle ich mich tatsächlich etwas verloren.

Der Koffer rutscht mir beinah aus den schwitzigen Händen, und ich muss zweimal stehen bleiben, um ihn neu zu greifen.

Das hier ist die Zeit, Merle. Deine fucking Zeit! Und vor allem deine Chance!

Wir sind in Venedig. Wir, das heißt so viel wie: all diese fremden Menschen um mich herum, mein Koffer und ich. Merle Weber. Zweiundzwanzig Jahre alt. Bereit für alles, was da kommen mag.

• • •

Bereit für fast alles, revidiere ich meine eigene Aussage, als ich die Anlegestelle der Vaporetti erreicht habe. Laut Plan halten die motorbetriebenen Wasserbusse überall in Venedig. Dementsprechend voll ist die Schlange, die mich zu den Tickets führt.

Ich überlege gerade, ob ich den Weg nicht doch lieber laufen sollte, als mein Telefon vibriert. Das muss aber einen Augenblick warten, denn ausgerechnet jetzt bin ich mit dem Bezahlen dran.

Kaum habe ich mein Ticket in der Hand, angele ich das Smartphone aus der Hosentasche, nur um festzustellen, dass die Nachricht weder von meiner Cousine noch von Mama kommt. Es ist eine E-Mail mit italienischem Absender. Sofort schießt mein Puls in die Höhe. Habe ich etwas vergessen? Im Kopf gehe ich die lange To-do-Liste durch, die ich vor der Abfahrt mehrfach geprüft habe. Ich habe alle Anträge und Formulare ausgefüllt, sowohl die für die Uni Köln als auch die, die man in der Università Ca' Foscari Venezia von mir brauchte.

Es dauert bestimmt eine halbe Minute, bis der Text der Mail

vollständig geladen ist. Eine halbe Minute, in der meine Finger immer schwitziger werden.

Nervös beginne ich, die ersten Zeilen zu lesen. Begriffe wie *Wasserschaden, Renovierungsarbeit* und *Verzögerung* sorgen für einen eiskalten Schauer auf meinem Rücken, und es dauert einen Moment, bis die Bedeutung dieses Schreibens auch in den hinteren Bereich meines Gehirns vordringt.

... müssen wir Ihnen leider mitteilen, dass Ihr gebuchtes Zimmer derzeit nicht zur Verfügung steht ...
Distinti saluti,
Valeria Ferrari

2. Kapitel

Matteo

»Kannst du nicht ein einziges Mal eine klare Aussage treffen?« Lauras Worte dröhnen in meinem Kopf wie ein heftiges Gewitter. Sie hat die Arme vor der Brust verschränkt und steht höchstens dreißig Zentimeter von mir entfernt. Es wäre so einfach, sie jetzt zu küssen. So einfach und mindestens genauso falsch. Das hier fühlt sich nicht mehr richtig an. Hat es sich überhaupt jemals richtig angefühlt?

»Schrei doch bitte nicht so laut!« Ich muss versuchen, sie zu besänftigen.

In ihren Augen steht so viel Zorn, dass sie fast schon bedrohlich wirkt. Diese Seite von Laura bin ich nicht gewohnt. Zu Beginn war es richtig harmonisch zwischen uns. Bis …

»Ich rede so laut, wie ich will.«

»Du machst aber meine Freunde wach. Durch die Wände dringt mehr, als du denkst«, raune ich und wünschte, ich hätte sie heute Abend nicht mit ins Casa Nera genommen. Ich habe das nicht gewollt. Und doch hätte ich wissen müssen, dass es so endet. Weil es immer so endet.

»Das ist mir so was von egal«, zischt sie und hebt drohend den Zeigefinger. »Sollen sie doch wissen, was für verdammte Spielchen du mit mir treibst, Matteo.«

Sie spuckt mir meinen Namen vor die Füße. Wie ein Kaugummi, das den Geschmack verloren hat und sich im Mund fad anfühlt.

»Mein Gott, wie naiv ich gewesen bin! Ich dachte, du magst mich wirklich.«

Ich schlucke. Was soll ich dazu sagen? Dass ich ihr nicht das geben kann, was sie sucht? Das erscheint mir gerade nicht als besänftigende Antwort.

»Als Nächstes willst du mir sicher sagen, dass es nicht an mir liegt, sondern an dir. Richtig?«

»Und wenn es stimmt?«, frage ich und bete, dass das hier gleich vorbei ist. Dass ich es irgendwie schaffe, Laura zu beruhigen. Mich zu beruhigen. Ich hasse das, was ich hier tue. Ich hasse es so sehr, dass ich versuche, nicht darüber nachzudenken. Die Schuldgefühle an mir abprallen zu lassen. Sie sind nichts, womit ich mich jetzt beschäftigen kann. Wir haben fast Mitternacht, und wenn meine Freunde merken, dass ich schon wieder Stress mit einer Frau habe, komme ich irgendwann in Erklärungsnot.

»Ich will einfach nur wissen, was in dir vorgeht.« Lauras Augen verengen sich misstrauisch. »Ich dachte, du wolltest das alles auch.«

Was ich will und was geht, das sind zwei verschiedene Dinge. Aber das spreche ich natürlich nicht laut aus. Stattdessen sage ich lieber gar nichts. Alles, was ich ihr geben kann, sind Plattitüden, und die hat sie nicht verdient. Keine Frau hat das. Keine Frau hat jemanden wie mich verdient. Es tut mir leid, dass ich ihr das nicht sagen kann.

»Ich weiß echt nicht, was ich an dir gefunden habe.«

Ihre Worte sprühen wie heiße Funken gegen meine Brust, bringen meine Haut zum Zerplatzen. Ich halte dem Schmerz nicht stand.

»Dafür warst du aber gerade noch ziemlich scharf darauf, meine Zunge zwischen deinen Schenkeln zu spüren.«

Die Ohrfeige kommt überraschend, wenn auch wahrscheinlich nicht ganz unverdient. Aber was soll ich tun? Haltlos gegen diese Mauer rennen und mir den Kopf aufschlagen? Vielleicht wäre das heldenhafter, als den Spieß einfach umzudrehen. Aber ich habe nie behauptet, ein Held zu sein. Gerade würde es mir schon reichen, nicht unterzugehen.

Ich wollte ihr nicht wehtun, verdammt noch mal, das schwöre ich! Doch irgendwie endet es immer in dieser Sackgasse, aus der ich anders nicht mehr rauskomme. Immer und immer wieder. Wie in der ewig langen Zeitschleife eines Spielfilms. Doch wer auch immer dieses Drehbuch geschrieben hat – ich finde es beschissen.

Schnell lasse ich sie los und schiebe sie in Richtung Tür. »Bitte geh«, dringt es aus meinem Mund.

Lauras dunkle Augen fixieren mich so wutentbrannt, als ob sie mir gleich ein zweites Mal eine verpassen wolle. Doch das tut sie nicht. Sie steht einfach nur da, hocherhobenen Hauptes, bis sich ihre Lippen zu einem zynischen Lächeln formen.

»Weißt du, was, Matteo? Du tust mir leid. Unfassbar leid!« Sie dreht sich mit Schwung in Richtung Tür um.

Mein Herz schlägt so schnell, dass ich kaum noch Luft bekomme. Aber das darf sie mir nicht anmerken. Sie nicht. Und auch all die anderen nicht.

Einen Moment verharrt sie in ihrer Bewegung.

»Niemand, absolut niemand zwingt dich, dieses Arschloch zu sein.« Sie sieht sich nicht nach mir um, reißt die Klinke nach unten und verschwindet mit harten Schritten im Flur. Endlich.

Eine Antwort hätte sie sowieso nicht bekommen. Denn es gibt nichts, was ich darauf sagen könnte, außer, dass sie mit ziemlich hoher Wahrscheinlichkeit recht hat. Niemand zwingt mich, ein Arschloch zu sein. Das kriege ich gut allein hin.

3. Kapitel

Merle

»Ganz ruhig, Merle. Ganz ruhig!«, murmele ich leise vor mich hin. »Es ist alles in Ordnung. Du hast ein funktionierendes Telefon und bist keine zwei Stunden von zu Hause entfernt.«

Mit dem verdammten Flugzeug! Weil ich in einem nahezu fremden Land bin! Komplett auf mich allein gestellt!

Hitze steigt in mir auf, und ich versuche, meinem rasenden Herzen zu versichern, dass alles gut wird. Ich stehe nicht mitten in der Pampa, sondern in einer italienischen Kulturstadt. In der ich niemanden kenne.

Mein Telefon vibriert.

> **Mama:** *Bist du gelandet? Schreib mir bitte, wenn du angekommen bist!*

Ich drücke die Nachricht weg, um sie nicht versehentlich zu öffnen. Auf die Sorge – oder besser gesagt Kontrolle – vonseiten meiner Eltern kann ich jetzt wirklich verzichten. Ich weiß genau, dass Mama mir einen Spruch wie »habe ich es dir doch gleich gesagt« oder »in London wäre das sicher nicht passiert« stecken würde. Stattdessen schreibe ich eine E-Mail an die Website, über die ich die Pension gebucht habe. Zu meiner Überraschung erhalte ich tatsächlich ziemlich schnell eine Antwort.

Ich überfliege die Zeilen und schnappe empört nach Luft, als ich etwas von einem *internen Kommunikationsfehler* und der *Bitte um Verständnis* lese. Zum Teufel, was?

Ich versuche, mir Mut zuzusprechen. Was solls? Worüber will ich mich eigentlich beschweren? Na schön, ich stehe mit einem viel zu schweren Koffer an der venezianischen Lagune und habe für diese Nacht keine Unterkunft. Aber dafür bin ich in Venedig. Im Land der Pizza und Pasta. Ich werde Eiscreme bis zum Abwinken essen, einen hoffentlich noch warmen Herbst in Italien erleben und endlich Antworten auf eine Frage erhalten, die mich seit dem Tod meines Großvaters beschäftigt. Eine Frage, die monatelang alles in mir aufgewühlt hat.

Außerdem wird es auf dieser Insel wohl nicht nur ein Hotel geben. Natürlich nicht. Ich werde einfach in die nächste Pension hineingehen und mir ein neues bezahlbares Zimmer buchen.

Als ich die Promenade hinunterlaufe, fühlt sich mein Hals trockener an als eine Wüstenoase. Ich steuere das erstbeste Restaurant an.

Es ist ein rot gemauertes Haus, nur wenige Meter von der Vaporetto-Haltestelle entfernt. Die Fenster sind grün umrahmt, der Putz ein wenig heruntergekommen, aber dennoch mit einem gewissen Charme verbunden.

Ich mustere die vielen Stühle, die unter einer hellen Markise stehen. Als ich meinen Blick erneut über die Promenade streifen lasse, entdecke ich eine große Terrasse, die durch einen Gehweg vom Haus getrennt ist. Wie ein übergroßer Balkon erhebt sie sich über dem Lagunenwasser und bietet noch mehr Platz für Gäste.

Ich halte an und warte, bis ein Mann, ungefähr so alt wie mein Vater, aus dem Eingang tritt. Er trägt eine bordeauxfarbene Schürze und hat dunkles, leicht ergrautes Haar.

»*Scusi*«, setze ich zu einer Entschuldigung an und gewinne sofort seine Aufmerksamkeit.

»*Prego?* Wie kann ich helfen?«

»Ahh.« Plötzlich ist es, als seien mir alle italienischen Vokabeln auf einmal entfallen. »Könnte ich vielleicht ein Wasser bekommen?«, stottere ich.

Der Mann deutet auf den letzten freien Platz, direkt neben dem Eingang, und nickt. »Warte kurz! Ich bin sofort bei dir.«

Unschlüssig lasse ich mich auf den Stuhl sinken. Als er nicht sofort wiederkommt, zücke ich mein Handy, um das Internet nach freien Unterkünften zu durchsuchen. Ich klicke mich von Seite zu Seite und muss frustriert feststellen, dass sämtliche halbwegs bezahlbaren Zimmer bereits belegt sind.

»Verdammter Mist! Das kann doch nicht wahr sein«, fluche ich leise und ernte dafür den fragenden Seitenblick einer älteren Dame. Ich zwinge mich schnell zu einem Lächeln und wende mich wieder meinem Handy zu. Gott, ich bin so froh, dass mich die Leute hier nicht verstehen können.

Als mein Wasser kommt, stürze ich den Inhalt in einem Zug hinunter.

»Noch eins?«, fragt der Herr von der Bedienung im Vorbeigehen.

Ich schüttele den Kopf. »Dafür hätte ich eine andere Frage.«

»Gern.«

»Wissen Sie zufällig, wo ich ganz spontan ein Zimmer buchen kann?«

Neugierig sieht der Mann an mir herab. »Wie spontan muss es denn sein? Für diesen Sommer?«

Mir entfährt ein nervöses Lachen. »Eigentlich brauche ich es für diese Nacht. Meine Reservierung wurde eben storniert.«

»Ach herrje. Das tut mir leid. Aktuell dürfte das ziemlich

schwierig werden. Die Stadt ist immer noch brechend voll. Das wird erst im späten Herbst besser. Wenn du Glück hast, kannst du es bei einem der Airbnbs um die Ecke versuchen. Manchmal wird da spontan noch etwas frei. Aber warte nicht zu lang! Es soll die ganze Nacht regnen.«

»Danke«, sage ich und gebe mir Mühe, nicht allzu verzweifelt zu klingen.

Kaum habe ich meine Rechnung beglichen, ziehe ich meinen Koffer in die Richtung, in die der freundliche Mann mich geschickt hat.

Ich habe keine Ahnung, was genau ich erwartet habe, doch das, was sich mir in der Seitenstraße offenbart, ist definitiv anders. Vielleicht, weil ein Teil von mir zumindest auf eine klitzekleine Beschilderung gehofft hat.

Alles wirkt verlassen, kein Mensch ist zu sehen. Wie um alles in der Welt soll ich hier nur jemanden erreichen?

Kurz spiele ich mit dem Gedanken, meine Mutter anzurufen. In den etwas gehobeneren Hotels wird sicher noch etwas frei sein. Ich könnte sie um Geld bitten, hoffen, dass sie mir für die erste Nacht etwas vorstreckt. Am besten vier- oder gleich sechshundert? Wenn ich mir die Preise im Netz so anschaue, werde ich die gewiss brauchen. Aber abgesehen davon, dass das eine Stange Geld ist, könnte ich es nicht ertragen, mir schon wieder Vorwürfe von ihr anzuhören. Was auch immer meine Mutter gegen diese Stadt hat, ich werde ihr keinen Grund geben, meinen Traum weiter kaputtzureden.

Müde lasse ich mich an meinem Koffer herab und sinke mit dem Po auf den gepflasterten Asphalt. Mit ein bisschen Glück schaut einer der Besitzer noch heute vorbei. Und mit ein bisschen mehr Glück ist genau in der Wohnung dann auch noch ein Bett frei.

Auf meinem Smartphone leuchtet eine WhatsApp meiner Cousine auf.

Livi: *Was geht? Ich erwarte Berichterstattung!*

Merle: *Abgesehen davon, dass ich diese Nacht wohl auf der Straße schlafen muss, ist alles bestens.*

Ich schicke ihr einen Screenshot von der verfluchten Mail.

Spätestens als Livis Videoanruf auf meinem Bildschirm aufblinkt, weiß ich, wie unüberlegt ich gehandelt habe. Es ist doch klar, dass meine Cousine sich Sorgen macht. Ich drücke den Anruf weg.

Merle: *Hab nur noch 12 % :(*

Livi: *Bitte sag mir, dass das ein Scherz ist.*

Merle: *Ich krieg das hin. Bitte mach dir keinen Kopf.*

Livi: *Wenn du mit »Kopf machen« meinst, dass ich nicht kurz davor sein soll, in das nächste Flugzeug nach Venedig zu steigen, dann muss ich dich leider enttäuschen. Ich mache mir bereits einen Kopf.*

Merle: *Willst du Mann und Kind dann mitbringen, damit wir zu viert auf der Straße schlafen?*

Olivia ist nicht nur vier Jahre älter als ich, sondern bereits verheiratete Mutter einer zauberhaften Tochter im Kleinkindalter.

Livi: *Du bist wirklich wahnsinnig! Ruf mich sofort an, wenn du was gefunden hast. Weiß deine Mutter Bescheid?*

Merle: *Bin ich lebensmüde?*

Livi: *Ich frage Robert, ob er jemanden kennt. Du weißt doch, der hat überall irgendwelche Verwandte.*

Merle: *Danke dir! Und wie gesagt … Keine Panik! Ich bin schon ein großes Mädchen.*

Ein großes Mädchen mit einem großen Koffer.

Ich lehne den Kopf gegen den Bauch meines Koffers.

»Sag bloß, du hast die Vaporetti nicht gefunden.«

Eine helle Frauenstimme lässt mich zusammenzucken. Ein einziger Wimpernschlag genügt, um sie Giulia zuzuordnen. Ihre türkisfarbenen Haare gibt es sicher kein zweites Mal in Venedig.

»Was machst du denn hier?«, rutscht es mir perplex heraus. Ich stemme mich vom Boden hoch, klopfe die Hände an meinen Shorts ab und sehe sie etwas schief an.

»Katzen füttern.« Wie zur Bestätigung hebt Giulia eine silbrig schimmernde Schüssel.

Erst jetzt bemerke ich den kleinen Tiger, der bislang ein bisschen Abstand zu uns gehalten hat.

»Er ist ein Streuner. Ein ziemlich unbeholfener Streuner, wenn du mich fragst.« Sie kippt sich eine Ladung Futter in die Hand und geht in die Hocke. »Die meisten Straßenkatzen finden zwischen den Touristen genug. Aber Grigio ist bei Fremden erstmal scheu.«

»Grigio?« Der Graue. Der Name leuchtet mir ein. Der Kater ist nicht groß, sehr dünn und hat einfarbiges graues Fell. Aber wieso hat er einen Namen, wenn er kein Zuhause hat?

Bevor ich fragen kann, hält sie mir die Tüte hin. »Willst du auch?«

Zögerlich nehme ich sie entgegen. »Und du bist sicher, dass er nicht krank ist?«

Giulia schüttelt den Kopf. »Sicher kann ich nicht sein. Aber angesichts der Tatsache, dass er öfter bei uns in den Betten liegt und bislang keiner von uns gestorben ist …« Sie hält kurz inne, als wäre sie erschrocken über ihre eigene Bemerkung. »Wie dem auch sei … Was machst du hier?« Ihr Blick wandert von mir über meinen Koffer bis hin zu dem Hoodie, den ich vor wenigen Minuten noch als eine Art Kopfkissen zweckentfremden wollte und der neben meinem Koffer liegt.

»Mein Zimmer wurde storniert.«

»Bitte was? Wann?«

»Vor etwa …« Ich kontrolliere die Uhrzeit auf meinem Smartphone. »… eineinhalb Stunden.« In wenigen Worten fasse ich Giulia die letzten Ereignisse zusammen.

»Das kann doch nicht deren Ernst sein. Was sagst du, welche Pension war das?«

Kaum habe ich ihr die Frage beantwortet, seufzt sie schwer. »*Merda!* Die Familie hat es aktuell nicht leicht. Lange Geschichte.«

»Und das haben sie heute erst festgestellt?« Weil ich dafür, dass Giulia am allerwenigsten mit der Sache zu tun hat, ein wenig zu vorwurfsvoll klinge, schiebe ich noch ein »Sorry, ich bin nur super kaputt« hinterher.

»Das wäre nach so einer Anreise jeder.« Giulia fährt dem Kater, der mittlerweile mutig um unsere Beine streicht, sanft über den Kopf. »Du weißt also nicht, wo du die Nacht über bleiben sollst?«

Mein Schweigen scheint Giulia zu genügen. »Fakt ist: Du

kannst auf gar keinen Fall hier auf der Straße bleiben. Jedenfalls nicht, wenn du nicht beklaut werden willst.«

»Und ich dachte immer, den *Herrn der Diebe* gäbe es nur im Buch«, versuche ich, die Stimmung mit einem – zugegebenermaßen blöden – Spruch aufzulockern.

»Den Herrn der *was?*«

»Bloß eine Geschichte.« Ich nehme mir vor, online nachzusehen, ob der Roman ins Italienische übersetzt wurde, sobald ich ein Bett zum Schlafen gefunden habe.

»Diebe gibt es überall, wo Touristen sind. Also pass gut auf deine Wertsachen auf.«

»Okay«, sage ich und blinzele zu dem Kater, der mittlerweile zu schnurren begonnen hat. So, wie es aussieht, muss ich die Nacht zumindest nicht allein verbringen. Ob man Katzen, ähnlich wie Wachhunden, das Aufpassen beibringen kann?

Als habe Giulia meine Gedanken gelesen, beißt sie sich nachdenklich auf die Unterlippe. »Du hast nur den einen Koffer?«

»Und meinen Rucksack hier.«

Sie atmet tief durch. »Na schön. Vielleicht haben wir Glück, und sie werden es nicht einmal bemerken.«

Ehe ich nachfragen kann, was sie meint, haben sich ihre Finger schon um den Griff meines Koffers geschlossen. Der Kater hebt neugierig den Kopf, als habe er viel schneller begriffen, was das hier werden soll.

»Vergiss es, Grig. Du wirst hierbleiben. Ein Gast pro Nacht muss vorerst reichen.«

4. Kapitel

Merle

Sonne. Als ich die Augen aufschlage, ist überall Sonne.

Kein Wunder. Die Vorhänge zuzuziehen war das Letzte, woran ich gestern Nacht gedacht habe. Moment mal … Vorhänge? Da sind keine Vorhänge. Ich reibe mir den Sand aus den Augen und brauche einen Moment, bis sich mein Verstand von dem tiefen Schlaf erholt hat. Ich bin nicht zu Hause. Nicht im Hotel. Und zum Glück auch nicht in dieser finsteren Gasse. Nein, wir sind gegangen. Ein paar Hundert Meter, schätze ich.

Schlagartig sind die Erinnerungen an die späten Abendstunden wieder da. So schlagartig, dass ich mich mit Schwung aufsetze und beinah mit dem Kopf gegen ein Regalbrett stoße.

Giulia, die mit einem Schlüssel eine gebogene Stahltür aufschließt. Der große, ziemlich düstere Flur, in dem jeder Schritt laut hallt. Die breite, mit Teppich ausgelegte Holztreppe, die wir in den ersten Stock hinaufgegangen sind. Die Zimmertür, vor der Giulia stehen geblieben ist.

»Du kannst hier schlafen, wenn du mir versprichst, dass du vor acht Uhr raus bist. Wenn dich einer der anderen sieht, reißen sie mir den Kopf ab.«

Shit. Shit. Shit. Automatisch greife ich nach meinem Handy, doch der Bildschirm ist tot. Fuck. Dabei brauche ich nicht einmal eine Uhr, um zu wissen, dass es bereits nach acht ist. Mein Handy muss vor dem Wecken den Geist aufgegeben haben. Ob Giulia weiß, dass ich noch hier bin? Und wieso habe ich nicht genauer nachgefragt, wer genau »die anderen« sind? Ihre Familie?

Bei der Vorstellung, Giulia könnte mich gegen den Willen ihrer Eltern ins Haus gelassen haben, zieht sich alles in mir zusammen.

Panisch schiebe ich mir die Decke von den Beinen. Noch immer trage ich die kurzen Jeansshorts und das rosa Spaghettitop, für das ich mich gestern noch in Deutschland entschieden habe. Ich schwinge ein Bein nach dem anderen aus dem Bett und beginne, das Zimmer zu inspizieren.

Ob sich von der dunkelblauen Bettwäsche, den leicht verstaubten Holzmöbeln und einem leeren Stifteetui auf dem Schreibtisch irgendetwas über dieses Haus und seine Bewohner ableiten lässt? Mit Ausnahme von der Tatsache, dass hier dringend mal wieder geputzt werden sollte, wirkt alles merkwürdig anonym. Diese Dinge könnten quasi jedem gehören. Ich öffne den Kleiderschrank und finde zwei Hoodies, die schätzungsweise einem jungen Mann gehören. Vielleicht Giulias Bruder? Falls ja, ist er schon eine ganze Weile nicht mehr hier gewesen, überlege ich und puste eine zentimeterhohe Staubschicht von der Kleiderstange. Mein ungutes Gefühl verstärkt sich weiter, bis ich mitten in der Bewegung innehalte. Meine Gedanken sind plötzlich bei meinen eigenen Sachen, genauer gesagt bei meinem Koffer, hängen geblieben. Wo ist er? Blitzartig suche ich den Boden ab, finde aber nur meinen Rucksack.

Dann fällt es mir wieder ein. Mist! Giulia hat ihn neben der Treppe stehen gelassen, um unnötigen Krach zu vermeiden. Wäre ich pünktlich aus dem Haus verschwunden, hätte niemand irgendetwas bemerkt.

Auf Socken husche ich zu dem großen Fenster und blicke auf die Straße. Abgesehen davon, dass es mindestens fünf Meter bis zum Boden sind, kann ich ohne mein Gepäck nicht gehen. Sosehr ich es auch vermeiden möchte, mir wird keine andere Wahl bleiben, als denselben Weg zu nehmen, über den ich letzte Nacht mit Giulia hergekommen bin.

Ob ich wohl noch kurz mein Smartphone an die Steckdose hängen kann?

Plötzlich ertönt im Flur ein lautes Poltern, kurz darauf höre ich eine dunkle Männerstimme, die mich meinen Gedanken schlagartig verwerfen lässt.

Wer auch immer da spricht, redet viel zu schnell, als dass ich verstehen könnte, was los ist. Wobei es auch ohne Italienischkenntnisse ein Leichtes wäre, zu begreifen, dass die Person verärgert ist. Verärgert ist gar kein Ausdruck.

Ich will nicht lauschen. Wirklich nicht. Doch wenn ich herausfinden will, wo genau ich hier gelandet bin und wie ich, ohne Ärger zu machen, verschwinden kann, muss ich wissen, was in diesem Haus los ist.

Ein paar Sekunden zögere ich, bevor ich mich der Zimmertür nähere und den Kopf seitlich gegen das Holz lehne.

»*Merda!* Bist du jetzt komplett durchgedreht?« Es ist die gleiche Stimme, die ich schon eben gehört habe. Eine Stimme, die so rau ist, dass sich mir etliche Nackenhaare aufstellen. »Was von dem, worüber wir gesprochen haben, hast du nicht verstanden?« Sie klingt zu jung, um Giulias Vater zu gehören. Entweder handelt es sich bei dem Kerl um ihren Bruder … oder aber …

Ich versuche mir Giulias Worte ins Gedächtnis zu rufen. Hat sie nicht einen Typen erwähnt, mit dem sie etwas am Laufen hat?

Mich beschleicht ein unbehagliches Gefühl. »Bitte«, flehe ich tonlos. »Lass mich nicht der Grund für diesen Streit sein.«

Meine Gebete werden im Keim erstickt, als auch Giulia das Wort ergreift. »Jetzt komm mal runter! Was hätte ich denn tun sollen? Sie auf der Straße sitzen lassen? Ich habe ihr das Bett für eine Nacht versprochen. Eine einzige Nacht.«

»Und diese Nacht geht bis elf Uhr vormittags?«

Sooft ich es auch versuche, der dicke Kloß, der sich in meinem Hals gebildet hat, lässt sich nicht herunterschlucken. Jetzt besteht kein Zweifel mehr: Die beiden streiten meinetwegen. Glühende Hitze breitet sich in meinem Körper aus. Dass die beiden nun deutlich leiser sprechen, macht es nur noch schlimmer. Ohne die Entscheidung vorher im Kopf abzuwägen, drücke ich die Klinke nach unten und schiebe die Tür einen Spalt auf.

Aus dem Flur lassen sich die Stimmen besser lokalisieren. Sie klingen dumpf, undeutlich wie ein Einheitsbrei aus italienischen Vokabeln. Erst als ich die Treppe erreiche, habe ich die Chance, das Gespräch weiterzuverfolgen.

»Sie hatte einen harten Tag und kennt hier niemanden außer mir.«

»Dich kennt sie auch nicht.«

»Du weißt genau, was ich sagen will. Mein Gott, Diego, jetzt tu nicht so, als hättest du sie an meiner Stelle nicht mitgenommen.«

Der Typ heißt also Diego.

»Es wird dich vielleicht wundern, aber nein, das hätte ich nicht. Weil wir eine Abmachung hatten. Eine Abmachung, an die sich im Haus alle halten. Ich korrigiere mich: alle außer dir.«

»Und was ist, wenn mir das hier mittlerweile zu blöd ist?«

Ein spöttisches Schnauben hallt zu mir hinauf an den Treppenabgang. »Glaubst du, mir macht es Spaß, der Spielverderber zu sein?« Er macht eine kurze Pause. »Und falls das als Antwort nicht reicht: Es ist mein Haus. Und solange du hier wohnst, hältst du dich an meine Regeln.«

Dieses Haus gehört ihm? Dieser Umstand vereinfacht die Situation nicht gerade. Mein Magen zieht sich kräftig zusammen.

»Du kannst mich mal!«

»Reiß dich zusammen, Giulia!« Anders, als seine Worte es vermuten lassen, klingt er jetzt etwas versöhnlicher. »Und klär die Sache mit dem Mädchen. Am besten zügig. Wir können keine Fremden im Casa Nera gebrauchen.«

Schwarzes Haus, übersetze ich stumm, ehe die ersten Schritte hörbar werden. Ich will auf dem Absatz kehrtmachen, unbemerkt zurück im Zimmer verschwinden, doch der knarzende Parkettboden macht mir einen Strich durch die Rechnung. Ich schlage mir die Hand vor den Mund und verharre wie erstarrt in dieser Position.

Geh, Merle. Lauf los oder sorg dafür, dass du auf der Stelle unsichtbar wirst. Tu irgendwas, was dich aus diesem Flur bewegt!

Doch es ist schon zu spät.

Giulia und ein Mann, offenbar Diego, kommen die Treppe hoch und direkt auf mich zu. Der Hausbesitzer ist ein paar Jahre älter als wir, jedoch höchstens dreißig, hat kurze schwarze Haare und tiefe Wangenknochen, die sein Gesicht bedrohlich schmal wirken lassen.

»Na bravo! Und schon haben wir eine neugierige Lauscherin unterm Dach. Ich bin gespannt, wie du das den anderen erklären wirst.«

Aus den dunklen, eng stehenden Augen sprühen wütende Funken. Schuldbewusst beiße ich mir auf die Lippe.

»Es … es tut mir leid«, wende ich mich an Giulia. Was diesen Diego angeht, scheine ich jegliche Chance verspielt zu haben. Wenn man überhaupt davon ausgehen kann, dass ich jemals eine hatte. »Mein Akku ist leer, und ich habe den Wecker nicht …« Mitten in meiner Erklärung breche ich ab, weil mir klar wird, dass eine Rechtfertigung wie diese gerade ungefähr so angebracht ist wie das heimliche Lauschen an sich. »Gib mir ein paar Minuten, und ich bin hier raus, okay?«

Ich wage es kaum, diesen Diego anzusehen. Es kann nicht allein diese raue Stimme sein, die ihn so finster wirken lässt. Ob es an der dunklen Kleidung liegt? Er trägt ein schwarzes Hemd, dessen oberste Knöpfe geöffnet sind. Jetzt erst habe ich die Gelegenheit, einen Blick auf den silbrigen Anhänger zu werfen, der ihm um den Hals baumelt. Ist das ein Kreuz?

»Na klar. Willst du vielleicht vorher noch dein Handy aufladen? Oder hey, wie wäre es mit einem Frühstück?« Die Ironie in seinem Tonfall lässt keinen Zweifel daran, wie wütend er ist.

»Jetzt mach mal halblang. Du tust ja gerade so, als hätte sie ein Verbrechen begangen«, verteidigt Giulia mich.

»Wer weiß, vielleicht tue ich nicht nur so. Wer sagt mir, dass sie nichts hat mitgehen lassen?«

Plötzlich keimt auch in mir eine solche Wut auf, dass ich spöttisch auf den Kreuz-Anhänger deute. »Von wegen Nächstenliebe und so. Was eine Heuchelei.« Das war vielleicht ein Tick zu viel. Wenn nicht sogar gleich zwei.

»Heuchelei?«, wiederholt er mit gerunzelter Stirn.

»Findest du nicht? Du machst Stress, weil ich meine einzige Chance auf einen Schlafplatz angenommen habe?«

»Willst du deine Situation gerade ernsthaft mit der der Jungfrau Maria gleichsetzen?«

Auch wenn ich nicht sonderlich gläubig bin, gebe ich zu, dass der Vergleich etwas hinkt.

»Komm schon, die Nummer mit der stornierten Buchung kann sich doch jeder einfallen lassen. Nicht zu glauben, dass du so naiv bist«, widmet Diego sich wieder Giulia.

»Das Zimmer wäre in Valerias Pension gewesen.«

Kaum haben die Worte Giulias Mund verlassen, verändert sich

etwas in Diegos Miene. Ich kann nicht sagen, was es ist. Nicht einmal, ob seine Gesichtszüge weicher werden oder sich sogar noch mehr verspannen. Sein Ausdruck ist einfach … anders.

»Sagt wer?«, knurrt er.

»Ich hab's gesehen.« Entweder bilde ich es mir nur ein, oder Giulia vermeidet es wirklich, mich anzusehen. Liegt es daran, dass sie gestern Abend mit keinem Wort erwähnt hat, dass sie diese Valeria anscheinend kennt? »Ich habe die E-Mail gesehen. Eine E-Mail mit der Stornierung.«

Diegos Nasenflügel weiten sich, er ballt seine Fäuste, als koste es ihn erhebliche Anstrengung, nichts Unüberlegtes zu sagen.

»Na gut. Ich hoffe, sie findet schnell was Neues. Bis dahin wird sie hoffentlich keinen Ärger machen.« Er redet über mich, als stände ich nicht direkt vor ihm im Flur. Und doch ändert das nichts an dem indirekten Zugeständnis, das er gerade gemacht hat.

»Ich kann bleiben?« Ungläubig bahnen sich diese drei Wörter einen Weg aus meinem Mund.

»Du *darfst*. Ob du es wirklich *willst*, werden wir dann sehen.«

• • •

»Das war nicht einfach nur seltsam, Livi. Das war wirklich unheimlich. Wie kann man dermaßen schnell seine Meinung ändern?«

Kaum hatte mein Telefon sich wieder eingeschaltet, leuchtete Livis Name auf dem Display auf. Ein Videoanruf. Eigentlich wären ein paar Minuten Ruhe zum Runterkommen gar nicht schlecht gewesen, aber ich konnte meine Cousine unmöglich schon wieder abwimmeln.

»Erst einmal will ich eine Entschuldigung dafür, dass ich deinetwegen eine fast schlaflose Nacht hatte. So beschissen habe ich das letzte Mal geschlafen, als bei Finchen die ersten Zähne gekommen sind. Ich war kurz davor, deine Mutter anzurufen, Merle.«

»Aber du hast es nicht getan?«, frage ich mit angehaltenem Atem.

»Glaub mir, Cousinchen: Hätte ich es getan, wärst du jetzt nicht mehr in diesem Casa Dingsbums, sondern im nächsten Flieger nach Hause.«

»Casa Nera«, korrigiere ich und sehe zu, wie mein Akkustand von sechs auf sieben Prozent springt.

»Das ist mir vollkommen egal. Zu deinem nächsten Geburtstag bekommst du von mir eine Powerbank. So viel steht jetzt schon fest.«

»Aber bitte nicht so ein Penis-Ding, das Ems dir geschenkt hat.«

»Erstens war das ein Geschenk zum Junggesellinnenabschied, und zweitens … Zweitens hätte dir dieses Penis-Ding gestern Abend den Arsch gerettet. Und mir die Nacht.« Meine Cousine schnappt gespielt beleidigt nach Luft. Dabei habe ich längst eingesehen, dass sie recht hat. Wäre Livi nachts in einer wildfremden Stadt unterwegs, würde ich mir die gleichen Sorgen machen. »Aber jetzt mal zurück zum Thema … Du hast dich entschieden, dort zu bleiben?«

»Mir wird erst mal keine andere Wahl bleiben.«

»Es kann doch nicht sein, dass es in ganz Venedig kein einziges Zimmer mehr gibt.«

»Kein *bezahlbares* Zimmer«, korrigiere ich. Allein bei der Vorstellung, dass es Menschen gibt, die für eine einzige Nacht mehrere hundert Euro bezahlen können, wird mir ganz schummrig. »Hat Robert denn etwas gefunden? Du hattest geschrieben, er würde sich erkundigen.«

Livis Seufzen ist Antwort genug. »Sobald es was Neues gibt,

melde ich mich. Und wer weiß … Vielleicht kannst du dich mit diesem Diego ja doch noch anfreunden.«

»Wer's glaubt, wird selig. Ich kann es kaum erwarten, die anderen kennenzulernen.« Von Giulia weiß ich mittlerweile, dass sie in dem Haus zu fünft wohnen. »Vier Typen und nur eine einzige Frau. An Giulias Stelle würde ich bei so viel Testosteron durchdrehen.«

»Dito. Hast du schon ausgepackt?«

Anstelle eines Kopfschüttelns halte ich die Kamera meines iPhones auf den Koffer. »Immerhin habe ich den da jetzt wieder bei mir.«

»Das Abenteuer Venedig kann also losgehen?«

Ich zucke mit den Schultern. »Dafür bin ich doch hier, oder?«

»Und ob. Ich zähle auf dich, Sherlock!«

Ich stelle mein iPhone auf den kleinen Nachttisch neben dem Bett, gehe zum Fenster und zeige Olivia die Aussicht direkt aufs Wasser. »Weißt du, was ich mich frage? Warum lässt man so ein schönes Zimmer leer stehen? Man könnte es doch vermieten.«

»Vielleicht brauchen sie das Geld nicht.«

»Und deshalb verschwendet man es?«

»Sieht so aus, als wären sie nicht sonderlich scharf auf Gäste … Wäre es dir als Erklärung lieber, sie hätten hier eine Leiche begraben?«

»Haha!«, überspiele ich das mulmige Gefühl, das bei Livis Worten erneut aufmuckt. »Oder aber meine Mutter hat recht, und nachts kriechen hier dicke Ratten durch die Rohre.«

»Ihhgitt.« Livi schüttelt sich.

»Apropos Mutter. Ich muss jetzt mal auflegen«, murmele ich und lasse mich auf das Bett sinken. »Ich werde zumindest das Nötigste auspacken und mich dann bei meinen Eltern melden.«

»Sie hält es immer noch für keine gute Idee, oder?«

»Meine Mutter?«

Livi nickt.

»Hat sie jemals etwas gutgeheißen, das mir etwas bedeutet hat?« Ich zwinge mich zu einem Lächeln. »Grüß Robert von mir. Und mein Lieblingspatenkind.«

Kaum haben wir aufgelegt, schicke ich zwei Fotos in den Familienchat. Eins von meinem Zimmer und eine Aufnahme, die den Blick aus dem Fenster zeigt. Beide Bilder laden eine halbe Ewigkeit, bis endlich ein Haken auftaucht. Mein letztes Highspeed scheint für das kurze Videogespräch mit Livi draufgegangen zu sein. Ob es in diesem Haus WLAN gibt? Und wenn ja – will ich wirklich danach fragen?

Ich setze mich im Schneidersitz auf das Bett und ziehe den Reißverschluss meines Koffers auf. Auch wenn ich in ein paar Tagen hoffentlich ein anderes Zimmer gefunden habe, werde ich zumindest endlich saubere Kleidung und Kosmetik herausnehmen.

Zwischen einem Stapel Tops fällt mir eine kleine rosa Geschenktüte in die Hände. Neugierig nehme ich sie heraus und suche nach einer Beschriftung oder einem Zettel. Nichts.

Kurz überlege ich, ob es möglich ist, dass Mama mir ein Geschenk für die Reise gekauft hat. Als ich die Tüte öffne, fällt mir zuerst eine winzige Karte in die Hände, kaum größer als ein Kleideretikett.

Hallo, Lieblingscousine,
damit du alles haargenau für mich festhalten kannst und später nichts vergisst!
Deine Livi

PS: Deine Mutter hat versprochen, dir meine kleine Überraschung unauffällig zuzustecken. Bin gespannt, ob es ihr gelungen ist.

Mein Herz füllt sich mit einer vertrauten Wärme. Das moosgrüne Notizbuch, das ich jetzt in den Händen halte, ist eigentlich überhaupt nicht meine Farbe, und doch hat es etwas an sich, das ich wirklich mag. Ich fahre mit den Fingern über den Schriftzug auf dem Hardcovereinband. *A goal without a plan is just a wish*, steht dort geschrieben.

Viel Platz für die Erlebnisse, die hier auf mich warten. Begeistert durchwühle ich meine Sachen nach meinem Stiftemäppchen und zaubere einen Fineliner hervor.

Der restliche Kofferinhalt muss warten. Denn auch wenn ich erst wenige Stunden in Venedig bin, gibt es schon eine Menge zu erzählen.

5. Kapitel

Matteo

Es gibt Tage, an denen ich das Casa Nera meide. Tage wie heute, an denen ich morgens früh aufstehe, eine Runde joggen gehe und nach einer kurzen Dusche in die Uni verschwinde. Meist bin ich dann einer der Ersten im Hörsaal. Eine Tatsache, die ich mir vor geraumer Zeit nicht hätte vorstellen können. Das Leben ändert sich … Manchmal so langsam, dass man es kaum bemerkt. Manchmal aber auch von der einen auf die andere Sekunde.

»Guten Morgen.« Ein Typ mit roten, kurz geschorenen Haaren sieht auf, als ich hereinkomme.

Heute doch nicht der Erste.

»Morgen«, murmele ich, überrascht, dass es Studenten an dieser Uni gibt, die tatsächlich noch mit mir reden.

»Eine fast ausgestorbene Gattung«, hat Romeo diese Ausnahmen neulich genannt.

»Dafür schmachten ihn aber immer noch ganz schön viele Mädels an«, meinte Leandro daraufhin.

»Das wundert dich? Seit wann muss man die Person, die man vögelt, mögen? Sie wollen von ihm rangenommen werden und ihn nicht zum Vater ihrer Kinder haben.«

Ich habe so getan, als würde Romeos Kommentar mich kaltlassen, doch das hat er nicht. Genau genommen tut er das immer noch nicht.

Jetzt ist es kurz vor acht Uhr, die Vorlesung beginnt in einer Viertelstunde, und es trudeln immer mehr Studenten in den Raum. Die meisten sehen aus, als wären sie gerade erst gut ausgeschlafen aus dem Bett gekrochen. Ich hingegen fühle mich bereits vollkommen erledigt.

Streng genommen war dieses Gefühl aber schon nach dem Aufstehen da, denn das ist etwas, das diese Fluchttage gemeinsam haben: Sie wiegen schwer auf meinen Schultern und meiner Brust.

Vielleicht habe ich schlecht geträumt und kann mich nicht mehr erinnern. Kein Wunder, denn alles, was mit der Nacht zu tun hat, fällt wie durch eine Falltür aus meinem Bewusstsein. So, wie ich es mir in den letzten Monaten beigebracht habe.

»Du kannst vielleicht deine Gedanken von dir weglenken, aber Gefühle … Gefühle lassen sich nicht einfach so aussperren.« Etwas in dieser Art hat Mamma zu mir gesagt, als ich noch ein Kind war.

Ich schlage das Buch zu, betrachte den Einband und fahre mit den Augen die einzelnen Buchstaben des Titels nach. *Wirtschaftswissenschaften.*

Ich habe immer gern studiert, doch aktuell fühlt sich alles, was ich hier lese, so belanglos an, dass ich mich oft frage, ob ich es nicht einfach lassen sollte.

Bevor ich weiter darüber nachdenken kann, vibriert mein Smartphone neben mir auf dem Tisch. Ich spüre die Blicke der anderen Studenten auf mir. Es ist alles wie immer (zehn Monate können sich wie ein *immer* anfühlen), und ich hätte nie gedacht, wie egal mir die anderen sein würden. Wie egal mir ihre Verachtung sein würde.

Ich greife nach meinem Smartphone und sehe auf das Display.

C: *Muss dringend mit dir reden.*

Fuck. Während ich den Bildschirm entriegele, beschleunigt sich mein Herzschlag.

Matteo: *Bin im Hörsaal im Hauptgebäude. Dringend wie jetzt oder dringend wie in neunzig Minuten?*

C: *Schreib mir nach der VL, okay?*

Ich schüttele den Kopf. Warum auch immer ich überhaupt diese Frage gestellt habe, die Antwort ändert nichts daran, dass ich unmöglich in dieser Vorlesung sitzen kann, während Chiara etwas auf der Seele brennt.

Matteo: *Vergiss, was ich gesagt habe. Wo bist du?*

Als Chiaras Standort in unserem Chat lädt, öffne ich ihn sofort. Dreihundert Meter Entfernung.

Matteo: *Gib mir fünf Minuten.*

• • •

Zehntausend Euro.

Verfluchte Scheiße, das ist verdammt viel Geld. Mehr als mein ganzes Erspartes.

»Kriegst du das hin?« Unser Gespräch ist zwei Stunden her, und ich höre ihre flehende Stimme noch immer in meinem Kopf.

»Mach dir darum bitte keine Sorgen.« Was zur Hölle habe ich mir dabei nur gedacht?

Beruhige dich, Matteo. Du hast es die letzten Monate geschafft. Dann packst du das jetzt auch.

Als ich im Casa Nera ankomme, steuere ich als Erstes das Esszimmer an. Diego sitzt in seinem Sessel, ein Glas Gin in der linken Hand.

»Es ist nicht mal sechzehn Uhr, und du lässt dich schon volllaufen?

»Gott hab sie selig, aber du bist nicht meine Mutter«, schnauft Diego, ohne aufzusehen.

»Hast du keine Klienten?«

»Ich habe dich, Romeo und Leandro. Das genügt als Lebensaufgabe.« Er lacht trocken auf, und mir fällt nichts ein, das ich erwidern könnte.

»Willst du auch?« Diego deutet auf den Gin.

Ich schüttele den Kopf.

»Das Zeug würde dich mal etwas locker machen.« Ein Lächeln umspielt Diegos Mundwinkel. Er weiß genau, was es mit mir macht, wenn er so tut, als wäre nichts passiert.

»So locker wie dich, meinst du? Ich verzichte.« Mein Kiefer beginnt zu zucken. Angestrengt zwinge ich mich, ruhig zu bleiben. Ich bin nicht ohne Grund zu Diego gekommen.

»Wobei kann ich dir helfen?« Ohne mit der Wimper zu zucken, stellt er sein Glas ab. Das Klirren sticht in mein Ohr wie ein scharfes Messer. »Deshalb bist du doch hier, oder? Ich meine, wenn einer von euch hier mit diesem Blick auftaucht, gibt es immer irgendein Problem, das Onkel Diego lösen muss.«

Onkel Diego. Von wegen. Giulias und Leandros Cousin ist nur wenige Jahre älter als wir, und doch … sosehr ich wünschte, er hätte unrecht, bin ich doch genau deshalb hier.

»Ich brauche Geld«, platzt es aus mir heraus.

»Wie viel?«

»Zehntausend.«

Diego hebt eine Augenbraue. Weniger vor Entsetzen, mehr aus Überraschung. »Wow, ich hoffe, sie war es wert.«

»Du bist ein Arsch.«

»Ein Arsch, der dir zehntausend Kröten geben soll. Hättest du ein Wort gesagt, hätte ich dir eine für umsonst besorgt. Du musst dich eher an die Touristen halten. Oder an die Mädels von außerhalb. Die kriegen vom Klatsch und Tratsch kaum etwas mit.«

Seine Worte hinterlassen nichts als Wut in mir.

»Ich wünschte, du würdest dir manchmal selbst zuhören. Aber falls ich dich damit beruhigen kann: Die Frauen, mit denen ich schlafe, tun es freiwillig. Sie kommen auf andere Art und Weise auf ihre Kosten.«

Aus Diegos Mund klingt es, als wären Frauen an sich nichts als Ware. Vielleicht irre ich mich jedoch auch, und es sind Menschen generell, mit denen er nicht klarkommt.

»War doch nur ein Scherz, Bro. Lass mich dich doch etwas ärgern. Ich weiß ja, dass dein goldener Pimmel sie alle haben kann.«

»Was ist jetzt mit dem Geld?«

»Du kannst dreitausend haben, wenn du mir verrätst, wofür du die Kohle brauchst.«

Ich atme tief durch. Diego die Wahrheit zu sagen, würde nichts ändern.

»Weißt du, wie man Gerüchte am besten erstickt? Nicht, indem man sie bekämpft. Man ignoriert sie. Lebt über sie hinweg. Und genau das solltet ihr auch tun.«

Nein, ich werde dieses Gespräch mit Diego nicht noch einmal führen. Mir seine Vorträge kein einziges Mal mehr anhören.

»Vergiss es!«

»Was ist mit den dreitausend?«

»Ich sagte, vergiss es!«

»Schön.« Diego greift erneut nach seinem Gin und kippt den Inhalt in einem Zug hinunter. »Bevor du gehst, muss ich dich noch vorwarnen.«

Ich drehe mich argwöhnisch zu ihm um.

»Sobald die anderen hier sind, sollten wir uns unterhalten.«

»Worüber?«

Diegos Augen verengen sich zu Schlitzen. »Das besprechen wir, sobald wir vollständig sind.« Als hätte er meine Gedanken gelesen, korrigiert er sich im nächsten Moment. »Romeo und Leandro sind erst zum Abendessen zurück. Wir reden dann über die kleine Überraschung, die Giulia uns beschert hat.«

»Überraschung?«, frage ich alarmiert.

Diego nickt langsam. »Ich verrate schon mal so viel: Sie wird keinem von euch gefallen.«

6. Kapitel

Merle

Die Università Ca' Foscari Venezia verteilt sich auf mehrere Gebäude quer über die ganze Stadt. Obwohl es laut Navi meines Smartphones vom Casa Nera nur achthundert Meter bis zum Hauptgebäude sind, bin ich bereits eine knappe halbe Stunde unterwegs. Mit großer Wahrscheinlichkeit liegt das aber nur daran, dass meine Aufmerksamkeit an jeder Ecke von etwas Neuem an sich gerissen wird. Mal ist es der Geruch von frischer Pizza, mal ist es das gebrochene Englisch eines Venezianers, der versucht, mich zu einer überteuerten Gondelfahrt zu überreden. Zuletzt biege ich auch noch vollkommen falsch ab und lande in einer Sackgasse. Weil ich nicht vorhabe, die letzten Meter zu schwimmen, bleibt mir wohl oder übel nichts anderes übrig, als auf dem Absatz kehrtzumachen.

Am Ende einer anderen schmalen Gasse erreiche ich endlich einen Torbogen, auf dem der Name der Universität steht. Erleichtert atme ich durch und kippe den Inhalt einer frisch gekauften Wasserflasche bis auf den letzten Schluck hinunter. Die Kohlensäure brennt angenehm in meinem trockenen Hals.

Ich hätte nicht gedacht, dass die neue Uni eine solche Nervosität in mir auslösen würde.

Kaum habe ich den ersten Fuß durch das Tor gesetzt, fasse ich einen Entschluss: Was auch immer mich die nächsten Wochen und Monate erwarten wird, ich werde diese Zeit in mich aufsaugen. So tief wie die warme italienische Luft, von der weder Herz noch Lunge je genug kriegen werden.

Der Innenhof ist zu meiner Überraschung weniger überfüllt, als ich es mir vorgestellt habe. Vielleicht liegt es an der Uhrzeit, vielleicht bin ich durch den Trubel der Kölner Uni aber auch einfach andere Bilder gewohnt. Auf der linken Seite des Hofes befindet sich eine hohe Mauer, die mit ihren nach oben hin gezackten Backsteinen aussieht, als sei sie das Überbleibsel einer mittelalterlichen Burg. Durch ein vergittertes Tor kann ich das Wasser und die Brücke sehen, über die ich eben noch gelaufen bin.

Ein Durcheinander an Stimmen lässt meinen Blick nach rechts schweifen. Ich entdecke eine Gruppe Studenten, die es sich an einer Reihe Tische bequem gemacht hat. Sie scheinen zu konzentriert auf ihr Gespräch zu sein, um Notiz von mir zu nehmen.

Als ich eine mittelgroße Eingangshalle betrete, kommt mir zum ersten Mal der Gedanke, dass es vielleicht doch nicht so schlau war, mitten im Semester herzureisen. Die meisten Studenten, die sich über das Erasmus-Programm beworben haben, sind seit zwei Wochen hier, und wenn ich richtig informiert bin, hat es zu Beginn auch einige Veranstaltungen zum Kennenlernen gegeben. Ich kann nur hoffen, dass ich trotzdem noch ein paar nette Leute treffen werde.

»*Scusi!*« Eine Dame, direkt vorn an der Information, ist auf mich aufmerksam geworden. »Kann man Ihnen behilflich sein?« Sie sitzt in einer Art Glaskasten und mustert mich durch den Rahmen einer dünnen Brille.

Mein Herzschlag beschleunigt sich. Muss ich mich hier irgendwo anmelden? Ganz automatisch nicke ich.

»Ich … äh … ich bin über das Förderprogramm für ein Auslandssemester hier.«

»Jetzt noch? Ende September?«

Na schön, ich werde mich wohl oder übel näher erklären müssen.

»Ich bin kurzfristig für jemanden nachgerückt.«

»Verstehe.« Vielleicht bilde ich es mir nur ein, vielleicht wird die Miene der Dame aber auch tatsächlich etwas weicher. »Die Vorlesungssäle sind im ersten Stock. Einige Veranstaltungen finden auch außerhalb statt.«

»Danke?« Es klingt, als würde ich eine Frage stellen. Mit einem freundlichen Lächeln gehe ich an ihr vorbei und bin froh, auf der rechten Seite die Treppe zu entdecken.

Kaum habe ich die letzte Stufe verlassen, bereue ich es, die Frau am Empfang nicht nach dem Schwarzen Brett gefragt zu haben. Zwischen den Seiten eines Collegeblocks finde ich den Aushang meiner Wohnungssuche, den ich bereits in Deutschland vorbereitet habe. Ich überfliege die Zeilen und seufze bei der Erinnerung dran, wie ich sie hoffnungsvoll in den PC getippt habe. Zu diesem Zeitpunkt bin ich davon ausgegangen, dass ich mit der Pension als Sicherheit wenig Druck hätte, sofort ein geeignetes Zimmer zu finden. Dass die Umstände sich ein klitzekleines bisschen geändert haben, liegt mir nach wie vor schwer im Magen. Ich zucke zusammen, als die Tür eines Raumes aufgestoßen wird und mehrere Dutzend Studenten den Flur fluten.

Zwischen den vielen Stimmen und Gesichtern versuche ich auszumachen, wer am ehesten nach einem Auslandssemester aussieht.

Ich presse mir den Aushang eng an die Brust und versuche, ein gelassenes Lächeln aufzusetzen. Kaum hat sich der Trubel gelegt, fällt mir das Lächeln allerdings auch schon wieder aus dem Gesicht.

»Uff.« Wieso wird es in Filmen und Serien eigentlich immer so dargestellt, als seien die Neuen für alle wahnsinnig interessant?

Nicht, dass ich scharf auf übertriebene Aufmerksamkeit bin, aber es wäre zumindest schön, wenn mich die ein oder andere Person kurz wahrnähme.

»Zwanzigtausend Studierende«, höre ich plötzlich jemanden auf Englisch hinter mir sagen. Erschrocken drehe ich mich um. Ich bin nicht wirklich davon ausgegangen, dass dieser jemand *mit mir* spricht. Umso überraschter bin ich, als ich einen Typen mit schulterlangen braunen Locken entdecke. Er lehnt nur wenige Meter von mir entfernt an einer Wand und betrachtet mich, als habe ich eine Art Sensationslust in ihm geweckt.

Ich scheine also doch nicht unsichtbar zu sein.

»Bitte?«

»Hast du dich das nicht gerade gefragt?« Ein Lächeln zuckt in seinen Mundwinkeln. »Ich meine, die meisten, die hierherkommen, stellen sich die Uni deutlich kleiner vor. Aber es sind tatsächlich etwa zwanzigtausend Studenten, die hier eingeschrieben sind. Und damit meine ich allein diese Uni hier. Es gibt noch zwei andere Hochschulen auf der Insel. Wie viele da studieren, kann ich dir aber nicht sagen.« Das Lächeln wird ein ganzes Stück breiter, als er meine verdutzte Miene sieht. »Sorry für das Infodumping. Ich dachte, vielleicht interessiert es dich. Du bist doch neu, oder?«

Eine Welle der Erleichterung durchflutet mich.

»Zwanzigtausend Studenten, und du erkennst sofort ein neues Gesicht?«

Er stößt sich von der Wand ab und kommt einige Schritte auf mich zu. »Ich habe einen Blick für Details.« Amüsiert zwinkert er mir zu.

Was soll das denn heißen? Liegt es an meinen blonden Haaren oder der blassen Haut? Als ich merke, dass er den weißen Geißbock an meinem Rucksack entdeckt hat, zähle ich eins und eins zusammen.

»Habe ich etwas verpasst, oder hat sich ganz Venedig in einen Fußballfanclub verwandelt?«

»Der Tourismus lehrt einen viel. Dazu würde ich behaupten, dass ich mir Gesichter gut merken kann. Das ist von Vorteil, wenn man Journalismus studiert.«

Mein Herz macht einen aufgeregten Sprung. »Hey, das studiere ich auch.« Ohne abzuwarten, reiche ich dem Typen meine Hand und wechsle ins Italienisch. »Ich bin Merle. Und du?«

»Freut mich sehr, Merle. Ich heiße Adriano und arbeite für die Unizeitung. Außerdem bin ich Teil der Fachschaft. Wenn dir also Fragen auf der Seele brennen, bist du bei mir meist an der richtigen Adresse. Wie du siehst, entgeht mir nur selten was.«

Mir fällt auf, dass dieser Typ nicht nur für die Zeitung arbeitet, sondern auch genauso spricht.

»Auch nicht bei zwanzigtausend Studenten«, füge ich hinzu und kann noch immer nicht glauben, dass eine Insel dieser Größe Platz für so viele Menschen hat. Als habe Adriano meine Gedanken gelesen, fährt er mit seinen Erklärungen fort.

»Die meisten wohnen auf dem Festland und kommen nur für die Vorlesungen her. Seitdem Venedig von den Touristen überschwemmt wird, gibt es nur noch sehr wenige Einheimische in der Lagune, und von denen sind die meisten steinalt. Wenn du Bock auf Partys oder Ähnliches hast, geh nach Mestre.«

»Vergiss es, Adri. Du wolltest dich auf die Klausuren konzentrieren.« Ein Mädchen mit langen schwarzen Haaren kommt die Treppe nach oben. Sie hält einen dicken Ordner in der Hand und trägt einen grauen Sommerrock, der ihr bis über die Knie geht. Allein der Anblick ihrer langen Bluse versetzt mich ins Schwitzen.

»Wer sagt denn, dass das eine das andere ausschließt?«,

brummt Adriano und streicht sich eine Locke hinters Ohr. An mich gewandt, erklärt er: »Das ist Isabella, die einzige Studentin weit und breit, für die das Wort *Regelstudienzeit* erfunden wurde.«

Isabella verdreht die Augen. »Lass dir nichts einreden. Adriano ist die größte Labertasche der Welt. Du darfst ihm nur die Hälfte von dem glauben, was er sagt.« Energisch reicht sie mir die Hand. »Wie heißt du?«

»Merle«, kommt es von Adriano und mir beinah gleichzeitig.

»Aus Deutschland?«

Eins steht fest: Ich werde diesen verräterischen FC-Anhänger noch heute abnehmen.

»Eigentlich bin ich kein Fußballfan …«, hole ich aus, um erneut die Geschichte mit der Erstitüte zu erzählen.

»Fußball?« Isabellas Brauen ziehen sich irritiert zusammen. »Wie auch immer … Adri hat mir schon vor ein paar Tagen gesagt, dass noch jemand aus Deutschland kommt. Damit warst doch sicher du gemeint, oder?«

Moment mal … er hat mich also erwartet?

»Wir wussten nicht genau, wann du ankommst. Für den Anfang können wir dir aber die wichtigsten Räume zeigen. Du studierst doch Journalismus, oder?«

Ich nicke langsam. Belustigt wende ich den Kopf in Adrianos Richtung.

»Meinen Namen kanntest du aber noch nicht, oder?«

»Ich hätte es dir noch gesagt, versprochen!« Aus dem Augenwinkel sehe ich das schelmische Grinsen auf Adrianos Gesicht. »Ich wollte nur erst die Gelegenheit nutzen, um dich einmal persönlich durchzuchecken. Sicher ist sicher.«

»Was redest du da?«, mischt sich Isabella ein.

»Alles gut!« Ich winke ab. »Er hat recht. Ich hätte mich auch als Mata Hari vorstellen und insgeheim als deutsche Spionin hier sein können. Oder gleich im Auftrag mehrerer Geheimdienste. Wobei ihr es in dem Fall entsprechend schwer haben dürftet, Beweise gegen mich zu finden.«

Adriano nickt amüsiert. »Spätestens jetzt hast du jeden Test bestanden. Eindeutig eine Journalistin!«

7. Kapitel

Merle

»Was habe ich mir nur dabei gedacht?«, murmele ich, den Kopf über einen der vielen Briefe gebeugt. Zurück im Casa Nera, habe ich mich sofort in mein – vorübergehendes – Zimmer zurückgezogen und mich dem Grund gewidmet, weshalb ich eigentlich hergekommen bin.

Mein Großvater starb Anfang des Jahres. Seitdem ist kein Tag vergangen, an dem ich nicht an ihn gedacht habe. An ihn und an das Bündel Briefe, das ich beim Ausräumen in seinen Sachen gefunden habe.

Zuerst hielt ich sie für alte Rechnungen oder Geburtstagspost, wie man sie von der Krankenkasse bekommt. Standardisiert. Unpersönlich. Die Schrift des Absenders fast ausgeblichen.

Erst nach dem Lesen der obersten Zeilen wurde mir klar, dass es sich um alte Briefe handelt, die noch auf Schreibmaschine geschrieben und in Venedig abgesendet worden waren.

Das ist sie also: meine einzige Spur zu einer unbekannten Frau, von der ich nicht viel mehr weiß als ihren Namen und die Tatsache, dass sie und mein Opa sich über Jahrzehnte hinweg geliebt haben.

Ich habe die Briefe nach der Reihenfolge sortiert. Der erste ist von 1962. Das war zehn Jahre, bevor mein Vater zur Welt gekommen ist. Zu diesem Zeitpunkt muss mein Großvater ungefähr in meinem Alter gewesen sein. Ich falte den Brief auseinander.

Mein liebster Friedrich,

ich habe lange überlegt, dir diesen Brief zu schreiben, weil ich seit unserem letzten Treffen das dringende Bedürfnis habe, etwas richtigzustellen. Auch dann, wenn ich hiermit mehr als nur unsere Freundschaft zerstöre. Vielleicht habe ich das ohnehin schon.
Um ehrlich zu sein, habe ich noch nie einen Brief geschrieben, der mir so wichtig war wie dieser hier.
Als ich gesagt habe, dass es ein Fehler war, dich zu küssen, entsprach das nicht der Wahrheit. Ich habe dich geküsst, weil ich mir seit Wochen vorgestellt hatte, wie es wäre, es endlich zu tun.
Doch in dem Moment, in dem du mich so erschrocken angesehen hast, konnte ich nichts anderes tun, als wegzulaufen.
Ich verstehe es, wenn du jetzt nichts mehr mit mir zu tun haben möchtest. Doch bitte behalte diesen Brief trotzdem für dich. Wenn meine Eltern herausfinden … du kannst dir vorstellen, was dann passiert.

Ich hoffe bis bald
Andrea

Obwohl ich sie mittlerweile schon zigmal gelesen habe, fühlt es sich noch immer seltsam an, die so intimen Worte aufzunehmen, die einst an meinen Großvater gerichtet waren.

Ich hätte nie gedacht, dass mein Opa solche Geheimnisse vor mir verborgen hat. Wir haben immer über alles gesprochen. Omas heiße Zitrone hat mir über meinen ersten Liebeskummer hinweggeholfen, Opas Schallplatten ließen mich den Stress in der Schule vergessen.

Er hat viel von seiner Kindheit erzählt. Und von Oma. Über die

Zeit während und nach dem Krieg, über Freundschaften und das Familienmiteinander.

Ich weiß, dass Uroma Hilde leidenschaftlich gerne Zug gefahren ist und sich zu Geburtstagen Tickets für besonders schöne Strecken gewünscht hat. Dass ihre Schwester, Tante Lorelaise, Angst vor schwarzen Katzen hatte und krankhaft abergläubisch war. Ich weiß, dass Uropa Leonard streng katholisch gewesen ist und meinen Großvater mit harter Hand erzogen hat, während Oma aus modernen Verhältnissen stammte. Und ich weiß, dass die beiden einander in guten wie in schlechten Zeiten zur Seite gestanden haben. »Seit dem Tag, an dem deine Großmutter sich mit ihrem ehrlichen Lächeln in mein Leben geschlichen hat.«

Doch nun, ein halbes Jahr nach seinem Tod, ist alles anders.

Während ich mit dem Finger nachdenklich über das Briefpapier streiche, schiebt sich erneut ein Gedanke an die Oberfläche: Hat Opa bewusst nie von diesem Teil seines Lebens erzählt? Und wenn ja, warum? Welche Rolle hat diese Frau einmal in seinem Leben gespielt? Und gibt es noch mehr, was er vor mir verborgen hat?

Wie häufig ich mich in den letzten Monaten gefragt habe, ob es besser gewesen wäre, wenn ich diese Briefe beim Ausräumen des Hauses nie in die Hände bekommen hätte. Mit ziemlich großer Wahrscheinlichkeit wäre ich dann heute nicht hier.

Ich lasse den Brief sinken und nehme den zweiten in die Hand.

Oh Friedrich,
wie konntest du mir heute nur so einen Schrecken einjagen? Als dein Brief bei uns ankam, war meine Mutter erst mal misstrauisch. Sie fragte mich, warum wir unsere Fragen nicht auf der Arbeit klären und stattdessen das gute Briefpapier verschwenden. Ich fürchte, ich werde

mir vom nächsten Lohn eigenes zulegen müssen. Wenn unsere Mütter sich treffen, gibt es sonst irgendwann sicher Fragen.
Ich kann es kaum abwarten, dich morgen zu sehen.
A.

Eins ist sicher: Opa und diese Andrea müssen Geheimnisse gehabt haben. Ziemlich große Geheimnisse, die sich ihrer Beziehung in den Weg stellten.

Ich weiß mittlerweile, dass Andreas Familie als Gastarbeiter nach Deutschland gekommen und sie schließlich auf eigene Faust, viele Jahre später, in die Heimat zurückgekehrt ist. Vorstellbar wäre, dass die zwei miteinander gearbeitet haben, bis mein Großvater nach Köln gezogen ist und kurz vor seinem dreißigsten Geburtstag Oma geheiratet hat. »Auf den letzten Drücker noch eine abbekommen«, hat er scherzhaft zu mir gesagt. Für damalige Verhältnisse konnte man es vermutlich so nennen.

Ich lege die Briefe zur Seite. Manchmal spüre ich zu spät, wie mein Herz sich mit einer plötzlichen Schwere füllt.

»Ach, Opa.« Ich lehne mich zurück ins Bett, lasse den Kopf auf die leicht verkrampften Hände sinken und presse fest die Augen zu. »Wenn ich nur noch einmal die Chance hätte, mit dir zu sprechen.«

Ob er mir heute die ganze Geschichte erzählen würde? Und was noch fast wichtiger ist: Würde ich sie hören wollen?

Ich atme tief durch und rufe mir Livis Worte in Erinnerung. »Es war deine Idee, sie zu suchen.« Irgendwie so hat sie es am Telefon ausgedrückt. Und es stimmt. Ich bin seit Monaten besessen von der Idee, die Vergangenheit auszugraben und zu begreifen, was damals vorgefallen ist.

Schlagartig setze ich mich wieder auf.

Der letzte Brief, den Opa von Andrea erhalten hat, ist von 1990, das weiß ich aus dem Kopf. Es ist der oberste gewesen, der erste, den ich überhaupt gefunden habe. Zu diesem Zeitpunkt muss Andrea bereits zurückgekehrt sein nach Venedig, denn schon in einem vorherigen Brief schrieb sie, es habe sie zurück in die Heimat gezogen.

Ich greife nach dem Umschlag, den ich an den Rand der Matratze gelegt habe.

Lieber Friedrich,

ist es verrückt, dass mein Herz nach all den Jahren noch immer so schnell schlägt, wenn ich einen Brief von dir in den Händen halte? Ich weiß, das sollte es nicht. Das hätte es nie gedurft. Und doch kann ich nicht leugnen, dass du der einzige Mensch in meinem Leben bist, der diese Gefühle in mir auslösen kann. Ich hoffe, du verzeihst mir, dass ich dem Drang nicht widerstehen kann, es dir immer und immer wieder zu sagen.
Zu deinem Brief: Deine Zeilen haben mich sehr berührt. Ich kann dir versprechen, dass kein Tag vergangen ist, an dem ich in den letzten Jahren nicht an dich, an uns gedacht habe.
Als ich las, dass du Vater geworden bist, wollte ich meinen Augen kaum trauen. Gerade sitze ich in einem Café am Canal Grande und schwelge ein wenig in unseren Erinnerungen. Ich frage mich, wie es dir hier gefallen würde. Wer weiß, vielleicht bist du in den letzten Jahren auch schon hier gewesen. Mit Frau und Sohn. Es fühlt sich immer noch seltsam an, dass du jetzt dieses Leben führst. Vielleicht, weil ich mir nach all den Jahren immer noch die Frage stelle, warum Gott die Liebe geschaffen hat, wenn er es zugleich nicht möglich machte, dass wir einander die Ewigkeit sind.
Aber genug davon … Um auf deine Frage zu antworten: Ja, ich denke, mir geht es gut. Ich helfe im Theater aus. Mein Vater hat hier damals

gearbeitet, bevor er kurz vor dem Krieg entlassen wurde. Die Bezahlung ist schlecht, aber ich habe an den Vormittagen frei und kann mich ganz meiner Kunst widmen. Die letzten Bilder verkaufen sich wirklich gut. Wer weiß, vielleicht werde ich noch berühmt. Was meinst du?

Noch immer im Herzen bei dir
Andrea

Das Polaroidfoto habe ich schließlich zwischen zwei anderen Briefen gefunden. Es muss aus dem Umschlag herausgefallen oder falsch zurückgelegt worden sein. Mein Großvater beherrschte das Chaos so gut wie kein anderer.

Darauf zu sehen ist eine abstrakte Zeichnung vom Canal Grande. Die Farbe ist, genau wie die Tinte der Briefe, deutlich ausgeblichen, und doch kann man sie erahnen. Rotes Wasser, blaue Boote, der Himmel leicht lila gefärbt. Ganz rechts in der Ecke hat Andrea mit ihren Initialen unterschrieben. A.G. Andrea Greco.

Berühmt geworden ist sie mit ihren Bildern leider nicht. Sonst hätte die Googlesuche mit Sicherheit etwas ausgespuckt.

Und doch gibt es einige Anhaltspunkte, an denen ich mit meiner Suche beginnen kann. Andrea hat sich für Kunst interessiert. Sie muss im Theater gearbeitet haben. Das ist nicht nichts. Das ist … das ist ein Anfang. Oder? Ein klitzekleiner Anfang bei meiner Suche nach ihr.

Ich höre ein Geräusch im Flur und lasse die Briefe unter meinem Kopfkissen verschwinden. Keine Sekunde später taucht Giulia in meiner Tür auf. Sie will wissen, wie mein erster Tag an der Uni war, und schlägt vor, dass sie mir vor dem Abendessen noch eine kleine Hausführung gibt.

Weil ich nicht scharf darauf bin, mich im Casa Nera zu verlaufen, kommt mir ihr Vorschlag sehr entgegen. Diese alten Briefe haben fünfzig Jahre gewartet, da wird es auf eine Stunde mehr auch nicht ankommen.

• • •

»Und das hier ist unser Soggiorno.« Mit einer ausschweifenden Geste deutet Giulia durch einen Raum, der im Casa Nera scheinbar als Wohnzimmer genutzt wird. Ich weiß nicht genau, was ich erwartet habe, aber es ist definitiv nicht das Fehlen des Flachbildschirms, das mir einen Moment lang den Atem verschlägt. »Wir nutzen das Zimmer derzeit viel zu selten«, übergeht Giulia die Tatsache, dass dieses »Wohnzimmer« aussieht, als habe man es aus *Casino Royale* kopiert und hier an diesem Ort eingefügt. Kein Witz, es würde mich nicht wundern, wenn Daniel Craig sich jeden Augenblick als James Bond durchs Fenster schwingen würde.

»Das … das ist …«

»Schön, oder?«

Schön ist die vermutlich dreisteste Untertreibung, die einem für diesen Raum einfallen kann.

»Dieses Zimmer war ursprünglich mal eine alte Lobby. Diegos Eltern waren jahrzehntelang stolze Hoteliers.«

»Dann war das hier also mal ein Hotel?«, vergewissere ich mich.

»Genau. Streng genommen ist das noch gar nicht so lange her. Fünf Jahre etwa. Falls du ihn noch nicht gesehen hast …« Giulia deutet auf eine hölzerne Tür, die beim genaueren Hinsehen das absolute Gegenteil von einer Tür ist.

»Ist das …?«

»Ein Paternoster. Und ja, er funktioniert noch. Allerdings muss man ihn vorher einschalten.«

»Ich habe so etwas noch nie in echt gesehen«, murmele ich und fahre vorsichtig über das alte Holz. Wie lange der hier wohl schon steht und all die Geschichten beobachtet, die sich in diesem Zimmer über die Jahre abgespielt haben?

»Du kannst ruhig reingehen. Als wir hier eingezogen sind, haben wir uns einen großen Spaß daraus gemacht, ewig lang hoch- und wieder herunterzufahren.« Giulia kichert. »Leandro hat sich gleich in der ersten Woche den Fuß verstaucht, weil er abgesprungen und unglücklich gelandet ist.«

»Leandro?«

»Mein großer Bruder. Er wohnt auch hier.«

Das bringt mich auf eine Frage. »Wie kam es, dass ihr hier eingezogen seid? Ich meine … ist das nicht ein wenig ungewöhnlich?«

Giulia unterdrückt ein Grinsen. »Diego ist unser Cousin. Der oberste Stock des Hauses wurde schon immer privat genutzt. Diegos Eltern sind vor ein paar Jahren plötzlich verunglückt. Diego hat das Casa Nera geerbt, als er gerade mal fünfundzwanzig war.«

»Oh«, entfährt es mir.

»Er steckte noch mitten im Jurastudium und konnte sich nicht vorstellen, das Hotel weiterzuführen. Zumal er auf das Geld … wie soll ich sagen … er war nicht unbedingt darauf angewiesen. Sprich ihn auf den Unfall bitte nicht an. Es war eine harte Zeit für ihn.«

Ich nicke. Dass ich nicht vorhabe, Diego in den nächsten Tagen überhaupt in ein Gespräch zu verwickeln, schlucke ich schnell hinunter.

»Jedenfalls sind Leandro und ich anfangs nur eingezogen, um ihm zur Seite zu stehen. Aber mal im Ernst … Kannst du dir vorstellen, dass man nach drei Monaten in diesem Haus einfach wieder bei den Eltern einzieht?« Auch wenn in ihren Worten eine gewisse Bedrücktheit mitschwingt, ist das Funkeln in ihren Augen nicht zu übersehen. »Das Casa Nera wurde schnell ein richtiges Zuhause für uns. Die anderen …« Schon wieder habe ich das Gefühl, sie gedanklich abschweifen zu sehen. »Die anderen sind erst etwas später eingezogen. Die Miete ist als Student in Venedig quasi unbezahlbar. Also haben wir sie aufgenommen. Genug Platz gibt es ja.«

»Wer sind sie? Die anderen, meine ich.« Wenn ich richtig gezählt habe, müssten noch zwei Jungs fehlen.

»Matteo und Romeo. Du wirst sie heute Abend kennenlernen.«

Ich kann nicht sagen, was mich mehr verunsichert: ihre Worte oder die Tatsache, dass ihr Lächeln etwas Aufmunterndes an sich hat. »Die sind alle in Ordnung. Wenn man sie erst einmal besser kennenlernt, können sie echt liebe Jungs sein.«

Unschlüssig, wie ich ihre Aussage deuten soll, zupfe ich an den Trägern meines Tops herum.

»Oh, du willst dich sicher frisch machen. Wenn du sonst noch irgendwas brauchst, sag mir einfach Bescheid. Ich habe dir das Passwort fürs Internet oben auf den Schreibtisch gelegt. Frische Handtücher sollten noch auf der Heizung neben deiner Wanne liegen. Habe ich noch irgendwas vergessen?«

Unschlüssig wippe ich mit dem Fuß vor und zurück. Ob ich Giulia von den Briefen erzählen soll?

»Eine Frage habe ich tatsächlich«, sage ich vorsichtig. »Vielleicht kannst du mir sogar helfen?« Ohne lange abzuwarten, ziehe ich mein Smartphone aus der Tasche und suche in der Galerie nach dem Bild, das ich vom Adressfeld des letzten Briefumschlages gemacht habe. Es ist der einzige gewesen. Der einzige Umschlag mit venezianischer Adresse, der überhaupt noch annähernd lesbar ist. »Kannst du den Straßennamen lesen? Ist das weit von hier?«

»Darf ich …?« Sie streckt die Hand nach meinem Telefon aus.

Ich nicke und halte abwartend die Luft an. »Kann man hier irgendwo eine Straße ablesen?«

Giulia runzelt die Stirn. »Hmmm … Ich erkenne auf jeden Fall die Postleitzahl vom Stadtteil. Aber die Straße ... schwer zu sagen.« Sie wirft erneut einen Blick auf das Display meines Smartphones. »Diese Adresse liegt auf jeden Fall hier in Dorsoduro. Ist das ein alter Brief?«

Nervös beiße ich mir auf die Unterlippe. »Ich glaube, dort lebt eine alte Freundin meines Großvaters. Zumindest hat sie da mal gewohnt.«

»Oh, wie schön! Dann hast du Bekannte in der Stadt?« Ehe ich antworten kann, spricht Giulia weiter. »Nur ohne Nummer kann ich dir nicht wirklich weiterhelfen. Kannst du die vielleicht noch erfragen?«

Plötzlich fehlen mir die Worte, um etwas Vernünftiges zu sagen. Doch so, wie es scheint, muss ich das auch überhaupt nicht. Der dumpfe Schlag einer Standuhr reißt Giulia aus ihren Überlegungen.

»Huch, schon nach sechs? Wann ist es denn so spät geworden? Es gibt heute früher Abendessen. Du wirst doch mitessen, oder?«

• • •

Der Geruch von Pasta und italienischen Gewürzen lockt mich aus dem Zimmer. Habe ich vor einer knappen Stunde noch in Betracht gezogen, das gemeinsame Abendessen ausfallen zu lassen, so bin ich plötzlich felsenfest davon überzeugt, dass kein noch so mürrischer Typ dieser Welt der Grund dafür sein sollte, dass ich mit knurrendem Magen ins Bett gehe.

Fest entschlossen, Giulia stattdessen meine Hilfe in der Küche anzubieten, schlüpfe ich in ein frisches Kleid und gehe die Treppe nach unten. Ich versuche mir einzureden, dass lediglich die ungewohnte Umgebung verantwortlich für mein Herzrasen ist. Erfolglos.

Nach der Begegnung mit Diego fühlt sich jeder Schritt auf dem knarzenden Holz unheimlich an. Ich kann nur hoffen, dass das Kennenlernen mit den anderen Jungs mir dabei helfen wird, mich nicht ständig wie eine Einbrecherin zu fühlen.

»Huch. Da bist du ja schon!« Vor lauter Grübeln bin ich fast in Giulia reingerannt, die gerade ein Tablett mit Gläsern durch den Flur balanciert.

»Sorry. Ich wollte dich nicht erschrecken.«

»Alles gut. Hast du nicht. Suchst du irgendwas?«

Ich schüttele den Kopf. »Eigentlich wollte ich dich nur fragen, ob ich helfen kann.«

»Helfen?« Warum klingt der Vorschlag aus ihrem Mund so, als habe ich etwas Abwegiges vorgeschlagen? Meine Wangen beginnen zu glühen.

»Als Köchin bin ich ziemlich unbrauchbar. Zumal du offensichtlich ein Genie bist.« Hier unten im Flur ist der Geruch von frischer Pasta, wenn überhaupt möglich, noch verlockender. »Dafür kann ich putzen und aufräumen. Oder … äh … den Tisch decken.«

Ein Lächeln zuckt in Giulias Mundwinkeln.

»Das ist lieb von dir. Wenn ich mich hier so umsehe, wäre ein bisschen mehr Ordnung tatsächlich gar keine üble Idee.«

»So war das nicht gemeint«, sage ich schnell.

»Von mir aber.« Schmunzelnd drückt Giulia mir das Tablett mit den Gläsern in die Hand. »Wenn du das hier an den Tisch bringst, sind wir fertig. Wir essen im Sala Nera. Durch die Tür hier und dann rechts. Ich komme sofort nach.«

Ohne auf eine Reaktion von mir zu warten, ist Giulia in der Richtung verschwunden, aus der sie gekommen ist.

»Schwarzer Saal«, wiederhole ich leise und runzele die Stirn. Kann in diesem Haus denn nichts einen halbwegs idyllischen Namen haben? Wie wäre es mit Begriffen wie *hell* oder *bunt*? Hätte ich ein Hotel in einer der schönsten Städte der Welt, wären mir mit Sicherheit ein paar ansprechendere Namen eingefallen.

Die Finger fest um das Tablett geklammert, steuere ich auf die Holztür zu, auf die Giulia gedeutet hat. Was mich dahinter wohl erwartet? Dieses Haus ist so rätselhaft, dass es Tage dauern muss, sich darin zurechtzufinden. Tage, die ich nicht haben werde. Schließlich habe ich gestern Nachmittag direkt eine Anzeige an das Schwarze Brett gepinnt, und wenn ich Glück habe, wird sich bald jemand melden. Als ich den Sala Nera betrete, spüre ich auf Anhieb drei Augenpaare auf mir ruhen. Drei Augenpaare, von denen eins Diego gehört. An dem Ausdruck in seinem Gesicht hat sich seit heute Morgen nichts verändert. Ganz im Gegenteil … Wüsste ich es nicht besser, würde ich meinen, die schmalen Lippen, in denen nicht einmal der Hauch einer Bewegung zuckt, seien aufgemalt. Oder festgetackert. Genau wie diese starren Augen.

Ich lasse meinen Blick hinüber zu den beiden anderen gleiten, die mich ebenfalls mustern.

Obwohl ich den ganzen Tag höllisch geschwitzt habe, sind meine Hände plötzlich kalt vor Aufregung. Ich umklammere das Tablett fester und erinnere mein Lächeln daran, tapfer im Gesicht kleben zu bleiben.

»*Buonasera*«, dringt es beinah flüsternd aus meinem Mund.

Falls ich eine Antwort erwartet habe, werde ich direkt enttäuscht. Wie lebensgroße Wachsfiguren sitzen die Jungs an dem großen runden Tisch und starren mich an. Augenblicklich fühle ich mich in meinem knappen Kleid viel zu nackt und underdressed. Andererseits bin ich nicht sicher, ob ein Skianzug etwas daran ändern könnte, wie unwohl ich mich gerade fühle.

Weil keiner der drei Anstalten macht, etwas zu sagen, stelle ich das Tablett ab und versuche es gleich noch einmal. »Ich bin Merle. Schön, euch kennenzulernen.«

Ich zucke beinah zusammen, als einem der beiden fremden Jungs ein leises Räuspern entfährt.

Sollte das eine Reaktion auf mich sein, oder hat er sich verschluckt? Mein Blick gleitet über den gedeckten Tisch. Unterteller, Besteck und sogar Servietten sind gleichmäßig angeordnet, und in der Mitte steht ein Korb mit Brot. Ich entdecke eine Anrichte mit Olivenöl, Salz und Pfeffer.

Zum Glück höre ich genau in dem Moment Giulia zurückkommen.

»Willst du dich nicht setzen?« Sie deutet auf einen der freien Plätze. »Das Essen ist gleich fertig.«

Ein wenig unschlüssig lasse ich mich auf den Stuhl sinken und ertappe mich dabei, wie ich die Zehen spitze. So, als ließe sich die Notwendigkeit einer plötzlichen Flucht nicht ganz ausschließen.

Natürlich entgeht auch Giulia die Anspannung am Tisch nicht. »Und was ist mit euch? Habt ihr euch unserem Gast schon vorgestellt?«

»Wir hatten bereits am Vormittag das Vergnügen«, presst Diego hervor. Er sieht mich an. Nein. Es ist, als würde er durch mich hindurchsehen. Als existiere ich gar nicht.

»Was ist mit euch anderen?« Ein warnendes Funkeln tritt in Giulias Augen. »Sie sind nicht immer so unhöflich«, erklärt sie an mich gewandt. »Jedenfalls waren sie es nicht im …«

»Ich bin Romeo«, schneidet ihr einer der Jungs das Wort ab. Er ist der Einzige, dessen Haare ein wenig heller sind, wobei ich nicht so weit gehen würde, seine wilden Locken als blond zu bezeichnen.

»Leandro«, meldet sich nun auch der Letzte der drei zu Wort.

Obwohl er seine Brauen skeptisch zusammenzieht, hat er ein freundliches Gesicht. Seine tiefdunkelbraunen Haare fallen ihm leicht in die Stirn, doch an der Augenpartie erkennt man eine gewisse Ähnlichkeit zu Giulia. Große dunkle Augen, die von markanten Gesichtszügen umrahmt werden. Das muss also Giulias Bruder sein.

»Merle ist gestern angereist. Sie kommt aus Deutschland und ist für ein Auslandssemester in Venedig.« Auf der einen Seite bin ich Giulia unheimlich dankbar, dass sie das Reden übernimmt, auf der anderen Seite wünsche ich mir plötzlich nichts sehnlicher, als möglichst wenig Aufmerksamkeit auf mich zu ziehen. Was quasi unmöglich ist.

»Bist du eigentlich das erste Mal hier?«, erkundigt sie sich bei mir.

Ich nicke, schüttele dann jedoch den Kopf, ehe mir auffällt, dass ich bisher ungewohnt einsilbig geblieben bin.

»Lass mich raten: Ein ganz klares Jein«, kommentiert Giulia meine Verwirrung belustigt.

»Ich war als Kind hier. Ein Mal. Allerdings kann ich mich nicht mehr so richtig daran erinnern.«

»Verstehe. Dann hoffen wir mal, dass du die Zeit hier dieses Mal nicht so schnell vergisst.«

»Daran habe ich keinen Zweifel«, sage ich und bin im gleichen Moment nicht sicher, wie genau ich diese Worte gemeint habe.

»Wenn du magst, zeige ich dir ein bisschen was von der Lagune. Gibt es etwas, das du unbedingt sehen möchtest?« Giulia grinst. »Gott, ich klinge, als wolle ich mich als deine Gastmutter bewerben.«

Ich zwinge mich ebenfalls zu einem Lächeln und hoffe, dass die Stimmung sich in den nächsten Minuten zumindest ein wenig entspannen wird.

»Das Angebot nehme ich gerne an. Wobei ich gestehen muss, dass ich kein Gastgeschenk mitgebracht habe.«

»Dein Besuch ist uns Freude genug.«

Ein raues Räuspern in meinem Rücken bringt meinen Herzschlag außer Takt. Ich drehe meinen Kopf ein Stück zur Seite und werfe einen Blick auf den Typen, der gerade im Türrahmen erschienen ist. Er ist nur unwesentlich älter als ich, hat gut gebräunte Haut und dunkles Haar. Seine schlanken Beine stecken in einer beigen Stoffhose, die bis zur Hüfte von einer schwarzen Schürze bedeckt ist. Der Aufdruck *buon appetito* spannt sich über eine definierte Brust. Ich zucke kaum merklich zusammen, als sein Blick mich streift. Wenn ich erwartet habe, dass er bei Augenkontakt sofort zur Seite sieht, habe ich mich getäuscht.

Aber … dieser Blick ist anders. Eindringlich, als wolle er mich mit diesem Starren durchbohren.

Sofort wird mir heiß, und ich hoffe, dass er nicht bemerkt, wie hochrot mein Kopf angelaufen sein muss.

Als in seinen Augen etwas aufblitzt, läuft mir eine leichte Gänsehaut über den Rücken.

»Matteo!«, kommt Giulia einer erneuten Vorstellung zuvor. »Brauchst du Hilfe?«

Matteo. Natürlich. Auch diesen Namen habe ich bereits von Giulia gehört. Sie hätte ja mal erwähnen können, dass man ihre Freunde eher im Eingang eines *Abercrombie & Fitch*-Stores erwarten würde als bei einem spontanen Abendessen. Ich würde am liebsten den Moment mit einem Foto festhalten. Nur, um die Aufnahme später Livi zu schicken. Ich zwischen vier Typen, die das Aussehen italienischer Männermodels, dafür aber die Aura des Cullen-Clans besitzen.

Edward, äh, Matteo lässt endlich von mir ab und wendet sich an Giulia. »Vielleicht kann mir jemand mit den Tellern helfen?«

Als habe ich ein unsichtbares Zeichen verpasst, lösen sich alle drei Jungs gleichzeitig von ihren Stühlen und verschwinden mit Matteo aus dem Esszimmer.

Fuck. Die Luft ist auf einmal so stickig geworden, dass ich kaum noch atmen kann. Oder ist es der dicke Kloß in meinem Hals, der mir den Sauerstoff abschnürt?

»Tut mir leid«, flüstere ich Giulia zu. »Es war eine total bescheuerte Idee, zu bleiben. Ich sollte gehen.« Giulias Augen weiten sich, doch bevor sie widersprechen kann, rede ich weiter: »Ich weiß deine Hilfe wirklich zu schätzen, aber ich möchte nicht, dass du meinetwegen noch mehr Ärger hast.«

»Unsinn! Du bleibst hier, Merle. Oder hast du wieder vor, auf der Straße zu schlafen?«

»Ich komme schon klar.« Natürlich habe ich mir darüber noch keine Gedanken gemacht. Fakt ist, dass ich es in diesem Haus keine weitere Sekunde aushalte.

»Du musst ihnen nur ein wenig Zeit geben, die tauen schon noch auf.« Giulia spricht so sanft, als habe sie Angst, mich noch weiter zu verschrecken. »Die kühle Art hat nichts mit dir zu tun. Es ist einfach …« Sie bricht mitten im Satz ab, weil Matteo plötzlich zurück ist. Misstrauisch sieht er zwischen Giulia und mir hin und her.

»Wir essen jetzt.«

Unsicher, ob ich seinen Kommentar als Rauswurf oder als Einladung verstehen soll, blicke ich zur Tür.

»Was habt ihr besprochen?«, kommt mir Giulia zu Hilfe.

»Sie kann bleiben.« Die Art, wie er das sagt, macht es mir unmöglich, auch nur einen Hauch Erleichterung zu empfinden. Ganz im Gegenteil … Mein Wunsch, aus diesem Haus zu verschwinden, wird von Sekunde zu Sekunde größer.

»Das ist sehr freundlich, aber ich habe es mir anders überlegt …«, setze ich an.

Ein Funkeln geht durch seine Augen. Ein Funkeln, das gleichermaßen arrogant wie herausfordernd wirkt. Wüsste ich es nicht besser, könnte ich meinen, er wolle mich zu einem Spiel herausfordern. »Pass auf, *tedeschina*. Jeder von uns hat genug Verstand, um eine junge Frau nachts nicht auf die Straße zu setzen.«

Ich komme nicht dazu, noch etwas zu sagen, denn auf einmal tauchen auch die anderen drei Jungs hinter Matteo auf.

»Was ist los?« Romeos Blick bleibt an mir hängen. Dabei bin ich sicher, dass nicht ich diejenige bin, von der er eine Antwort erwartet.

»Nichts ist los. Wir essen jetzt«, bestimmt Matteo und macht einen Schritt auf mich zu. Reflexartig weiche ich aus und ärgere mich im selben Augenblick über diese Reaktion. Was denkt er eigentlich, wer er ist?

»Es gibt eine Bedingung, unter der du im Casa Nera bleiben kannst. Du wirst das Geld, was du für deine Unterkunft bezahlt hast, nicht zurückverlangen«, kommt es jetzt von Diego.

»Aber das Zimmer wurde storniert«, erinnere ich ihn verblüfft.

»Diese Bedingung ist nicht verhandelbar. Akzeptier sie oder lass es bleiben!«

Was zur Hölle …? Ich nicke. »Meinetwegen.«

»Du bist sauber und machst keinen Lärm, ist das klar?«, fährt jetzt Matteo fort.

Wow. Plötzlich bin ich richtig in Partystimmung.

»Es werden keine Leute eingeladen. Dazu zählen auch One-Night-Stands oder Ähnliches.«

»Vielleicht sollten wir diese Regeln auch für dich einführen«, wirft Giulia belustigt ein und kassiert einen verärgerten Blick von Matteo.

»Willst du wirklich, dass wir jetzt mit dem Thema anfangen?«

»Bitte nicht.«

»Also, haben wir das geklärt?«, fragt Matteo mit einem bohrenden Blick in meine Augen.

Ich verkneife mir die Frage, warum er die Regeln bestimmt, wenn das Haus doch eigentlich Diego gehört, und nicke stattdessen. Die Alternative wäre immer noch, auf der Straße zu schlafen.

»Gut. Dann können wir ja jetzt essen.« Mit diesen Worten geht Matteo, gefolgt von den anderen, an mir vorbei und setzt sich an einen Platz. »Lasst es euch schmecken!«

Als der köstlich duftende Topf Spaghetti dampfend auf dem Tisch steht, ist mir dennoch der Appetit vergangen.

8. Kapitel

Matteo

Meine Mutter war die erste und vermutlich auch einzige Frau, die mir je das Herz gebrochen hat. Als der Krebs sie uns nahm, war ich gerade einmal dreizehn Jahre alt. Kein Kind in diesem Alter ist bereit, die eigene Mutter zu verlieren. Ist man das überhaupt jemals?

Und immer, wenn mir klar wird, dass *Mamma* in Emilias Erinnerungen nicht einmal mehr auftaucht, nimmt der Schmerz noch weiter zu, und ich trauere für sie darum, dass sie unsere Mutter nie kennenlernen konnte, nicht weiß, wie ihre Haare sich anfühlten, wie ihr Lachen klang, wie schrecklich schief sie gesungen hat.

»Ich werde immer auf dich aufpassen, *figlio mio*. Auf dich, deine Schwester und *Papà*. Auch dann, wenn ihr mich nicht seht. Immer und ewig!«

Ich erinnere mich an ihre Worte, als sei es gestern gewesen. Und gleichzeitig ist es viel zu lange her.

Es heißt immer, die Zeit heile alle Wunden. Doch das ist nicht wahr, denn von Heilung zu sprechen würde sich wie ein großer Verrat an *Mamma* anfühlen. Nichts wird mich jemals über sie hinwegkommen lassen.

Vielleicht ist es das, was mir noch heute das Herz bluten lässt. Dass der Rest meiner Familie in einer Parallelwelt lebt. *Papàs* und Emilias Leben ging einfach so weiter, während ich von einem großen dunklen Loch verschluckt wurde.

»Du bist ja noch wach.« Ich klopfe gegen den Rahmen ihrer angelehnten Tür und warte einen Moment. »Und machst Hausaufgaben?«

Emilia sitzt am Schreibtisch. Die langen braunen Haare fallen ihr glatt über die Schulter, und ich kann ihr Gesicht erst sehen, als sie sich zu mir umdreht. Sie sieht müde aus. Kein Wunder. Wir haben nach Mitternacht, und sie sollte längst im Bett liegen.

»Matteo? Was machst du denn hier?« Ihre Stimme ist leise. Sie ist viel zu schüchtern, haben die Lehrer in der Schule am Elternsprechtag gesagt. Noch immer kann ich kaum glauben, dass Papà nicht selbst hingegangen ist, sondern Natalie geschickt hat.

Dabei ist meine kleine Schwester alles andere als schüchtern. Sie behält die Dinge nur lieber für sich. Macht ihre Gedanken mit sich selbst aus. Genau wie ich. Und wie Mamma. Anders als Natalie, die mit ihrer lauten Art in unser Leben geschneit ist und … Ich führe den Gedanken nicht zu Ende, sondern trete langsam in Emilias Zimmer ein.

»Meine kleine Schwester besuchen.«

»Hast du heute nicht frei?« Mit großen Augen sieht sie mich an. Sie hat recht. Normalerweise arbeite ich nur an den Wochenenden im Restaurant.

»Papà hat mich angerufen. Ich bin spontan eingesprungen.«

Emilia nickt. »Im Hafen hat ein riesiges Kreuzfahrtschiff angelegt.«

»Okay.« Auch wenn ich die Touristenmassen verabscheue, versuche ich, nicht allzu hart zu reagieren. Schließlich weiß ich, wie wichtig die Gäste für das Restaurant sind.

»Brauchst du Hilfe?«, frage ich, obwohl ich mir die Antwort bereits denken kann. Zum einen würde sie das nicht zugeben, zum anderen ist sie selbst viel zu klug, um mich zu brauchen.

Sie schüttelt den Kopf.

Einen Moment herrscht Schweigen. Ich sehe mich in Emilias Zimmer um. Im letzten halben Jahr hat es sich ziemlich verändert. Papà hat die ursprünglich rosa Wände weiß gestrichen, und die pastellfarbene Bettwäsche wurde gegen ein blau gestreiftes Muster ausgetauscht.

»Warum muss das sein?«, habe ich gefragt und dabei wieder an Mamma gedacht. Wie sie schon zu Beginn der Schwangerschaft darauf bestand, alles genau so zu streichen.

Doch Jahre später war die Farbe an manchen Stellen der Wand von der Sonne ausgeblichen oder durch die Zeit verblasst. Und trotzdem tat ich mich mit der Veränderung unheimlich schwer.

»Ich mag das nicht mehr so haben. Meine Lieblingsfarbe ist Blau«, hat Emilia gesagt, sodass ich bald darauf einsehen musste, dass es keinen Sinn ergibt, an Dingen krampfhaft festzuhalten.

Und dennoch erfüllt mich noch immer ein befremdliches Gefühl, wenn ich hereinkomme und den Raum so verändert vorfinde. Was bleibt meiner Schwester dann noch von Mamma?

Auch jetzt frage ich mich wieder einmal, was meine Schwester wohl gerade beschäftigt. Worüber sie nachdenkt, wenn sie abends in ihrem Bett liegt. Ob sie ihre Freundin Lucia mal wieder einladen möchte. Die beiden schienen sich wirklich gut zu verstehen, und selbst Papà war ganz aufgeregt, als Emilia zum ersten Mal eine Klassenkameradin mitbrachte.

»Welches Fach ist das denn?« Es ist erbärmlich, wie ich krampfhaft versuche, ein Gesprächsthema mit ihr zu finden. Dabei sollte es so vieles geben, über das wir sprechen können.

»Italienisch.«

Ich nicke kommentarlos. Denn wie immer, wenn es darauf ankommt, fällt mir genau zu diesem *vieles* nichts mehr ein.

»Ich gehe dann mal.«

»Okay.« Sie sieht nicht von ihrem Heft auf. Auch dann nicht, als ich aus der Tür trete und im Flur noch einen Moment stehen bleibe.

»Matteo?«

Ich zucke zusammen. Noch ehe auch dem hintersten Teil meines Bewusstseins klar wird, dass es Natalies Stimme ist, hat sich meine Miene schon verhärtet. Ohne mich umzudrehen, verharre ich in der Bewegung.

»Was ist?«

»Matteo.« Sie sagt meinen Namen in diesem weichen Tonfall, der ein unangenehmes Brennen auf meiner Haut hinterlässt. Manchmal würde ich ihr die Wut, die sie in mir auslöst, am liebsten ins Gesicht spucken. Und doch tue ich es nicht. Nicht direkt. »Hast du noch mal darüber nachgedacht, was wir besprochen haben?« Sie holt mich auf dem Flur ein und stellt sich mir in den Weg. So, als wisse sie genau, dass ich andernfalls sofort flüchten würde.

»Wenn es was Neues gibt, lasse ich es dich wissen«, sage ich schroff.

»Hast du dich mal umgehört? Oder zumindest eine Idee?« Als ihre Hand meinen Oberarm berührt, ist es, als verpasse sie mir einen elektrischen Schlag. Ich kann gerade noch verhindern, dass ich mich mit einem Ruck von ihr losreiße.

»Was hast du an meinem letzten Satz nicht …«

Ich breche mittendrin ab. Denn ausgerechnet jetzt entdecke ich Emilia im Türrahmen. So stumm, dass ich mich frage, wie lange sie dort schon steht und uns beobachtet. Es können nur wenige Sekunden sein.

Die Stille liegt mit einem Mal so schwer in der Luft, dass ich förmlich spüre, wie sie meine Schultern zu Boden drückt.

»Natalie?« Emilia räuspert sich, und damit scheine ich aus dem Schneider zu sein. »Kannst du Papà fragen, ob er morgen früh an meine Geigennoten denkt? Er hat versprochen, sie abzuholen, es aber heute schon wieder vergessen.«

Ich nutze die Gunst des Augenblicks und mache, dass ich aus dem Flur komme. Ich sollte nach Hause. Nur weg hier!

Es ist ein beschissenes Gefühl, zu wissen, dass man als großer Bruder versagt hat.

9. Kapitel

Merle

Meine Nacht war eine einzige Katastrophe. Während mein Kopf fest auf die Kissen gedrückt war, verlor ich meine Gedanken immer wieder in den alten Briefen, die ich sicher in meinem Rucksack verstaut habe. Dementsprechend erschöpft fühle ich mich am nächsten Morgen. Dabei bin ich mit Adriano und Isabella verabredet. Die beiden haben versprochen, mir ein paar der anderen Gebäude zu zeigen, in denen Vorlesungen stattfinden. Und auch wenn das Treffen nur mit der Uni zu tun hat, fühlt es sich gut an, mal rauszukommen und mit jemandem zu sprechen, der mir nicht am liebsten die Augen auskratzen würde. Wobei ich Giulia damit unrecht tue. Seit meiner Ankunft hat sie sich große Mühe gegeben, mich willkommen zu heißen. Und es ist nicht ihre Schuld, dass die Jungs im Casa Nera mich nicht leiden können.

Den Versuch, anhand von Giulias Wegbeschreibungen herzufinden, habe ich nach der zweiten Sackgasse aufgegeben und stattdessen zu Google Maps gegriffen. Ich schlendere durch die engen Gassen, vorbei an alten, verwitterten Gebäuden, deren Fassaden die perfekte Kulisse für einen Retro-Film abgeben würden.

Es wird bestimmt noch eine Weile dauern, bis ich mich in Venedig halbwegs zurechtfinde. Von meinem Datenvolumen verabschiede ich mich besser sofort, denn das ständige Nachbuchen kann ich mir gerade absolut nicht leisten. Mein letztes Geld ist diesen Monat für die Kaution draufgegangen, die ich Diego gegeben habe. Ich hatte die Hoffnung, dass das Geld ihn ein wenig milder stimmen würde, letztendlich schien ihm die Kohle allerdings ziemlich egal. Kein Wunder. Dass ihr Cousin auf Einnahmen aus dem Hotel nicht angewiesen ist, hat Giulia ja bereits erwähnt.

»Du hast Glück, dass du nur zwanzig Minuten warten musstest. Normalerweise kommt Adri nie weniger als eine halbe Stunde zu spät«, reißt Isabella mich aus meinen Gedanken. Sie und Adriano sind wie aus dem Nichts auf der Wiese vor dem Campus aufgetaucht. Um uns herum breitet sich Leben aus, Studenten eilen vorbei, lachen und diskutieren.

»Sie hat mich heute Morgen mindestens zehnmal angerufen, um zu überprüfen, ob ich auf bin.« Adriano verdreht die Augen. »Dabei habe ich die halbe Nacht wach gelegen.«

»Erstens waren das vier Anrufe, und zweitens hast du jeden einzelnen davon gebraucht, um aus dem Bett zu kommen«, erklärt Isabella und streicht ihren knielangen Rock glatt. Ich frage mich, ob sie im Hochsommer auch so viel Stoff getragen hat.

»Wie dem auch sei … Jetzt sind wir hier und können los.« Adriano deutet auf die Glastür, die ins Innere der Uni führt. »Das Gebäude hier wird hauptsächlich von unserer Fakultät genutzt. Auf den Tafeln siehst du die aktuellen Vorlesungen mit den dazugehörigen Räumen. In den oberen Räumen finden auch die Seminare statt. Und unten sind die Redaktionsräume. Wenn du magst, nehme ich dich demnächst mal mit zu unserem Treffen. Natürlich nur, falls du Interesse hast.«

»Für die Unizeitschrift?«

»Genau. Wir treffen uns jeden Dienstag, um Themen zu sammeln und einander Updates zu geben. Die *L'universitario* erscheint einmal im Monat und ist als Print und als Download verfügbar. Wenn du nächste Woche Zeit hast, sag gern Bescheid.«

»Meine Termine halten sich bisher in Grenzen. Worüber berichtet ihr so?«

Wir gehen durch einen etwas heruntergekommenen Flur. Heruntergekommen nicht im Sinne von altmodisch oder charmebehaftet, sondern zum ersten Mal von einer Seite, die mir in Venedig bisher nur wenig untergekommen ist: Die hellen Wände sind mit Graffiti besprüht, und das ein oder andere Kaugummi hat sich am Boden festgeklebt.

»Über alles Mögliche. Wir versuchen, das Blatt möglichst bunt zu gestalten. Abwechslungsreich. So, dass für jeden etwas dabei ist. Interviews, Neuigkeiten über das Unileben, Sportangebote …«

»Wir haben auch eine Seite mit Lerntipps oder Buchempfehlungen«, fällt Isabella ihm ins Wort. »Und aktuell geht es viel um die Vorbereitungen für das Filmfestival.« Sie schaut Adriano fragend an. »Hast du Merle davon erzählt?«

»Noch nicht.«

Neugierig horche ich auf. »Ein Filmfestival? Hier?«

Adriano nickt. »Das findet jedes Jahr in Kooperation mit der Uni statt. Die Studierenden können sich mit einem Filmprojekt anmelden. Auf dem Festival werden dann die Clips gezeigt und die besten Einreichungen ausgezeichnet.«

Isabella hebt ihren Zeigefinger. »Letztes Jahr gab es sogar ein Preisgeld.«

»Die meisten machen aber eher aus Spaß mit.«

»Und weil es sich im Lebenslauf nicht schlecht macht«, ergänzt Isabella.

»Oder so.«

»Geht es dabei um ein bestimmtes Thema?«

»Mehr oder weniger. Dieses Jahr lautet das Motto ›Die Facetten Venedigs‹. Es gibt also ziemlich viel Spielraum für Interpretation.« Adriano lacht auf. »Sag bloß, du würdest gern mitmachen?«

Ich schüttele heftig den Kopf. »Auf keinen Fall. Von Kameras habe ich viel zu wenig Ahnung.« Leider. Denn auch wenn ich nicht vorhabe, es laut auszusprechen, klang der Part mit dem Preisgeld doch ziemlich verlockend. Vor allem in meiner aktuell finanziell prekären Lage …

»Gut. Die Frist zur Anmeldung ist sowieso schon abgelaufen. Es gibt immer wieder Studenten, die den Termin versäumen, was dann für großes Chaos sorgt. Deshalb können wir keine Ausnahmen mehr machen.«

»Wann wird es stattfinden?«

»Am zweiundzwanzigsten November. Zu der Zeit wird es hier, was den Tourismus angeht, langsam etwas leerer. Die Vorbereitungen und Planungen finden aber natürlich schon lange im Voraus statt. Siehst du …?«

Wir bleiben vor einer halb geöffneten Tür stehen. Über Isabellas Schulter hinweg erhasche ich einen Blick in das Innere des Zimmers und vermute, dass es sich um einen Seminarraum handelt. Die Tische sind zu einem kleinen Hufeisen geschoben, und nur wenige Plätze sind belegt. Die Studenten scheinen in ihre Bücher vertieft.

»Hier kannst du dich reinsetzen, wenn gerade keine Veranstaltung stattfindet«, erklärt Adriano. »Oder du gehst nach draußen auf den großen Platz. In der Nähe des Hauptgebäudes findest du auch eine Art Unigarten. Der einzige Nachteil an der frischen Luft sind die vielen Moskitos. Eine echte Plage, ich sag's dir.«

»Wenn ein paar Mückenstiche der Preis für die Sonne sind, nehme ich sie gerne in Kauf.«

»Das sagst du jetzt.« Mit einem vielsagenden Blick geht Adriano weiter. Wir brauchen für das ganze Gebäude maximal zwanzig Minuten, und das auch nur, weil Adriano sich bei jeder Gelegenheit in ein Gespräch verwickeln lässt. Immerhin lerne ich so die ersten Kommilitonen kennen, und ausnahmslos alle wirken freundlich und interessiert.

Wer weiß, vielleicht werden die sechs Monate hier doch so, wie ich sie mir erhofft habe. Ein kurzer Gedanke an Andrea blitzt in meinem Bewusstsein auf. Ein schmerzhafter Gedanke, der zum Glück vorbeizieht, als Adriano sich hinter mir räuspert.

»Habt ihr Hunger? Mir bleiben noch knapp zwei Stunden bis zur ersten Vorlesung, und ich habe gerade beschlossen, dass unser erstes gemeinsames Essen auf mich geht.«

Noch bevor Isabella etwas sagen kann, nicke ich begeistert.

»Meine erste Veranstaltung findet am Montag statt. Bis dahin bin ich bei allem dabei.«

Ich habe mir den Stundenplan absichtlich recht frei gehalten, um ausreichend Zeit für meine Nachforschungen zu haben. Doch aktuell würde das bedeuten, dass ich erst mal ins Casa Nera zurückgehen müsste, um mich in meine Notizen stürzen zu können. Und darauf kann ich gerade ziemlich gut verzichten.

• • •

»Hier warst du sicher schon, als du angekommen bist, oder?«

Wir sind eine ganze Weile zu Fuß durch die Gassen gegangen. Die Brücken, die wir dabei überquert haben, habe ich längst aufgehört zu zählen. Die warmen Sonnenstrahlen, die von oben direkt auf unsere Köpfe knallen, machen es mir schwer, mich überhaupt auf etwas zu konzentrieren. Doch nun stehen wir an der langen Promenade, an der ich an meinem ersten Tag direkt auf Giulia getroffen bin. Obwohl ich die Erinnerung daran nur zu gern verdrängt hätte, nicke ich.

»Ich bin mit dem AliLaguna vom Flughafen gekommen.«

Isabella lächelt. »Hier legen viele Boote an. Ansonsten gibt es aber auch noch den Piazzale Roma. Von dort aus kannst du theoretisch auch mit Bus und Bahn zum Festland fahren.«

Adriano brummt etwas Unverständliches, bevor er sich in Richtung der Häuser dreht. »Hier kann man direkt am Wasser essen. Wie wäre es mit einem Platz unter den Sonnenschirmen?«

»Klingt super.« Wir folgen Adriano ein paar Meter tiefer die Promenade hinunter. Immer wieder fange ich Wortfetzen aus verschiedenen Sprachen auf und versuche, die Menschen ihrer jeweiligen Herkunft zuzuordnen. Ich lasse den Blick über das Wasser gleiten und versuche, bewusst innezuhalten. Es ist unglaublich, wie schön die Sicht von der Lagune ist. Ich möchte gerade das Handy zücken, um ein Foto für Livi zu schießen, als ich bemerke, dass wir vor dem Restaurant stehen, bei dem ich kurz nach meiner Ankunft eine rasche Pause gemacht habe.

»*Prezioso*«, lese ich den Schriftzug, der über der Tür angebracht ist.

Isabella registriert meinen aufmerksamen Blick. »Wollen wir dorthin? Die Pasta ist echt gut.«

»Und wertvoll?« Ich habe den Namen des Restaurants automatisch übersetzt und muss feststellen, dass er einen schönen Klang hat.

Sie winkt ab. »Das ist nicht wörtlich zu nehmen. Natalie würde uns niemals zu viel abnehmen. Sie ist ein echter Schatz.«

Als wir das Innere des Restaurants betreten, fahre ich mit den Augen über die dunklen Holzwände und staune nicht schlecht.

Dunkler Steinboden zieht sich bis zu einer Treppe, die nach oben führt. An den Wänden hängen einige gerahmte Bilder, bei denen ich aus der Entfernung nur erahnen kann, ob sie gezeichnet oder als Foto aufgenommen wurden. Zur linken Seite befindet sich eine Bar. Direkt Richtung Eingang sitzt ein älterer Mann in kurzen Shorts und ärmellosem Hemd. Er scheint viel zu vertieft in seine

Tageszeitung zu sein, als dass er sich umblicken würde, als wir hereinkommen. Obwohl alles viel altmodischer als bei uns zu Hause ist, finde ich an diesem Stil definitiv Gefallen.

Erst ein paar Sekunden später bemerke ich ein Mädchen, das auf den obersten Treppenstufen sitzt. Sie hebt den Kopf, sodass sich unsere Blicke treffen.

Als eine Frau aus einer Tür tritt, ahne ich sofort, dass dies Natalie sein muss. Sie hat ein freundliches Lächeln, und ich schätze sie auf Mitte dreißig. »*Benvenuto.* Heute sogar zu dritt.« Ein neugieriger Blick streift mich.

»Das ist Merle. Sie kommt auch aus Deutschland«, erklärt Adriano und deutet auf mich.

»Wie schön! Hallo, Merle. Ich bin Natalie. Meinem Mann gehört das Restaurant.« Ich brauche einen Moment, um zu realisieren, dass sie ins Deutsche gewechselt hat.

»Oh, wie schön! Dein Deutsch ist ja perfekt«, bemerke ich ein wenig perplex.

»Ich bin in München aufgewachsen, lebe jetzt aber schon seit mehr als zehn Jahren hier. Woher kommst du?«

»Ich wohne in Köln und bin für ein Auslandssemester hier.«

Natalie sieht aus, als wolle sie etwas sagen, wird jedoch von Adriano unterbrochen. »Wir würden uns gerne draußen hinsetzen. Ihr habt doch noch drei Plätze, oder?«

»Sicher. Um die Mittagszeit ist ohnehin weniger los. Sucht euch den schönsten Platz aus. Ich bringe euch gern die Karte.« An mich gewandt, wechselt sie noch einmal die Sprache. »Du musst unbedingt die Pasta mit dem gegrillten Gemüse probieren. Das wird viel zu häufig unterschätzt.«

Ich bedanke mich für den Geheimtipp und gehe mit Isabella und Adriano nach draußen. Auf der Terrasse, die direkt über dem Wasser liegt, sind die meisten Tische tatsächlich frei.

Als Natalie kommt, um die Bestellung aufzunehmen, entscheide ich mich mit einem dankbaren Lächeln für die Pasta und eine Cola light.

Wir müssen nicht lange auf das Essen warten und fallen ausgehungert über die dampfenden Teller her. Während wir essen, verlieren wir uns in einem Gespräch über die Uni und die inhaltlichen Unterschiede unseres bisherigen Studiums.

Die anderen haben keine Ahnung, wie kostbar jede Sekunde für mich ist, in der ich es schaffe, den Stress der letzten Tage, nein, den Kummer eines halben Jahres, auch nur ein bisschen auszublenden.

Erst als ich bei der Bezahlung darauf bestehe, die Rechnung selbst zu übernehmen, spüre ich ihn wieder: den dicken Brocken, der sich in meiner Magengegend eingenistet hat und mich noch tiefer in meinen Sitz sinken lässt.

»Hast du vielleicht noch eine andere Karte?«

Es könnte zig weitere Gründe geben, weshalb die Bezahlung nicht funktioniert hat, dennoch schießt mir sofort die Hitze in den Kopf. Es ist, als wüssten alle um mich herum in diesem Moment, wie leer mein Konto ist.

»Ähm …« Hektisch fühle ich in meiner Tasche, als gäbe es auch nur den Hauch einer Chance, auf einen vergessenen Geldschein zu stoßen. Fehlanzeige! Bis auf ein paar Münzen ist mein Portemonnaie blank. »Mist. Es tut mir leid.« Die Scham breitet sich wie ein Gift in meinem Körper aus und bringt mich innerhalb von Sekunden zum Glühen. »Ich bin normalerweise nicht so pleite. Kann man die Schulden auch als Tellerwäscherin begleichen?«, versuche ich, meine Verlegenheit mit einem ironischen Spruch zu überspielen.

»Kein Problem. Ich habe doch gesagt, dass ich euch einlade.«

Blitzschnell hat Adriano einen Schein aus seiner Hosentasche gezogen. »Stimmt so.«

Sein großzügiges Trinkgeld sorgt dafür, dass ich mich schlagartig noch schlechter fühle.

»Danke.« Natalie nimmt die Bezahlung entgegen und hält ein paar Sekunden inne. »Wobei ich Merles Angebot gar nicht mal so schlecht fand. Nun ja, zum Glück haben wir eine funktionierende Spülmaschine.«

»Die kann sicher mehr Qualifikationen vorweisen«, gehe ich auf ihre Bemerkung ein. »Obwohl ich recht schnell lerne. Außerdem bin ich zuverlässig und ehrgeizig. Ich kann gut mit Menschen umgehen … und mit Tellern. Meistens jedenfalls.«

»Das klingt vielversprechend.«

»Meine Mitbewerberin ist eine Spülmaschine. Da muss man hoch pokern.«

Natalie lacht herzlich auf. »Ich fürchte, ich muss dich enttäuschen. Bei den Mengen an Geschirr würdest du dir die Hände blutig schrubben. Aber wir suchen aktuell eine Kellnerin, die uns ein paarmal die Woche im Service unterstützt. Falls dich der Job tatsächlich interessiert, kannst du gerne mal zur Probe arbeiten. Die Bezahlung ist durchschnittlich, aber mit Trinkgeld kommt einiges zusammen.«

Überrascht reiße ich die Augen auf. »Echt jetzt?«

Natalie nickt. »Ich würde mich freuen.«

»Und ich erst.« Mein Herz beginnt plötzlich, wild zu schlagen. Wenn das funktioniert, hätte ich meine Geldsorgen bald im Griff und müsste nicht meine Eltern fragen. Allein die Vorstellung bringt den Brocken in meinem Magen dazu, ein klitzekleines bisschen leichter zu werden. Und wer weiß … vielleicht kann ich bald schon wieder freier atmen.

10. Kapitel

Merle

Als die Eingangstür des Casa Nera hinter mir zufällt, ist es gespenstig still um mich herum. Es ist eine Stille, die mir vertraut sein müsste. Vor allem in den letzten Jahren, in denen ich alt genug war, um auf mich selbst aufzupassen, habe ich die meiste Zeit des Tages allein verbracht. Wenn ich aus der Schule heimkam, war fast nie jemand zu Hause. Meine Eltern hatten ihr Leben. Und ich hatte meins.

Doch die Stille, die mich im Casa Nera empfängt, ist etwas vollkommen anderes. Das Casa Nera ist etwas anderes. Größer und gleichzeitig verlassener. Das dumpfe Geräusch meiner Schritte auf dem alten Parkett verstärkt das seltsame Flattern in meinem Bauch.

Die Luft riecht nach Holz und einem undefinierbaren, leicht modrigen Unterton, der zweifelsohne von den alten Wänden und Möbeln stammt. Aus irgendeinem Grund empfinde ich ihn jedoch nicht als unangenehm. Vielleicht, weil er mich an Momente aus meiner Kindheit erinnert. Ich habe oft mit meinem Großvater in seinem Arbeitszimmer gesessen, mit ihm alte Zeitungen durchgesehen, die spannendsten Artikel ausgeschnitten und zu einer eigenen Zeitung zusammengeklebt.

Manchmal haben wir auch so getan, als würde ich eine Nachrichtensendung moderieren.

Ich gehe langsam weiter. Ob die anderen alle unterwegs sind?

Je länger ich mich im Eingangsbereich umsehe, desto kribbliger wird das Gefühl in meiner Brust. Allein dieser Teil des Hauses ist um einiges größer als Wohnzimmer und Küche meiner Eltern zusammen. Irgendwie … einschüchternd. Und gleichzeitig zu aufregend, um mir die Gelegenheit für eine Erkundungstour entgehen zu lassen.

Ich ziehe mein Smartphone aus der Tasche und öffne die Kamera, um für Livi eine Roomtour zu filmen. Ich kann es kaum abwarten, ihre Reaktion auf das alte Hotel zu erfahren. Entschlossen starte ich die erste Aufnahme und versuche, möglichst viele Eindrücke in meinem Video festzuhalten.

Ich gehe an einer alten Sesselgarnitur vorbei und filme das große Bücherregal an der Wand, wobei mir auffällt, dass kein einziger Titel aus den letzten Jahren stammt. »Und das hier«, erkläre ich mit gedämpfter Stimme, »das hier ist die alte Rezeption. Die habe ich mir selbst noch nicht angesehen. Sieh nur, Livi, wie viele Zimmer sind das wohl?« Ich richte die Kamera auf die Wand, an der dicke vergoldete Schlüssel hängen. »Moment, ich kann es herausfinden.« Beim Näherkommen bemerke ich, dass jeder Schlüssel eine Prägung mit Nummer hat. Die größte Zahl, die ich entdecke, ist die Zweiundzwanzig. »Jetzt kannst du dir vielleicht vorstellen, wie riesig das alles hier ist.«

Erst auf den zweiten Blick fällt mir auf, dass vereinzelte Haken leer sind. Die Schlüssel sind weg. Ich pausiere das Video und zähle durch. Giulia. Leandro. Matteo. Diego. Romeo … Fünf. Warum zur Hölle fehlen jedoch sechs Schlüssel? Als ich begreife, zu welchem Zimmer der letzte Schlüssel fehlt, breitet sich Gänsehaut auf meinen Armen aus. In Zimmer sechs wohne ich. Eine Tatsache, die mich nicht weiter wundern würde, hätte ich jenen Schlüssel selbst bekommen.

Bisher hatte ich kein Problem damit, meine Tür nicht abschließen zu können. Aber jetzt … Beunruhigt greife ich das Smartphone in meiner Hand fester. Warum um alles in der Welt hat jemand meinen Schlüssel bei sich?

Und vor allem … wer könnte dieser Jemand sein?

Vielleicht ist es auch nur ein Zufall. Zum Beispiel ist es möglich, dass der Schlüssel von einem Gast verloren wurde oder die anderen vergessen haben, ihn an mich weiterzugeben. Bei der nächsten Gelegenheit werde ich Giulia fragen.

Ich starte eine neue Aufnahme und fahre mit den Erklärungen für Livi fort. »Der Türbogen rechts führt in einen Flur, der in den Sala Nera, das Esszimmer, übergeht. Links ist die Hotelküche. Da war ich aber noch nicht. Giulia meinte, dass es noch ein paar ungenutzte Räume gibt. Bevor ich dir die Flure oben zeige, kommt erst mal noch das Wohnzimmer.« Ich drehe das iPhone in den Selfiemodus, sodass Livi mein Augenzwinkern sehen kann.

Als ich das Soggiorno betrete, fühlen sich meine Beine so weich an, als würden sie jeden Moment unter mir nachgeben. »Ist das nicht krass?«, flüstere ich. Obwohl ich ganz allein hier bin, gibt es etwas, das mich davon abhält, lauter zu sprechen. »Kannst du dir vorstellen, hier zu wohnen?«

Mit den Fingerspitzen streiche ich vorsichtig über das Holz eines Schrankes und halte entsetzt die Luft an, als sich unter meiner Berührung ein klares Muster abzeichnet. Ich möchte wirklich nicht übertreiben, aber die Staubschicht, die plötzlich aufwirbelt, bringt mich allein durchs Hinsehen zum Niesen. Wie lange wurde hier denn bitte nicht geputzt? Wie lange es wohl dauert, mit dem Staubsauger durch ein ganzes Hotel zu gehen?

Ich klopfe mir den Staub von den Händen und gehe ein paar Schritte weiter zu dem ausladenden schwarzen Flügel. Obwohl ich selbst kein Instrument spiele, fühle ich mich augenblicklich dazu verleitet, mich auf den Hocker zu setzen. Ohne groß nachzudenken, klappe ich den Deckel auf und lege meine Finger sanft auf die Tasten. Ich muss nur die Augen schließen, um mich in den Orchestergraben eines Theaters zu denken. Allein die Vorstellung zaubert mir ein albernes Lächeln ins Gesicht. Mein Blick geht über den Flügeldeckel hinweg und bleibt an der Wand gegenüber hängen. Dort hängen Bilder, die schlagartig mein Interesse wecken. Es ist streng genommen ein ganz bestimmtes, ein einziges, das mich wie ferngesteuert vom Hocker rutschen lässt. Ich brauche nur wenige Schritte, um die Wand zu erreichen.

Das hier ist keine Wahnvorstellung. Nein, ganz und gar nicht. Ich streiche vorsichtig über den Bilderrahmen und wage kaum, Luft zu holen, während ich die Zeichnung mustere. Eine Zeichnung, die mir mittlerweile schmerzlich vertraut ist.

Das rot schimmernde Wasser, der lila leuchtende Himmel. Venedig auf abstrakte Art und Weise. Auf dem Polaroidfoto aus Andreas Brief haben die Farben blasser gewirkt, und doch bleibt kein Platz für Zweifel.

Ich bleibe ein paar Sekunden reglos vor dem Schrank stehen.

»Was tust du da?«

Ich mache einen Satz nach hinten und stolpere beinah über einen Teppich, der aufgerollt mitten im Weg liegt.

»Verdammt. Musst du mich so erschrecken?« Verärgert funkele ich Matteo an, der sich mir von hinten unbemerkt genähert hat. Entweder ist er schon die ganze Zeit im Haus gewesen, oder ich habe nicht mitbekommen, wie er hineingekommen ist. Er trägt eine lange Stoffhose und ein weißes Leinenshirt, das seine gut gebräunte Haut zusätzlich betont. Jedoch kann sein gutes Aussehen nicht über den finsteren Gesichtsausdruck hinwegtäuschen.

»Ich habe dich was gefragt.«

»Ich dich auch.«

Wenn möglich, sieht er jetzt sogar noch verärgerter aus. Bravo,

Merle! Wie wäre es, wenn du aufhörst, irgendwelche Feindschaften zu vertiefen?

»Was machst du hier?«

»Ich habe mich nur mal umgesehen.« Abwehrend hebe ich die Hände. Eine friedliche Bewegung, wie ich finde. Matteo scheint sie allerdings nicht zu beeindrucken.

»Und wer hat dir erlaubt, dich umzusehen?«

Mein Herz macht einen Sprung. »Bitte?«

Misstrauisch hebt Matteo eine Augenbraue.

»Wer hat dir gesagt, dass du hier rumschnüffeln sollst?«

»Ich habe nicht rumgeschnüffelt.«

»Du brauchst mich nicht für dumm zu verkaufen. So schreckhaft sind nur Leute, die etwas zu verbergen haben.«

Wut breitet sich in meinem Bauch aus. »Du spinnst ja komplett! Willst du mir etwa unterstellen, dass ich klaue?«

Mein Herz wummert so fest gegen meine Brust, als wolle es hinausspringen. Wie unverschämt kann man bitte sein?

»Tust du es denn?«

Der Ärger muss mir den Zugang zu meinem Gehirn abgeschnitten haben, denn plötzlich mache ich einen energischen Schritt auf Matteo zu. Fuck. Ich hasse es, dass er größer ist als ich. Ich bin nicht klein. Und doch überragt er mich um mindestens zehn Zentimeter. Doch was viel schlimmer ist: dieser überlegene Blick. Zum Kotzen!

»Hör mal zu, du kannst mich nicht riechen? Okay! Ich hab's kapiert. Wir müssen keine Freunde werden. Aber so eine Anschuldigung ist echt mies. Zumal ich dir überhaupt nichts getan habe.«

Geh einfach, rät meine innere Stimme. Hau einfach ab.

»Ich muss jetzt los.« Blitzschnell schiebe ich mich an Matteo vorbei Richtung Tür.

»Hey, bleib stehen!«

Auf gar keinen Fall. Ich werde keine Sekunde länger in diesem Raum bleiben. Jedenfalls nicht freiwillig.

»Ich bin noch nicht fertig.« Mist. Er hat mich schnell eingeholt. Als seine Hand kurz meine Schulter streift, schrecke ich allerdings so heftig zusammen, dass er sie zurückzieht. »Sorry. Ich wollte nicht …«

Ein richtiger Gentleman!

»Was hast du an der Wand geguckt?« Als ich nicht antworte, hakt er erneut nach. »Bei den Bildern. Was hast du gesucht?«

Verblüfft ziehe ich die Brauen zusammen. »Ich sagte doch, ich habe mich umgesehen.«

»Und ich sagte, dass ich dir nicht glaube. Du hast irgendwas angeschaut.«

Wie lange muss er hinter mir gestanden und mich beobachtet haben? Der Gedanke macht mich nervöser, als ich zugeben will.

In Sekundenschnelle wäge ich ab: Soll ich Matteo einfach die Wahrheit sagen oder lieber eine Ausrede erfinden?

Eigentlich wäre nichts Schlimmes dabei, zuzugeben, dass ich das Bild wiedererkannt habe. Wer weiß, vielleicht könnte er mir sogar mehr darüber erzählen? Ich öffne den Mund, doch da verharren unsere Blicke ineinander. Diese Augen. Fuck. Der Großteil der Weltbevölkerung hat dunkle Iriden. Wie können zwei stinknormale Augen dann so perfekt in ein Gesicht passen? Alles an diesem Kerl ist eine abartige Verschwendung von Mutter Natur. Es sollte keine Menschen geben, die so schön sind und gleichzeitig so unverschämt. Und wenn, dann sollte man nicht so gut riechen dürfen.

»Ich habe keine Ahnung, was du meinst«, sage ich bemüht ruhig. Immerhin klinge ich für ihn damit offenbar entschlossen genug, um mich gehen zu lassen. Dem Himmel sei Dank!

Mein Verstand hat sich gerade noch rechtzeitig durchgesetzt. Dafür ist die Chance, meine erste ordentliche Spur von Andrea aufzunehmen, offiziell vertan. Egal! Als Erstes werde ich mein Notizbuch hervorkramen und die vorläufigen Infos festhalten. Nur eins werde ich garantiert außen vor lassen: nämlich die Tatsache, dass der Grund für mein erstes Versagen einen Meter fünfundachtzig groß ist, Augen in der Farbe von Zartbitterschokolade besitzt und nach einer Mischung aus Pfefferminz und Aftershave riecht. Ich bin eine miserable Detektivin. Doch immerhin habe ich noch knapp sechs Monate, um mich zu bessern.

Sechs Monate, um herauszufinden, warum im Casa Nera ein Bild hängt, das mit fünfundneunzigprozentiger Wahrscheinlichkeit von Andrea Greco gemalt wurde.

• • •

Meine zweite Chance, der Sache auf die Spur zu kommen, erhalte ich kurz vor dem Schlafengehen. Die Müdigkeit sitzt fest in meinen Knochen, und es gibt kaum etwas, nach dem ich mich mehr sehne als nach meinem weichen Bett. Als ich aus dem Bad komme, bemerke ich jedoch, dass Giulias Zimmertür offen steht. Wenn mir eines in den letzten Tagen aufgefallen ist, dann ist es der Umstand, dass offene Zimmertüren hier sehr ungewöhnlich sind. Als ein seltsames Poltern aus dem Zimmer dringt, beschleunigt sich mein Puls. Ob etwas passiert ist?

Bedacht darauf, möglichst leise zu sein, nähere ich mich dem Türrahmen. Ich möchte nur einen kurzen Blick hineinwerfen, sehen, ob alles in Ordnung ist.

»Du bist ja noch wach.«

Ich fahre herum. Giulia ist hinter mir im Flur aufgetaucht. Sie trägt einen blauen Pyjama, dessen Oberteil in Höhe der Brust aufwendig verknotet ist. In der rechten Hand hält sie eine Schale mit Wasser.

»Oh mein Gott, sorry! Ich wollte nur sehen, ob alles okay ist. Da sind Geräusche in deinem Zimmer.«

Giulia grinst. »Verrate es nicht den Jungs, ja?«

Sie legt mir die freie Hand auf die Schulter und schiebt mich sanft durch den Türrahmen. Mein Blick fällt direkt auf Giulias übergroßes Bett. Die vielen Decken und Kissen, die sich auf der Matratze stapeln, sind jedoch nicht der Grund für das leise Quieken, das mir entfährt. Mitten in dem Lager aus Kissen sitzt Grigio, der graue Kater, den Giulia an meinem ersten Abend gefüttert hat.

»Sie bringen mich um, wenn sie erfahren, dass ich ihn hier reinlasse.«

Eine Welle der Erleichterung bahnt sich durch meinen Körper.

»Oh, wow, und ich dachte, hier wäre weiß Gott was passiert.«

Giulia bückt sich, um die Wasserschale neben dem Bett abzustellen. »Vor einem knappen Jahr gab es hier eine Art Gerüst. Die Fensterläden mussten repariert werden. Grig hat seine Chance gewittert und ist das erste Mal durchs Fenster gekommen. Ich konnte ihn unmöglich rauswerfen. Seitdem schmuggele ich ihn manchmal rein.«

»Das verstehe ich nur zu gut.« Der kleine Kater ist wirklich Zucker. »Und bisher hat es niemand gemerkt?«

Giulia schüttelt den Kopf. »Na ja. Fast niemand. Ich glaube, Romeo ahnt etwas, aber er würde mich nie verpfeifen.« Ein vielsagendes Lächeln spielt in ihren Mundwinkeln.

»Verstehe.«

»Willst du dich setzen?« Sie deutet auf den freien Platz neben dem Kater. »Du darfst ihn nur nicht am Bauch kraulen. Dann flippt er komplett aus. Und das meine ich nicht positiv.« Jetzt erst sehe ich, dass sich rote Striemen auf ihrem Unterarm abzeichnen. »Es ist nicht so schlimm, wie es aussieht. Aber du kannst dir vielleicht die Blicke vorstellen, die man dafür erntet. Wie viele Leute mich anstarren, weil sie denken, dass ich mich selbst verletze. Ich meine, selbst wenn es so wäre ... Würde mir das Glotzen dann irgendwie helfen? Ich glaube nicht.« Sie verdreht die Augen.

»Lass sie einfach reden.« Ganz vorsichtig, um den kleinen Mann nicht zu verschrecken, lasse ich mich auf Giulias Matratze sinken und halte dem Kater die Hand hin. Er hebt den Kopf und stupst mit der Nase gegen meine Finger. »Du willst erst mal schnuppern, was?«

Als seine raue Zunge mich berührt, spüre ich ein sanftes Kitzeln auf meiner Haut. Es dauert nicht lange, bis ich das Gefühl habe, dass er sich an meine Anwesenheit gewöhnt hat.

»Du wirst es mir nicht glauben, aber ich bin froh, dass du hier bist.«

Ich sehe verblüfft auf. Jetzt erst sehe ich, dass sie an ihrem Schreibtisch sitzt und sich einer Nähmaschine zugewandt hat.

»Ehrlich?« Ihre Worte überraschen mich. Bisher habe ich im Haus eher für Unruhe und Ärger gesorgt.

»Die Jungs sind so ... eigen. Versteh mich nicht falsch, ich liebe jeden von ihnen auf eine eigene Art und Weise. Aber manchmal ist es auch wahnsinnig anstrengend mit ihnen. Sie sind so furchtbar festgefahren in ihren Regeln.«

»Ich kann mir gut vorstellen, was du meinst.«

»Es wird ihnen guttun, dass du ein bisschen Schwung reinbringst. Da bin ich sicher.«

Ich wünschte, ich könnte Giulias Zuversicht teilen. Und doch tut es gut, mit ihr zu sprechen. Plötzlich fällt mir etwas ein. »Weißt du, ob es zu meinem Zimmer einen Schlüssel gibt?«

»Einen Schlüssel?«

Ich nicke. »Den gibt es doch in einem Hotel eigentlich für jedes Zimmer, oder?«

»Schon, aber wie kommst du darauf?«

»Ich war unten an der alten Rezeption und habe gesehen, dass die Nummer sechs fehlt, obwohl ich keinen Schlüssel bekommen habe.«

Giulia fährt sich mit der Zunge nervös über die Lippen.

Shit. Wahrscheinlich hält sie mich für eine indiskrete Fremde, die in anderer Leute Sachen herumwühlt. Streng genommen bin ich auch genau das …

»Ich wollte nichts suchen oder so …«, setze ich schnell zur Verteidigung an. »Das war reiner Zufall, und ich dachte, ich frag dich einfach.«

Zögerlich nickt Giulia. »Natürlich. Absolut berechtigt. Das Ding ist … wir haben ihn verloren.«

Überrascht hebe ich meine Augenbrauen. »Verloren?«

Giulia winkt ab. »Sorry, das klingt so kryptisch. Die Wahrheit ist: Mit fünf Jungs im Haus kann es manchmal etwas chaotisch werden.«

»Fünf?« Ich zähle im Kopf durch. Leandro. Romeo. Matteo. Diego.

»Habe ich fünf gesagt? Ich meinte vier Jungs und ich … und jetzt auch plus dir. Du siehst, das Durcheinander betrifft sogar meinen Kopf.« Sie lacht leise auf. »Vielleicht liegt es aber auch an der Uhrzeit.«

Giulia weicht meinem Blick aus, und ich beschließe, nicht weiter nachzubohren.

»Was machst du da eigentlich?«

Giulia sieht von mir zu ihrer Nähmaschine. »Eigentlich soll das ein Kleid werden. Aktuell sieht es aber eher nach einem Batman-Kostüm aus.«

»Zeig mal her!« Neugierig betrachte ich den schwarzen Stoff, der unter der Nadel liegt.

»So soll das eigentlich aussehen.« Sie tippt mit dem Daumen auf eine Zeichnung, die rechts neben ihr liegt.

»Ist die Skizze von dir?« Fasziniert hebe ich die Augenbrauen.

Giulia zuckt mit den Schultern. »Mal sehen, ob ich noch was retten kann.«

»Das ist der Wahnsinn, wirklich!«

»Ach was. Signor d'Ambrosio wird mich kreuzigen, wenn ich versuche, ihm das Ding als Fashion zu verkaufen.«

»Du studierst Modedesign?«

»Schön wäre es. An der staatlichen Uni wird nur Kunst angeboten. Das hier ist eine Projektarbeit. Ich liebe alles, was mit Mode zu tun hat. Sobald ich mit dem Studium fertig bin, werde ich mich auf Praktika bewerben. London oder Paris wären ein Traum.«

»Ich bin mir sicher, die Designer werden sich um dich reißen!«

»Danke.« In Giulias Augen flackert Stolz auf. »Falls du noch mehr sehen willst, kannst du auf Instagram schauen: *@Lamodadigiu*. Ich teile dort die einzelnen Schnitte.«

»Wie cool! Werde ich auf jeden Fall machen.«

»Oder auch auf TikTok. Hast du TikTok?«

»Nur zum Stalken. Ich habe bisher nichts hochgeladen, habe aber immerhin stolze zehn Abonnenten. Wobei die Hälfte sicher Spam ist.«

»Ich werde die elfte sein«, kichert Giulia.

»Wer weiß, vielleicht lade ich dann wirklich noch etwas hoch. Wobei ich mir das gerade noch nicht wirklich vorstellen kann. Ich bin eine miserable Tänzerin und habe keinerlei Taktgefühl.«

»Du musst ja auch nicht jeden Trend mitmachen. Falls du wirklich Bock hast, dann lass dir etwas Eigenes einfallen. Das ist doch das Beste an Social Media: Du kannst dich ausprobieren, kreativ sein und dich was trauen.«

»So habe ich das noch gar nicht gesehen«, gestehe ich und setze mich zurück auf Giulias Bett. Kater Grig hat sich mittlerweile auf den Rücken geworfen und präsentiert mir seinen hellen Bauch, als sei er auf ein paar Schmuseeinheiten aus. Vergiss es, du Heuchler.

»Kunst hat so viele Nischen. Du kannst Kontakte in der ganzen Welt knüpfen. Ich habe sogar schon Aufträge aus dem Ausland erhalten, weil Kunden auf meine Postings aufmerksam geworden sind.«

Bei ihren Worten regt sich etwas in mir, und ich kann förmlich spüren, wie ein Gedanke aufploppt. »Kennst du dich auch mit Bildern aus?«

Überrascht sieht Giulia auf. »Bilder im Sinne von Fotos oder Gemälden?«

Ich beschließe, direkt mit der Sprache herauszurücken. Es ist anders als mit Matteo. Giulia ist anders. Ich spüre, dass ich ihr vertrauen kann.

»Unten im Wohnzimmer hängt ein eingerahmtes Bild von Venedig. Ich glaube, es ist mit einer besonderen Kreide gemalt.«

»Ahh! Ich weiß, welches du meinst. Ist was damit?«

Schnell schüttele ich den Kopf. »Nein, nicht direkt. Es geht um die Künstlerin. Lange Geschichte. Weißt du, woher ihr das Bild habt?«

»Nein, sorry. Das hängt da schon ewig. Ich weiß nur, dass du das draußen überall kaufen kannst.«

Sie hat keine Ahnung, was ihre Worte mit mir machen. Eine Lawine der Enttäuschung bricht über mich herein.

»Überall?«, krächze ich.

»Vielleicht hat Romeo es angeschleppt. Er ist für diese Art von Touristenkram anfällig. Neulich hat er hundertachtzig Euro für eine schäbige Maske ausgegeben, weil der Typ am Straßenstand behauptete, das Ding wäre fast achthundert Jahre alt. Kannst du dir vorstellen, dass man so was glaubt? Ich muss sie dir mal zeigen. Nie im Leben hätte ich auch nur fünf Euro dafür ausgegeben.«

Ihre Worte dringen nur noch vereinzelt zu mir durch; es ist, als hinge der Knall ihrer Antwort noch irgendwo zwischen Trommelfell und Verstand fest.

»Du hast mir sehr geholfen. Ich muss jetzt dringend schlafen.«

Als ich mich vom Bett abstoße und zur Tür haste, ist Giulia die Irritation wie mit dickem Edding ins Gesicht geschrieben. Ich habe keine Kraft, ihr irgendwas zu erklären, geschweige denn, ein normales Gespräch zu führen. Das Einzige, was ich will, ist allein sein. Allein mit mir und tausend lauten Gedanken.

Ich liege auf meinem Bett, als eine Nachricht von Livi aufblinkt.

Du meldest dich kaum. Gibt's schon was Neues?

Ich schalte den Flugmodus ein, ohne meiner Cousine zu antworten. Stattdessen schlage ich das grüne Tagebuch auf und blättere vor. *Die wichtigsten Fragen,* habe ich mit schwarzem Fineliner ganz oben auf die letzte Seite geschrieben. Darunter folgt eine Auflistung.

1. *Warum hat er uns belogen?*
2. *Wusste Oma, dass es eine andere Frau in Opas Leben gab?*
3. *Wie kann ich sie finden?*
4. *Warum hat er Oma überhaupt geheiratet?*

Ich klappe das Notizbuch zu, lege es auf den Nachttisch und sinke mit dem Kopf in mein Kissen. Bevor ich irgendwelche Detektivarbeiten verfolge, sollte ich erst einmal hoffen, dass meine Probearbeit gut laufen wird. Denn ohne einen Job kann ich nicht nur die Fragen eins bis vier vergessen, sondern auch meinen kompletten weiteren Aufenthalt hier, in der Stadt der Geheimnisse.

11. Kapitel

Merle

»Diese deutsche Pünktlichkeit habe ich vermisst«, begrüßt Natalie mich am Samstagmorgen, als ich die Terrasse des Restaurants betrete.

Auf meinen fragenden Blick hin grinst sie. »Klischees kommen nicht von ungefähr. In Italien nehmen die wenigsten es mit der Uhrzeit so genau.«

Ich muss lächeln. »Ich war mir nicht sicher, wann ihr mit mir rechnet.« Mir strömt ein herzhafter Geruch entgegen, den ich nicht genau definieren kann. »Mmh, hier riecht es aber gut.«

Wie zur Bestätigung knurrt ausgerechnet in diesem Augenblick laut vernehmlich mein Magen. Vielleicht hätte ich vorher doch noch etwas essen sollen.

»Willst du mitkommen? Dann lernst du auch gleich die Küche kennen. Und natürlich Silvio.«

Neugierig folge ich ihr in die Küche. Es ist ein kleiner Raum. Zumindest habe ich ihn mir um einiges größer vorgestellt. Allerdings muss ich zugeben, dass ich auch noch nie eine Restaurantküche von innen gesehen habe und alle vorhandenen Bilder in meinem Kopf aus etwaigen Spielfilmen oder Serien stammen.

Es gibt rechts und links zwei Arbeitsflächen. Überall stehen Töpfe herum, und ich bin überzeugt, dass meine Mutter bei dem Chaos bereits die erste Krise bekommen hätte.

Gerade als ich mich zu Natalie umblicken will, geht eine Hintertür auf, die ich erst jetzt bemerke. Ein kleiner, etwas rundlicher Mann tritt ein. Er hat eine Schürze umgebunden und ein Haarnetz auf dem Kopf. Zudem ist er mit einem Korb Gemüse beladen. Das muss Silvio sein, der zweite Koch des Restaurants.

»Ahhh! Da ist er ja«, ruft Natalie wie zur Bestätigung. »Schau mal, wen ich mitgebracht habe. Jetzt lernst du auch unsere neue Kellnerin Merle kennen.«

Mit einem Ächzen stellt Silvio den Korb hinter der Tür ab und dreht sich zu uns um. Sein Blick wirkt im ersten Moment etwas finster. Ich weiß nicht, ob es an den buschigen Brauen oder den tiefen Falten liegt, die sich unter seinen Augen in die Haut gegraben haben.

Kurz rümpft er die leicht knubbelige Nase, doch dann heben sich zumindest seine Mundwinkel vorsichtig.

»Ciao, Merle! Herzlich willkommen!«

»Ciao«, sage ich und fahre mir mit der Zunge nervös über die Lippe.

»Merle ist für ein halbes Jahr in Venedig. Sie wird eine Weile bei uns aushelfen.«

Silvio nickt knapp. »Fein.« Damit scheint die Sache für ihn abgehakt zu sein.

»Darf ich …?« Natalie deutet auf einen Topf, der auf dem Herd brutzelt.

Als Silvio nicht antwortet, zuckt sie nur mit den Schultern und bindet sich selbst eine Schürze um.

»Entschuldige bitte das Schlachtfeld«, wendet sie sich wieder an mich. »Silvio trifft hier bereits die ersten Vorbereitungen fürs Abendessen. Falls du etwas trinken möchtest, kannst du dich jederzeit bedienen. Am besten trägst du das dann nur in unsere Liste ein.« Natalie streicht sich eine lose Haarsträhne zurück in ihr Haarband. »Ich bin hier nur für den Service verantwortlich. Und für die Organisation.«

»Hast du das gelernt? Ich meine, in Deutschland? Oder was hast du vorher gemacht?«

Natalie winkt ab. »Ach, ich habe vorher noch nicht Vollzeit gearbeitet. Ich steckte noch mitten im Studium, als ich hierherkam. Ich wollte mal Juristin werden. Kannst du dir das vorstellen?«

Erstaunt ziehe ich die Augenbrauen hoch. »Nein, um ehrlich zu sein, hätte ich tatsächlich mit etwas anderem gerechnet.« Vielleicht, weil ich Anwälte immer als strenger und Natalie bisher doch als recht warmherzig empfunden habe. »Dann hat sich ja wirklich einiges in deinem Leben verändert.«

»Das kannst du laut sagen. Mittlerweile bin ich der felsenfesten Überzeugung, dass wir alle viel weniger Pläne machen sollten. Die meisten werden sowieso über den Haufen geworfen.« Natalie lacht. »Oje, ich wollte dich nicht mit irgendwelchen Lebensweisheiten vollquatschen.« Sie versenkt eine Kelle im Topf und füllt eine kleine Tasse mit Suppe. »Magst du? Das ist Minestrone. Sie besteht hauptsächlich aus Gemüse, alles vegetarisch.«

»Gerne!« Hungrig nehme ich die Minestrone entgegen.

Natalie winkt mich Richtung Tür. »Du kannst die Tasse mit der Suppe mitnehmen. Dann zeige ich dir schon mal das Haus.«

Ich folge ihr zurück ins Restaurant.

»Die Stadt ist wunderschön«, seufzt Natalie. »Ich habe mich beim Herkommen sofort in sie verliebt. Mindestens so sehr wie in Cristiano. Dabei hatte ich nicht vor, einen Mann zu heiraten, der zwanzig Jahre älter ist und bereits zwei Kinder hat.« Ihr Gesichtsausdruck verändert sich für den Bruchteil einer Sekunde, und auf einmal wirkt sie beinah verletzlich.

»Zwei Kinder?«

Bisher habe ich nur das kleine Mädchen auf der Treppe gesehen.

»Cristianos Sohn wohnt nicht mehr bei uns. Du wirst ihn trotzdem noch kennenlernen, denn er hilft im Restaurant aus und geht seinem Nonno zur Hand.«

»Silvio ist der Großvater der beiden?«

Sie nickt. »Richtig. Er ist der Vater von Cristianos erster Frau. Sie ist vor Jahren verstorben.«

»Oh. Das tut mir leid.« Hitze schießt mir in die Wangen. Ich lasse meinen Blick zu der Tasse gleiten, die ich immer noch in der Hand halte. »Könnte ich vielleicht einen Löffel bekommen?«

»Ach Gott, sag doch was! Natürlich.« Natalie schüttelt den Kopf. »Moment, ich gehe dir einen holen.«

Ich nicke und bleibe abwartend zwischen zwei Tischen stehen.

Kaum ist Natalie wieder in der Küche verschwunden, höre ich sie etwas zu Silvio sagen. Die Stimmen sind zu dumpf, als dass ich sie verstehen könnte, doch irgendetwas sagt mir, dass das Gespräch nicht ganz harmonisch ist.

Als ich Natalies Schritte näher kommen höre, blicke ich schnell woandershin. Es soll nicht so aussehen, als hätte ich versucht, etwas zu belauschen.

»Guten Appetit!«, wünscht Natalie und reicht mir den Löffel.

Ein fruchtiger Geschmack entfaltet sich auf meiner Zunge.

»Mmh. Das schmeckt wirklich gut.«

»Das freut mich. Du sollst unseren Gästen ja nichts andrehen, was du nicht selbst probiert hast.« Natalies Mundwinkel formen sich zu einem Lächeln. »Silvio ist, was die Suppe angeht, ein wahrer Gott. In diesem Haus beherrschen eigentlich nur die Männer die hohe Kunst des Kochens.«

»Du selbst kochst also gar nicht?«

Natalie schüttelt den Kopf. »Jedenfalls nicht professionell.« Sie macht eine kurze Pause. »Also, die Restaurantküche kennst du jetzt. Sie soll eigentlich im nächsten Jahr renoviert werden. Zumindest hatten wir das mal geplant.« Sie sieht sich nachdenklich um und deutet dann auf eine Schiefertafel, deren Beschriftung ich von hier aus nicht lesen kann, weil sie Richtung Eingang zeigt. »Dort steht immer unser Tagesangebot. Die normale Karte besteht ansonsten für eine Saison.«

»Und wann öffnet ihr?«, frage ich neugierig.

»Das Hauptgeschäft findet am Abend statt. Vor allem ab zwanzig Uhr. Morgens gibt es hier ein reichhaltiges Frühstück. Vor allem am Wochenende ist das unter Touristen sehr gefragt. Mittags machen wir zwei Stunden Siesta. Keine Sorge, du musst dir das nicht alles merken.« Sie lacht. »Wichtig ist vielleicht noch, dass du ein Auge auf die Treppe hast. Oben ist unsere private Wohnung. Einige Gäste verirren sich auf der Suche nach einer Toilette hinauf. Wir schließen den Flur zum Wohnbereich zwar ab, dennoch gehe ich gern auf Nummer sicher, um keine böse Überraschung zu erleben.«

»Das verstehe ich.«

»Bisher hatten wir aber zum Glück wenig Probleme. Die meisten Touristen sind gut gelaunt und höflich. Du wirst sicher auch einige Deutsche treffen, und ansonsten … Ich nehme an, dass du Englisch sprichst?«

Schnell nicke ich.

»Prima! Das erleichtert uns vieles.« Nachdenklich sieht sie sich im Eingang um. »Falls du noch irgendwelche Fragen hast, lass es mich wissen.«

Als von draußen ein lautes Poltern erklingt, entgleiten ihr die entspannten Gesichtszüge.

»*Che stupido!*« Das Fluchen gehört zu einer männlichen Stimme.

Natalie wirft mir einen entschuldigenden Blick zu. »Ich komme gleich wieder.«

Kurz überlege ich, hier zu warten. Anderseits – falls etwas zu Bruch gegangen ist, kann ich Natalie vielleicht direkt helfen?

Also folge ich ihr aus dem Inneren des Restaurants hinaus. Die Sonne blendet mich, und ich brauche einen Augenblick, um mich an die Helligkeit zu gewöhnen. Kaum hat die Welt vor meinem geistigen Auge wieder Farbe angenommen, macht mein Herz einen gewaltigen Sprung.

Wenige Meter von mir entfernt, mitten auf der Promenade, steht Matteo.

Er hat eine Schürze um den Bauch gebunden, kniet auf dem Boden und fegt einen Haufen Scherben zusammen.

Seine Augen verengen sich, als er mich bemerkt. Fast synchron fangen wir an zu sprechen: »Was machst du denn hier?«

Bevor auch nur einer von uns zu einer Antwort ansetzen kann, taucht Natalie neben mir auf.

»Jetzt lernst du Matteo doch schneller kennen als gedacht. Matteo ist Cristianos Sohn, unser Juniorkoch …« Sie dreht den Kopf zur Seite, um ihn anzusehen. »Und das hier ist Merle, unsere neue Kellnerin.«

Ich bin viel zu perplex, um etwas zu sagen. So viel Zufall kann es nicht geben. Darf es nicht geben.

»Kellnerin?« Sein Blick ist so finster, dass meine Hände schwitzig werden.

»Ihr kennt euch?«, kombiniert Natalie.

»Oh ja. Wir kennen uns«, knurrt Matteo.

Natalie nickt, als wisse sie auf diese Bemerkung nichts zu erwidern. Mir hat die Situation ebenfalls die Sprache verschlagen. Ich atme tief ein, um mich zu beruhigen, und berichte Natalie in wenigen Worten von dem Abend, an dem Giulia mich aufgegabelt und mitgenommen hat.

»Na, dann seid ihr euch ja schon etwas vertrauter.« Sie lächelt zögerlich.

»So kann man es auch sagen.« Ich schlucke, versuche, tapfer zu bleiben.

»Hast du noch etwas Zeit? Falls ja, könntest du direkt anfangen und schauen, wie es dir gefällt.« Natalies Worte dringen wie durch Watte zu mir hindurch.

Matteos Blick beißt sich förmlich in mir fest. Erwartet er etwa, dass ich ablehne? Oder gibt es einen anderen Grund, weshalb er sichtlich bemüht ist, seinen Todesblick weiter zu perfektionieren?

»Wir sollten reden«, raunt Matteo dicht an das Ohr seiner Stiefmutter, doch immer noch laut genug, dass ich es verstehen kann. Zumal sein Ärger auch nicht gerade zu übersehen ist. Eine dicke Ader zeichnet sich auf seinem Hals ab, und die Hände hat er zu Fäusten geballt.

»Später«, kommt es von Natalie. »Ich habe zu tun. Jedenfalls dann, wenn Merle noch an dem Job interessiert ist.« Sie richtet ihre Aufmerksamkeit wieder auf mich. »Bist du das?«

Gute Frage. Bin ich das? Die Umstände der Arbeit sind vielleicht nicht ideal, aber ein arroganter Mistkerl sollte noch lange kein Grund sein, die Flinte ins Korn zu werfen. Oder?

Mit ein paar Sekunden Verzögerung nicke ich.

12. Kapitel

Matteo

»Willst du mich vielleicht auch noch auf mein Zimmer verfolgen?«

Merle hält mitten im Flur an und verschränkt die Arme vor der Brust.

Mein Zimmer. Dass ich nicht lache. Nichts an diesem Raum wird jemals ihr gehören. Und am liebsten würde ich ihr das auch sagen. Doch um das zu tun, müsste ich auch die Dinge erzählen, für die es keine Worte gibt. *Dinge,* die ich seit fucking Monaten versuche aus meinem Kopf zu verbannen. So, als gäbe es ein Stoppschild, das unerwünschte Erinnerungen und Gedanken einfach abprallen lässt.

»Wenn du wusstest, dass ich hinter dir bin, hättest du auch schon früher stehen bleiben können.«

»Wozu? Ich habe dir nichts zu sagen.«

»Ich dir dafür umso mehr.« Ich vergrabe die Hände in den Hosentaschen. »Erklär mir, was das soll!«

»Was *was* soll??«

»Willst du mich für dumm verkaufen?«

»Wie kommst du darauf?«

»Wieso spionierst du mir nach?«

Ein spöttisches Lachen dringt aus ihrem Mund. »Für wen hältst du dich? Ich spioniere dir nicht nach.«

»Dann soll ich es für einen blöden Zufall halten, dass du erst hier im Haus herumwühlst und jetzt in dem Restaurant meiner Familie arbeitest?«

»Mir ist egal, was du glaubst.«

Okay. So komme ich nicht weiter. Ich muss versuchen, ruhig zu bleiben. Unter normalen Umständen mag ich es, wenn Frauen ihren eigenen Kopf durchsetzen. Bei Merle aber ist es unerträglicher als das Geräusch von Kreide, die quietschend über eine Tafel kratzt.

»Weißt du, was? Ich bin bereit, die Sache zu vergessen.«

Merle macht ein überraschtes Gesicht.

»Wenn du meinem Vater sagst, dass du dir das mit dem Job anders überlegt hast.«

Sie schnaubt. »Warum sollte ich das tun? Ich brauche das Geld. Außerdem habe ich mich für den ersten Tag ziemlich gut geschlagen.«

»Was soll der Scheiß? Ist das irgendeine Masche, um Aufmerksamkeit auf dich zu ziehen?«

Shit. Das zum Thema »ruhig bleiben«.

Merle wirft mir über die Schulter ein kühles Lächeln zu. »Oh, das könnte man meinen.« Ihre Augen flackern. »Aber nein, das ergibt keinen Sinn, da du mir ziemlich egal bist.«

»Autsch! Das hat jetzt aber meine Gefühle verletzt!«

»Wahnsinn! Bis eben dachte ich, dass du gar keine hast.«

Ich kann nicht glauben, welche Selbstbeherrschung dieses Mädchen mir abverlangt. Nur unter aller Aufbietung meiner Kräfte kann ich verhindern, wütend aufzustampfen. Aber ich will nicht, dass sie sieht, was es mit mir macht. Ich will nicht, dass sie mich so wütend macht. Dass sie diese Macht über mich hat.

»Na schön. Dann lass dir eins gesagt sein: Ich werde dich im Auge behalten, *tedeschina*. Verlass dich darauf! Spiel nur dein Spiel weiter, wir werden ja sehen, was passiert.«

»Willst du mir drohen?«

»Niemals.« Meine Gesichtszüge lockern sich binnen weniger Sekunden.

»Gut.« Sie lächelt. »Für dich.«

• • •

Als ich am nächsten Morgen aufwache, fühle ich mich kein bisschen besser.

Schlimm genug, dass wir im Casa Nera ständig auf der Hut sein müssen und gewisse Themen noch mehr meiden als ohnehin schon. Jetzt darf ich mir auch noch zusätzliche Gedanken um die Arbeit im *Prezioso* machen. Wenn Merle mit jemandem in der Uni spricht und Natalie oder Papà etwas mitbekommen, wird das für Fragen sorgen. Fragen, von denen ich gehofft hatte, sie hinter mir zu haben.

Ich beeile mich unter der Dusche und habe das Glück, auf dem Weg nach unten niemandem zu begegnen. Einer der größten Vorteile, die es hat, in einem Haus mit dieser Quadratmeteranzahl zu wohnen: Man hat seine gottverdammte Ruhe.

»Papà ist nicht da«, murmelt Emilia, als ich den ersten Schritt ins Restaurant setze.

»Woher weißt du, dass ich ausgerechnet ihn suche?«

Meine Schwester zuckt mit den Schultern. »Dann bist du also nicht hier, um ihm zu sagen, dass er Merle wieder kündigen soll?«

Wieso kennt Emilia ihren Namen?

Weil ich sie nicht belügen will, zucke ich nur mit den Schultern. Natürlich bin ich genau deshalb gekommen.

»Nonno ist unten im Restaurant. In der Küche, glaube ich. Nur, falls du auch zu ihm willst.«

»Okay«, murmele ich und mustere Emilia, die sich gerade ein Baguette belegt.

Meine Schwester muss spüren, dass ich sie beobachte. Ihre Bewegungen werden schneller, als habe sie es auf einmal eilig, aus meinem Sichtfeld zu verschwinden.

Ein Stich durchbohrt mich. Wie immer, wenn ich registriere, wie klammheimlich sie sich durchs Leben schleicht.

»Ich überlege, am Nachmittag rüber nach San Michele zu fahren. Hast du Lust, mitzukommen?« Kaum habe ich die Frage ausgesprochen, bereue ich es. Emilia ist ein paarmal mit mir auf dem Friedhof gewesen, auf dem unsere Mutter beerdigt liegt. Jedes einzelne Mal, wenn ich gehofft habe, in meiner Schwester eine Verbündete zu finden, wurde mir klar, dass unsere Trauer nicht zu vergleichen ist. Und das ist okay.

»Ich habe schon etwas anderes vor. Tut mir leid.«

Es ist besser für Emilia und auch für Mamma, die nie gewollt hätte, dass wir ihretwegen unglücklich sind. Sie hätte gewollt, dass wir zusammenhalten. Als Familie. Als Einheit. Einander vertrauen.

»Verstehe. Dann hab einen schönen Sonntag!«

Auf dem Weg in die Restaurantküche laufe ich in Natalie. Sie blickt mich misstrauisch an und hält mich zurück, als ich an ihr vorbeischleichen will. »Hat dein Vater dich angerufen?«

Ihr Lächeln ist so scheinheilig, dass es mir in den Augen brennt. Anscheinend glaubt jeder in diesem Haus, mich wie ein offenes Buch lesen zu können. Zuerst Emilia, jetzt Natalie. Für heute mögen sie recht haben, aber ansonsten haben sie keine Ahnung von meinem Leben.

»Ich möchte mit Nonno reden.«

»Soll es dabei um Merle gehen?«

»Gehen meine Gespräche dich etwas an?«

»Matteo, ich bitte dich: Hör mir nur kurz zu.« Sie schüttelt den Kopf, behält das viel zu billige Lächeln auf den Lippen. Verdammt, wie ich es hasse, wenn sie bei meinen provokanten Fragen die Ruhe bewahrt. Genauso, wie wenn sie sich in mein Leben einmischt! Als habe sie darin jemals einen Platz gehabt. »Ich möchte nur nicht, dass es dir später leidtut, wenn du sie verletzt. Sie hat damit nichts zu tun, und ich bin sicher, das weißt du irgendwo hinter dieser Sturheit.«

»Haben wir jetzt alles geklärt?«, frage ich entnervt und drehe mich um, ehe Natalie noch etwas sagen kann. Alles zieht mich in die Küche. Schon als Kind bin ich nach einem schlechten Tag, Stress in der Schule oder Ärger mit meinen Freunden hierhergekommen. Ich habe die vielen Gerüche auf mich einwirken lassen oder Mamma dabei zugesehen, wie sie ein Gericht nach dem anderen zauberte. In den letzten Monaten ihrer Erkrankung war sie irgendwann zu schwach zum Kochen. Also saß sie hinter der Küchentheke in einem Stuhl und delegierte die Aufgaben an mich.

»Du wirst immer besser, Matteo« oder »Aus dir wird mal ein fantastischer Koch« sind Sätze, die noch heute in meinem Herzen nachklingen. Wie oft ich mich gefragt habe, ob ihr damals genau die gleichen Gedanken durch den Kopf gegangen sind wie mir. Das erdrückende »Ich wünschte, ich könnte es irgendwann noch erleben« oder ein »Zu schade, dass ich das nicht mehr mitbekommen werde«.

Als ich die Restaurantküche betrete, entdecke ich Nonno, der hinter einem Schneidebrett steht und bereits die Kartoffeln und das Gemüse für den Abend vorbereitet. Er ist in seine Arbeit vertieft und summt leise zum Radio mit, das hier fast durchgängig im Hintergrund läuft.

Als er mich im Türrahmen entdeckt, sieht er auf. »Was gibt es, mein Junge? Du hast heute frei.«

Nonnos Anwesenheit ist für mich normalerweise eine Garantie für gute Laune, doch heute ist es, als stände eine unsichtbare Wand zwischen uns.

»Na und?«

»Na, na, haben wir schlecht geschlafen, mein Großer?« Nonno hebt gespielt mahnend seinen Sparschäler.

Ohne darauf einzugehen, lehne ich mich gegen die Wand. »Ich dachte mir, dass ich vielleicht häufiger kommen sollte. Sonst bekomme ich die Hälfte gar nicht mehr mit.«

Jetzt lässt Nonno das Gemüse sinken und betrachtet mich mit einer Mischung aus Sorge und gleichzeitigem Verständnis. »Du bist wegen des Mädchens hier. Wie hieß sie noch gleich … Merle?«

»Natalie scheint sie bereits jedem hier vorgestellt zu haben.« Ich verschränke die Arme vor der Brust. »Wieso lasst ihr sie diese Entscheidungen treffen?«

Nonno hebt abwehrend die Hände. »Um wen geht es hier eigentlich? Um das Mädchen oder um Natalie?«

»Es geht um Mammas Restaurant.«

Nonno schüttelt langsam den Kopf. »Glaubst du wirklich, deiner Mutter würde das hier helfen?«

»Was soll das heißen?«

»Dieser ständige Kampf mit Natalie bringt uns doch alle nicht weiter. Natürlich ist sie manchmal anstrengend. Aber es ist nicht deine Aufgabe, deine Mutter zu verteidigen.«

Ich runzele die Stirn. »Was redest du da?«

Nonno nickt, als habe er bereits alles gesagt. Dann räuspert er sich. »Ich weiß genau, dass du Natalie noch immer dafür bestrafst, dass sie den Platz eurer Mutter eingenommen hat. Du denkst, du tust es für sie. Aber glaubst du ernsthaft, sie würde das wollen? Ich habe deine Mutter aufwachsen sehen, und wenn ich dir nach all den Jahren eines versichern kann, dann ist es, dass sie einfach nur wünschen würde, du könntest Frieden mit der Situation finden. Frieden mit Natalie und damit Frieden mit dir.«

Die Worte meines Großvaters treffen mich wie ein spitzer Pfeil in die Brust. Vielleicht, weil ein Teil von mir weiß, dass er recht hat. Mamma ist nicht konfliktscheu gewesen. Wenn es etwas zu klären gab, dann hat sie es angesprochen. Höflich. Freundlich. Auf ihre Weise. Sie konnte ihre Meinung vertreten, aber auch Fehler eingestehen, ohne das Gesicht zu verlieren. Doch am wichtigsten war ihr immer, dass danach wieder Harmonie einkehrte. Dass die Menschen um sie herum einander aufrichtig und ehrlich begegneten.

»Und dennoch hätten wir im Restaurant keine weitere Kellnerin gebraucht«, sage ich tonlos.

»Das sagst du so.« Mein Großvater ächzt leise. »Du hast ziemlich leicht reden, Junge. Die meiste Zeit bist du nicht hier. Mit dem Alter nimmt die Kraft bekanntlich nicht zu.«

»Ich hätte einen Tag mehr übernehmen können. Ihr wisst, dass ich euch nicht hängen lasse.«

»Das wissen wir. Aber du hast dein eigenes Leben, Matteo. Deine eigenen Probleme …« Alles in mir verspannt sich. Für dieses Gespräch bin ich nicht bereit. Ich werde mit niemandem hier über den Schatten sprechen, der seit Monaten auf meiner Seele liegt. Der Schatten, der alles verändert hat. Sie wissen, dass er existiert. Sie sehen mich an, und ich spüre, wie viel Unausgesprochenes zwischen uns liegt.

Und doch ist es bisher nur ein einziges Mal vorgekommen, dass Papà mich darauf angesprochen hat. »Ich kann dir nur helfen, wenn du mit mir sprichst.«

»Es gibt nichts zu reden«, habe ich gesagt. Zugesehen, wie mein Vater die Lüge schluckt. Weil er keine andere Wahl hatte.

Nonnos Schnauben reißt mich aus der Erinnerung. »Bitte,

mein Junge, mach es mir nicht so schwer! Du weißt genau, dass ich keine Chance habe, wenn du mich so vorwurfsvoll ansiehst. Du hast ihre Augen. Genau so hat sie mich früher auch angesehen, wenn sie etwas haben wollte.« Mein Großvater wischt die Hände an der Schürze ab und macht einen vorsichtigen Schritt zurück. »Tu mir einen Gefallen und sprich deinen Vater nicht darauf an. Er hat genug Arbeit, und ich bin froh, dass Merle ihm welche abnimmt.«

Zu meinem Bedauern gibt es nichts, was ich sagen könnte, um ihm zu widersprechen.

Als ihm bewusst wird, dass er gegen mich gewonnen hat, lächelt Nonno. »Und jetzt sei ein guter Junge und hilf deinem Nonno mit den Artischocken!«

»Was soll ich tun? Bist du nicht schon fertig?«, frage ich und werfe einen irritierten Blick auf die Gemüseabfälle. Als gäbe es jetzt nichts Wichtigeres als das hier.

»Du könntest Natalie fragen, ob es bereits ein paar Reservierungen gibt.«

Ich schlucke den dicken Kloß in meinem Hals hinunter und seufze. »Du legst es aber auch wirklich darauf an.«

»Es wird dir guttun, Matteo!«, brummt Nonno, ohne aufzusehen.

Ich kapituliere niedergeschlagen, vergrabe die Hände in meiner Hose und verschwinde mit einem Herzen so schwer wie ein Sack Steine wieder im Restaurant.

13. Kapitel

Merle

»Ich bin seit sechs Tagen in dieser Stadt und habe noch keine einzige Pizza gegessen.« Mit einem Seufzen wende ich der langen Schlange in der Cafeteria den Rücken zu.

»Das ist keine richtige Pizza, sondern höchstens der zum Scheitern verurteilte Versuch, den Geschmack zu imitieren.« Adriano scheint recht unbeeindruckt, wenn es um den herzhaften Geruch geht, der sich schon den halben Morgen durch das Unigebäude zieht. »Diese Pizzaschnecken gibt es hier jede Woche, und ich kann dir versprechen, dass du nichts verpasst. Es wird noch ausreichend Gelegenheiten geben, eine anständige Pizza zu essen. Außerdem sieh dir Bella an. Sie macht diesen Verzicht schon seit zweiundzwanzig Jahren durch und lebt immer noch.«

Isabella klappt ihren Collegeblock zu und verdreht die Augen. »Erstens bin ich einundzwanzig. Ich finde, du könntest dir meinen Geburtstag wirklich mal merken. Und zweitens habe ich die Glutenunverträglichkeit erst seit ein paar Jahren.«

Adriano winkt ab. »Jede Sekunde ist eine zu viel. Ich habe keine Ahnung, wie du es schaffst, das durchzuziehen.«

»Das ist kein Spaß, Adri«, erwidert Isabella und wendet sich mir zu. »Er tut noch immer so, als wäre es eine Diät, die ich mir selbst ausgesucht habe. Dabei kann eine Zöliakie lebensbedrohlich werden. Keine Pizza dieser Welt ist es wert, an einer Dünndarmentzündung zu krepieren.«

»Da hast du recht«, murmele ich und werfe einen letzten sehnsuchtsvollen Blick auf die ersten Studenten, die es sich mit Pizzaschnecken an den Tischen bequem gemacht haben.

»Los, los. Wenn wir zu spät kommen, kriegt Bella einen Nervenzusammenbruch. Sie hat in den letzten zwei Jahren keine einzige Redaktionssitzung verpasst. Das kann nicht einmal ich von mir behaupten«, erklärt Adriano und steuert den Ausgang der Cafeteria an.

»Und es ist ganz sicher in Ordnung, dass ich einfach so mitkomme?«, frage ich ein letztes Mal nach, bevor wir die Treppe hochlaufen.

»Natürlich ist es das. Zumal ich nicht umsonst der Redaktionsleiter bin und die Entscheidungen treffe. Wenn ich gewollt hätte, hätte ich Berlusconi spontan mitbringen können.«

»Sicher«, schnaubt Isabella hinter uns. »Er hätte sicher nichts Besseres zu tun gehabt.«

»Ich wollte damit nur sagen, dass Merle natürlich herzlich willkommen ist«, sagt Adriano beleidigt.

»Das ist lieb. Obwohl es mir lieber wäre, man würde mich nicht mit eurem toten Ministerpräsidenten vergleichen.«

Nur mühsam unterdrückt Isabella ein Grinsen. »Mach dir keine Gedanken! Die anderen werden sich über Unterstützung freuen. Wir haben eine Menge zu tun.«

Bevor ich nachfragen kann, inwieweit ich überhaupt helfen kann, hat Adriano die Tür zu einem Seminarraum aufgerissen. »Einen wunderschönen guten Mittag, *amici*. Ich hoffe, ihr sprüht bereits vor Inspiration. Es sind noch genau sieben Wochen bis zum großen Festival, und wir sollten uns ranhalten. Außerdem darf ich euch Merle vorstellen!«

Schlagartig spüre ich die neugierigen Blicke auf mir ruhen.

»Sie kommt aus Deutschland und wird uns in der nächsten Zeit mit ihrer Anwesenheit und ihren Ideen bereichern.«

Tapfer zwinge ich mich zu einem Lächeln und stelle erleichtert fest, dass die Mienen der anderen sehr interessiert und freundlich wirken. Die Tatsache, dass mich dies kurz überrascht, verdanke ich wohl oder übel der kurzen Zeit im Casa Nera, die meinem Menschenbild nicht gerade einen Aufschwung gegeben hat.

»Nicolette ist krank«, schallt es uns von vorn entgegen.

Adriano seufzt. »Weiß jemand, wie lang?«

Ein Typ mit kurz geschorenen Haaren zuckt mit den Schultern. »Kehlkopfentzündung. Die nächsten Wochen fällt sie erst mal aus.«

Neben mir schnappt Isabella nach Luft. Und auch Adriano hakt entsetzt nach: »Bitte was? Wieso erfahre ich das jetzt erst? Was ist mit dem Festival?«

»Sie war erst gestern beim Arzt. Ich glaube, sie wollte es dir auch noch persönlich sagen, kriegt aber aktuell kaum ein Wort heraus. Ihre Stimme ist rauer als die von Paolo Conte.«

Ich habe keine Ahnung, wer das ist, doch den Reaktionen nach zu urteilen, ist der Ausfall dieser Nicolette um einiges tragischer als meine Wissenslücke.

»Das ist ganz und gar nicht gut! Aber schön, tragen wir erst mal die Ideen der letzten Woche zusammen und überlegen dann, wie wir den Ablauf des Abends gestalten.«

Während Adriano nach vorne geht, deutet Isabella auf einen der freien Stühle in Türnähe. Kaum habe ich mich auf einen Platz gesetzt, flüstert sie mir auch schon eine Erklärung zu.

»Nicolette sollte die Moderation übernehmen. Zusammen mit Adri. Die beiden haben das schon vor Monaten vereinbart.«

Das erklärt das Dilemma der letzten Minuten!

Adriano schiebt derweil ein Flipchart in die Raummitte. »Also? Was haben wir? Hat jemand die Anmeldungen gezählt?«

Ein Murmeln geht durch die Reihen. »Es müssten um die siebzig sein, die alle Anforderungen erfüllen. Ich werde die Zahl noch mal genau checken«, wirft ein Student von vorne ein. »Haben wir jetzt die Genehmigung für den Platz bekommen?«

»Darum kümmert sich die Fakultätsleitung. Je nachdem, mit wie vielen Gästen wir rechnen, können wir den Abend auch noch live übertragen. In der Vergangenheit haben Public Viewings noch einige zusätzliche Interessierte angelockt, und je mehr Aufmerksamkeit wir bekommen, desto höher werden hoffentlich die Spenden ausfallen, die wir für die nächsten Festivals bekommen. Das Preisgeld für den ersten Platz liegt dieses Jahr bei unglaublichen fünfzehntausend Euro. Das ist eine Besonderheit, weil es noch nie um so viel Geld ging.«

Meine Augen weiten sich, als ich die Summe höre. Was auch immer ich erwartet habe, als die beiden von einem Gewinn sprachen, lag definitiv fernab dieses Betrags.

»Ich gehe davon aus, dass noch einige Teilnehmer abspringen werden. Erfahrungsgemäß gibt es immer welche, die nicht rechtzeitig fertig werden oder die Arbeit unterschätzen. Nichtsdestotrotz werden viele Kurzfilme zu zeigen sein. Um das Publikum nicht zu langweilen, sollten wir uns ein abwechslungsreiches Programm überlegen.« Adriano hebt erwartungsvoll den Stift. »Hat sich jemand Gedanken gemacht?«

»Wie wäre es mit einem Losverfahren?«, kommt ein Vorschlag von dem Mädchen neben uns.

»Wie genau stellst du dir das vor?«

Sie zuckt mit den Schultern. »Wir legen eine bestimmte Anzahl fest und zeigen nur eine gewisse Auswahl an Filmen.«

»Und darüber entscheidet der Zufall?«

»Wäre doch fair. Jeder hat die gleiche Chance.«

»Überhaupt nicht.« Der Widerspruch kommt von einer Studentin mit langen dunklen Haaren, die sich bislang zurückgehalten hat. »Was soll daran bitte fair sein? Es sollte nicht die Person mit dem meisten Glück gewinnen, sondern die, die am besten war.«

Automatisch nicke ich.

»Und willst du dafür stundenlang irgendwelche Kurzfilme gucken?«, kommt es von dem Typen zurück.

»Das wäre mir zumindest lieber, als ungesehen die wochenlange Arbeit von jemandem zu verbrennen, bloß weil ein falscher Name gezogen wurde.«

»Nun ja … So eine Teilnahme hat immer mit Glück zu tun. Das ist im restlichen Leben nicht anders.« Adriano sieht sich nachdenklich im Raum um. »Wie sehen die anderen das?«

Als keiner Anstalten macht, sich zu melden, hebe ich meine Hand. »Ich finde, dass …« Ich deute in die Richtung der Dunkelhaarigen.

»Aurora.« Ein Lächeln zeichnet sich in ihren Mundwinkeln ab.

»Danke. Ich finde, dass Aurora recht hat. Man könnte eine unabhängige Jury bestimmen, die die Beiträge vorab sieht und eine Vorentscheidung trifft. Oder aber die Clips werden alle gezeigt. Ohne irgendwelche Ausnahmen.«

Als sich unsere Blicke treffen, lächelt Aurora dankbar.

»Gibt es dann eine andere Idee, wie wir das Programm unterhaltsamer gestalten können?«, fragt Adriano.

Schon wieder schnellt meine Hand in die Höhe. »Wie wäre es, wenn wir zwischen den Clips auch kleine Interviews einbauen? Jedem Creator werden Fragen zum Film gestellt. Man könnte hierbei das Publikum mit einbeziehen. Interaktive Sachen kommen doch meist besonders gut an.«

Ich kann aus dem Augenwinkel sehen, wie Isabella nickt.

»Die Idee finde ich super«, erklärt Aurora. »Mein Vorschlag wäre sonst noch, das Festival wieder mit Musik zu verbinden. Vielleicht lässt sich eine Band engagieren.«

»Das ist viel zu teuer«, ruft eine Studentin. »Aber was ist mit Adris Kostümidee? Das stand doch letztens mal im Raum. Das Kostümieren könnte eine Anlehnung an den Karneval sein und passt zum Thema *Facetten Venedigs.*«

»Ich werde garantiert keine Maske tragen«, brummt der Typ mit den kurzen Haaren. »Das ist total albern.«

»Wenn du keinen eigenen Vorschlag hast, solltest du die der anderen erst recht nicht runtermachen«, raunt Aurora. Adriano setzt den Edding an das Flipchart und beginnt, die Vorschläge mitzuschreiben. »Die Entscheidung können wir auch noch nächste Woche treffen. Was ist mit der Moderation? Wäre jemand bereit, für Nicolette einzuspringen?«

Ich drehe den Kopf zu Isabella und senke die Stimme. »Was ist mit dir?« So engagiert, wie die beiden sind, würden sie sicher ein gutes Team bilden.

Isabella reißt die Augen auf. »Bloß nicht! Hast du eine Ahnung, wie viele Leute da zusehen? Ich kriege schon bei dem Gedanken Schweißausbrüche.«

»Hm«, mache ich und wende mich wieder Adriano zu. Dieser wirft gerade einen eigenen Vorschlag ein. »Kannst du dir vorstellen, das zu übernehmen, Aurora? Wir brauchen jemanden, der keine Bühnenangst hat. Außerdem fände ich eine Frau passend, damit es ausgeglichen ist.«

Aurora lehnt sich auf ihrem Stuhl zurück. »Tut mir leid, aber ich bin definitiv raus. Ich hatte ursprünglich nicht einmal vor, zum Festival zu kommen. Bitte sei mir nicht böse.« Erneut wandert ihr

Blick durch den Raum, ehe sie an mir hängen bleibt. »Was ist mit dir, Merle?«

»Was? Ich?« Mein Herz macht einen Sprung. Ich muss mich wohl verhört haben.

»Klar. Warum nicht? Ich kann mir das bei dir sehr gut vorstellen.«

»Aber ich bin ganz neu. Mich kennt hier doch niemand.«

Schnell sehe ich zu Adri, der meinen Hilferuf anscheinend fehlinterpretiert. »Das spielt keine Rolle. Es kennen sich sowieso längst nicht alle untereinander.«

»Außerdem könnte es sehr gut ankommen, auch die Auslandsstudenten miteinzubeziehen«, ergänzt jetzt auch noch Isabella. »Natürlich nur, wenn du dir das zutraust. Hier wird niemand gezwungen.« Sie legt mir behutsam eine Hand auf die Schulter. »Im Zweifel finden wir noch jemand anderes.«

»Uns bleibt nicht mehr viel Zeit. Es wäre uns von daher schon eine große Hilfe.«

»Hör auf, sie unter Druck zu setzen, Adri.«

»Ich setze niemanden unter Druck. Wir sollten das nur schleunigst geklärt haben.« Er fährt sich durch das dunkle Haar und seufzt angestrengt.

»Okay, ich mach's.« Die Worte haben meinen Mund verlassen, ohne dass ich weiter darüber nachdenken konnte.

Dabei wollte ich erst einmal ein paar Fragen stellen. Wird es auf der Bühne sonst noch Unterstützung geben? Wie viel Vorbereitung wird als Co-Moderatorin auf mich zukommen? Können wir das Ganze vorher einmal durchgehen? Mit wie vielen Menschen muss ich vor Ort rechnen?

Meine erste Frage bleibt mir im Hals stecken, als Adriano den Edding mit Schwung in die Luft wirft, um ihn im nächsten Moment aufzufangen.

»Top! Du ersparst mir einen Haufen Arbeit!«

Die Erleichterung in seiner Stimme macht es mir unmöglich, jetzt noch zurückzurudern.

»Das wird super!« Isabella beginnt mit der Hand meinen Unterarm zu tätscheln, als könne sie mir auf diese Weise Mut zusprechen. Auf einmal spüre ich, wie Aurora mich von ihrem Platz aus ansieht. Sie hat die Schultern verkrampft und die dunklen Augen fragend zusammengezogen.

»Alles okay?«, formen ihre Lippen stumm. Ich will nicht, dass sie sich für die Situation verantwortlich fühlt. Lächelnd nicke ich und hauche ein »Danke« zurück. Und es ist die Wahrheit. Ich bin okay. Jedenfalls genauso okay wie davor auch.

Denn sollte es das Schicksal darauf angelegt haben, mein Leben mit dieser klitzekleinen Planänderung aus dem Gleichgewicht zu bringen, so muss ich mit Bedauern verkünden, dass es dafür ohnehin schon zu spät ist.

• • •

Das Redaktionstreffen zieht sich bis in den Nachmittag, was vor allem daran liegt, dass Adriano sich an der Kostümidee festgebissen hat und zwei andere Jungs im Team vehement dagegenhalten. Eine vorläufige Einigung gibt es erst, als Adriano irgendwann kapituliert und bereit ist, noch mal eine Nacht drüber zu schlafen.

»Ich wette, er hätte sonst noch bis morgen früh diskutiert«, raunt Isabella mir zu, als wir auf den Flur treten. »Wenn er einmal von einer Sache überzeugt ist, lässt er kaum mit sich verhandeln.«

»Es ist ihm halt wichtig«, versuche ich, Adriano ein wenig zu verteidigen. Ein Blick über die Schulter verrät mir, dass er uns nicht gefolgt ist. »Will er jetzt noch länger hierbleiben?«

»Schätze, er beantwortet noch ein paar Mails. Das Postfach

ist voll mit irgendwelchen Fragen zu den Einsendungen. Moment, kannst du vielleicht kurz warten? Ich müsste mal kurz … die Hände waschen. Du weißt schon.«

Ich begreife sofort. »Klar. Hast du was dagegen, wenn ich unten warte? Ich wollte schauen, ob es noch welche von diesen Pizzaschnecken gibt. Aber kein Wort zu Adriano, okay?«

Schmunzelnd macht sie eine »Meine Lippen sind versiegelt«-Geste.

»Du bist ein Engel.« Ich schultere meinen Rucksack und spurte die Treppe nach unten. Wobei ich meine Chancen, in der Cafeteria noch Reste abzugreifen, sehr bescheiden einschätze.

Zu meinem Glück ist an der Theke kaum etwas los. Ein einziger Student steht mit dem Rücken vor mir.

»Hast du dich jetzt entschieden?«, fragt die junge Frau und trommelt mit den Fingern ungeduldig auf der Kasse herum.

»Einen Moment noch.«

Die Stimme des Typen lässt mich in meiner Bewegung erstarren.

Als würde es nicht reichen, dass wir vorübergehend in einem Haus wohnen und im selben Restaurant arbeiten, muss ich Matteo auch noch hier begegnen. Und ich dachte, mein Tag könnte nicht noch anstrengender werden.

Kurz überlege ich, die Flucht zu ergreifen, ehe er mich bemerkt.

»Weißt du denn schon, was du haben willst?« Die Aufmerksamkeit der Cafeteriadame ist plötzlich auf mich gerichtet.

»Gibt es vielleicht noch eine dieser Pizzaschnecken?«, krächze ich und beginne zeitgleich, in meiner Tasche nach ein paar Münzen zu wühlen.

Zuerst spüre ich nur ein Kribbeln im Nacken, dann mache ich den Fehler, tatsächlich aufzusehen. Matteos Kiefermuskulatur ist angespannt und sein Blick so intensiv, dass er mir direkt unter die Haut geht.

»Die hätte ich auch gern.« Man sollte meinen, spätestens jetzt würde er sich von mir abwenden, doch dem ist nicht so. Er sieht mich weiter an, als gäbe es nichts Faszinierenderes als meine Anwesenheit. *Na schön, das kann ich auch.*

»*Scusa.* Wir haben nur noch eine.«

Ich bin so darauf konzentriert, Matteos Blick zu erwidern, dass ich eine Sekunde brauche, um die Worte der Dame zu verstehen.

»Eine reicht mir. Danke!«, sagt Matteo.

Ich spanne meine Muskeln an und richte mich auf.

»Eigentlich habe ich zuerst bestellt.« *Lass dich nicht verunsichern. Genau das will er doch bezwecken.*

»Und ich stehe vor dir in der Reihe.«

Verdammtes. Arschloch.

»Schön. Dann hättest du dir vielleicht weniger Zeit beim Nachdenken lassen sollen.«

»Seit wann bestimmst du hier die Regeln, *tedeschina*?« Mit einem gewinnenden Lächeln wendet er sich endlich von mir ab und wieder der Bedienung zu. »Können Sie mir die Pizza einpacken?«

Hilfe suchend sieht die Dame hinter der Theke zu mir.

Weil sie mir beginnt leidzutun, nicke ich schwach. »Von Weizen soll einem ja sowieso der Magen verkleben.« Grundgütiger … Was rede ich da? Und wieso klinge ich wie Isabella heute Mittag?

Matteo nimmt die Tüte entgegen und dreht sich spöttisch lächelnd zu mir um. »Der Darm.«

Bitte was?

»Weizen verklebt den Darm, nicht den Magen.«

»Vielleicht ja auch das Gehirn. Das wirst du am besten wissen.«

Okay, wir werden jetzt tief durchatmen und auf unseren klaren Menschenverstand hören. Auf den Menschenverstand, der uns sagt, dass es keine gute Idee ist, sich mit einem Kerl anzulegen, auf dessen Gunst man gerade unglücklicherweise angewiesen ist.

»Du hättest mir sagen können, dass der Hunger dich noch unerträglicher macht. Ich hätte sie dir selbstverständlich überlassen.« Ein herausforderndes Funkeln blitzt in seinen Augen.

»Beleidigt dieses Stück Teig nicht deine Vorstellung von italienischer Küche?«

Er beugt sich vor, als wolle er mir ein Geheimnis verraten, und kommt mir unerwartet nah. So nah, dass die Luft sich mit jenem Duft füllt, der mir schon das letzte Mal für einen kurzen Moment den Verstand geraubt hat.

»Wer ohne Sünde ist, der werfe den ersten Stein.«

Eine prickelnde Gänsehaut zieht über meinen Rücken, doch ich werde den Teufel tun, ihn das spüren zu lassen.

»Aha!« Stattdessen wechsle ich ebenfalls in den Flüsterton. »Um zu wenige Sünden mache ich mir bei dir tatsächlich so gar keine Sorgen.«

Mit strammen Schritten gehe ich an ihm vorbei und hole erst wieder Luft, als ich sicher sein kann, ihn nicht mehr zu riechen.

Just in der Sekunde entdecke ich Giulia am Eingang der Cafeteria stehen. Sie ist nicht allein, sondern mit Romeo und ihrem Bruder unterwegs. Ich winke nur kurz, weil ich davon ausgehe, dass die Jungs genauso wenig Lust auf meine Gesellschaft haben wie ich auf ihre. Giulia scheint das jedoch nicht zu interessieren. Mit einem strahlenden Lächeln auf den Lippen kommt sie auf mich zu.

»Bitte sag mir, dass sie noch diese Pizzaorgasmen haben. Du musst sie einfach probieren.«

»Leider nein«, seufze ich und vermeide es, in Matteos Richtung zu sehen.

»Mist!« Sie wirft einen warnenden Blick zu Romeo. »Ich habe dir gleich gesagt, wir hätten früher kommen müssen. Bis zum

Nachmittag reichen die nie. Dann brauche ich zumindest eine Limo. Kannst du mal halten?«

Sie drückt Romeo ihre Tasche in die Hand, woraufhin dieser die Augen verdreht. »Ich hoffe, Olga ist gut versichert. Ich garantiere nämlich für nichts.«

Wer auch immer diese Olga ist ... Giulia bekommt von dem Kommentar nichts mehr mit.

»Das ist Manuela«, brummt Leandro von der Seite.

Weil ich dem Gespräch nicht folgen kann, schaue ich mich nach rechts und links um in der Hoffnung, Isabella zu entdecken. Fehlanzeige!

Stattdessen bemerke ich Aurora, die an einem Tisch in der hintersten Ecke sitzt und mich ebenfalls ansieht.

Wie von selbst formen sich meine Mundwinkel zu einem Lächeln. Vielleicht sollte ich zu ihr gehen, während ich auf Isabella warte. Ich bin sicher, wir würden uns gut verstehen.

Zu meiner Verwirrung erwidert sie mein Lächeln jedoch nicht. Hat sie mich doch nicht erkannt? Gibt es jemanden, der hinter mir steht und ... Nein. In meinem Rücken sind nur Leandro und Romeo, die miteinander sprechen. Als ich erneut zu Aurora blicke, ist sie von ihrem Platz aufgestanden und packt gerade ihre Sachen. Dann steuert sie direkt an mir vorbei den Ausgang der Cafeteria an.

Perplex sehe ich ihr nach.

»Finger weg! Ihr bekommt die Apfeltaschen erst, wenn Clarissa sicher ist. Wenn sie einen Fettflecken abbekommt, schuldet ihr mir ein halbes Vermögen«, höre ich Giulia hinter mir schimpfen.

Als ich mich umdrehe, ist Matteo zu den anderen gestoßen.

»Clarissa?«, fragt Romeo, während Giulia ihre blaue Tasche aus seiner Obhut befreit. »Ich hätte schwören können, das Ding hieß letzte Woche noch anders.«

»Das *Ding*«, wiederholt Giulia vorwurfsvoll, »war letzte Woche noch nicht Teil meiner Sammlung.«

Endlich fällt bei mir der Groschen! Giulia gibt ihren Taschen Namen.

»Willst du mitkommen, Merle? Wir gehen jetzt nach Hause.«

Ich will zu einer Antwort ansetzen, da betritt Isabella die Cafeteria. Endlich! Erst auf den zweiten Blick fällt mir auf, wie blass sie ist.

»Alles in Ordnung?«

Kopfschüttelnd streicht sie über ihren Bauch. »Irgendwas Falsches gegessen. Fühlt sich gar nicht gut an. Ich werde erst mal wieder hochgehen und warten, bis mein Magen sich beruhigt hat. Wir sehen uns morgen, ja?«

Isabella schielt über meine Schulter hinweg zu den anderen.

»Bist du sicher, dass ich nicht warten soll?«, biete ich an. »Oder sollen wir dich irgendwohin bringen?« Fragend sehe ich zwischen ihr und Giulia hin und her, bekomme aber keine Reaktion.

»Nein, nein. Mach dir um mich keine Gedanken.« Unvermittelt zieht sie mich in eine rasche Umarmung. »Aber versprich mir, dass du auf dich aufpasst, ja?«

Als ich zu einem irritierten Nicken ansetze, ist sie bereits verschwunden.

14. Kapitel

Merle

Beim Abendessen wird kaum gesprochen, und ich kann nicht aufhören, mich zu fragen, ob es allein an meiner Anwesenheit liegt, dass alle missmutig auf ihre Teller starren. Alle, abgesehen von Giulia. Sie hat bereits die zweite Portion von Matteos Lasagne verdrückt und ist kurz davor, sich über das Tiramisu herzumachen. Das Essen ist das Einzige, das ich vermissen werde, sollte sich – verdammt noch mal – endlich jemand auf meinen *Zimmer gesucht*-Aushang melden. (Ich habe es gestern noch mit einem zusätzlichen Posting auf Facebook versucht!)

»Was habt ihr heute gemacht? Was steht nächste Woche an? Gibt es irgendwas Neues?«, fragt Giulia.

Keine Reaktion. Fast keine. Romeo und Leandro schütteln zumindest die Köpfe.

»Es ist furchtbar hier. Hat euch das mal jemand gesagt?« Energisch sticht Giulia ihren Löffel in den Nachtisch.

»Ja, du. Ständig.« Romeo hebt eine Augenbraue.

»Dann sage ich es eben noch mal.«

»Tu dir keinen Zwang an.«

Giulia wirft ihm einen verärgerten Blick zu, seufzt dann aber nur.

Kann es wirklich nur an mir liegen, dass die Jungs so tun, als sei jemand in diesem Haus gestorben? Ich komme nicht drum herum, mich zu fragen, wie sehr Giulia es mittlerweile wohl bereut, mir überhaupt geholfen zu haben.

»Bei mir gibt es etwas Neues.« Mit diesem einen Satz habe ich die geballte Aufmerksamkeit der Runde gewonnen. »So, wie es aussieht, übernehme ich mit Adriano gemeinsam die Moderation für das diesjährige Filmfestival.«

»Wow!« Giulia klatscht begeistert in die Hände. »Das ist ja super.«

Langsam nicke ich. »Ich weiß noch nicht genau, was mich erwartet.«

»Das wird großartig. Das Filmfestival ist jedes Jahr ein Highlight.«

»Die meisten wollen nur den Preis abstauben«, wirft Romeo ein. »Wie viel gibt es dieses Jahr?«

»Fünfzehntausend«, rutscht es mir heraus, bevor ich mir überhaupt die Frage stellen kann, ob diese Information schon öffentlich werden darf.

»Bitte?« Mit großen Augen sieht Romeo mich an. »Reden wir hier von Euro?«

»Nee, von Monopoly-Spielgeld«, sagt Giulia spöttisch.

»Fünfzehntausend Euro? Das ist wirklich krass.«

»Was würdet ihr denn mit dem Geld machen?«, horcht Giulia nach.

»Was wohl? Ich würde mir neue Sportsachen kaufen und Karten für Serie-A-Spiele im Stadio Penzo bestellen. Wahrscheinlich würde ich für Wochen meine Stimme verlieren.«

»Du würdest das Geld für Fußball verbraten? Das sieht dir ähnlich.«

Romeo quittiert Giulias Kommentar mit einem Mittelfinger. »Es wundert mich nicht, dass du davon nichts verstehst.«

»Was soll das denn bitte heißen?«

»Na ja. Du interessierst dich eben generell für sehr … spezielle Dinge.«

»So? Wie darf ich das verstehen?«

»Wie ich gehört habe, hoffst du darauf, dass Marco dich als seine Begleitung zum Festival mitnimmt. Ich bitte dich – Marco? Ist der nicht ein paar Jahre zu alt für dich?«

»Erstens ist Marco neunundzwanzig. Das heißt, er ist sogar jünger als Diego …« Giulia lächelt belustigt. »Und zweitens … du redest also mit anderen über mich?«

»Zwangsläufig fällt in manchen Gesprächen auch dein Name.«

»Zwangsläufig«, wiederholt Giulia mit einer Mischung aus Spott und Gefallen. »Und selbst wenn? Was wäre, wenn mir Marco wirklich gefällt?«

»Sag ich ja: spezielle Interessen.«

»Wenn das mal kein Eigentor gewesen ist, mein Lieber.«

»Und ich dachte, du vögelst nur wegen meines unbestritten guten Aussehens mit mir.«

Ein ungewohntes Lachen geht über den Tisch.

Nur Leandro reagiert mit einem Schnauben. »Ich kotze. Muss das sein? Sie ist meine Schwester.«

»Schade für dich, aber ich kann nichts für deine Verluste, mein Freund«, gibt Romeo amüsiert von sich.

»Du bist widerlich!«, kommt es von Giulia.

»Sollte sich an dieser Meinung etwas ändern, kannst du dich ja melden.«

»Träum weiter!« Giulia schnappt sich ihren mittlerweile leeren Teller und schiebt ihren Stuhl energisch vom Tisch. »Alle fertig?«

Ohne eine Antwort abzuwarten, verschwindet sie aus dem Esszimmer.

15. Kapitel

Merle

Nach einer eineinhalbstündigen Vorlesung in Mediengeschichte habe ich mich in einen leeren Seminarraum zurückgezogen.

Den Beschriftungen auf den Clipcharts nach hat hier im Laufe des Tages ein Kurs für investigativen Journalismus stattgefunden. Das weiß ich so genau, weil ich mich auf dieses Seminar ebenfalls beworben, aber leider keinen Platz mehr bekommen habe.

»Sei froh! Ein Kurs weniger bedeutet mehr Zeit, um von Lieblingscousine zu Lieblingscousine zu telefonieren«, durchbricht Olivia durchs Telefon meine Gedanken.

»Heute leider nicht. Ich habe nur ein paar Minuten, ich warte auf Isabella. Wir wollen uns die Vorlesungsfolien zusammen ansehen.«

Olivia ist die Einzige, die über die gleiche Wahnsinnsausdauer in puncto Telefonate verfügt wie ich. Nach ihrem Umzug haben wir teilweise stundenlang den Hörer auf Freisprecher gestellt und quasi nebeneinanderher gelebt. Doch seit Josefine auf der Welt ist, laufen unsere Gespräche weitaus chaotischer ab. Genau wie heute. Plötzlich ist ihre Lieblingscousine abgeschrieben, und ich bekomme nur noch am Rande mit, wie Livi mit ihrem Mann über vergessene Wegwerfwindeln und kindliche Tobsuchtsanfälle diskutiert.

»Ich lege dann mal auf!«, rufe ich dazwischen. Meine Worte werden von lautem Rascheln verschluckt.

Meine Cousine ist damit beschäftigt, irgendwelche Einkäufe in der Küche wegzuräumen. Jedenfalls habe ich das aus der Diskussion mit Robert herausgehört.

»Habt ihr gehört? Ich lege aaaaauf«, wiederhole ich gedehnt. »Ich nehme an, ihr braucht mich hier nicht unbedingt.«

Wieder ein Rascheln. Jetzt ist Livis Stimme deutlich klarer. »Entschuldige, Merle! Hier ist gerade wieder Land unter. Du kommst klar, oder? Melde dich, wenn es etwas Neues gibt. Robert telefoniert immer noch für dich wegen eines Zimmers rum. Hab dich lieb!«

»Ich dich auch. Sag Robert Danke!«, murmele ich, drücke das Gespräch weg und lasse mich in den knarzenden Stuhl zurückfallen. Ich könnte meine Eltern anrufen und fragen, was es Neues gibt. Mir mit Sicherheit eine halbe Predigt anhören, weil ich mich a) zu wenig gemeldet habe und b) immer noch nicht zur Vernunft gekommen bin.

Nachdenklich drehe ich den Deckel eines Smoothies auf, den ich mir auf dem Weg zur Uni besorgt habe. Der süße Geschmack von Banane und Erdbeere schmilzt auf meiner Zunge. Weil von Isabella immer noch jede Spur fehlt, fege ich die Lernsachen zur Seite, setze mir meine Ohrstöpsel ein und nehme das grüne Reisetagebuch aus meiner Tasche. Man sagt doch, dass sich Erlebtes durchs Niederschreiben besser verarbeiten lässt.

Gestern habe ich die ersten Fotos ausgedruckt. Ich lege die ausgeschnittenen Bilder nebeneinander auf den Tisch. Da ist die Aufnahme von einem großen Boot am Kanalufer einer Seitenstraße. Dort wurde frisches Obst und Gemüse verkauft. Auf dem Bild ist er leider abgeschnitten, und doch erinnere ich mich an einen jungen Mann, der dort gesessen und frische Artischocken geschält hat.

Ganz links liegt ein Foto mit Isabella und Adriano. Es ist unser erstes gemeinsames Bild, ein einfaches Selfie. Ich drehe die Bilder um und versehe sie nacheinander mit einem dünnen Klebestreifen, um sie schließlich in mein Tagebuch einzukleben.

Ich will den Smoothie zurück auf den Tisch stellen, aber die feuchte Glasflasche rutscht mir einfach aus der Hand. Ich kann sehen, wie die Flasche fällt, doch es ist bereits zu spät.

»Fuck«, entfährt es mir. Mitten auf meinem hellblauen Oberteil prangt ein dicker roter Beerenfleck, der, als wäre es nicht schon schlimm genug, genüsslich weiter Richtung Brust verläuft.

Ein Blick auf die Wanduhr verrät mir, dass ich in weniger als zwei Stunden im Restaurant sein muss. Eigentlich hatte ich nicht vor, noch mal nach Hause zu gehen und mich umzuziehen.

Die einzige Rettung, die mir einfällt, befindet sich auf der rechten Seite des Seminarraums: ein ziemlich verkalktes Waschbecken, dessen Funktionstüchtigkeit sich glücklicherweise schnell beweisen lässt. Ich schlüpfe aus meinem Shirt, halte den Stoff unter den dünnen Wasserstrahl und pumpe gerade den letzten Rest Seife aus einem Spender, als die Tür auffliegt.

Erschrocken lasse ich das Shirt ins Waschbecken fallen und halte die Arme schützend vor meine Brust. Es dauert keine drei Sekunden, bis mein Gehirn das Gesicht des Eindringlings mit einem Namen verknüpfen kann. Nein, nicht nur mit einem Namen, sondern vielmehr mit einem Gefühl.

Mein Kopf muss vor Verlegenheit wie eine Rettungssirene aufleuchten.

»Was zur Hölle machst du hier?« Mein Puls hat sich vor Aufregung sicher verdoppelt. Dabei weiß ich nicht einmal, was hier gerade passiert.

»Schrei doch nicht so laut!« Nervös legt Matteo seinen Zeigefinger vor die Lippen.

»Ich weiß nicht, ob es dir aufgefallen ist, aber hier drin ist niemand außer uns«, sage ich und ziehe mir hastig das Shirt über den Kopf. Mein, wohlgemerkt, pitschnasses Shirt.

»Umso besser. Ich muss mit dir reden.« Er macht einen Schritt auf mich zu und berührt mich am Arm. »Bitte!«

»Ähm, okay«, flüstere ich misstrauisch und löse mich aus der Berührung. Das ist definitiv zu viel Körperkontakt dafür, dass wir uns die letzten Male beinah an die Gurgel gegangen wären. Und was zum Teufel sollte dieses *bitte?* Stimmt irgendwas mit ihm nicht? Muss ich einen Notarzt rufen?

Die Arme vor der Brust verschränkt, warte ich auf eine Erklärung. »Also, worüber möchtest du reden?«

»Du warst heute Morgen so schnell weg.« Ist da ein Vorwurf in seiner Stimme?

»Entschuldigung, dass ich mich bei dir nicht an- und abmelden gehe.«

Er schnaubt. »So war das nicht gemeint.«

»Wie dann?«

»Du musst mir einen Gefallen tun.«

Kurz glaube ich, mich verhört zu haben. »Bitte was?«

»Es ist wirklich wichtig. Und vor allem musst du es für dich behalten.«

Bevor ich ein weiteres Mal nachfragen kann, höre ich, wie jemand im Flur meinen Namen ruft.

»Mist!«, flucht Matteo.

»Merle!« Isabellas Stimme ist jetzt nicht mehr weit entfernt. Ich hab ihr vorhin geschrieben, dass ich hier bin, und gefragt, ob sie nicht dazukommen will.

Als die Tür sich öffnet, bekomme ich nur noch mit, wie Matteo mich zu meinem Tisch zieht und nach dem Erstbesten greift, das ihm in die Hände fällt. Dann tritt Isabella ein.

»Merle? … Huch«, entfährt es ihr. »Was … äh …?«

Wenn ich geglaubt habe, mein Kopf hätte eben schon vor Hitze geglüht, dann muss ich mich jetzt inmitten einer einzigen Explosion befinden.

»Hi!« Ernsthaft? Was anderes fällt mir jetzt nicht ein?

Mit flatterndem Atem drehe ich meinen Kopf zur Seite und starre Matteo an, der mein Reisetagebuch aufgeschlagen in den Händen hält.

»Störe ich?« Isabella legt verwundert die Stirn in Falten. Kein Wunder! Immerhin waren wir verabredet.

»Nein, absolut nicht«, sage ich schnell und nehme Matteo das Buch aus der Hand.

»Wir lernen nur. Ich habe Merle angeboten, ihr Italienisch zu verbessern«, ergänzt er, ohne das Gesicht zu verziehen.

Isabellas Brauen zucken misstrauisch. »Italienisch?« Sie hat einen bitteren Unterton in ihrer Stimme. »Was ist mit Mediengeschichte?«

Mir hat es vor Verblüffung die Sprache verschlagen.

Matteo lehnt sich in seinem Stuhl zurück und verdreht die Augen. »Geschichte ist Geschichte. Was hundert Jahre her ist, kann auch noch ein paar Minuten warten.«

Sag mal, spinnt er jetzt komplett? Ich will gerade widersprechen, da meldet sich eine neugierige Stimme in mir. Was könnte Matteo hier tatsächlich von mir wollen?

»Wir brauchen nur fünf Minuten«, sage ich mit einem Lächeln zu Isabella.

»Fünf M…?«

»Ich war auch überrascht, aber sie ist ein Naturtalent«, fällt Matteo ihr ins Wort.

»Ähm. Okay.« Isabella hebt abwehrend die Hände und fährt sich nachdenklich mit der Zunge über die Lippen. Für ein paar Sekunden streift mich ihr Blick, und ich meine, eine Mischung aus Wachsamkeit und Sorge darin lesen zu können. »Dann will ich mal nicht weiter beim … äh … Lernen stören.«

Die Tür gleitet mit einem leisen »Klack« zurück ins Schloss.

16. Kapitel

Matteo

»Was willst du von mir?«, fragt sie unmissverständlich.

»Na gut. Dann beginnen wir mit der guten Nachricht. Streng genommen ist sie nicht gut, sondern nur gut für dich.«

Ich habe schon als Kind gehasst, was jetzt kommt.

»Du hattest recht.« Mamma meinte irgendwann einmal zu mir, sie fürchte, es ginge bei mir um die Angst, Schwächen einzugestehen. Mich verletzlich zu zeigen. Ich weiß nicht, ob es stimmt, was sie behauptet hat. Jedenfalls fühlen sich Eingeständnisse dieser Art beschissen an. »Zumindest teilweise.«

Merle kneift ihre Augen skeptisch zusammen. »Lass mich raten, ich bin keine skrupellose Diebin, sondern vielleicht eine zwanghafte Kleptomanin?«

Ich verdrehe die Augen. »Du kannst nicht abstreiten, dass dein Verhalten seltsam war.«

Sie schüttelt ungläubig den Kopf. »Was ist mit der guten Nachricht?«

Ich fahre mir gestresst mit den Händen durchs Gesicht. »Ich war unfair zu dir.« Das reicht nicht. »Ich war unfair, und es tut mir leid!«

Verblüfft schaut sie mich an. »Bitte?«

»Ich weiß, dass meine Reaktion auf dich in unserem Haus ein

bisschen übertrieben war.« *Vor allem dann, wenn man die Hintergründe nicht kennt.*

»Ein bisschen«, wiederholt Merle spöttisch.

»Das ist nicht lustig«, entfährt es mir. Sie verstummt noch in derselben Sekunde, sodass plötzlich eine erdrückende Stille über dem Raum liegt. »Es ist nicht lustig«, wiederhole ich leise. Diesmal weniger vorwurfsvoll, vielmehr erschöpft. Das hier … ich kann das nicht. Zumindest hätte ich mich auf das Gespräch vorbereiten müssen. Einen Tag nutzen sollen, an dem die Welt nicht ganz so schwarz ist wie an den anderen.

Ein dunkelgrauer Tag vielleicht. Mehr erwarte ich gar nicht. Nicht mehr. Nie mehr.

Gleichzeitig läuft mir die Zeit davon, und ich kann unmöglich noch einmal so viel Geld von meinem Konto nehmen.

»Sorry! Vergiss es einfach!« Instinktiv ziehe ich die Nase hoch und … shit, es klingt fast, als wäre ich kurz vorm Heulen.

Sie löst sich langsam von ihrem Stuhl und nähert sich mir.

»Jetzt noch mal langsam. Du bringst mich durcheinander. Was ist los? Warum willst du mit mir reden?«

Sie hat Sommersprossen auf der Nase. Ich habe keine Ahnung, warum sie mir ausgerechnet jetzt auffallen. Ausgerechnet hier. Als gäbe es in diesem verdammten Moment nichts Wichtigeres als die kleinen Punkte auf ihrer blassen Haut.

Ich schlucke. Löse meinen Blick von ihrem Gesicht und starre an ihr vorbei zur Wand.

»Ich muss teilnehmen.« Angespannt wippe ich mit dem rechten Fuß auf dem Boden. *Beruhige dich endlich. Du tust das hier nicht für dich.*

»Wovon sprichst du?«, fragt Merle.

»Ich muss irgendwie noch einen Film für das Festival nachreichen.« Wieder muss ich schlucken. Verdammt, am liebsten würde ich mir diesen dicken Kloß aus dem Hals reißen. Doch dafür müsste ich meine Erinnerungen an ein ganzes Jahr auslöschen können.

»Das geht nicht. Die Frist ist längst abgelaufen.«

»Darum geht es ja.« Ich nicke knapp. »Ich bin zu spät. Offiziell gesehen. Aber es muss doch noch einen Weg geben.« Sie muss glauben, dass ich den Verstand verloren habe. Ganz ehrlich, vielleicht denke ich das sogar selbst.

»Ich habe keine Ahnung, worauf du hinauswillst, Matteo.«

»Bitte! Du musst mich auf die Liste setzen!«

Mit einer Mischung aus Unglauben und Entsetzen sieht Merle mich an. »Bist du verrückt geworden?«

Wie ich schon sagte … Ich kann's ihr nicht einmal übel nehmen.

»Es ist wichtig. Wichtiger, als du dir vorstellen kannst.«

»Warum?«

»Wie warum?«

»Warum ist es wichtig?«

»Was geht dich das an?«, platzt es aus mir heraus.

Sie hebt eine Augenbraue. »Ist die Frage ernst gemeint? Du erwartest, dass ich etwas Verbotenes mache. So etwas tue ich nicht.«

»Ach nein?« Irgendwie ist mir die Bemerkung zu schnell über die Lippen gerutscht. Den feindseligen Blick habe ich somit verdient.

»Falls du mir wieder etwas unterstellen willst … Ich habe bereits gesagt, dass ich mich nur umgesehen habe.« Sie beißt sich auf die Unterlippe. Mir fällt auf, dass sie das ständig macht, wenn sie nachzudenken scheint. Vielleicht überlegt sie, mir endlich die Wahrheit zu sagen. Ich glaube nicht ernsthaft, dass sie stehlen wollte. Aber etwas in ihrem Blick verrät mir, dass sie mir nicht die ganze Geschichte erzählt. Was zum Teufel mag Merle gesucht haben? Ich muss wissen, ob ihre Neugierde wirklich so harmlos ist, wie Giulia behauptet.

»Kannst du es dir zumindest einmal überlegen?«

»Nein.«

Fuck. Fuck. Fuck.

»Was willst du dafür?«

»Soll das ein Bestechungsversuch werden?«

Ich ziehe Luft durch die Zähne ein. In mir tobt eine Mischung aus Frustration und tief nagender Enttäuschung, die mich gleichermaßen wundert wie auch ärgert.

»Bestechung ist ein hartes Wort. Ich würde es Gefallen nennen. Zum Beispiel könnte ich dafür sorgen, dass Diego die Kaution senkt.«

Stille. Sie sieht mich an, und ich werde aus ihrem Blick nicht schlau. Einen widerlichen Moment lang riskiere ich es, Hoffnung zuzulassen.

»Du solltest gehen, Matteo.« Sie streicht sich eine lästige blonde Haarsträhne aus dem Gesicht. *Fick dich, Hoffnung!*

»Versprich mir, dass du es dir überlegst.« *Oder auch nicht.* »Ich könnte dir im Gegenzug genauso helfen. Was ist, wenn du was vom Gewinn abhaben kannst? Zweitausend Euro? Du brauchst doch Geld, oder?«

Ich bin froh, dass sie sich jede Antwort spart. So kann ich mir zumindest einreden, ich hätte diese Worte nie in den Mund genommen. Ich weiß, dass das, was ich hier tue, absolut falsch ist. Ich wusste es schon, bevor ich es überhaupt ausgesprochen habe. Der Matteo vor einem Jahr hätte nicht mal darüber nachgedacht, so etwas vorzuschlagen. Aber das spielt keine Rolle. Diesen Matteo gibt es nicht mehr.

Ich habe mein Gewissen verabschiedet.

Ich muss es mir nur oft genug sagen.

Ver-ab-schie-det.

»Na dann, ich gehe dann mal«, sage ich, während meine Mimik gefriert. So ist es gut. So bin ich wieder sicher.

»Moment.«

»Was?« Ich bleibe stehen und sehe mich noch einmal um. Der Geschmack von Hoffnung brennt bitter auf meiner Zunge.

»Sagtest du nicht, es gäbe noch eine schlechte Nachricht?« Misstrauisch verengen sich ihre Augen.

»Noch eine?« Na schön, streng genommen war meine Bitte nur für mich schlecht. Schließlich habe ich mich zum Affen gemacht.

Ich zwinge mich zu einem Lächeln oder vielmehr einem Grinsen und deute auf das Shirt, das sie nach wie vor verkehrt herum trägt.

»Falls deine Freundin sich dir gegenüber in den nächsten Tagen eigenartig verhält, solltest du wissen, dass es nicht an dir liegt. Ich schätze, Isabella denkt, sie hätte uns in einem intimen Moment erwischt.«

Merle öffnet den Mund, als wolle sie etwas sagen, doch ich komme ihr zuvor. Die Eiswand in meiner Brust ist wieder da. Steinhart und fest. Ein Hinweis darauf, dass die aufwühlenden Gefuhle ihren Weg durch die Falltür gefunden haben. Sehr gut. Nur so kann ich arbeiten. Neue Lösungen schaffen.

»Keine Sorge, *tedeschina*. Wäre das wirklich der Fall gewesen, hätte ich dafür gesorgt, dass man dich über den ganzen Flur hört.«

• • •

Ich habe es vergeigt. Das Kontolimit zur Abbuchung ist überschritten, und um die Begrenzung zu erhöhen, müsste ich zur Bank gehen und damit riskieren, dass irgendeiner der geschwätzigen Mitarbeiter Papà auf meinen Besuch anspricht. Diskretion oder Bankgeheimnis sind an Orten, in denen sich zumindest die Einheimischen kennen, komplett für den Arsch.

Ein paar Tage sind vergangen, seitdem ich Merle mit meiner Idee überfallen habe. Es hat nicht den Anschein, als würde sie ihre Meinung ändern. Also habe ich beschlossen, Papà im Restaurant zur Seite zu nehmen.

»Hör zu, ich habe mir etwas überlegt. Ich weiß doch, dass ihr händeringend nach einer Aushilfe sucht. Wie wäre es, wenn ich ein paar Stunden die Woche im Service übernehme?«

Zusätzlicher Lohn ist meine einzige Chance. (Wenn man von einem Überfall auf die Santa Maria absieht, aber das steht aktuell noch nicht zur Diskussion.)

Überrascht sieht mein Vater mich an. »Und was ist mit der Uni?«

Eine gute Frage. Doch Zweifel kann ich mir jetzt nicht erlauben.

»Es wäre ja nur für eine gewisse Zeit. Das Lernen bekomme ich trotzdem hin.«

Ich muss.

»Das ist wirklich lieb von dir, aber du musst dir keine Gedanken machen, dass wir nicht klarkommen. Seitdem Merle hier arbeitet, läuft es viel besser. Ich denke, eine zusätzliche Hilfe würde momentan zu viele Kosten verursachen. Das können wir uns im Hinblick auf den Winter nicht leisten, weißt du?«

Ich schlucke den aufsteigenden Frust hinunter. Wunderbar! Jetzt hat mir Merle auch noch die einzige Chance genommen, unkompliziert an Geld zu kommen.

Zu gern würde ich meinem Vater anbieten, umsonst für ihn zu arbeiten, aber damit würde mein Problem kein bisschen kleiner.

»Wenn du mich trotzdem brauchst, dann meldest du dich, ja?«, murmele ich.

»Mache ich, mein Sohn! Jetzt geh aber erst mal nach Hause. Du hast schon den ganzen Morgen in der Küche geholfen.«

Ich winke ab. »Pause ist nicht. Um vierzehn Uhr findet noch eine Vorlesung statt. Wenn du hier auf mich verzichten kannst, würde ich hingehen.«

»Natürlich!«

Wir verabschieden uns voneinander, und ich mache mich auf den Weg zum Hauptgebäude der Ca' Foscari. Unterwegs überlege ich kurz, mich bei Chiara zu melden, doch meine Schuldgefühle halten mich zurück. Ich werde sie erst wieder anrufen, wenn ich das Problem beseitigt habe. Chiara hat auch ohne mich genug Sorgen. *Das ist das Mindeste, was du für sie tun kannst.*

Je weiter das Jahr voranschreitet, desto besser sind die Vorlesungen am Nachmittag wieder besucht. Kurz vor den Semesterferien war es häufig bereits zu warm, um es in stickigen Hörsälen auszuhalten. Die überfüllten Tische und Bänke sind hingegen weniger ein Grund zur Freude.

»Ich dachte schon, du kommst nicht«, begrüßt mich Romeo und deutet auf einen der letzten freien Plätze neben ihm.

»Ich war noch im …«, setze ich an. Meine Aufmerksamkeit schwindet, als ich Merle in der Tür entdecke. Gemeinsam mit Adriano, dem Clown aus der Journalismus-Fachschaft, und dem recht stillen Mädchen, das mich mit seinen langen Röcken im Sommer schon beim Zusehen zum Schwitzen brachte.

Nun ja … schön für Merle, dass sie Freunde gefunden hat. Freunde, die sie hoffentlich die meiste Zeit des Tages vom Casa Nera fernhalten. Eine Win-win-Situation, würde ich behaupten. Gleichzeitig will ich mir nicht vorstellen, was die beiden ihr bereits über uns erzählt haben. Meinem Eindruck nach sieht sie jedes Mal weg, wenn sich unsere Blicke kurz begegnen könnten.

Ob ich sie mit meinem Machospruch neulich zu sehr verschreckt habe? Ich habe keine Ahnung, warum ich mir diese Frage überhaupt stelle. Es sollte mir egal sein, was Merle über mich denkt. Schließlich war sie nicht einmal bereit, eine klitzekleine Ausnahme für mich zu machen, und das, obwohl sie immer noch bei uns wohnt.

»Beobachtest du sie?«, flüstert mir auf einmal Romeo von der Seite zu.

»Wen?« Ich sehe viel zu abrupt von ihr weg.

»Blondi.«

»Nenn sie nicht so«, rutscht es mir heraus. Überrascht hebt mein Kumpel die Brauen. »Du hörst dich an wie Diego«, erkläre ich.

»Sie ist hübsch.« Romeo lässt sich nicht aus der Bahn bringen.

»Sie sorgt für Ärger.« Ich senke den Blick auf meinen Collegeblock. »Ärger, den wir nicht gebrauchen können.«

»Auf mich hat sie bisher keinen sonderlich komplizierten Eindruck gemacht. Ganz im Gegenteil, sie hat im Haus mehrfach Hilfe angeboten.«

»Weil sie ihre Nase in Dinge steckt, die sie nichts angehen.«

Romeo schnalzt belustigt mit der Zunge und kassiert einen mahnenden Blick von dem Typen aus der Reihe vor uns.

Wir richten unsere Aufmerksamkeit zurück auf die Vorlesung, wobei es bei mir höchstens so aussieht, als könnte ich mir den Stoff von Professor Muratori auch nur eine Sekunde merken. Seine Vorträge sind nicht nur zum Einschlafen, mein Kopf ist heute auch noch ganz woanders.

Wenn ich die Chance habe, Merle noch einmal allein zu erwischen, werde ich sie nutzen. *Ich muss. Wenn nicht für mich, dann zumindest Chiara zuliebe.*

17. Kapitel

Merle

Anders als von Matteo vorhergesagt, ist es nicht allein Isabella, die mir die nächsten Tage immer wieder wachsame Blicke zuwirft. Auch Adriano scheint mich sorgenvoll zu beobachten. Insbesondere während der Medienökonomie-Vorlesung bei Professor Muratori, bei der auch Matteo anwesend ist, weichen die beiden nicht von meiner Seite – und das, obwohl ich mir Mühe gebe, möglichst selten in Richtung meines unverschämten Mitbewohners zu sehen, geschweige denn über ihn zu sprechen.

Wie um alles in der Welt sollte jemand tatsächlich meinen, zwischen uns könnte irgendetwas sein? Nur wegen einer missverständlichen Situation?

»Geht es nur mir so, oder redet der Professor einfach viel zu schnell?«, flüstere ich Isabella zu, während unser Dozent eine nächste Präsentation öffnet.

»Nee, man versteht ihn einfach schlecht. Und er wechselt viel zu wild die Folien.«

Das stimmt. Ich bin erst seit wenigen Wochen an dieser Uni und kenne schon jetzt niemanden, der ein größerer Fan von seltsamen PowerPoint-Übergängen ist als Professor Muratori. Jede neue Seite öffnet sich mit einem neuen Wischmuster, das komplett vom Inhalt ablenkt.

»Wenn du magst, dann schauen wir uns das später noch mal zusammen an, okay?«, schlägt Isabella vor.

»Du bist ein Schatz!« Ich hauche ihr eine Kusshand zu und bemerke wieder einmal, wie dankbar ich bin, in kurzer Zeit so tolle Freunde gefunden zu haben.

Die nächsten Tage verbringe ich jedoch größtenteils im Restaurant. Abends bin ich meist so müde, dass ich es nicht einmal schaffe, ein Buch aufzuschlagen, geschweige denn, meine Notizen für die nächste Vorlesung durchzugehen.

Am Donnerstagmorgen bin ich mit Adriano verabredet. Wir wollen im Innenhof der Ca' Foscari die ersten Ideen für das Festival aufschreiben.

Als Adriano auftaucht, ist er vollkommen außer Atem.

»Sorry. Meine Mutter hat mir die Zwillinge aufgezwungen. Ich konnte nichts machen.«

Beinah verschlucke ich mich an dem Baguette, das ich mir eben erst bestellt habe. Adriano wirft einen entschuldigenden Blick auf die beiden Zwerge, die ihn begleiten. Ich schätze sie auf etwa sechs oder sieben Jahre.

»Das sind Sofia und Luca, meine Geschwister. Und das ist Merle!«

»Hallo«, krächze ich und nehme einen Schluck von der eisgekühlten Limonade.

»Hallo, Merle!«, kommt es piepsig zurück.

»Die beiden werden hoffentlich nicht allzu sehr stören«, murmelt Adriano.

»Kein Problem!« Schnell räume ich Platz frei, damit die drei sich setzen können. »Ich habe schon angefangen und die ersten Teilnehmer notiert. Haben wir eine Übersicht mit Titeln oder Infos zu den Beiträgen?«

»Das können wir später noch machen. Erst einmal sollten wir

einen Begrüßungstext schreiben. Es ist jetzt geklärt: Das Festival wird sowohl im Garten als auch im Innenhof der Uni übertragen. Ich hoffe, du hast kein allzu großes Lampenfieber.«

»Das hoffe ich auch«, murmele ich und versuche, das wilde Herzrasen in meiner Brust zu ignorieren. Mit einem Bleistift zeichne ich die Kästchen auf meinem Collegeblock nach.

»Aber bevor wir loslegen, brauche ich auch so eine Limo. Kannst du vielleicht ein Auge auf die Zwillinge werfen? Ich bin sofort wieder da.«

Weil die zwei recht friedlich aussehen, nicke ich knapp. Die Kinder haben Buntstifte und Blätter aus ihren Rucksäcken geholt und sind damit beschäftigt, immer wieder neue Bilder anzufangen.

»Hey! Du malst mir nach!« Sofia hat ihrem Bruder den Buntstift aus der Hand gerissen und sieht aus, als würde sie jeden Augenblick vor Wut explodieren.

»Was ist denn los?«, frage ich und sehe von ihr zu Luca. Hoffentlich taucht Adriano gleich wieder auf.

»Immer, wenn ich etwas male, macht er genau das Gleiche.« Sofia schürzt trotzig die Lippen.

»Gar nicht wahr«, widerspricht ihr Bruder. »Das war auch meine Idee.«

»Aber ich habe es zuerst gemalt.«

»Ich habe aber vorher schon darüber nachgedacht.«

Okay. Das Ganze scheint etwas komplizierter zu sein.

»Es ist nicht schlimm, wenn ihr beide das Gleiche malt«, versuche ich zu intervenieren. »Sieh es mal so: Vielleicht hat ihm dein Bild einfach besonders gut gefallen.« Ich werfe Sofia ein aufmunterndes Lächeln zu.

»Ich will aber nicht, dass unsere Bilder gleich aussehen.« Sie verschränkt die Arme vor der Brust.

»Das werden sie auch nicht«, verspreche ich. »Selbst wenn ihr das gleiche Motiv malt, habt ihr doch beide eine ganz andere Art.« Ich tippe mit den Fingern auf das Bild ihres Bruders. »Allein schon die Farben. Lucas Bilder sind alle viel heller.«

Dieser nickt zustimmend. »Gelb ist meine Lieblingsfarbe.«

»Eine Wiese kann nicht gelb sein«, sagt Sofia missbilligend.

»Es ist aber eine Fantasiewiese.« Luca streckt ihr die Zunge raus und verschränkt beleidigt die Hände vor der Brust.

»Siehst du? Jeder arbeitet auf seine Weise. Es muss nicht immer etwas Neues her. Das Ergebnis ist schon grundverschieden, wenn jeder seine persönliche Note reinbringt. Etwas, das ihn besonders macht.«

Mit dieser Erklärung scheinen sich die Zwillinge tatsächlich zufriedenzugeben. Jedenfalls sind sie nach wenigen Sekunden wieder in ihre Bilder vertieft.

Ich dagegen sitze noch immer vor meinem weißen Blatt Papier und beobachte nachdenklich die Menschen, die an dem Torbogen der Uni vorbeilaufen. Hin und wieder bekommen wir neugierige Blicke zugeworfen.

Ob Andrea Greco hier auch manchmal entlanggeht? Vielleicht in die kleine Buchhandlung, die nur wenige Meter neben dem Unigebäude liegt? Ob Andrea Bücher überhaupt mag? Wie hoch ist die Wahrscheinlichkeit, dass sie ausgerechnet diesen Weg nimmt?

Ob sie Ähnlichkeiten mit meiner Oma hat? Unwahrscheinlich. Die meisten Italiener sind dunkelhaarig. Meine Oma ist blond, genau wie ich.

Oma hat sich nie sonderlich für Kunst interessiert, sie ist nur ins Theater gegangen, um meinem Großvater einen Gefallen zu tun. Ist das etwas gewesen, das er an Andrea geschätzt hat? Hatten sie mehr Gemeinsamkeiten?

»Normalerweise hält man den Stift andersherum.«

Erschrocken zucke ich zusammen. Als ich aufschaue, ist es ausgerechnet Matteo, der vor unserem Tisch steht und einen Schatten auf uns wirft. Was zum Teufel macht der Kerl hier? Muss er sich ständig heranschleichen? Reicht es nicht, dass wir unter einem Dach wohnen?

Du hast einen Job in seinem Restaurant angenommen, Merle. In dem seiner Familie, genauer gesagt.

»Bitte?«, murmele ich und mustere den Bleistift, den ich mit der falschen Seite aufs Papier gerichtet halte. Ich Trottel.

»Oder ist das eine bestimmte Zeichenart?« Matteo hebt eine Augenbraue. »Vielleicht moderne Kunst oder so?«

»Denkst du, das könnte sich durchsetzen?«, frage ich und klinge zu meinem eigenen Erstaunen amüsiert.

Sein Blick gleitet nachdenklich über mein Gesicht, dann sieht er wieder herab auf das leere Papier. »Ich denke nicht. Aber da musst du einen Profi fragen.«

»Wie schade. Dann bist du also kein Kenner?«

Bedauernd schüttelt er den Kopf. »Meine Spezialgebiete liegen woanders.«

Jetzt muss ich lachen. »Aaaaaha.«

»Niemand hat vom Vögeln geredet, *tedeschina*.«

»Pscht!« Überrascht schnappe ich nach Luft und werfe einen besorgten Blick zu den Zwillingen.

»Weißt du, was Vögeln bedeutet?« Matteo sieht Luca an, ohne eine Miene zu verziehen.

Der Zwerg blickt verwirrt auf. Es ist offensichtlich, dass er keine Ahnung hat, worüber wir gesprochen haben.

»Reicht trotzdem, okay?«

»Warum denn?« Matteo fixiert mich herausfordernd. »Macht ihr so was in Deutschland nicht?«

»Was macht man in Deutschland nicht?« Ungünstigerweise

kehrt genau in dem Moment Adriano zurück an den Tisch. Er hat zwei Flaschen Limo in der Hand und sieht alles andere als begeistert aus, während er Matteo mustert.

»Nichts«, werfe ich blitzschnell ein und setze ein freundliches Lächeln auf. »Das war nur eine rhetorische Frage.«

»Vögeln«, sagt Sofia plötzlich so laut, dass sich eine vorbeigehende Studentin zu uns umdreht. Augenblicklich wünsche ich mir, im Erdboden zu versinken. Stattdessen spüre ich, wie mir Hitze in die Wangen schießt.

Adriano reißt die Augen auf. »Habe ich irgendwas verpasst?«

»Alles und nichts«, erwidert Matteo kryptisch.

Adrianos Blick wird düster.

Dass die beiden keine Freunde sind, habe ich verstanden. Und doch ist die Ablehnung, die ich seiner Körperhaltung entnehmen kann, nicht ganz nachvollziehbar.

»Hast du einen Moment?«, raunt Matteo mir zu.

Ich brauche Adriano nicht einmal anzusehen, um seinen misstrauischen Blick auf mir zu spüren.

»Ich habe zu tun. Siehst du das nicht?«

»Ich brauche nur ein paar Minuten.« Er tritt so nah an den Tisch heran, dass mein Kopf nur wenige Zentimeter von seinem Unterbauch entfernt ist. Es braucht nicht viel Fantasie, um sich vorzustellen, wie definiert die Muskeln unter seinem Shirt sein müssen. »Also, was ist jetzt? Es ist wichtig.«

Das hätte er sich mal vorher überlegen sollen. Zum Beispiel bevor er so getan hat, als wäre ich eine dicke schwarze Kakerlake.

»Schreib es dir auf und sag's mir später!«, presse ich hervor.

»Später wie in fünf Minuten oder …?«

»Später wie … nach dem Abendessen.«

Wäre mein Entschluss, mich von Matteo und den Jungs möglichst fernzuhalten, eine Mauer, müsste ich zugeben, die ersten Steine bröckeln zu sehen.

»Geht klar!« Ich frage mich, wie viel Überwindung es ihn kostet, sich das Lächeln auf das sonst so finstere Gesicht zu kleistern. Eine pure Verschwendung!

Vor allem dann, wenn es schon wieder um seine Teilnahme am Festival gehen sollte.

»Läuft da irgendwas zwischen euch?« Kaum hat Matteo sich von uns entfernt, hängt Adriano an meinen Lippen.

»Um Himmels willen, nein. Hältst du mich für eine Masochistin?« Ich lache trocken auf. »Er ist mein Mitbewohner. Leider. Ich wohne für kurze Zeit bei ihm und seinen Freunden. Nur, bis ich endlich ein Zimmer gefunden habe.« Unweigerlich entfährt mir ein Seufzen.

»Du wohnst bei ihm?« Adriano setzt seine Limo vom Mund ab, ohne einen Schluck getrunken zu haben.

»Das klingt intimer, als es ist. Es gibt ausreichend Platz. Das Casa Nera ist ein altes Hotel, da kann man sich gut aus dem Weg gehen.«

»Ich kenne das Casa Nera«, sagt Adriano ernst. Etwas an seinem Verhalten lässt Nervosität in mir aufkeimen.

»Stimmt. Ich vergesse manchmal, wie klein die Stadt doch ist.«

Adriano beginnt, mit der rechten Hand seinen Nacken zu massieren. »Sei einfach vorsichtig, was diese Gruppe angeht, okay?«

»Was soll das denn bitte heißen? Warum soll ich vorsichtig sein?«

»Ich meine ja nur. Es gibt ein paar Gerüchte über die Jungs.« Er hält in der Bewegung inne. »Keine schönen Gerüchte. Aber ich will nicht noch mehr Öl ins Feuer kippen.«

»Das fällt dir ein wenig spät ein, oder?« Skeptisch hebe ich eine Augenbraue.

»Tut mir leid. Ich hätte einfach die Klappe halten sollen.«

»Hey, du kannst doch jetzt nicht einfach so dichtmachen«, schimpfe ich. »Was meinst du mit *vorsichtig sein*? Falls es um die Frage von eben geht … Da läuft ganz sicher nichts zwischen uns. Glaub mir, vor ein paar Tagen hatte er noch einen richtigen Hass auf mich.«

»Was ist jetzt anders?«

Ich kann nicht sagen, wieso, doch aus irgendeinem Grund widerstrebt es mir, Adriano von Matteos Bestechungsversuch zu erzählen. Streng genommen geht es ihn ja auch gar nichts an.

»Ich habe keine Ahnung. Es ist mir auch egal. Seine Familie bezahlt mich gut für die Arbeit im Restaurant, und im Casa Nera gehe ich ihm sowieso am liebsten aus dem Weg.«

Adriano nickt abwesend und blickt über meine Schulter hinweg. Ich fahre herum und entdecke Aurora, deren Augen auf Adriano haften. Sie kommt in unsere Richtung. Heute trägt sie die dunklen Haare zu einem strengen Zopf gebunden, sodass ihr schönes Gesicht noch mehr zur Geltung kommt. Ich habe selten eine Frau gesehen, die ich so attraktiv finde. Als sich unsere Blicke treffen, spüre ich, dass sie mich jetzt erst erkennt. Ihre Lippen pressen sich zu einem dünnen Spalt aufeinander, und auch ihre Körperhaltung verändert sich.

»Willst du dich zu uns setzen?«, ruft Adriano über den Tisch hinweg in ihre Richtung.

Kopfschüttelnd und ohne etwas zu sagen, wendet sie sich ab und beschleunigt ihre Schritte, als habe sie es plötzlich eilig, das Unigelände zu verlassen.

»Schade«, brummt Adri leise.

Habe ich in der Cafeteria noch geglaubt, es könne sich nur um ein Versehen handeln, so bin ich mir plötzlich sicher, dass ihr Sinneswandel mit mir zu tun hat.

»Sie kann mich nicht leiden, oder?« Nachdenklich fahre ich mir mit der Zunge über die Unterlippe und versuche, mich von dem beklemmenden Gefühl abzulenken, das sich in Sekundenschnelle in mir ausbreitet.

Adriano lehnt sich in seinen Stuhl zurück. »Wie kommst du darauf?«

»Nur ein Gefühl. Ich habe den Eindruck, dass sie versucht, mich zu meiden.« Ich zucke mit den Schultern.

»Ach nein, du darfst das nicht persönlich nehmen. Aurora macht gerade eine ziemlich schwere Zeit durch. Ich schätze, sie ist mit den Gedanken ganz woanders. In den letzten Monaten hat sie sich von allen zurückgezogen. Es grenzt schon an ein Wunder, dass sie mittlerweile wieder zu den Redaktionssitzungen kommt. Ihr Fehlen war ein großer Verlust für uns.«

Ich möchte nicht neugierig wirken, also widerstehe ich dem Drang, nachzufragen, und nicke nur. »Ach so.«

»Sag mal, ist das etwa eine gelbe Wiese?« Adriano hat den Oberkörper über den Tisch gebeugt und mustert skeptisch das Bild seines Bruders.

»Das ist eine Fantasiewiese«, erklärt dieser stolz.

»Ich habe ihm auch gesagt, dass es das nicht gibt«, mischt Sofia sich ein.

»Ich möchte sie Merle schenken.« Der Kleine rutscht auf der Bank näher an mich heran und hält mir sein buntes Kunstwerk hin. »Das ist für dich. Wenn du willst, kannst du es behalten.«

Überrascht nehme ich das Geschenk entgegen. »Danke. Das ist … unglaublich lieb von dir.« Mit einem Ruck löst sich die Schwere von meiner Brust, und ich kann nicht verhindern, dass sich ein breites Lächeln über meinem Gesicht ausbreitet.

18. Kapitel

Merle

»Ich weiß, dass du ein kluges Mädchen bist. Und trotzdem gelten die Regeln für alle Kinder.« Ich bekomme das Gespräch zwischen Natalie und Matteos kleiner Schwester nur zufällig mit, während ich dabei bin, die Tische abzuräumen. Weil das Wetter seit heute Morgen recht unbeständig wirkt, ist im Restaurant allerdings nicht viel los.

»Du verstehst das nicht. Ich habe die Aufgaben längst gemacht«, beharrt das Mädchen und verschränkt die Arme vor der Brust. Sie sitzt erst seit ein paar Minuten an einem der Tische.

»Ach, Emilia. Du hast deinem Papà doch versprochen, sie dir zumindest noch einmal anzusehen«, hält Natalie dagegen.

»Damit bin ich auch schon fertig.«

Seufzend hebt Natalie die Hände. »Du weißt doch, dass wir es nur gut meinen, oder? Dein Vater macht sich eben Sorgen. Willst du das?«

Emilia lässt den Kopf sinken, bevor sie schließlich doch noch zu einem Schulheft greift.

»Du machst das schon! Da bin ich ganz sicher.« Natalie streicht ihr sanft über die Schulter, bevor sie aufsteht und sich die Schürze glatt streicht.

Ich greife nach einem nassen Tuch und beginne, den Tisch abzuwischen. Es soll bloß nicht so aussehen, als würde ich mich in

Familienangelegenheiten einmischen. Dabei scheint Natalie kein Problem mit Offenheit zu haben. Als sie neben mir auftaucht, ist ihre Stirn in Falten gelegt.

»Wir haben momentan so unsere Schwierigkeiten«, murmelt sie auf Deutsch.

Hat sie das Gefühl, sich mir erklären zu müssen?

»Wer hat die in dem Alter nicht gehabt?«, sage ich mit gedämpfter Stimme und hoffe, dass ich die Situation so ein bisschen auflockern kann. Ich meine, niemand in dieser Familie ist mir irgendeine Rechenschaft schuldig.

»Ich wünschte, es läge nur an der Pubertät.« Natalie folgt mir nach draußen. »Emilia war schon immer etwas anders als die anderen. Vielleicht passiert das, wenn man so früh seine Mutter verliert. Ich wünschte nur, sie würde mich ein bisschen mehr an sich heranlassen. Sie soll wissen, dass ich für sie da bin, weißt du?«

»Ich bin sicher, das tut sie. Kinder spüren so was.«

»Meinst du? Ich weiß, ich kann ihre Mutter nicht ersetzen. Aber ich würde zumindest gern wissen, was in ihr vorgeht. Sie ist ein so liebes Mädchen.« Betroffen senkt sie den Blick. »Entschuldige! Ich wollte dich nicht mit dem persönlichen Kram vollquatschen.«

»Schon okay«, sage ich schnell und meine es auch genau so. »Ich finde es schön, dass du dir Gedanken um sie machst.«

»Es tut gut, mit jemandem darüber zu sprechen. Cristiano macht vieles mit sich selbst aus. Dabei spüre ich, dass er sich Sorgen macht. Letztes Schuljahr haben ständig irgendwelche Lehrer angerufen, weil Emilia geistig so abwesend wirkt. Manchmal fehlen auch ihre Hausaufgaben. Ich glaube nicht, dass sie Ärger machen will. Manchmal frage ich mich, ob sie schlichtweg überfordert ist. Ob sie Hilfe braucht.«

»Du gibst dein Bestes! Das ist das Wichtigste, denke ich«, versuche ich, sie aufzumuntern.

»Wahrscheinlich. Dann kann ich nur hoffen, dass das Beste auch reicht.«

Unser Gespräch wird unterbrochen, als ein Mann mit einem kleinen Jungen an der Hand vor uns stehen bleibt.

»Kann man hier irgendwo auch bestellen?«, fragt er mich gereizt. Heute ist wohl nicht sein Tag.

»Gib ruhig her!« Natalie nimmt mir das Tuch aus der Hand. »Du hast schon genug geputzt. Ich mache hier weiter, dann kannst du die Bestellungen aufnehmen.«

Dankbar lächele ich ihr zu, widme meine Aufmerksamkeit dann dem Gast und führe ihn auf seinen Wunsch ins Innere des Restaurants. Während er bald darauf mit dem Gesicht hinter einem iPad verschwunden ist, ist sein Sohn damit beschäftigt, das Besteck am Nachbartisch umzuräumen. Nervös sehe ich zu, wie meine säuberlich verrichtete Arbeit sich in Sekundenschnelle in ein Chaos verwandelt. Meine Eltern hätten mir als Kind wahrscheinlich längst die Ohren lang gezogen. Als die dritte Gabel klirrend zu Boden fällt, sehe ich den Moment gekommen, endlich etwas zu sagen. Ich ringe mir also ein Lächeln ab und gehe langsam auf den Tisch zu.

»Entschuldigung. Könnten Sie vielleicht ein Auge auf Ihren Sohn haben?«

Die Nasenflügel des Vaters weiten sich vor Empörung.

»Mario, nimm die Pfoten vom Tisch!«, keift er den Kleinen im nächsten Moment an. Was darauf folgt, macht die Situation nur leider kein bisschen besser. Dicke Tränen kullern dem Jungen über die Wangen. Tränen, die von lautem Brüllen begleitet werden. Verdammt! Das darf doch nicht wahr sein. Aus dem Augenwinkel sehe ich, dass Emilia das Szenario aufmerksam beobachtet. Na super! Wahrscheinlich habe ich sie jetzt von ihren Schularbeiten abgelenkt. Außerdem tut mir der kleine Junge jetzt auch noch leid. Ich wette, er ist keine sechs Jahre alt und wird mit seinen Gefühlen schlichtweg allein gelassen.

Unschlüssig blicke ich von ihm zu Emilia, deren Mundwinkel sich plötzlich zu einem mitfühlenden Lächeln formen. Ich fühle mich ermutigt und gehe vor dem Jungen in die Hocke.

»Schau mal, ich verstehe, dass dir langweilig ist. Aber wenn später andere Gäste kommen, möchten sie sich auch an einen ordentlichen Tisch setzen. Meinst du, wir finden etwas anderes, das dir Spaß macht?«

Mit großen Augen sieht er mich an. Seine Wangen sind vor Aufregung gerötet.

»Hier. Du kannst ein Papier von mir haben. Ich habe auch Stifte.« Emilia ist von ihrem Platz aufgestanden und neben mir aufgetaucht. Ich versuche, nicht allzu verblüfft auszusehen, und forme stattdessen ein lautloses »Danke!«.

»Kein Problem.« Sie schiebt dem Jungen das Blatt unter die Hände. »Kennst du das Spiel *Wer bin ich*?«

Der Kleine nickt.

»Wie wäre es, wenn du dir ein Tier aussuchst? Wenn du es gemalt hast, musst du das Papier umdrehen, und ich rate, welches es sein könnte.«

Dieses Mädchen ist nicht nur gut. Emilia ist geradezu entzückend.

Der Junge setzt seinen Stift an, und ich gehe in die Küche, um nach den Bestellungen zu sehen. Als ich zurückkomme, haben sich auch Emilias Gesichtszüge entspannt, und es kommt mir vor, als wäre ein Teil der Schwere, die ich bislang an ihr wahrgenommen habe, von ihr abgefallen.

Natalie kommt herein und hebt überrascht die Brauen.

»Das ist … faszinierend«, murmelt sie.

»Ich habe nichts gemacht«, gestehe ich, während ich ihr in die Küche folge. Meine Schicht geht heute nur bis zum Nachmittag. Genau wie die von Matteo, der noch mit seinem Vater am Herd steht. Seit dem kurzen Missverständnis vor Adriano haben wir nicht mehr miteinander gesprochen, denn anders als angekündigt, hat er seitdem keine Anstalten mehr gemacht, mit mir zu sprechen. Nicht, dass ich böse darum wäre …

»Dann bis Dienstag?«

»Hab einen schönen Sonntag!« Natalie wirft mir ein dankbares Lächeln zu. Ich notiere mein Schichtende auf dem Notizblock neben dem Kühlschrank, nehme die Schürze ab und greife nach meinem Rucksack, den ich heute Morgen hier deponiert habe.

»Einen Moment noch«, hält Cristiano mich auf. »Die Wäscherei hat gerade angerufen. Vielleicht könntet ihr auf dem Rückweg noch schnell die Tischdecken abholen? Es reicht, wenn einer von euch sie die Tage mitbringt.« Er sieht abwechselnd von mir zu Matteo. »Gilt natürlich als Arbeitszeit. Ihr würdet mir einen großen Gefallen tun.«

Ich schlucke. Bisher sind Matteo und ich jedes Mal getrennt voneinander nach Hause gegangen. Als gäbe es ein ungeschriebenes Gesetz, das uns nicht erlaubt, den kurzen Weg vom Restaurant zum Casa Nera gemeinsam zu bestreiten. Jedenfalls müsste es sich um einen irren Zufall handeln, sollte hinter Matteos *Ich-verlasse-das-Restaurant-nur-fünf-Minuten-nach-oder-vor-Merle*-Verhalten keine Absicht stecken. Aber das ist doch kindisch!

»Klar«, sage ich also, ohne Matteos Reaktion abzuwarten. »Das sollte kein Problem sein.«

»Prima! Matteo kennt die Adresse. Euch schickt der Himmel!«

Was ein rasanter Absturz. Vom Himmel direkt in die Hölle.

Die Straßen sind zum Glück weniger überlaufen als sonst, was sich wohl auf das dunstige Wetter zurückführen lässt. Ich laufe Matteo nach, folge ihm durch einen schmalen Gang, der gerade genug Platz bietet, um nebeneinander herzugehen.

»Du, wegen des Filmbeitrags, denkst du nicht …?«

»Oh nein, du wirst nicht noch mal versuchen, mich zu bestechen«, mahne ich. »Zumal du mir immer noch nicht gesagt hast, warum du an dem Wettbewerb so dringend teilnehmen willst.«

»Ich erwarte nicht, dass du irgendetwas verstehst, *tedeschina*.«

»Hättest du überhaupt ein Thema für deinen Beitrag?«

Er grinst. »In meinem Film würde es um die venezianische Küche gehen. Ich möchte das Restaurant als Beispiel nehmen. Meine Mutter ist in Venedig aufgewachsen. Die Lagune hat ihr alles bedeutet. Das *Prezioso* ist ihr Vermächtnis, welches ebenso unter den Veränderungen des boomenden Tourismus leidet wie die restliche Stadt.«

»Daher weht also der Wind«, murmele ich.

»Was meinst du?«

»Deshalb kannst du mich nicht ausstehen.« Ich zucke mit den Schultern. »Für dich bin ich eine dieser nervigen Touristinnen.«

»Du machst es dir ganz schön einfach.«

Belustigt schüttele ich den Kopf, sodass sich aus meinem Pferdeschwanz eine blonde Strähne löst und mir ins Gesicht fällt. »Nein, Matteo. *Du* machst es dir ganz schön einfach. Vorurteile zu haben ist das Einfachste der Welt.« Und obwohl mir sein Verhalten während meiner ersten Tage hier noch immer bitter aufstößt, ergibt die neue Erkenntnis zumindest ein wenig Sinn.

»Das hat nicht unbedingt etwas mit Vorurteilen zu tun, Merle.«

Ich glaube, es ist das erste Mal, dass er so direkt meinen Namen sagt, und ich wünschte, ich könnte behaupten, es würde mich kaltlassen. Stattdessen ist da dieses Kribbeln auf meiner Haut. Ein

Kribbeln, das sich wie das Vibrieren einer Gitarrensaite anfühlt. Nur, dass wir hier keine Saiten haben, sondern meine Haut, und Matteo mich nicht einmal angefasst hat.

Er spielt mich mit seiner Stimme. Der Gedanke verwandelt das Vibrieren in eine großflächige Gänsehaut.

»Ach nein? Du hast etwas gegen Touristen und scherst alle über einen Kamm. Zumindest verstehe ich jetzt, weshalb du Natalie gegenüber genauso abweisend bist.«

Matteos Gesichtszüge verhärten sich. »Sie ist hierhergekommen. So, wie es Tausende am Tag tun und hier Unruhe verbreiten. Der Stadt nachhaltig schaden. Und als wäre das nicht genug, hat sie sich auch noch einen verheirateten Mann geschnappt. Meine Mutter ist nicht einmal zwei Monate tot gewesen. Zwei Monate!«

Ich hole tief Luft, muss seine Worte erst einmal sacken lassen. »Das tut mir leid. Ehrlich. Aber wenn du wirklich denkst, dass Natalie deinen Vater wie eine Sirene verführt hat, dann hast du komplett den Bezug zur Realität verloren. In welcher Welt lebst du, dass du denkst, ein Mann wäre den Reizen einer Frau erbarmungslos ausgeliefert?«

Matteo seufzt. »Du drehst mir die Worte im Mund um. Ich habe nie behauptet, dass es so war.«

»Zu deinem Vater bist du jedenfalls nur halb so unfreundlich.«

»Er ist ja auch mein Vater. Seinen eigenen Eltern kann man vielleicht Dinge zum Vorwurf machen. Sie dafür zu hassen ist etwas vollkommen anderes.«

Bei diesen Worten halte ich inne. Nicht, dass ich Matteos Ablehnung Natalie gegenüber als gerechtfertigt sehe … aber den letzten Teil seiner Erklärung kann ich vielleicht doch irgendwie verstehen. Denn obwohl meine Eltern nie einen Hehl daraus gemacht haben, dass die Arbeit für sie an oberster Stelle steht und alles andere warten muss, konnte ich nie die Gewohnheit ablegen, eine gewisse Teilschuld bei mir selbst zu suchen.

Schnell schüttele ich die Erinnerungen aus meinem Kopf. »Wie du meinst.«

»Und falls du es genau wissen willst … Die Tatsache, dass du Touristin bist, ist mein kleinstes Problem.«

»Sag bloß!« Meine kurze Hoffnung, er könne mir endlich eine Erklärung für seine Abneigung geben, schwindet, als er seine Schritte beschleunigt.

»Sieht nach Regen aus.«

Ich versuche, mit seinem Tempo mitzuhalten, denn obwohl ich es ungern zugeben mag, scheint Matteo zumindest mit der Wettervorhersage recht zu haben. Der Himmel verdunkelt sich zusehends, und kaum haben wir die Wäscherei erreicht, fängt es an, in Strömen zu gießen. Wüsste ich nicht genau, dass es erst siebzehn Uhr am Nachmittag ist, könnte mich der graue Schleier, der plötzlich über der Stadt liegt, definitiv daran zweifeln lassen.

»Verflucht!«, seufzt Matteo, als wir die Wäscherei wenige Minuten später verlassen wollen.

»Was? Das ist doch nur ein bisschen Regen!«

»Ja. Ein bisschen Regen, der den frischen Tischtüchern so gar nicht gefallen wird.«

Hm. Daran habe ich so schnell nicht gedacht. Zwar sind die Tischdecken zum Schutz in dünne Folie gelegt, dennoch wage ich zu bezweifeln, dass die dem Regen lange standhält.

»Wir können warten, bis der Regen nachlässt«, schlage ich vor.

Matteo schüttelt den Kopf. »Das wird so schnell nicht passieren. Ich weiß was anderes. Bist du sicher, dass du die nehmen kannst?« Er deutet auf den Stapel Tischtücher, die ich fest umklammert halte. Sie haben uns zwei große Bündel gegeben, von denen jeder von uns eins trägt.

»Puhh. Ich weiß ja nicht. Von dem ganzen Kilo Stoff könnten meine Arme abfallen. Wahrscheinlich bin ich doch auf einen heißen Südländer angewiesen, der einer Frau aus der Klemme hilft«, flöte ich ironisch.

»Gib her!« Er streckt die Hände aus, um mir das Paket abzunehmen, doch ich ziehe es an mich und setze ein unschuldiges Lächeln auf.

»Da hier aber weit und breit niemand ist, auf den diese Beschreibung zutrifft, wird jene Frau all ihre Kraft aufbringen müssen.«

Matteo verdreht die Augen. »Ich wollte dir nur helfen.«

»Ich brauche aber keine Hilfe.«

»Gut. Dann lauf mir einfach nach!« Er presst sich sein Bündel gegen die Brust und schiebt die Tür auf.

Ehe ich michs versehe, eilt er los, und ich beschließe perplex, ihm zu folgen.

Die Luft riecht nach Salz, altem Stein und warmem Regen. Hätten wir es nicht so eilig, die Wäsche rasch in Sicherheit zu bringen, würde ich vermutlich innehalten und den Moment genießen. So muss ich mich ganz schön ranhalten, um meinem Mitbewohner folgen zu können. Denn der läuft verdammt schnell. Dabei bin ich alles andere als unsportlich.

Ich streiche mir mit der Hand eine durchnässte Haarsträhne aus dem Gesicht, klemme das Bündel unter meinen Arm und bleibe kurz stehen. Mist. Wo ist Matteo denn jetzt hin? Wir haben eben noch einen kleinen Platz überquert, auf dem letzte Händler ihren Kram zusammengeworfen und das Trockene gesucht haben. Ich muss ihn kurz aus den Augen verloren haben, denn jetzt ist weit und breit nichts mehr von Matteo zu sehen.

Das hat er doch jetzt mit Absicht gemacht, weil ich seine großzügige Hilfe nicht annehmen wollte! Verflucht!

Der Himmel hat sich mittlerweile komplett dunkel zugezogen, und es strömt herunter, als habe es im ganzen Jahr noch kein einziges Mal geregnet. Obwohl die Luft immer noch recht warm ist, ist das Gefühl von nasser Kleidung auf meiner Haut alles andere als angenehm.

Ich versuche mich zu erinnern, ob wir den Weg hier schon einmal gegangen sind. Aber hier in der Stadt sieht eben vieles so gleich aus. Das Wasser. Die Häuser. Die Brücken.

»Matteo?«, rufe ich und versuche, nicht allzu genervt zu klingen. Er soll bloß nicht denken, dass er mich mit dem albernen Spiel tatsächlich ärgern kann. Pffff. Ganz im Gegenteil, ich bin die Ruhe selbst. Das hier ist nur ein bisschen Regen.

Ich drehe mich um und entdecke einen dunklen Haarschopf am Eingang einer schmalen Gasse. Na endlich.

Erleichtert klemme ich mir das Bündel unter den Arm und lege an Tempo zu. Es sind noch höchstens zwanzig Meter bis zu Matteo, als ich den Halt verliere und mit der Schuhsohle über einen glatten Stein schlittere. Mein Herz macht einen Sprung, ich versuche, mich zu fangen, merke jedoch schnell, dass es zu spät ist. Es kommt mir vor wie in Zeitlupe, dass mir die Folie mit den Tischtüchern aus der Hand rutscht und ich mit den Knien auf dem Pflasterstein lande.

Ein brennender Schmerz schießt durch mein Bein. Die Hose ist an den Knien aufgerissen, und ich blute.

Scheiße. Hastig suche ich den Boden nach der frischen Wäsche ab, ertaste aber nur Matteos linken Schuh, der plötzlich neben mir steht.

»Ist dir was passiert?« Er greift nach dem Bündel, das mir aus der Hand gerutscht ist. Bevor ich antworten kann, höre ich ihn leise fluchen. Die Folie ist an einigen Seiten aufgerissen, der weiße Stoff verdreckt.

Vorsichtig kämpfe ich mich zurück auf die Füße. Aua!

»Es tut mir leid«, presse ich hervor. »Ich bin ausgerutscht und muss sie irgendwie losgelassen haben.« Als Matteo nichts sagt, nimmt das beklemmende Gefühl in meiner Brust weiter zu. Was auch immer ihm gerade durch den Kopf geht, könnte meiner Meinung nach etwas schneller gehen. Denn jede Sekunde, die wir hier im Regen stehen, riskiere ich, mir eine fiese Erkältung zu holen. Ich würde meine gesamte Büchersammlung verwetten, dass ich bis auf den Slip durchnässt bin. Was ein beschissener Tag! Das hat man also davon, wenn man anderen helfen will: ein blutiges Knie, das Gefühl, unter Inkontinenz zu leiden, und einen Mitbewohner, dem es die Sprache verschlagen hat. »Okay. Du bist sauer. Ich hab's kapiert …«

Bevor ich meinen Satz beenden kann, legt Matteo seinen rechten Arm um meine Kniekehle, während der linke meinen Rücken stützt.

»Was tust …?« Ich breche erneut ab. Diesmal, weil mir klar wird, wie geistlos meine Frage ist. Es ist ganz offensichtlich, was Matteo vorhat.

»Kannst du die halten? Und verkrampf dich nicht so! Sonst kann ich dich nicht tragen«, murmelt er und drückt mir die beiden Bündel Wäsche in die Hand. Perplex nehme ich sie entgegen und versuche, mich zumindest etwas zu entspannen – was gar nicht so einfach ist, denn während von Matteos Anstrengung gar nichts zu merken ist, fühle ich mich auf einmal wie eine Mischung aus Tiefkühlstäbchen und zitterndem Hundebaby.

Matteo riecht nach einem leichten Aftershave. Nicht zu streng, doch offensichtlich intensiv genug, um mich innerhalb von Sekunden vollkommen zu benebeln. Oder ist das der enge Körperkontakt? Jedenfalls schlägt mein Herz auf einmal so schnell, dass ich den Schmerz in meinem Bein nicht einmal mehr spüre.

Endlich erreichen wir die Gasse. Hier gibt es einen kleinen Dachüberstand, der zwar nicht komplett über uns reicht, aber zumindest den harten Regen von uns abhält.

Immer noch wortlos lässt Matteo mich wieder auf den Boden herab.

»Von hier aus sind es keine dreihundert Meter mehr.«

»Das schaffe ich«, sage ich schnell. Egal, wie heftig mein Knie pulsiert, auf keinen Fall werde ich ihm noch einmal so nah kommen.

»Wie du meinst.«

»Du hättest das nicht tun müssen.«

»Ach ja? Dann hätte ich dich allein im Regen zurücklassen sollen?« Er hebt eine Augenbraue, und ich versuche, seine Mimik irgendwie zu deuten. Ist er wütend? Genervt? Angestrengt?

Schnell erinnere ich mich daran, wie egal mir das sein kann. Schließlich haben ihm meine Gefühle von Anfang an nur einen Dreck bedeutet.

Er hat ein sauberes Taschentuch aus seiner Hosentasche gezaubert und reicht es mir, sodass ich mir wenigstens ein paar Tropfen Blut wegwischen kann.

»Danke«, murmele ich und beiße mir auf die Lippe. »Wegen der Wäsche …«

»Vergiss es einfach.«

Mit einer Mischung aus Verwunderung und Misstrauen sehe ich ihn an.

»Letztendlich sind es nur Tischdecken.«

»Für die wir gerade extra noch mal losgegangen sind«, erinnere ich ihn.

»Du hast dich verletzt.«

»Nur ein paar Kratzer. Ich bin ja nicht gestorben.«

»Darüber macht man keine Scherze.« Er sieht auf das verdreckte Bündel, das in der aufgerissenen Folie auf meinem Schoß liegt. »Zudem gibt es Wichtigeres, als sich um ein hässliches Stück Stoff zu sorgen.«

Ich stecke das Taschentuch in meine Hose und überlege kurz, wie ich seine Worte deuten soll.

»Das ist es doch, oder? Ein grässlicher Spießerlappen. Keine Ahnung, woher Papà das Ding hat.« Ehe ich michs versehe, hat er mir beide Bündel aus der Hand genommen und ist aufgesprungen.

»Was machst du da?« Entgeistert sehe ich zu, wie er fest entschlossen die Folie aufreißt.

»Das, was schon längst überfällig gewesen ist.« Matteo lacht. Er lacht. Und doch ist der Ausdruck in seinen Augen schmerzerfüllt.

Hat er jetzt vollkommen den Verstand verloren? So schnell ich kann, zwinge ich mich zurück in den Stand. Als ich seinen Unterarm zu fassen bekomme, hat er die Tischdecken bereits auseinandergerissen. Zwei sind zu Boden geglitten, eine andere steckt zwischen seiner fest geschlossenen Faust.

»Hör auf!«, rufe ich und versuche, ihn zu schütteln. Matteo ist stärker als ich. Er reißt sich von mir los. Körperlich. Aber auch geistig scheint er mir vollkommen entglitten.

»Bitte! Du musst dich beruhigen!« Ich humpele ihm ein Stück nach, kriege ihn diesmal an der Schulter zu packen.

Was ist nur in ihn gefahren? Ist es, weil ich etwas über den Tod gesagt habe? Geht es um seine Mutter?

»Matteo, ich bitte dich! Alles ist gut«, höre ich mir selbst eine Lüge über die Lippen rutschen. Gerade ist überhaupt nichts gut. Aber soll ich ihm das jetzt noch sagen? Mein Hals kratzt. »Bitte! Beruhige dich! Du … du machst mir Angst!«

Matteo hält mitten in seiner Bewegung inne, steht jetzt einen halben Meter von mir entfernt und sieht mich an. Dunkelbraune Augen, die so warm und friedlich aussehen würden, wären sie in diesem Moment nicht mit so vielen widerstreitenden Emotionen gefüllt. Ich halte seinem Blick stand, kann förmlich sehen, wie die Wut in seiner Mimik nachlässt. So lange, bis plötzlich nichts mehr übrig geblieben ist. Nichts mehr. Außer Leere.

»Alles okay?« Ich spüre meinen Puls, der heftig gegen meine Schläfen pocht. Er muss sich mindestens verdoppelt haben.

Alles okay? Was für eine dämliche Frage. Ganz offensichtlich ist gerade absolut gar nichts okay. Nur kann ich nicht begreifen, was so plötzlich diese Gefühle in ihm ausgelöst hat. Ich bücke mich, um zwei der Tischdecken vom Boden zu heben. Doch als ich sehe, wie verschmutzt sie sind, lasse ich sie durch meine Finger zurück auf den Asphalt gleiten. Wer weiß, vielleicht würde der Anblick Matteo nur noch wütender machen.

Weil ich plötzlich überhaupt nicht mehr weiß, was ich tun soll, bleibe ich einfach stehen und betrachte erneut sein Gesicht.

Sein Blick fixiert mich, und ich kann nicht anders, als mich zu fragen, was ihm durch den Kopf geht. Diesen viel zu perfekten Kopf. Seine Lippen sind voll, aber nicht dick. Die Wangenknochen markant, als habe sie jemand mit dünnem Bleistift nachgezeichnet. Und diese Augen. Hätte Gott gewollt, dass ich eine starke Frau mit gesunder Selbstbeherrschung bleibe, hätte er Matteos Augen nicht so schaffen dürfen.

Dieser Gedanke lässt die Röte in meinen Kopf schießen. Dem Himmel sei Dank, dass niemand meine Gedanken lesen kann. Ich muss hier weg. Weg, bevor mein ziemlich verwirrtes Hirn auf dämliche Gedanken kommt. Zum Beispiel darauf, ihn weiter anzusehen. *Nein! Stopp! Merle. Lass es!*

»Du siehst traurig aus.«

O mein Gott. Habe ich das gerade gesagt?

»Tun wir das nicht alle mal?«

Ich nicke und bin unfähig, mich weiter zu bewegen.

»Was brauchst du gerade?«

Die viel wichtigere Frage, die ich allerdings mir selbst stellen sollte, lautet: Was tue ich hier?

Matteo zuckt mit den Schultern. Fixiert mich immer noch. *Stopp. Stopp. Stopp.* Hitze glüht in meinem Körper. Wo? Ich habe keine Ahnung. Vermutlich überall. Auch dort, wo ich sie jetzt absolut nicht gebrauchen kann. Habe ich eben noch überlegt, in einem Traum gefangen zu sein, so bin ich mir auf einmal nicht mehr sicher, ob ich auf der Stelle wach werden oder für immer hierbleiben will.

»Du hast Dreck im Gesicht.« Er sagt es mit ruhiger Stimme, sodass es nicht gemein und noch nicht einmal neckend klingt.

»Okay.« Als ich keine Anzeichen mache, ihn mir wegzuwischen, streckt er seine Hand aus und fährt mir vorsichtig über die Stirn.

Ich halte den Atem an. Spüre nur noch mein Herz wie eine Zeitbombe in meiner Brust rasen. Alles in mir schreit, dass das hier ein gottverfluchter Fehler ist. Matteo ist ein Arschloch. Das war er von Anfang an.

Wir können uns nicht ausstehen. Konnten es vom ersten Moment an nicht.

Ich habe die Augen geschlossen. Warum habe ich die Augen geschlossen? Ich spüre seinen Atem ganz dicht an meinem Gesicht.

Tu es. Tu es. Bitte.

Dieses verflixte Aftershave ist eine Droge. Das muss es sein. Ich habe die Kontrolle verloren.

Doch er tut es nicht. Jetzt nicht. Und auch fünf Sekunden später nicht.

Als ich die Augen aufreiße, ist es, als würde sich die Realität wie ein eiskalter Schauer über mich ergießen.

»Wir sollten uns beeilen. Der Regen hat kurz nachgelassen.« Matteo hat mir den Rücken zugewandt.

Und ich? Ich fürchte, so oder ähnlich fühlt es sich an, lebendig begraben zu werden. Mit dem einzigen Unterschied, dass ich um einen neutralen Gesichtsausdruck kämpfen und so tun muss, als habe ich mir nicht gerade sehnlichst gewünscht, von meinem unausstehlichen Mitbewohner geküsst zu werden.

19. Kapitel

Matteo

Beim Fußball gehöre ich heute mit Abstand zu den Schwächsten. Schon während des Warmlaufens bin ich nach wenigen Metern außer Puste gewesen, doch die letzte halbe Stunde killt mich vor Anstrengung komplett. Mit Sicherheit hat dies auch etwas mit dem Mangel an Konzentration zu tun. Egal, was ich tue, ich bin nicht richtig bei der Sache.

Seit dem Vorfall gestern bin ich Merle aus dem Weg gegangen. Dabei denke ich nicht, dass sie mich auf den Augenblick gestern Nachmittag ansprechen wird. Warum auch? Ja. Es hat diesen einen schwachen Moment zwischen uns gegeben. Ich kann nicht abstreiten, dass ich für den Bruchteil einer Sekunde tatsächlich befürchtet habe, die Beherrschung zu verlieren und unsere Mitbewohnerin zu küssen. Die Mitbewohnerin, die niemals bei uns hätte einziehen dürfen. Ausgerechnet in Zimmer sechs.

»Wo seid ihr denn gewesen?«, hat Giulia verwirrt gefragt, als wir pitschnass im Casa Nera aufgetaucht sind.

»Merle hat sich verletzt.« Als wäre dies Antwort genug, bin ich auf mein Zimmer gegangen.

Obwohl Giulia es hasst, wenn wir nicht alle gemeinsam essen, kam ich tatsächlich mit der Behauptung davon, mich nicht wohlzufühlen. Was streng genommen nicht einmal gelogen war.

»Wenn es einem nicht gut geht, spielt es keine Rolle, ob die

Seele wehtut oder das Bein«, hat Mamma immer gesagt, als wir noch zu klein waren, um die Bedeutung davon wirklich zu verstehen. Was sie mir wohl raten würde, wenn sie wüsste, welches Päckchen ich seit Monaten mit mir herumtrage? Würde sie mich noch immer so ansehen können wie damals? Oder wäre ihr Herz bei dem Gedanken an meine Schuld längst zersplittert?

»Matteo!« Ich bemerke erst, dass ich mitten auf dem Platz stehen geblieben bin, als unser Trainer Marco meinen Namen ruft. »Alles in Ordnung?«

Ich nicke schwach, dabei kann er das vom Rand des Spielfeldes aus nicht einmal sehen. »Alles okay«, rufe ich hinterher. Dabei ist nichts okay. »Nur ein kurzer Durchhänger.« So wie gestern, als ich die Kontrolle über meine Gefühle verloren und unsere weißen Tischtücher im Regen ertränkt habe? Ich habe keine Ahnung, was da in mich gefahren ist. Es war, als würde viel zu viel aufgestaute Verzweiflung aus mir herausschießen und sich nicht mehr halten lassen.

»Sollen wir dich auswechseln?« Marco sieht skeptisch aus. Er ist mit Abstand der einfühlsamste Trainer, den wir je hatten, und mir in den letzten Jahren ziemlich ans Herz gewachsen.

Schnell schüttele ich den Kopf. »Schon okay! Wirklich!«

Ich brauche den Sport, um den ganzen Bullshit aus meinem Hirn zu kriegen, und in einer Pause würde ich nur noch mehr über alles nachdenken. Also suche ich das Feld nach dem Ball ab und laufe los. Laufe los, so schnell ich kann, sodass mein Herz fest gegen meine Rippen schlägt und die Luft in meinen Ohren vibriert. Und als ich einmal laufe, möchte ich am liebsten gar nicht mehr zum Stehen kommen. Die Wut flutet mich mit so viel Energie, dass die Bilder vor meinem geistigen Auge beim Rennen leicht verschwimmen. Endlich.

Am Ende verliert mein Team haushoch, was kein Wunder ist,

denn wer gegen Romeo spielt, kann gleich einpacken. Er spielt Fußball, seit er denken kann, und ist der Allerbeste hier. Streng genommen ist er in unserer Mannschaft auch gnadenlos unterfordert. Das wissen wir alle.

»Willst du noch weiterkicken?« Als das Training vorbei ist, taucht er neben mir auf, den Fußball unter den Arm geklemmt.

»Heute nicht. Muss noch ins Restaurant.« Eigentlich arbeite ich erst heute Abend, doch nach dieser Leistung bin ich nicht sonderlich motiviert, weiterzuspielen.

»Ist wohl nicht dein Tag, oder?« Romeo grinst.

»Ich wünschte, es würde nur an diesem Tag liegen.«

»Hat sich die Sache zwischen Merle und dir geklärt?«

Bei seiner Frage zieht sich alles in mir zusammen.

»Von welcher Sache redest du?«

Irritiert zieht mein Kumpel die Augen zusammen. »Na, du hast sie doch neulich in der Uni gesucht. Ich dachte, es ginge vielleicht wieder um euren Streit wegen der Arbeit.«

Das hat er sich gemerkt? Ich winke ab. »Hat sich erledigt.«

»Wenn ich ehrlich bin, dachte ich, dass es nur eine Frage der Zeit ist, bis du auf sie abfährst. Ich meine, sie sieht gut aus und scheint ordentlich was im Köpfchen zu haben.«

»Hast *du* Interesse?«, frage ich bissig und bleibe stehen.

Romeo fährt zurück. »Hey, so war das nicht gemeint. Ich habe höchstens Interesse, meine fünfzig Euro zu behalten.« Er beißt sich auf die Unterlippe.

»Ihr habt darauf gewettet?«, frage ich entgeistert.

»Nur Diego und ich. Hey, bitte sag ihm nicht, dass ich es dir verraten habe. Sonst bin ich die Kohle sofort los.«

Seufzend schüttele ich den Kopf. »Du hast fünfzig Euro darauf gesetzt, dass ich mit Merle in die Kiste springe?«

»Nun ja. Es ging eher darum, dass du auf sie stehst.«

Ich weiß, dass er es nicht böse meint. Dennoch würde ich ihm für dieses Gespräch am liebsten eine reinhauen. Ist das ihr beschissener Ernst?

»Giulia und Leandro waren dagegen.«

Ich schnaufe verärgert. »Wundert mich nicht.«

»Oh Mann. Es tut mir leid. Diego hat sich eigentlich nur Sorgen gemacht und wollte die Stimmung etwas heben.«

Ich wische mir den Schweiß aus dem Gesicht und lasse hörbar Luft aus meinen Lungen entweichen. »Warum Sorgen?«

Romeos Blick wird ernst. »Ehrlich jetzt? Du hast es doch neulich selbst gesagt. Sie wohnt bei uns. Diego war sich nicht sicher, ob du es schaffst, die Klappe zu halten. Das ist alles.«

»Denkt er, ich weiß nicht, was auf dem Spiel steht?«

Die Frage brennt wie Säure auf meiner Zunge, und ich weiß genau, aus welchem Grund sie sich für mich so falsch anfühlt. Aus meinem Mund klingt das alles, als ginge es nur um uns. Um die Konsequenzen, die uns erwarten könnten. Die Wahrheit ist: Würde das Geschehene die ganze Erde beschreiben, wären wir nur die Spitze des italienischen Stiefels. Diese Spitze mag im Vergleich klein sein, aber für uns ist sie das ganze Leben.

Schuldbewusstsein zeichnet sich auf Romeos Gesicht ab.

»Natürlich nicht. Ach, vergiss es einfach. Es war bescheuert. Ich werde es ihm sagen.«

»Ja. Das war es.« Auch wenn ich gestern tatsächlich eine Grenze zwischen Merle und mir überschritten habe, bedeutet das noch lange nicht, dass man sich auf mich nicht verlassen kann. »Macht, was ihr wollt!«, werfe ich also schnell hinterher. »Ich würde mir an deiner Stelle keine großen Chancen auf einen Gewinn ausrechnen.«

»Geht klar. Läuft denn noch etwas zwischen dir und Laura?«

»Laura?« Ich bin in Gedanken noch immer bei Merle und brauche einen Augenblick, um mich zu sortieren. Doch dann schüttele ich den Kopf. »Das ist längst abgehakt.«

»Bringst du die schon alle durcheinander?« Mein Kumpel lacht, bevor seine Miene eine ungewohnte Ernsthaftigkeit annimmt. »Manchmal denke ich, dass Frauen kompliziert sind. Sie sprechen eine Sprache, die ich nicht verstehe. Was meinst du – hat man als Mann irgendeine Chance, sie zu lernen?«, führt Romeo seinen Monolog weiter. Sicher fällt ihm nicht einmal auf, dass ich nicht antworte.

Natürlich weiß ich sofort, dass er von Giulia spricht. Die beiden haben seit Ewigkeiten etwas miteinander laufen. Etwas, von dem niemand genau weiß, was es bedeuten soll.

»Wenn es dich stört, dass sie Zeit mit Marco verbringt, dann sprich mit ihr. Oder mit Marco.« Ich werfe einen Blick in Richtung unseres Trainers. Um ehrlich zu sein, kann ich mir nicht vorstellen, dass Giulia etwas von ihm will. Und, fuck, ich bin der Letzte, der mit Weisheiten um sich werfen sollte. Ich hätte in einem schwachen Moment beinah unsere Mitbewohnerin geküsst.

Verfluchte Scheiße! Ist es das gewesen? Ein schwacher Moment, in dem ich tatsächlich geglaubt habe, mich ihr nah zu fühlen? Körperlich nah. Und irgendwie sogar noch mehr.

Als die Erinnerung an meinen Totalausfall beginnt, sich wie ein Film vor meinem geistigen Auge abzuspielen, schüttele ich mich ruckartig. Das alles ist nur eine Folge meines kurzen Verwirrungszustandes gewesen. Es wird am besten sein, wenn ich das klarstelle, bevor noch mehr Leute falsche Schlüsse ziehen, beispielsweise Merles nervige Freunde mit ihren misstrauischen Blicken oder Romeo mit seinen verfluchten fünfzig Euro.

Aber vor allem auch, damit ich jeden Gedanken an Merle ab sofort wieder aus meinem Kopf verbannen kann. So schwierig wird das ja wohl nicht sein.

20. Kapitel

Merle

»Du musst das alles im Zusammenhang betrachten.« Ich sitze, mit dem Rücken an den Bettkasten gelehnt, auf dem Boden in meinem Zimmer und telefoniere. »Vielleicht habe ich mir beim Sturz etwas geprellt. Oder es war eine besondere Form von Mitgefühl. Ihm ging es wirklich nicht gut. Ich wollte für ihn da sein.«

Dazu fällt Livi nichts anderes ein, als laut loszuprusten.

»Der arme Matteo. Wie rührend, dass du dich um unseren gefallenen Badboy kümmern wolltest. Er flippt aus, du besänftigst ihn und hoffst, dass er dich küsst.«

»Livi!«

»Schon gut. Ein paar Pheromone, und ich würde mich auch in eine vollkommen selbstlose Mutter Teresa verwandeln.«

Ich kann ihr das Kichern nicht einmal verübeln, was vielleicht daran liegt, dass ich mir meine Erklärung selbst nicht ganz abkaufe. Matteo ist unausstehlich und hat sich nicht einmal Mühe gegeben, das zu verbergen.

»Wenn er deinen wunden Punkt findet, dann wird er das für sich nutzen. Das verspreche ich dir! Du darfst es ihm nicht zeigen, wenn er dich aufregt!«, erklärt Livi.

Vor einer halben Stunde gab es Abendessen. Ausnahmsweise hat Giulia gekocht, weil Matteo den ganzen Tag unterwegs war und auch beim Essen fehlte. Zum Glück! Immerhin verschafft mir seine Abwesenheit eine kleine Pause, in der ich das Durcheinander in meinem Kopf sortieren könnte. Doch stattdessen habe ich während des Essens darüber nachgegrübelt, ob ihn die Situation am Samstag vielleicht doch nicht ganz so kaltgelassen hat und er deswegen fehlt. Noch immer schießt mir alleine bei dem Gedanken an das, was beinah passiert wäre, die glühende Hitze in die Wangen.

»Er regt mich überhaupt nicht auf. Schließlich würde das bedeuten, dass ich mich mit ihm beschäftige. Für mich besteht er quasi aus Luft.« Ich atme tief in den Bauch. Aus dem Nachbarzimmer dringt grässliche Musik. »Aus ziemlich lauter Luft.«

In den letzten Tagen hat Matteo sich nicht nur als unverschämtes Arschloch, sondern auch als arroganter Frauenaufreißer entpuppt. Jeden Abend taucht er mit einer – zugegeben attraktiven – Italienerin im Casa Nera auf. Falls das so klang, als sei es jedes Mal die Gleiche, so ist das allerdings ein Missverständnis.

»Die Wievielte ist das jetzt?«, spricht Livi meinen Gedanken laut aus.

Jedes Mal, wenn Damenbesuch kommt, legt er mit dieser gruseligen Musik los. Als können wir uns nicht ohnehin alle denken, was da vor sich geht.

»Sonntag eine, Montag und Dienstag die Gleiche, und heute ist es wieder eine andere.«

Meine Cousine kichert. »Dafür, dass er für dich aus Luft besteht, bist du allerdings ziemlich gut informiert.«

Ich schleudere frustriert ein Kissen gegen die Frontkamera meines Telefons.

»Na gut. Vielleicht würde ich mir einfach wünschen, dass es so wäre. Aber es ist ja kaum möglich, diese Besuche nicht mitzubekommen.«

Grübelnd beiße ich auf das Ende meines Kugelschreibers. Gerade eben habe ich noch ausführlich in mein neues Tagebuch geschrieben. Die ersten dreißig Seiten sind bereits gefüllt. Es tut gut, meine Gedanken auf dem Papier festzuhalten, und wenn es so weitergeht, werde ich in der Stadt nach einem zweiten Büchlein Ausschau halten müssen.

»Erfahrungsgemäß sind diese Rumtreiber die Typen mit dem kleinsten Schwanz.«

»Livi!« Erschrocken fahre ich die Lautstärke runter. Dabei kann sie bei der lauten Musik hier sowieso niemand hören. Geschweige denn auf Deutsch verstehen.

»Was denn? Ich weiß, wovon ich spreche. Typen, die es mit jeder Frau treiben, haben in vielen Fällen Minderwertigkeitskomplexe.«

Ich verdrehe die Augen. Erstens, weil ich mir nicht vorstellen kann, dass Matteo jemals in seinem Leben so etwas wie Selbstzweifel empfunden hat. Und zweitens, weil ich weiß, dass diese Aussage komplett verdreht ist.

»Oder sie haben einfach Spaß am Sex«, sage ich leise und drehe mich auf den Bauch. »Müssen wir weiter darüber reden?«

»Über den Penis deines Mitbewohners?«

»Olivia! Über Penisse allgemein.« Ich vergrabe meinen Kopf im Kissen.

»Schade«, seufzt meine Cousine. »Das Gespräch fing gerade an, Spaß zu machen. Vielleicht bin ich aber auch einfach nur untervögelt. Seit die Kleine auf der Welt ist, haben wir für so was weniger Zeit.« Sie lacht. »Aber gut, reden wir über etwas anderes … Wie ist das Wetter?«

»Was eine Überleitung«, schnaufe ich belustigt. »Langsam wird es draußen dunkel, aber es ist noch recht warm. Und bei euch?«

»Regen. Seit Tagen ekliger Regen. Aber mal eine andere Frage: Kann es sein, dass du auf Pinterest kaum noch aktiv bist?«

Früher haben wir Stunden damit verbracht, zu allen möglichen Themen eine Pinnwand zu erstellen. Meist saßen wir dann nebeneinander in Decken gehüllt auf unserem Bett und schielten uns gegenseitig über die Schulter. Heute bekommen wir nur noch mit, womit sich der andere gerade beschäftigt, wenn die Pinnwände öffentlich sind oder wir uns füreinander freigeben.

»Weniger. Irgendwie fehlt mir die Zeit.«

»Ach, Merle. Ich vermisse dich.« Meine Cousine lächelt traurig. »Du musst dringend ein Zimmer im Wohnheim bekommen. Sobald du umgezogen bist, komme ich dich besuchen, ja?«

»Unbedingt! Ich vermisse dich auch. Wer weiß, vielleicht kannst du das Finchen ja sogar mitbringen.«

»Das wäre schön! Wir schauen mal, ja?«

»Du, ich sollte jetzt auflegen. Seit ein paar Tagen gibt es in manchen Bädern kein warmes Wasser, und ich habe die Ehre, meine Duschzeiten ausgerechnet mit Matteo abzusprechen.« Wir teilen uns das Bad in Zimmer Nummer zwölf.

»Klingt verlockend.«

»Absolut.«

Wir verabschieden uns voneinander, und ich lasse die letzten Fitzel unseres Gesprächs in meinem Kopf nachhallen.

Bei der Vorstellung, Livi die Stadt zu zeigen, die mich in den letzten Wochen so verzaubert hat, wird mir augenblicklich warm ums Herz. Allerdings nur für wenige Sekunden, denn als ich höre, wie die Musik im Nebenzimmer runtergestellt wird, muss ich wieder an Matteo denken. Es fällt mir schwer, ihn zu verstehen. Immer, wenn ich dachte, das Eis zwischen uns würde allmählich tauen, fror die Schicht ziemlich schnell wieder zu.

Es wäre gelogen, zu behaupten, dass mich sein harter Blick kein bisschen wurmt. Vielleicht, weil ich es dermaßen unfair finde, wie er mich vom ersten Moment an behandelt hat.

Ich springe vom Bett auf. Wenn Matteo seinen Besuch jetzt

verabschiedet, blockiert er danach für mindestens eine halbe Stunde die Dusche. Zumindest ist das die letzten Male der Fall gewesen. Weil ich keine Lust habe, zu warten, schnappe ich mir meinen Schlafanzug und husche über den Flur ins Bad. Wer zuerst kommt, duscht zuerst. So war das doch, oder?

Als ich durch die Glastür zurück auf die Badematte trete, dringen auf einmal dumpfe Stimmen durch die Wand. Sie müssen aus Matteos Zimmer kommen. Immerhin liegt das gleich nebenan, und die anderen Jungs haben seit meiner Anreise kein einziges Mal Besuch gehabt.

Schnell schlüpfe ich in meinen Schlafanzug, binde die Haare zu einem lockeren Zopf und stelle das Fenster auf Kipp. Ich will von Matteos Gesprächen überhaupt nichts mitbekommen. Ich will von *ihm* nichts mitbekommen.

Doch wie es der Teufel will, öffnet sich genau in dem Augenblick, in dem ich das Bad verlasse, Matteos Tür. Für einen Moment bleibe ich wie versteinert im Flur stehen und starre zu meinem Mitbewohner. Selbstverständlich nimmt er sofort Notiz von mir. Im Gegensatz zu der Brünetten, die mir den Rücken zugewandt hat.

Eine Gänsehaut jagt über meinen Rücken, und plötzlich fühle ich mich in meinem kurzen Pyjama viel zu entblößt und nackt.

»Dann war's das jetzt? Was habe ich denn falsch gemacht?« Sie klingt aufgebracht. Wütend. Vielleicht sogar verletzt.

Ein heißes Gefühl des Fremdschämens bringt mein Herz aufgeregt zum Schlagen. Warum zur Hölle muss ich ausgerechnet in diesem Moment hier im Flur stehen?

Als wäre die Situation nicht schon peinlich genug, spüre ich Matteos Blick nachdenklich auf mir ruhen. Ich frage mich, was ihm durch den Kopf geht, doch ehe ich mir mögliche Antworten überlegen kann, dreht die Brünette sich zu mir um.

Sie zuckt heftig zusammen. Dann tritt Entsetzen in ihren Blick.

Genau jetzt wäre der richtige Zeitpunkt, um in dein Zimmer zu gehen, Merle. Doch irgendwie gelangt diese Information von meinem Gehirn nicht in die Beine.

»Das ist ein Witz, oder? Sag mir, dass es nicht das ist, was ich denke …«

Ich brauche einen Moment, um die Bedeutung ihrer Worte zu verstehen. Denkt sie etwa, dass Matteo und ich …?

»Sorry!«, rufe ich irritiert. »Ich bin nur …«

»Ich bin dir keinerlei Rechenschaft schuldig!«, fällt Matteo mir ins Wort. »Außerdem habe ich gesagt, dass du jetzt besser gehst.«

»Zieh mich da nicht mit rein!«, fauche ich in seine Richtung.

Das Gesicht der Brünetten glüht förmlich vor Wut.

»Bitte was? Zu so was gehören immer zwei!« Sie wirft mir einen giftigen Blick zu, dann wendet sie sich wieder an Matteo. »Du bist echt das Letzte!«

Ich bin sicher, es kostet sie alle Disziplin, die sie aufbringen kann, und doch gelingt es ihr, sich wegzudrehen und mit hastigen Schritten aus dem Flur zu verschwinden. Kurz darauf fällt unten die Tür ins Schloss.

»Was sollte das?«, zische ich und funkele Matteo böse an.

»Was denn?« Er zuckt mit den Schultern und … gähnt. Verdammt, er gähnt! Als sei er von dieser kurzen Show hier schlichtweg gelangweilt. Aber nein … Beim genauen Hinsehen erkenne ich die Leere in seinen Augen. Harte und gleichzeitig so verletzliche Leere, die seinen Blick nicht ganz so gleichgültig wirken lässt, wie er es gerne hätte.

Sein Kiefer spannt sich an, bevor er die Tür zu Zimmer zwölf aufreißt und sich noch einmal zu mir umdreht.

»Bilde dir ja nichts darauf ein! Du kamst mir einfach gelegen.«

21. Kapitel

Matteo

Wir haben früher mindestens einmal die Woche einen Abend zusammen verbracht. Meist hatte einer von uns den Auftrag, sich ein Programm zu überlegen.

Es ging nach Mestre in die Clubs, in einfache Bars oder ins Casino (keiner von uns hat mehr als ein paar Euro gesetzt), und manchmal saßen wir auch einfach zusammen, haben Karten gespielt oder etwas getrunken.

Ob ich die Abende mit meinen Freunden vermisse? Schwer zu sagen, wenn ich mir nicht einmal eingestehen kann, wie sehr ich jeden Einzelnen von ihnen schon in meinem Alltag vermisse. Selbst dann, wenn sie mit mir wie leere Hüllen im Sala Nera sitzen.

Leandro ist der Einzige, der überhaupt nichts trinkt. Ich nippe allerdings auch nur an meinem Glas und verziehe bei dem Geschmack des bitteren Gins das Gesicht.

»Hast du diesen einen Fall eigentlich angenommen?«, durchbricht Leandro die unangenehme Stille und wendet sich an Diego.

»Was für einen Fall?«, will Romeo wissen.

Diego kippt sich den Gin wie Wasser hinunter und seufzt.

»Ein Typ, der was mit Drogen am Laufen hatte. Nicht hier auf der Insel«, fügt er schnell hinzu. »Sie haben ihn schon mal verknackt, aber der Junge lernt nicht dazu.«

»Und du verteidigst ihn?« Ich hole tief Luft.

»Nein«, sagt Diego schnell. »Habe den Fall abgelehnt. Keine Zeit.«

Wir alle wissen, dass diese Begründung gelogen ist. Geradezu lächerlich. Vor ein paar Jahren hat Diego sich um jeden einzelnen Fall gerissen. Doch von Monat zu Monat scheint es ihm weniger auszumachen, kaum noch zu arbeiten. Keiner von uns spricht ihn darauf an, denn wir haben uns alle verändert. Haben Dinge im Kopf, die die Welt um uns herum nicht versteht. Nicht verstehen kann. Und darf.

»Hat jemand in letzter Zeit etwas von Valeria gehört? Oder von Chiara?«, erkundigt sich Leandro.

Es ist beinah komisch, wie plötzlich wir alle in unseren Bewegungen erstarren. Als hätte mitten über uns ein Blitz eingeschlagen.

Romeo regt sich als Erster wieder. Er sammelt die Spielkarten ein und klopft sie auf dem Tisch zu einem gleichmäßigen Stapel zusammen. »Wieso sollte jemand?«

Ich versuche, mir die angespannten Beine unterm Tisch zu massieren. Doch mein Körper verharrt in seiner Verkrampfung.

»Ich habe Chiara in der Uni gesehen. Sie … sie hat mich gegrüßt«, murmelt Leandro schließlich.

»Und was hast du gesagt?«, schießt es aus Diego heraus.

»Was hätte ich denn tun sollen? Natürlich habe ich zurückgegrüßt.«

»Und sonst? Hast du sonst noch was gesagt?« Diego klingt, als hätte man ihn auf einen Platz im Verhörraum gesetzt.

»Sie ist weitergegangen und ich auch. Ich dachte nur …«

»Du sollst nicht denken«, fährt sein Cousin ihn an. »Ich habe gesagt, dass ich mich um die Sache kümmere. Wenn auch nur einer von euch mal tun würde, was ich sage.«

Romeo lacht trocken auf. »Das sagt der Richtige. Wer hat denn erlaubt, dass Giulia eine neue Mitbewohnerin anschleppt?«

Diego funkelt ihn böse an. »Du weißt genau, dass das etwas anderes ist. Außerdem haben wir das gemeinsam entschieden …«

»Unsinn«, gehe ich dazwischen. An dieser Stelle muss ich Romeo ausnahmsweise recht geben. »Du hast es für Valeria getan, weil du nicht wolltest, dass Merle ihr Geld zurückfordert. Nur damit das klar ist: Ich verstehe das. Ich verstehe das sogar sehr gut. Man könnte fast sagen, es hat dich menschlich erscheinen lassen. Menschlicher, als ich dich die letzten Monate erlebt habe.«

Von der einen auf die andere Sekunde ist es mucksmäuschenstill, dann schlägt Diego mit der Faust auf den Tisch.

»Halt die Fresse! Du spuckst ganz schön große Töne für jemanden, der auf meine Hilfe angewiesen war.«

»Das hättest du wohl gern«, spotte ich. »Aber so weit kriegst du mich nicht. Auf dich zu hören war der größte Fehler, den wir machen konnten.«

»Alter, verpiss dich!«, donnert Diego. »Verschwinde aus diesem Raum!«

»Komm runter!«, versucht Leandro, seinen Cousin zu besänftigen, während Romeo Diego Gin nachschenkt. »Wir sollten uns jetzt alle mal beruhigen.«

Mir entweicht ein ironisches Lachen. »Absolut. Am besten lehnen wir uns alle ein bisschen mehr zurück und tun so, als wäre alles in bester Ordnung. Vielleicht bedauern wir uns auch einfach so lange, bis wir überhaupt nicht mehr denken können?« Wütend nehme ich Romeo den Gin aus der Hand und setze die Flasche an meinen Mund. Zum Kotzen! Das Zeug ist absolut widerlich. Aber wer weiß, vielleicht hat Diego ja recht, und Alkohol ist doch die Lösung, die uns aus dieser beschissenen Finsternis führt.

»Stell die Flasche ab«, fordert Leandro und versucht, sie mir zu entreißen.

»Lass ihn doch!« Diego hebt beide Hände. »Matteo ist alt genug. Ihr habt doch gehört, dass er unsere Hilfe nicht braucht.«

»Ach, fick dich einfach!«, zische ich in seine Richtung. »Fickt euch alle. Euch und eure nicht vorhandene Moral.«

Ohne die Flasche loszulassen, gehe ich mit schnellen Schritten zur Tür. Ich stoße sie auf und trete in die stockfinstere Diele, die Richtung Eingangsbereich führt. Als ich die Wand nach dem Lichtschalter absuche, stoße ich mit der Hand auf etwas Weiches. Etwas warmes Weiches. Etwas, das sich bewegt.

Bevor ich etwas sagen kann, wird eine Taschenlampe eingeschaltet. Merle. Sie blendet mich mit ihrem Handy.

»Pscht!«, macht sie. »Sorry, ich wollte mich nicht anschleichen.«

»Was zum Teufel machst du hier?«, fahre ich sie an. Zu meiner eigenen Überraschung habe ich tatsächlich die Stimme gesenkt.

»Ich … ich …«

»Hör auf, mich zu blenden!« Ich greife nach ihrem Arm und sorge dafür, dass das Licht aus meinem Gesicht verschwindet. Stattdessen kann ich jetzt klare Umrisse von ihr erkennen.

Sie trägt weiße Pyjamashorts und ein Top mit hauchdünnen Trägern. Die blonden Haare sind zu einem hastigen Zopf gebunden, einzelne Strähnen fallen ihr ins Gesicht. Mir fällt auf, dass ihre Wangen gerötet sind.

»Hast du geweint?«, platzt es aus mir heraus. Wow. Ich bin die vermutlich einfühlsamste Person, die es gibt. Aber verdammt … Es ist mir absolut egal, ob sie geheult hat. Viel wichtiger ist die Frage, wie lange sie schon hier im Flur gestanden hat. Und vor allem, ob sie etwas gehört hat. *Was* sie gehört hat.

»Das geht dich nichts an.« Sie strafft die Schultern.

»Ach ja? Und wieso hängst du hier vor der Tür und belauschst Gespräche?« Na schön! Dann halt gleich in die Offensive.

»Ich belausche keine Gespräche«, kommt es wie aus der Pistole geschossen zurück.

Meine Augen verengen sich zu schmalen Schlitzen.

»Tust du nicht?«

»Tue ich nicht.«

Ich gebe mir größte Mühe, ruhig zu bleiben. »Na schön, wenn das so ist, dann kann ich ja jetzt diese Tür öffnen, und du erklärst dieses Nicht-Lauschen den anderen. Wenn du Glück hast, schmeißt Diego dich erst morgen früh raus.« Drohend lege ich meine Hand auf die Klinke.

»Nein«, schießt es aus ihr heraus. »Ich habe nichts gehört, ehrlich! Ich … ich schlafwandele nur.«

Entgeistert sehe ich sie an. »Du … was?«

»Ich schlafwandele. Nicht oft. Genau genommen nur sehr selten. Aber ich hatte einen anstrengenden Tag und stand unter Stress.«

»Du schlafwandelst vor Stress?«

»Ja. Also, nein. Ich weiß nicht, ob es einen echten Zusammenhang gibt, aber manchmal kommt es mir so vor.« Sie senkt den Blick und sieht plötzlich so unerwartet kleinlaut aus, dass ich nicht anders kann, als ihr zu glauben.

Gott, was habe ich gerade gesagt? Ich glaube Merle?

»Und wieso wanderst du ausgerechnet vor diese Tür?« Sie sieht mich an, als hätte ich sie mitten in der Nacht die binomischen Formeln abgefragt. »Ich meine, du hast komplett geschlafen?«

»Ich bin aufgewacht und stand hier vor dieser Tür. Gerade als ich mich orientieren wollte, ging die Tür auf.«

»Also habe ich dich nicht wach gemacht?« Irgendwo habe ich mal gehört, dass man Schlafwandler auf keinen Fall wecken darf.

»Du?«

»Als ich rauskam und dich an der Schulter berührt …«

»Nein. Ich meine, nein, ich war schon wach.«

»Na, wenigstens etwas«, sage ich, bevor ich mich von ihr abwende, um den Flur zu verlassen.

Erst als ich im Eingangsbereich stehe, merke ich, dass sie mir gefolgt ist. Was mich nicht sonderlich wundern sollte, denn im Flur gibt es – abgesehen von einem Streitgespräch – nicht viel zu sehen und zu hören.

»Du denkst, dass ich euch belausche, ich erkläre dir, dass ich schlafwandele, und deine erste Sorge ist, du könntest mich geweckt haben?« Etwa zwei Meter von mir entfernt steht sie. Barfuß. Dabei kühlt das Parkett nachts ordentlich ab, und wir haben keine Bodenheizung.

»Wäre es dir lieber, ich würde Diego rufen?«

»Nein.« Sie tritt näher an mich heran, und ich … ich tue das, was ich nicht tun sollte: Ich bleibe stehen.

Das letzte Mal, als sie dir so nah war, hast du dich beinah vergessen, ermahnt mich eine innere Stimme.

Plötzlich ist sie nur noch wenige Zentimeter von mir entfernt. Ich rieche einen zarten Duft nach Shampoo. Vanille, wenn ich mich nicht irre. Ich hole noch tiefer Luft. Vanille, ja. Jetzt bin ich ganz sicher. Diese Frau riecht, als sei sie in eine Dose mit frisch gebackenen Kipferln gefallen.

In meiner Kindheit haben wir oft zusammen gebacken. Mamma und ich. Verfluchte Scheiße, ist das teuflisch. Noch nie hat der Geruch von verdammten Keksen mir Tränen in die Augen schießen lassen.

Zudem ist es pervers, dass ich ausgerechnet an meine Mutter beziehungsweise ihre Kekse denke, während mein Schwanz in den Boxershorts verräterisch zuckt.

Es liegt nicht an ihr. Nicht an dem Stofffetzen, den sie da trägt. Nicht an diesem perfekten Schmollmund. Den grünbraunen Augen, aus denen sie mich wie eine Katze ansieht. Genau wie in der Gasse.

Es liegt nicht an ihr.

Das hier ist ein klassischer Fall von Verwirrungs-Wut-Erektion. Wer kennt es nicht?

»Ist das da Gin?« Sie deutet auf die Flasche in meiner Hand. Fuck, die habe ich total vergessen. Aber plötzlich erklärt sich auch dieses Durcheinander in meinem Kopf.

Eben am Tisch war ich vollkommen außer mir, und jetzt bin ich einfach nur … traurig.

»Ausgezeichneter Geschmack«, antworte ich sarkastisch. »Willst du auch was?«

»Ich trinke nicht. Jedenfalls nicht einfach so, ohne Grund.«

»Ich auch nicht. Nicht ohne Grund«, füge ich wahrheitsgemäß hinzu. Plötzlich setzt sich in meinem Kopf eine langsame Karussellfahrt in Gang. »Wie auch immer, ich sollte ins Bett gehen.«

Noch besser wär's, ich wäre heute Morgen gar nicht erst aufgestanden. Gleiches gilt für fast das ganze letzte Jahr.

»Ich auch«, antwortet sie leise und fährt sich fröstelnd über die nackten Arme. »Danke, dass du es den anderen nicht gesagt hast.«

Ein Hauch von Verlegenheit ist dafür verantwortlich, dass ich mit den Schultern zucke. »Jeder hat mal seine netten Momente. Erwarte nicht, dass ich immer so bin.«

»Oh, keine Sorge, das tue ich nicht. Da kannst du dir sicher sein.«

»Gut. Ich bin nur betrunken.«

Sie nickt und geht vor mir die Treppe hoch. Ich folge ihr erst, als ich sicher bin, dass sie ihre Zimmertür oben geschlossen hat.

Als ich endlich im Bett liege, dreht sich mein Kopf noch schneller. Es gibt einen Grund, warum ich sonst keinen Gin trinke. Das Zeug bereitet mir Kopfschmerzen. Entsetzliche Kopfschmerzen. Und doch … bin ich ganz und gar nicht betrunken.

22. Kapitel

Merle

Es ist fünf Jahre her, dass ich das letzte Mal schlafgewandelt bin. Fünf Jahre, und ausgerechnet letzte Nacht ist es wieder passiert.

Langsam, aber sicher beginne ich, Verständnis für Matteos Misstrauen mir gegenüber zu gewinnen. Für ihn muss es tatsächlich so ausgesehen haben, als hätte ich gelauscht. Und doch hat am nächsten Tag niemand ein Wort über meinen nächtlichen Ausflug verloren, was darauf schließen lässt, dass Matteo Wort gehalten hat. Einfach so. *Jeder hat mal seine netten Momente.* Was ein bescheuerter Spruch …

Zumal ich nicht einmal einen Grund gehabt hätte, die Jungs zu belauschen. Sie interessieren mich schließlich kein bisschen.

Auch nicht Matteo.

Schon gar nicht Matteo.

»Hey, du läufst ja wieder ganz normal«, stellt Isabella am Donnerstag fest.

»Fühlt sich auch alles wieder wie vorher an. War nur eine leichte Zerrung oder so.« Gezwungenermaßen muss ich jetzt wieder an den Ausflug zur Wäscherei denken. Daran, wie Matteo mich in die Gasse getragen hat und ich …

In der Version, die ich Isabella erzählt habe, ist Matteo allerdings nicht vorgekommen.

Genauso wenig habe ich ihr von der nächtlichen Begegnung

mit ihm erzählt. Mit Sicherheit würde sie die Situation komplett falsch verstehen und in eine ganz andere Richtung deuten. Kein Wunder … Matteos Ruf eilt ihm eben voraus.

Nach einer gemeinsamen Vorlesung begleitet Isabella mich noch einmal zum Schwarzen Brett. Ich hatte gehofft, mein Aushang wäre heruntergefallen. Zumindest hätte ich dann eine einfache Erklärung dafür, warum sich bisher niemand wegen eines Zimmers gemeldet hat. Frustriert stelle ich fest, dass mein Zettel immer noch an Ort und Stelle hängt.

»Weißt du, was? Ich werde meine Nachbarn mal fragen. Irgendwer meinte neulich, dass sie was vermieten. Vielleicht wäre das ja etwas für dich«, versucht Isabella, mich aufzubauen.

»Das ist superlieb.« Ich zwinge mich zu einem Lächeln.

Als wir uns voneinander verabschieden, rufe ich bei meiner Mutter an. Ich habe mich bisher nur wenige Male zu Hause gemeldet.

Die Stimmung zwischen uns ist wie immer angespannt, doch ich wünschte, dies wäre der einzige Punkt, der mir bei meiner Ankunft im Casa Nera schwer auf der Seele lastet …

Matteos Zimmertür ist nur angelehnt, und die Geräusche, die mir im Flur entgegenkommen, sind nur schwer misszuverstehen. Er ist nicht allein. Natürlich ist er das nicht. Es sollte mich nicht überraschen.

Und doch verspüre ich ein seltsames Gefühl in meinem Bauch. Eine Art Verkrampfung.

Nein. Nein. Nein.

Das darf nun wirklich nicht mein Ernst sein.

Ich bin nicht wütend. Denn Wut würde bedeuten, dass Matteos Besuch mir etwas ausmacht, und das tut er nicht. Wirklich nicht.

Verdammt, wieso fühlt sich mein Herz plötzlich wie ein zentnerschwerer Stein an? Und wieso bin ich überhaupt im Flur stehen geblieben?

Geh weiter, Merle. Sie interessiert dich nicht. Schau einfach weg! Du willst nicht wissen, wer sie ist.

Ich kann nicht verhindern, dass mein Blick durch den dünnen Türspalt fällt.

Matteo sitzt in dunkelblauen Shorts und seinem typischen weißen Leinenhemd auf seinem Bett. Er hat mir den Rücken zugewandt, und doch spüre ich einen Stich durch meine Brust gehen. Das Mädchen, das auf seinem Schoß sitzt, trägt ein hellrosa Kleid und hat die langen braunen Haare zu einem geflochtenen Zopf gebunden.

Anstatt diesem unguten Gefühl in meinem Bauch ein Ende zu setzen und möglichst schnell in mein Zimmer zu verschwinden, bleibe ich wie angewurzelt im Flur stehen und frage mich, warum dieses Bild mir auf einmal so bitter aufstößt.

Die kurzen Augenblicke zwischen uns waren nichts als alberne Spiele von ihm. Neulich Nacht … er war angetrunken.

Jeder hat mal seine netten Momente.

»Und trotzdem bleibst du ein Mistkerl!«, murmele ich eine Spur zu laut. Das Mädchen muss mich gehört haben. Jedenfalls löst sie sich plötzlich von Matteos Lippen und wirft einen Blick über seine Schulter. Im letzten Moment springe ich hinter die Tür. Mit flacher Atmung warte ich, bis das Mädchen die Tür geschlossen hat und ich durch die Wand hören kann, wie sie etwas sagt. Ob sie mich gesehen hat? Wie peinlich! Auf gar keinen Fall darf ich zulassen, dass Matteo diese Situation missversteht. Diesmal würde er mir ganz sicher nicht glauben, wenn ich behaupte, nicht gelauscht zu haben.

Zurück auf meinem Zimmer, tausche ich mein verschwitztes Top gegen ein weißes Shirt und packe meinen Rucksack. In einer knappen Stunde beginnt meine Schicht im *Prezioso*. Dem Himmel sei Dank, dass Matteo heute freihat.

Weil ich es keine Sekunde länger in diesem Haus aushalte, mache ich mich viel zu früh auf den Weg. Im Restaurant ist ziemlich viel los, und ich habe keine Chance, eigenen Gedanken nachzuhängen. Was manchmal ein Fluch sein kann, erweist sich heute als Segen. Es ist kurz vor halb elf, als es draußen zu regnen beginnt und die meisten Gäste überstürzt zahlen.

»Wenn du willst, kannst du dann auch schon Feierabend machen«, sagt Natalie schulterzuckend. »Hast du einen Schirm dabei?«

Ich schüttele den Kopf. »Macht nichts! Der Regen ist halb so wild.«

»Willst du nicht lieber noch einen Moment warten? Wenn wir Glück haben, ist es nur ein kurzer Schauer. Oder ich hole dir einen Schirm aus der Wohnung?«

Bevor ich eine Entscheidung treffen kann, entdecke ich Emilia auf der Treppe zum Wohnbereich. Natalie folgt meinem Blick und seufzt.

»Du schläfst ja immer noch nicht.«

»Ich bin auch gar nicht müde.« Sie balanciert das Gewicht von einem Bein auf das andere. »Merle kann eine Jacke von mir haben. Die, die Papà mir gekauft hat, ist mir ohnehin viel zu groß.«

Ich will dankend ablehnen, um keine Umstände zu bereiten, doch Natalie kommt mir zuvor. »Das ist sehr lieb von dir, *cocca*.« Na schön. Eigentlich habe ich nichts dagegen, trocken zu bleiben.

»Willst du mit hochkommen?«, fragt Emilia an mich gewandt.

Als ich aus dem Augenwinkel sehe, wie Natalie nickt, stimme ich etwas perplex zu und gehe hinter Emilia die Stufen nach oben.

»Ist alles in Ordnung bei dir?« Im Flur angekommen, lächelt sie mich so lieb an, dass sich zum ersten Mal an diesem Tag ein warmes Gefühl in mir ausbreitet.

Zögerlich nicke ich.

»War das ein Ja oder ein Nein?« Sie sieht mich abwartend an. »Tendenziell eher ein Nein, richtig?«

Wie kann es sein, dass eine zurückgezogene Dreizehnjährige mehr von dem mitbekommt, was mich beschäftigt, als alle Erwachsenen?

»Ist es zu ehrlich, wenn ich jetzt zustimmend grunze?«

»Ganz und gar nicht.« Ein zögerliches Lächeln schleicht sich auf Emilias Lippen. »Die Jacke ist in meinem Zimmer. Kommst du mit?«

»Okay.«

Ehe ich meine Reaktion zu lange zerdenken kann (immerhin ist Emilia die Tochter meiner Chefs und die Wohnung folglich deren Privatbereich), folge ich ihr. Die Wände in Emilias Zimmer sind weiß gehalten und lassen den Raum in ihrer Schmucklosigkeit noch ordentlicher und klarer wirken, als er ohnehin schon ist. Ungewöhnlich für einen Teenager! Wenn ich so zurückdenke, kann ich mir beim besten Willen nicht vorstellen, dass mein pubertierendes Ich sich auch nur von einem einzigen One-Direction-Poster getrennt hätte.

»Du kannst sie mir irgendwann wiedergeben, wenn du sie nicht mehr brauchst«, sagt Emilia und reicht mir eine gelbe Regenjacke, die tatsächlich viel zu groß für ihren bislang noch recht kindlichen Körper wirkt.

»Ich danke dir!«

Einen Moment sagt niemand von uns etwas, und ich überlege, ob jetzt der Zeitpunkt gekommen ist, mich von ihr zu verabschieden. Gleichzeitig weiß ich Emilias Hilfe sehr zu schätzen und möchte ihre unerwartete Zutraulichkeit nicht direkt wieder verlieren.

»Ich will dich nicht vom Schlafen abhalten«, sage ich deshalb unschlüssig.

Emilia winkt ab. »Ich bin nicht müde. Eigentlich schlafe ich immer erst spät.«

»Was machst du denn so, wenn du keine Jacken verleihst?«

Ein Schmunzeln geht über ihr Gesicht. »Tee trinken oder lesen. Manchmal auch beides zusammen.« Sie zögert kurz. »Willst du dich auf den Sessel setzen? Magst du Musik? Oder auch einen Tee? Wir müssen nur aufpassen. Natalie mag es nicht, wenn ich hier oben Wasser koche. Holzboden und so.« Ich versuche, aus ihren Worten etwas wie eine Bewertung herauszuhören. Bisher habe ich Emilia ihrer Stiefmutter gegenüber ziemlich neutral erlebt.

»Tee ist perfekt.« Mein Blick streift eine kleine Leinwand auf Emilias Schreibtisch. »Ich wusste gar nicht, dass du malst.«

Sie lächelt. »Längst nicht so gut, wie ich es gerne könnte.«

»Aber es macht dir Spaß?«

Sie nickt. »Und du? Was tust du? Zu Hause, meine ich. Vermisst du nicht deine Familie?«

Ihre Frage überrascht mich. Bisher hat mich das noch niemand so direkt gefragt.

Wahrheitsgemäß zucke ich mit den Schultern. »Es geht. Wir haben nicht so das engste Verhältnis, weißt du?«

»Oh. Das tut mir leid.«

»Schon okay. Ich habe es ja nie anders kennengelernt.«

Emilia nickt, als wüsste sie genau, wovon ich spreche. »Geht mir genauso mit meiner Mutter.« Verdammt. Natürlich weiß sie, wovon ich spreche.

»Verstehe ich. Vermisst du sie sehr?«

Emilia legt den Kopf schief und schweigt einen Moment. Dann

nimmt sie den Wasserkocher von der Station und gießt heißes Wasser in zwei Tassen.

»Hmm. Ich weiß es gar nicht. Manchmal wüsste ich gerne, ob es tatsächlich Erinnerungen sind, die ich an sie habe, oder nur Erzählungen, die ich von Matteo kenne.«

»Das stelle ich mir hart vor.«

Erneut zuckt sie mit den Schultern, reicht mir schließlich eine Tasse und setzt sich gegenüber von mir aufs Bett.

»Ich finde es cool, dass du hier bist.«

Überrascht sehe ich auf. »Ehrlich?«

»Schon, ja.«

Plötzlich kitzelt der Hauch eines Lächelns in meinen Mundwinkeln. »Ich fürchte, das ist das Schönste, das heute jemand zu mir gesagt hat.«

»Sollte ich mich darüber freuen oder mir Gedanken machen?« Jetzt grinst sie so breit, dass ich ihre Zähne aufblitzen sehe. Mir fällt auf, dass ihre Zähne ganz weiß sind. Dass ihre Augen richtig leuchten, wenn sie lacht. Das finde ich schön. Die meisten Menschen lachen nur mit dem Mund, dieses Augenlachen erscheint mir noch viel ehrlicher.

»Vielleicht möchte ich auch mal ins Ausland gehen, wenn ich alt genug bin. Nach Australien, zum Beispiel. Wenn Papà nichts dagegen hat.«

»Warum sollte er?«

Ein betrübter Schatten legt sich über Emilias Gesicht. »Ich glaube, er traut mir so was nicht zu.«

Überrascht lege ich die Stirn in Falten. »Wie könnte man dir das nicht zutrauen? Ich schätze, du bist eines der reifsten Mädchen, denen ich je begegnet bin. Und das sage ich nicht nur einfach so.«

»Danke.« Sie fährt mit der Zunge nachdenklich über ihre Oberlippe. »Meine Familie sieht das leider anders.«

»Was gibt dir denn dieses Gefühl?«

Sie seufzt. »Na ja. Seit ich denken kann, werde ich mit Samthandschuhen angefasst. Wahrscheinlich ist es wegen meiner Mutter. Weil Matteo mit ihrem Tod nie umgehen konnte, haben alle gedacht, dass es für mich noch viel schlimmer sein muss. Also hatten sie immer Angst, etwas falsch zu machen.«

Ich erinnere mich an das, was Natalie über Emilia gesagt hat. Ganz zu Beginn. Dass es auch eine Menge Schwierigkeiten mit ihr gegeben haben soll.

»Darauf hatte ich irgendwann keinen Bock mehr. Manchmal wünsche ich mir sogar, sie wären lieber wütend als ständig besorgt. Sie sollten kapieren, dass ich alt genug bin, um für mich zu sorgen. Kannst du das verstehen?«

»Mehr, als du denkst«, sage ich und wechsle meine Position in einen Schneidersitz. Natürlich weiß ich, dass Emilia in ihrem Alter noch auf Hilfe angewiesen ist. Kein Kind kann in so jungen Jahren alles allein schaffen. Und doch verstehe ich ihren Wunsch nach Autonomie auf eine Art und Weise, die mich in meine Teenagerzeit zurückversetzt.

»Ich bin quasi bei meinen Großeltern aufgewachsen. Meine Eltern haben sich nie wirklich für mich interessiert, wollten am Ende aber immer mitentscheiden.«

Emilia nickt heftig. »Ich glaube manchmal auch, dass mich niemand aus meiner Familie so richtig kennt.«

»Vielleicht hilft es, wenn du mal versuchst, es ihnen zu sagen? Weniger mit versteckten Botschaften …«

»Du meinst, weniger Schule schwänzen und mehr reden?« Sie verdreht schmunzelnd die Augen.

»Wäre eine Überlegung wert, oder?

Sie nickt. »Wenn Matteo nur verstehen würde, dass er mit seiner Art manchmal alles nur noch schlimmer macht.«

»Oh. Das kommt mir bekannt vor«, rutscht es mir heraus.

»Wie meinst du das? Hast du auch einen großen Bruder?«

Hitze schießt mir in die Wangen, und ich schüttele nur knapp den Kopf. »Ich fürchte, dein Bruder reicht, um uns beide ein wenig zu verunsichern.«

Emilia entfährt ein Kichern. »Er meint das nicht so. Das weiß ich. Sein Herz ist mindestens so groß wie ganz Australien. Und wenn er Menschen einmal ins Herz geschlossen hat, dann tut er alles für sie.«

Ich versuche, ihre Worte mit dem Matteo überein zu bekommen, den ich bisher erlebt habe. Rau und abweisend. Desinteressiert und mürrisch.

Doch dann sehe ich auch ganz andere Bilder vor mir. Bilder, die sich nach dem Besuch in der Wäscherei in mein Gehirn gebrannt haben. Er wirkte so hilfsbereit, besorgt und beinah verletzlich …

Mein Hals fängt an zu kratzen. »Hm.« Ich hole tief Luft, räuspere mich und nehme dann den letzten Schluck meines Tees. »Vielleicht sollte ich langsam gehen. Danke für die Jacke und den Tee.«

Mag sein, dass Matteo gelegentlich dazu in der Lage ist, sein Arschlochverhalten abzulegen. Es mag auch sein, dass er nicht nur der rücksichtslose Idiot ist, für den ich ihn beim ersten Treffen gehalten habe. Und doch ändert es nichts daran, dass ich naiv gewesen bin. Naiv, zu glauben, da wäre etwas zwischen uns gewesen.

Ich nehme meinen Rucksack vom Boden und bin dabei wohl etwas zu stürmisch, sodass die obersten Sachen hinausfallen.

»Das hat man davon, wenn man seine Taschen ständig überlädt.« Schnell beginne ich, das ganze Zeug wieder hineinzustopfen, als Emilia auf ein zerknicktes Papier aufmerksam wird.

»Ist das von dir?«

Mit einem flüchtigen Blick identifiziere ich es als das Bild, das Adrianos Bruder mir neulich geschenkt hat. Ich hatte keine Ahnung, dass es noch im Rucksack ist. »Das hat mir jemand geschenkt.«

»Es ist schön. Originell mit der gelben Wiese.« Ihre Pupillen zucken hin und her. »Wenn ich mich nicht irre, hatten wir auch mal eine Zeichnung von Venedig in ungewöhnlichen Farben. Das Wasser war blau, die Boote rot. Oder nein, ich glaube, es war andersrum. An den lila Himmel kann ich mich am besten erinnern. Das Bild hing jahrelang unten im Restaurant. Keine Ahnung, wo es jetzt ist.«

Ich beiße mir auf die Unterlippe. »Es hängt im Casa Nera.« Kurz halte ich inne. »Wobei ich natürlich nicht weiß, ob es dasselbe ist. Abdrucke davon soll es in Venedig überall geben.«

Emilia runzelt die Stirn. »Überall? Du musst ein anderes Bild meinen. Das, was wir hatten, war ein Original. Ich glaube, es gehörte meiner Mutter.«

Mein Herzschlag beschleunigt sich, plötzlich kann ich ihn in meinen Ohren pochen hören. Hektisch wühle ich in meinem Rucksack nach dem grünen Notizbuch und atme erleichtert auf, als ich das Polaroid ertaste.

»Ich rede von diesem hier. Das ist nur abfotografiert.«

Emilia nickt. »Ja, genau. Das ist es doch. Seltsam! Ich hätte schwören können, Nonno hätte behauptet, es sei ein Unikat.«

23. Kapitel

Matteo

»Aus der Tatsache, dass du mir folgst, schließe ich, dass dein seltsames Augenzucken beim Abendessen kein epileptischer Anfall war.« Ich bleibe mitten im Flur stehen und drehe mich ruckartig zu ihr um. Falls ich sie mit meiner Reaktion erschreckt habe, lässt sie sich zumindest nichts anmerken.

»Richtig kombiniert, Sherlock.«

»Wir müssen aber jetzt nicht auch noch so was wie Freunde werden, oder?« Keine Ahnung, ob meine scherzhafte Frage darüber hinwegtäuschen kann, wie verwirrt ich bin.

»Keine Sorge. Es sei denn, du bestehst darauf, in mein Freundebuch zu schreiben«, schnaubt sie und bleibt mitten im Flur stehen. Natürlich nicht, ohne vorher einen prüfenden Blick über die Schulter zu werfen.

»Ein Freundebuch gibt es also auch noch, Fräulein grünes Tagebuch.«

»Fang nicht wieder damit an«, zischt Merle und wird im selben Augenblick rot. Dabei wünschte ich, den Nachmittag, an dem ich in den Seminarraum geplatzt bin, einfach vergessen zu können. Ich habe mich absolut lächerlich gemacht. Für nichts und wieder nichts. Aber hey, immerhin kann ich jetzt nicht mehr behaupten, dass sie sich nur in unser Leben einmischt, denn ich hatte ihr Tagebuch in der Hand. Wenn auch nur für ein paar Sekunden. »Niemand hat dir erlaubt, es aufzuschlagen.«

»Du hast mir immer noch nicht verraten, wer Signora Greco ist. Der Name stand allein auf der ersten Seite zigmal.«

»Das geht dich überhaupt nichts an. Ich bin hier, um dir ein Angebot zu machen.«

»Bitte was?«

»Ich brauche deine Hilfe.«

Unter normalen Umständen würde ich sicher versuchen, sie damit aufzuziehen, dass sie mich, ausgerechnet mich, um etwas bittet. Doch ihr ernstes Gesicht verrät mir, dass dieses Gespräch interessant werden könnte.

»Willst du immer noch deinen Film einreichen?«

Dieses Gespräch könnte sogar sehr interessant werden.

Ich versuche, mir von meiner Hoffnung nichts anmerken zu lassen, und nicke.

»Du darfst keine Fragen stellen und musst mir schwören, dass du die Klappe hältst.«

Was auch immer jetzt kommen mag – ich scheine nicht der Einzige mit ungewöhnlichen Geheimnissen zu sein. Wobei ich nicht davon ausgehe, dass Merle … Ich unterbreche meine eigenen Gedanken. Falltür auf. Erinnerungen rein. Lächeln.

»Bei mir sind alle deine geheimsten Fantasien sicher.«

»Idiot.«

»Na, na! Wenn wir ins Geschäft kommen wollen, wäre gegenseitiger Respekt vielleicht nicht von Nachteil.«

»Das sagst ausgerechnet du!«

»Jeder muss Opfer bringen, *tedeschina*.«

Und ich bringe sie jeden verdammten Tag.

»Normalerweise gelten die Spielregeln doch nicht für die gebrochenen Helden.« Mit einer gespielten Tragik hält sich Merle die Hand an die Brust.

»Du scheinst ein interessantes Bild von mir zu haben.« Früher hätte sie mir mit der Bezeichnung »Held« vielleicht sogar geschmeichelt. Jetzt habe ich nicht mal ein Schulterzucken dafür übrig.

»Also, was ist jetzt? Willst du noch teilnehmen?«, übergeht sie meinen Kommentar.

»Ja, das will ich«, antworte ich, diesmal vollkommen ernst. Sosehr es mich auch wurmt, mich vor Merle verletzlich zu zeigen, bin ich gerade nun mal auf sie angewiesen.

Als ihr ein schweres Seufzen entfährt, spüre ich, dass es auch sie einiges an Überwindung kostet, mir dieses Angebot zu machen.

»Es geht um das Bild.«

»Was für ein Bild?«

»Das Wandbild, das hier im Soggiorno hängt.«

Mein Herz setzt einen Schlag aus. Nein. Nein. Nein. Das kann nicht sein.

Ich hatte von Anfang an recht. Diego hatte recht, als er zu Romeo sagte, wir müssten mit Merle noch besser aufpassen. Sie wird uns tatsächlich in Schwierigkeiten bringen. In verdammt dreckige Schwierigkeiten.

»Ich habe keine Ahnung, wovon du sprichst.« Ganz automatisch hat sich meine Stimme um mehrere Oktaven gesenkt.

Ich wünschte, ich müsste nur nach meiner Falltür suchen. Erinnerungen. Gedanken. Klappe auf. Alles weg. Doch wie zur Hölle soll das funktionieren, wenn ausgerechnet Merle in meinen finstersten Momenten herumwühlt?

»Es geht um dieses Gemälde, auf dem Venedig zu sehen ist. Das lange bei deiner Familie zu Hause hing. Ich habe es an dem Tag gesehen, an dem du mich für eine Diebin gehalten hast.«

In meinem Hirn rattert es, und es dauert ein paar Sekunden, bis sich das Bild vor meinem geistigen Auge abzeichnet. Erleichterung. So viel Erleichterung, dass ich beinah laut loslachen muss. Sie redet von etwas vollkommen anderem, und ich habe in meiner Panik überreagiert. *Irgendwann werde ich den Verstand verlieren. Wahnsinnig werden.*

Irgendwann ist noch nicht jetzt.

»Was ist damit?«

»Ich suche die Frau, die das Bild gemalt hat. Signora Greco.«

Erstaunt runzele ich die Stirn. Ich habe mit vielem gerechnet, aber diese Antwort verwirrt mich doch ein wenig. »Du suchst eine Künstlerin?«

»Erinnerst du dich an den Teil der Abmachung, in dem du zugestimmt hast, keinerlei Fragen zu stellen?«

Ich lege die Stirn in Falten. »Und wie stellst du dir das mit der Hilfe dann vor?«

»Genaueres würde ich dir erst sagen, wenn du dich auf unseren Deal einlässt.«

Misstrauisch sehe ich an ihr herab. Was soll das hier werden?

»Du weißt schon, dass man die Bedingungen eines Vertrags im Vorhinein festlegt?«

»Es ist nur ein Angebot, Matteo. Du musst nicht zustimmen. Ich komme auch ohne dich klar.«

Nein. Stopp. Abgesehen davon, dass man absolut kein Menschenkenner sein muss, um in ihrer Miene zu lesen, wie wenig des letzten Satzes der Wahrheit entspricht, brauche ich sie. Denn verflucht … *Ich komme nicht einfach so klar.*

»Ich denke, ich bin dabei.«

Merles Augen verengen sich. »Du denkst?«

»Ich bin dabei.«

»Es gibt noch eine Bedingung.«

Abwartend sehe ich sie an.

»Du hörst auf, weiter nachzubohren, wenn ich nicht darüber reden möchte.«

»Über Signora Greco?«

Verärgert blinzelt sie mich an. »Zum Beispiel.«

»Na gut. Ich sehe, an unserem gegenseitigen Vertrauen lässt sich noch arbeiten«, bemerke ich flapsig. Die Aussicht, nun doch eine Chance auf den Gewinn zu haben, löst einen seltenen Anflug von Euphorie in mir aus.

»Wundert dich das?«, fragt sie scharf.

»Überhaupt nicht.«

Stimmen dringen von der Treppe hoch in den Flur.

»Was ist jetzt? Wie kann ich dir mit dem Bild helfen?«

Merles Augen wandern nach rechts, und ich bemerke, dass Diego am anderen Ende des Ganges aufgetaucht ist. Er wirft uns einen skeptischen Blick zu, verschwindet dann jedoch hinter seiner Zimmertür.

»Das besprechen wir morgen in Ruhe.«

»Meinetwegen.« Ich hätte gerne mehr über unseren Deal erfahren, aber das Wichtigste ist bereits gesagt: Ich werde teilnehmen. Teilnehmen und gewinnen. Was so viel bedeutet wie: Problem Nummer zwei wurde just in dieser Sekunde geboren. Ich muss gewinnen. »Dann bis morgen?«

Sie nickt. »Bis morgen.«

Ich habe gerade meine Zimmertür erreicht, als ich ihren Blick in meinem Rücken spüre. Reflexartig drehe ich mich um.

Merle schaut mir tatsächlich hinterher. »Eins noch. Wie kann es sein, dass du diese selbstgefällige Masche auch noch dann aufsetzt, wenn du anscheinend selbst ziemlich miese Probleme hast?«

Ich bin zu müde, um sie zu fragen, wie sie auf die Idee kommt, dass ich Probleme habe. Zu müde, um etwas dergleichen abzustreiten. Also bleibe ich bei der Wahrheit. »Gut funktionierender Bewältigungsmechanismus.«

• • •

Ich führe einen Löffel Cornflakes zum Mund und fixiere Merle dabei so eindringlich, als könne mir ihr abgewandter Kopf irgendeinen Aufschluss über sie geben. Sie trägt einen hellblauen Hoodie und weiße Shorts. Als sie die Beine betont lässig übereinanderschlägt, fällt mir auf, dass diese ein wenig Farbe bekommen haben.

Ich lehne mich gegen den Küchentisch, sodass ich plötzlich nur noch wenige Zentimeter von ihr entfernt stehe. Sind es dreißig? Oder nur zwanzig? Zu nah auf jeden Fall. Doch wenn ich jetzt zurückweiche, könnte das aussehen, als hätte ich ein Problem damit. Das habe ich nicht. Wirklich nicht. Es ist nur so … das letzte Mal, als wir uns so nah gewesen sind, hätte ich Merle fast geküsst. Das darf nicht noch mal passieren. Es steht zu viel auf dem Spiel.

»Bist du so weit?«, fragt Merle, ohne ihren Blick vom Smartphone zu heben. Wir haben heute beide Frühschicht im Restaurant und wollen gemeinsam aufbrechen.

»Also, du könntest mir zunächst mal verraten, woher ihr dieses Bild habt«, legt Merle los, als wir das Casa Nera verlassen.

Wieso macht sie aus diesem Bild ein so großes Geheimnis?

»Keine Ahnung. Nonno hat es irgendwann angeschleppt. Das ist allerdings Jahre her. Früher hing es mal im Treppenaufgang, doch dreimal darfst du raten, wer es abgenommen hat. Zu alt. Zu bunt. Zu abstrakt.« Ich äffe Natalies Stimme nach.

Merle ignoriert meine Frage. »Und du weißt nicht, wo er es bekommen hat?«

»Sehe ich aus wie ein Kunstkenner?«

»Nein, aber wie jemand, der versprochen hat, mir zu helfen. Oder ist unser Deal damit geplatzt?« Merles Lippen verziehen sich spöttisch. »Was schade wäre, denn die Gelegenheit, am Filmfestival teilzunehmen, gibt es ja nur einmal im Jahr.«

Sie ist ein Fuchs. Okay. Ein hübsch aussehender Fuchs. Aber das spielt hier keine Rolle.

»Ich werde ihn fragen, zufrieden? Lass dir aber eins gesagt sein: Dein Verhandlungsgeschick ist durchaus verbesserungswürdig.«

Ein amüsiertes Funkeln flackert in ihren Augen auf. »Für dich hat es gereicht.«

• • •

Ich habe beschlossen, meinen Vater oder Nonno nach dem Bild zu fragen, das Merle anscheinend so wichtig ist. Weil ich es heute Morgen vor der Arbeit eilig mit dem Handy abfotografiert habe, kann ich es jetzt noch mal in Ruhe betrachten.

A. Greco. Der Name steht ganz unten in kleinen Buchstaben auf der bunten Farbe, die den Canal Grande so unwirklich und dennoch faszinierend wirken lässt.

»Ist das jetzt neuerdings so ein Ding bei den jungen Leuten?« Ich zucke zusammen, als Nonno plötzlich in der Küche auftaucht.

»Hm?« Überrascht sehe ich auf. Ich habe die Zeit vollkommen vergessen und noch nicht mit ihm gerechnet. Eigentlich wollte ich nur zwei Minuten Pause machen, mich gegen den Schrank lehnen und nachdenken. Jetzt hoffe ich nur, dass ich nicht allzu fertig aussehe. Dass ich seit Monaten schlecht schlafe und mit Albträumen zu kämpfen habe, geht nicht spurlos an mir vorbei.

»Dieses Auf-dem-Boden-Rumrutschen. Deine Schwester habe ich neulich auch schon so im Restaurant gesehen. Ich meine, nehmt euch doch wenigstens einen Stuhl. Diese krumme Haltung geht in den Rücken. Wenn du mal so alt bist wie ich, wirst du sonst nicht mehr so fit sein, mein Junge.« Nonno klopft sich auf den rechten Oberschenkel.

»Wer weiß. Vielleicht muss ich das auch gar nicht, und das Leben geht schon vorher den Bach runter«, murmele ich und ziehe mich an der Küchenablage hoch.

»Mit der Einstellung bestimmt«, knurrt Nonno und scheucht mich ein Stück zur Seite.

»Nonno, weißt du noch – das Bild, das eine Ewigkeit im Treppenaufgang hing? Das bunte. Mamma hat es sehr gemocht, soweit ich weiß.«

Mein Großvater hebt den Kopf. »Wie kommst du denn jetzt darauf? Das hängt doch schon eine Ewigkeit nicht mehr an der Wand.«

Ich nicke und versuche, meine folgende Frage so beiläufig wie möglich klingen zu lassen. Wie soll ich erklären, dass wir nach der Künstlerin suchen, die zuvor noch nie Thema gewesen ist?

»Es hängt mittlerweile im Casa Nera. Weißt du noch, woher Mamma es hatte?«

Kurz glaube ich, ein zögerliches Lächeln auf Nonnos Lippen aufblitzen zu sehen. »Oh, das weiß ich sehr wohl. Wir haben es ihr geschenkt. Deine Nonna und ich. Magst du es?«

Ich nicke knapp. »Kannst du mir sagen, wo ihr es gekauft habt?«

Nonno fährt sich nachdenklich durch das graue Haar. »Du stellst Fragen, Matteo. Das ist eine Ewigkeit her. Ich schätze, dreißig oder vierzig Jahre.«

Ungeduldig lasse ich den Kopf in den Nacken fallen und schließe angestrengt die Augen. Nur für wenige Sekunden, doch es genügt, um mich wieder zu fangen. »Du weißt doch sonst immer alles. Versuch dich doch bitte einmal zu erinnern!«

»Warum ist das denn so wichtig?« Nonno beugt sich über den Topf mit Tomatensoße. »Kann mir mal einer sagen, warum da ein Löffel drin schwimmt?«

Ich hoffe, dass er auf diese Frage keine Antwort erwartet. »Ich will's einfach wissen, okay? Woher stammt dieses Bild?«

Stirnrunzelnd fischt mein Großvater den Löffel aus dem Kochtopf und legt ihn neben sich auf ein Stück Küchenrolle.

»Ich glaube, wir haben es vom Pastor bekommen. Er hatte es im *Teatro La Fenice* gekauft. Deiner Nonna gefiel es so gut, dass er es ihr überlassen hat. Und am Ende ist es dann bei deiner Mutter gelandet.« Abwehrend hebt er die Hände. »Mehr weiß ich auch nicht mehr. Seit wann interessierst du dich denn für Kunst?«

Gar nicht, liegt es mir auf der Zunge. Doch ich zucke nur mit den Schultern. Ich weiß nicht, warum Merle aus der Sache so ein Geheimnis macht. Doch ich bin sicher, sie würde mich lynchen, sollte ich Nonno die Wahrheit sagen. »Uni.« Das könnte noch mehr Fragen nach sich ziehen. »Nicht für mich. Für eine Freundin«, lege ich also schnell nach.

Auf Nonnos Lippen bildet sich ein schmales Lächeln, das auf seinem sonst eher brummigen Gesicht beinah fremd wirkt.

»Aha. Wusste ich es doch, dass das eine Masche ist, um Frauen zu beeindrucken. Von dir kann ich ja noch richtig was lernen.«

Mit diesem Missverständnis kann ich leben. »Wofür willst du denn Frauen beeindrucken? Du hattest doch Nonna«, sage ich ein wenig unüberlegt.

Nonno rümpft beleidigt die Nase und rührt energisch die Soße im Topf um. »Und deshalb muss dein Großvater als Einsiedler sterben?«

»Das habe ich doch nicht gemeint«, murmele ich. Doch im

nächsten Moment weiß ich, dass ich es eigentlich genau so gemeint habe. Mir eine andere Frau an der Seite meines Großvaters vorzustellen fühlt sich nicht nur fremd an, sondern hinterlässt beinah ein unbehagliches Gefühl in mir. Die beiden sind ihr ganzes Leben zusammen gewesen. Kann man so eine Liebe überhaupt ersetzen?

»Wie dem auch sei, ich geh dann mal. Hab noch zu tun.« Schnell schiebe ich mich an Nonno vorbei Richtung Küchentür.

24. Kapitel

Merle

»Himmel, du hast mich so erschreckt.«

Ich habe mich gerade bettfertig gemacht, als Matteo plötzlich in meinem Zimmer steht. Er sieht aus, als wäre er gerade erst nach Hause gekommen. Ob er nach der Arbeit bei einer seiner Verehrerinnen war? … Wie auch immer … Das geht mich nichts an.

»Soll ich das nächste Mal eine Nachricht schreiben, bevor ich hereinkomme?«

Ich verdrehe die Augen. »Wenn du es schon so höflich anbietest … Im Zweifelsfall würde es aber auch genügen, wenn du mir einfach zwei Sekunden Zeit gibst, auf das Klopfen zu reagieren. Ansonsten verfehlt es nämlich seinen Zweck.« Ausgerechnet heute trage ich das dunkelblaue Nachthemd, das mir beim Waschen so eingelaufen ist, dass man es auch für ein etwas längeres T-Shirt halten könnte.

Matteo bemerkt meinen Blick und grinst. »Wie viele Schlafoutfits hast du sonst noch im Angebot?«

»Hör auf mit diesen Spielchen!« Ich trete einen Schritt auf ihn zu und hebe drohend den Finger. Als mir klar wird, dass meine gewünschte Wirkung so was von fehlgeschlagen ist, zupfe ich nervös am Saum meines Hemds. »Also … was willst du?«

»Ich dachte schon, du fragst nie. Ich habe Informationen für dich!«

Mein Herzschlag beschleunigt sich, und doch versuche ich, mir von meiner Aufregung nichts anmerken zu lassen. »Informationen?«

»Ich habe meinen Nonno nach dem Bild gefragt. Er sagt, meine Großmutter hat das Bild von unserem Pastor geschenkt bekommen. Sie sind jahrelang eng befreundet gewesen. Er hat es im Theater gekauft. Zufrieden?«

Abwartend fixiere ich seine Lippen, als könne ich so noch mehr Worte aus seinem Mund hervorzwingen.

Erst, als er nach mehreren Sekunden immer noch nichts sagt, hake ich nach. »Im Theater?«

»Das *Teatro La Fenice*. Das ist eins der bekanntesten Opernhäuser hier auf der Insel. Ich habe da vor Jahren mal ein Praktikum gemacht.«

»Das passt …«, murmele ich und denke an den Part des Briefes, in dem Andrea schrieb, sie habe in einem Theater Arbeit gefunden.

»Dann war's das? Jetzt trägst du mich in die Liste ein?«, fragt Matteo. Er sieht aus, als könne er noch nicht glauben, die Aufgabe so schnell erfüllt zu haben. Und um ehrlich zu sein, geht es mir genauso.

»Ich brauche die Adresse der Künstlerin.«

»Bitte?«

»Signora Greco. Wenn ich richtigliege, muss sie im Theater gearbeitet haben. Ich muss sie finden.«

Matteo hebt skeptisch eine Augenbraue. Ich kann förmlich sehen, wie es hinter seiner Stirn arbeitet. »Ookay?! Also, es gibt definitiv eine ausführliche Datei, in der auch die ehemaligen Mitarbeiter gespeichert sind. Die Liste geht mindestens zurück bis in die Neunziger, weil sie die alten Unterlagen mal digitalisiert haben, auch wenn da nie jemand reinguckt.«

»Das klingt perfekt. Wie bekomme ich da Einblick?«

»Du könntest hingehen und fragen. Vorne am Empfang sitzen Leute, die sich auskennen. Die können die Datei über ihren Computer abrufen.«

Ich nicke wie in Zeitlupe, weil ich vor Aufregung plötzlich nur noch verlangsamt denken kann. »Und was das Filmfestival angeht … Zu niemandem ein Wort, verstanden? Wenn sie herausfinden, dass ich dich nachgemeldet habe, kriege ich ernste Schwierigkeiten. Außerdem könnten sie dich wieder sperren.«

»Keine Sorge, *tedeschina*. Ich sollte das für mich behalten können.«

Mein Blick ist voller Misstrauen. Ich weiß, dass es falsch ist, Matteos Namen auf die Liste zu schmuggeln, doch ich habe es ihm versprochen und werde mich nun auch daran halten.

»Dann wünsche ich dir viel Erfolg bei deiner Mission!«

»Danke«, antworte ich und sehe zwischen Matteo und der Tür hin und her. Ich kann mich nicht konzentrieren, wenn er hier in meinem Zimmer ist.

Matteo scheint meinen indirekten Rauswurf richtig zu verstehen, jedenfalls geht er prompt zur Tür. Die Hand bereits auf der Klinke, sieht er noch mal zurück. Sein Blick wandert an mir herab. An mir und diesem blauen Stoff. Diesem *wenigen* Stoff.

Hitze schießt mir durch die Adern. Ich bete inständig, dass er meine aufsteigende Nervosität nicht sehen kann.

»Ich hätte da auch noch eine kurze Frage. Nichts Großes, aber … Wie viele verschiedene Konstellationen an Schlafsachen hast du insgesamt dabei?«

»Bitte was?« Verdattert starre ich zurück.

»Ich wollte nur sichergehen, dass ich bis zu deiner Abreise zumindest jedes Teil einmal gesehen habe.«

Was zum Teufel? … Was bildet sich dieser verfluchte Mistkerl eigentlich ein?

»Wobei ich sagen muss: Das da«, er richtet seinen Finger direkt auf mich, »ist bis jetzt mein Favorit.«

25. Kapitel

Merle

»Entschuldigung, junge Dame, aber wir dürfen die Informationen über unsere Mitarbeiter nicht einfach so rausgeben.«

Mit diesem Satz renne ich am nächsten Tag gegen eine Wand. Nicht wortwörtlich natürlich. Der Schmerz, der der Enttäuschung folgt, kann aber eindeutig mit einer Beule am Kopf mithalten.

»Du bist in das Theater hinein und hast gefragt, ob sie dir die Adresse einer alten Dame geben können?«

Zugegeben, aus Livis Mund klingt es zu absurd, trotz der Tatsache, dass meine letzte halbe Stunde genau so ausgesehen hat.

»Ich wollte der Frau die Lage erklären, aber sie hat mich gleich am Anfang unterbrochen.«

»Nun ja, irgendwie hätte ich dir das auch gleich sagen können. Schön, Italien ist vielleicht nicht Deutschland, aber hast du geglaubt, die haben keinen Datenschutz?«

»Doch, natürlich, ich dachte nur, sie würden vielleicht …« Ich halte mitten im Satz inne, weil mir klar wird, wie bescheuert ich klingen muss.

»Eine Ausnahme machen?« Livi ist gnadenlos.

Plötzlich keimt latente Wut in mir auf. »Dieses hinterhältige Arschloch«, murmele ich. »Er hat gewusst, dass das nicht funktioniert.«

»Reden wir von Matteo?«, fragt Livi.

Anstelle einer Antwort seufze ich nur. Dann bringe ich ein kleinlautes »Oh Mann, und ich habe wirklich gehofft, das könnte funktionieren« über die Lippen. »Bestimmt hat er sich danach erst mal ins Fäustchen gelacht, weil ich so naiv bin.«

»Reg dich nicht auf! Es ist passiert. Überlege lieber, was du jetzt machen kannst. Lass dir etwas Originelles einfallen!«

»Etwas Originelles?«, wiederhole ich mit einer viel zu schrillen Stimme. »Soll ich mir ein Clownskostüm anziehen und mich durch die Ticketschlange tanzen?«

»Das würde ich nicht als originell bezeichnen, sondern als sehr, sehr unangenehm.«

»Vielen Dank auch!«, brumme ich.

»Mach nicht so einen Schmollmund!«

»Du kannst mich doch überhaupt nicht sehen!« Ertappt versuche ich, meine Gesichtszüge zu entspannen.

»Ich brauche dich nicht sehen, um mir deine Schnute vorzustellen. Dafür kenne ich dich zu gut. Und genau aus diesem Grund weiß ich auch, dass du niemals einfach so aufgeben wirst. Cousinchen, du bist nach Venedig geflogen, um die Spur von ein paar ausgeblichenen Briefen zu verfolgen, und jetzt lässt du den Kopf hängen? Vergiss es und spiel stattdessen deine Waffen aus.«

»Wieso klingt das aus deinem Mund so verdorben?« Unerwartet steigt Belustigung in mir auf.

»Die Waffen, die ich meinte, sind dein Scharfsinn und dein Verstand. Du bist Journalistin, Süße. Lass dir etwas einfallen. Und wieso zur Hölle denkst du direkt ans Vögeln? Ist das der Nebeneffekt, wenn man mit Macho Matteo zusammenwohnt?«

Ich will gerade die Augen verdrehen, da kommt mir eine Idee.

Waffen. Scharfsinn. Matteo.

»Das ist es!«, platzt es aus mir heraus.

»Ich wusste es«, quietscht Livi.

»Ich rede nicht vom Vögeln. Mir kam gerade eine viel bessere Idee.«

• • •

»Ich schlage vor, wir überspringen den Teil, in dem ich dich zur Schnecke mache, und kommen zu dem eigentlichen Grund, weshalb ich hier bin.« Mit verschränkten Armen baue ich mich vor Matteo auf.

Es brauchte keine fünf Minuten, um ihn im Casa Nera zu finden. Der – zugegebenermaßen verführerische – Geruch, der aus der Küche drang, hat ihn verraten. Niemand in diesem Haus kocht annähernd so wie Matteo.

»Wenn du willst, dass die Menschen dir folgen können, solltest du vorne ansetzen, *tedeschina*.« Matteo streicht die Hände an der schwarzen Schürze ab und nimmt einen Löffel aus der Schublade, um die Soße abzuschmecken. Ein undefinierbarer Ausdruck schleicht sich auf sein Gesicht. »Könnte noch Salz fehlen. Willst du probieren?«

Ich schüttele heftig den Kopf und straffe meine Schultern. (Dabei sterbe ich fast vor Hunger!)

»Ich war im Theater.«

Matteo sieht mit einem unschuldigen Lächeln auf. »Oh, welches Stück?«

»Sehr witzig! Du hast gewusst, dass sie mir nichts rausgeben dürfen.«

Er gibt sich nicht einmal die Mühe, überrascht auszusehen. »Gewusst klingt definitiv zu hart. Maximal geahnt.«

»Wieso hast du mich dann da hingeschickt?«

»Ich habe ausschließlich gesagt, dass du hingehen und fragen kannst. Für die Erfolgsquote bin ich nicht verantwortlich. Ich meine, du bist Journalistin. Da fällt dir schon was ein.« Mit einer raschen Handbewegung stellt er die Temperatur am Herd niedriger.

»Also wolltest du mich testen?«

Betont langsam streicht er sich über die Bartstoppeln. »Nenn es, wie du willst! Ich habe dir alle Infos geliefert, die ich kriegen konnte. Was spielt der Rest überhaupt für eine Rolle? Falls es um das Bild geht … Du kannst es haben.«

Gestresst fahre ich mir durch das Haar. »Darum geht es aber nicht. Ich muss mit der Künstlerin des Bildes sprechen.« Ist da ein Zittern in meiner Stimme zu hören? Shit. Ich muss mich zusammenreißen. Matteo gehen meine Gefühle nichts an.

»Ich wüsste nicht, wie ich dir da helfen kann.«

»Du hast gesagt, dass du ein Praktikum dort gemacht hast. Wie lange ist das her?«

»Vier oder fünf Jahre? Waren nur drei Wochen. Stinklangweilig, wenn du mich fragst.«

»Du kennst das Theater von innen. Weißt, wo ich die Adresse finden kann. Richtig?«

Ich hasse es, wie verzweifelt ich klinge.

»Richtig.«

»Du musst mir helfen, irgendwie da ranzukommen.«

Noch mehr hasse ich, wie egal es ihm ist.

»Bitte was? Vergiss es!«

Doch am allermeisten hasse ich, dass es mir nicht egal ist, dass es ihm egal ist. Ich bin verwirrt.

»Bitte! Es ist wirklich wichtig«, sage ich also und räuspere mich.

»Ich habe getan, was du wolltest. Aber garantiert werde ich mich nicht ins Theater schleichen und Sherlock Holmes spielen.«

Als unsere Blicke sich treffen, bleibe ich einen Moment zu lang in seinen braunen Augen hängen.

»Keine Chance. Nada. Hast du gehört?«

Ein Nicken bringe ich nicht mehr zustande, denn die Tränen sind schneller. Sosehr ich auch gegen sie ankämpfen will, mein Versuch bleibt vergebens.

Die Sicht verschwommen, verlasse ich die Küche, ohne noch ein einziges Wort in Matteos Richtung zu verlieren.

26. Kapitel

Matteo

Über den Streit zwischen Diego und mir haben wir nicht mehr gesprochen. Es ist alles wie immer. Wir tauchen in unser lähmendes Schweigen, lassen die Tage verstreichen, indem wir beim Abendessen über belangloses Zeug reden und darauf warten, dass jedes hochkommende Gefühl sich von selbst unter einem dicken Teppich schlafen legt.

Kaum eine halbe Stunde wach, spüre ich, wie mein Tag bereits von Stress durchdrungen ist. Ein beklemmender Stress, der bisher nur in meinen Gedanken existiert, während ich noch am Frühstückstisch sitze und auf einem Stück Baguette herumkaue, als wäre es Pappmaschee. Schön und gut, dass ich nun auf dieser Liste stehe … Aber damit habe ich noch nicht gewonnen.

»Wo ist Merle?«, durchbricht Romeo die angespannte Stille am Tisch.

»Schläft noch«, erklärt Giulia. »Sag bloß, sie fehlt dir?«

Romeo verdreht die Augen. »Du tust so, als hätte ich ein Problem mit ihr. Wenn ich mich recht erinnere, hat es vor allem Diego gestört, dass sie hier ist.«

Alarmiert hebt dieser den Kopf. Seine Kiefermuskeln spannen sich an, es ist deutlich, wie sehr er darum ringt, nichts zu erwidern. Den Funken ersticken, bevor das Feuer eine Chance hat.

»Ich werde einen Beitrag fürs Filmfestival einreichen«, werfe ich unvermittelt ein, um die brodelnde Atmosphäre zu durchbrechen. Eigentlich wollte ich die Teilnahme am Festival erst einmal für mich behalten, aber früher oder später wäre es sowieso Thema geworden. Spätestens am Abend selbst hätte ich mit meinem Beitrag für eine Überraschung gesorgt.

»Du wirst … was?«, kommt es von Romeo.

»Ich denke, das wird sich auf meinem Lebenslauf ganz gut machen. Das letzte Semester war so beschissen, vielleicht kann ich damit etwas rausreißen.« Diese Begründung habe ich mir bereits gestern Abend überlegt. Ich habe mir vorgenommen, so weit wie möglich bei der Wahrheit zu bleiben.

»Du hast seit Monaten keine Kamera in der Hand gehabt«, spricht Giulia das Offensichtliche laut aus.

»Richtig. Seit Monaten. Und davor habe ich ständig Filme geschnitten«, entgegne ich knapp. Ich weiß, dass mich Giulias Frage nicht verärgern sollte. Sie hat recht. Im vergangenen Jahr habe ich an so vielen Dingen das Interesse verloren.

»Und du willst direkt mit einem Beitrag fürs Festival starten?«, fragt Leandro.

»Warum nicht?«

»Welches Thema hast du dir überlegt?«

»Die venezianische Küche. Die Traditionen und die Kultur«, antworte ich. »Der Film darf höchstens vier Minuten gehen. Das Skript habe ich so gut wie fertig.«

»Klingt gut. Wenn wir dir irgendwie helfen können …«, beginnt Leandro, doch er wird von Romeo ruppig unterbrochen.

»Vergiss es, ich bin mit meinem eigenen Scheiß ausgelastet.«

»Nichts für ungut. Wenn ich vorhabe, zu gewinnen, sollte ich sowieso keine Hilfe von dir beanspruchen«, brumme ich. Ein kurzes Lachen geht über den Tisch.

»Ach ja? Und was ist mit meiner Kamera? Ich nehme an, die hast du immer noch«, sagt Romeo grimmig.

»Du benutzt sie eh nicht«, entgegne ich knapp. »Giu, könntest du mal nach einer größeren Speicherkarte schauen?«

»Klar. Ich sehe gleich nach.«

Genau in diesem Moment betritt Merle das Esszimmer. Ihre Haare fallen locker über die Schultern. Sie trägt einen Jumpsuit, dessen zartes Hellblau an einen klaren Frühlingshimmel erinnert.

»Guten Morgen«, murmelt sie leise, bevor Giulia sie mit einem Wortschwall begrüßt.

»Wusstest du, dass Matteo einen Film fürs Festival dreht?«

Merles Kopf geht ruckartig zu mir. Die Augen scharf auf mich gerichtet, sieht sie aus, als versuche sie, die Situation zu erfassen.

»Natürlich weiß sie Bescheid«, sage ich hastig. Merle wirft mir einen warnenden Blick zu, der mich veranlasst, schnell hinzuzufügen: »Die Anmeldungen stehen ja schon eine ganze Weile.« Ich spüre, wie Hitze durch meinen Körper strömt, eine Mischung aus Nervosität und dem Drang, die Situation zu kontrollieren.

»Richtig«, bestätigt Merle mit einem Lächeln, das eher gezwungen als echt wirkt. Langsam und etwas zögerlich nimmt sie ihren Platz zwischen Romeo und Giulia am Tisch ein, als wolle sie sich möglichst schnell aus dem Zentrum des Gesprächs ziehen.

Doch entweder es ist Romeo egal, oder er ist für die Gefühle anderer schlichtweg blind.

»Kannst du nicht dafür sorgen, dass er gewinnt und die Kohle bekommt? Dann könnte er sich endlich eine eigene Kamera kaufen.«

Bevor Merle etwas erwidern kann, mischt sich Giulia ein.

»Vergiss es! Sie wird sich für keinen von euch in Schwierigkeiten bringen. Damit das von Anfang an klar ist.« Sie zwinkert Merle zu. »Hör nicht auf sie, okay? Matteo wird mit seinem Film von selbst überzeugen. Die Videos, die er damals für mich gemacht hat, sind bis heute die mit den meisten Aufrufen.«

Es ist mindestens zwei Jahre her, dass ich Giulia bei irgendwelchen Hauls gefilmt habe. Manchmal haben wir bis tief in die Nacht an den richtigen Übergängen gesessen. *Wir.*

»Jetzt krieg dich mal ein! War doch nur ein Scherz.« Romeo verdreht die Augen, während Merles Finger nervös mit dem Rand des Tischtuchs spielen.

Ich versuche, ihren Blick zu meiden, denn je länger wir über das Festival sprechen, desto mehr nagt das schlechte Gewissen an mir, weil ich ihr mit dieser bescheuerten Adresse nicht helfen konnte. Wie hat sie sich das auch vorgestellt? Dass ich in das Theater reinspaziere und man mir die persönlichen Daten der Mitarbeiter entgegenwirft?

»Keine Sorge«, sagt Merle und lässt den Blick über den Tisch wandern. Bilde ich mir das nur ein, oder sind ihre Augen eine Sekunde zu lang an mir hängen geblieben? »Auf die Jury habe ich sowieso keinen Einfluss. Ich sorge nur dafür, dass alle auf die Bühne kommen.«

Oder auf die Liste, ergänzt eine schuldbewusste Stimme in mir, die ich den ganzen Vormittag nicht loswerde.

27. Kapitel

Merle

Sollte mich in ein paar Jahren jemand fragen, ob es diesen Moment wirklich gegeben hat, werde ich lügen. Ich werde so tun, als hätte ich mich in meiner Pause niemals auf der Toilette des Restaurants eingeschlossen, um Matteo aus dem Weg zu gehen.

Dabei gibt es Gründe, warum ich das hier tue. Er hat mich zum Heulen gebracht. Gestern Abend in der Küche, und heute Morgen nach dem Frühstück schon wieder. Diesmal allerdings vor Wut. Auf ihn, weil er mich im Stich gelassen hat. Auf mich, weil ich so blöd war, mich auf einen Deal mit ihm einzulassen.

Gedanklich erstelle ich eine Liste mit meinem begrenzten Pool an Möglichkeiten.

1. Ihm erklären, dass ich bald meine Periode bekomme und deshalb nah am Wasser gebaut bin. (Wäre zumindest die Wahrheit.)
2. Wortlos an ihm vorbeistapfen und so tun, als sei überhaupt nichts passiert. (Wie gesagt, ich habe ohnehin vor, diesen Zwischenfall hier in ein paar Jahren konsequent zu leugnen.)
3. Nie mehr diese Toilette verlassen.

Ich bin verloren. Was macht er denn auch hier? Laut Dienstplan hat Matteo heute frei.

Er sollte froh sein, dass ich mich an meinen Teil der Abmachung halte. Denn ja, ich habe es geschafft, seinen Namen auf Adrianos Teilnehmerliste zu schmuggeln. Ich komme in die Hölle. (Scheiße, ich werde ihn selbst nach unserem Tod nicht los!)

»Weil ich noch mal mit ihr reden muss«, höre ich Matteos Stimme dumpf durch die Tür.

Ich versuche, eine andere Erklärung für sein Auftauchen zu finden. Er könnte im Restaurant etwas vergessen haben. Vielleicht braucht Silvio seine Hilfe. Oder Cristiano. Aber was zum Teufel macht er dann vor den Toiletten?

»Es ist wichtig.« Wieder Matteo. Unterhält er sich mit der Holztür, oder was?

Kaum habe ich den Gedanken ausformuliert, höre ich eine helle, aber entschlossene Mädchenstimme. Emilia. Ist etwas passiert? Ich habe noch nie mitbekommen, dass die beiden diskutieren.

Ich werfe einen kurzen Blick in den Spiegel und drücke schließlich die Tür auf. Emilia hat mir den Rücken zugewandt und die Arme vor der Brust verschränkt, als wolle sie Matteo den Zugang zur Toilette verwehren.

»Was macht ihr hier?«

Emilia zuckt zusammen, als sie plötzlich meine Stimme hört. Im nächsten Moment wirft sie mir einen Blick über die Schulter zu.

»Jetzt geh doch bitte zur Seite«, sagt Matteo in eindringlichem Ton. »Ich muss was mit Merle klären.«

»Sie wollte ihre Ruhe«, verteidigt Emilia mich so beharrlich, dass ein Lächeln in meinen Mundwinkeln kitzelt.

»Und du bist jetzt so was wie ihre Security?«, brummt Matteo.

»Wenn du es so nennen möchtest. Ich hätte eher Freundin gesagt.«

O mein Gott! Womit habe ich dieses Mädchen verdient? Vorsichtig lege ich eine Hand auf ihre Schulter und schiebe sie ein Stück zur Seite. »Das musst du nicht tun.«

»Freundin?« Matteo hebt beide Augenbrauen. »Ihr kennt euch doch gar nicht. Mal ganz davon abgesehen, dass sie viel älter ist als du.«

»Seit wann spielt das eine Rolle?«, hakt Emilia nach. »Ihr seid in einem Alter und kriegt euch trotzdem andauernd in die Haare.«

»Pff«, macht Matteo, dabei kann ich Emilia an dieser Stelle wirklich nur recht geben. »Kann ich deine Freundin dann vielleicht kurz mal sprechen? Es ist nämlich wichtig.«

Prüfend wirft Emilia mir einen Blick zu. Ich muss gestehen, dass ich das Mädchen noch immer gründlich unterschätzt habe. Wie vermutlich all die anderen hier.

Seufzend nicke ich. Ich kann nicht zulassen, dass Emilia sich für mich gegen ihren großen Bruder stellt.

»Schon okay, aber danke. Wenn du magst, können wir die Tage einen neuen Tee zusammen testen.«

Emilia erwidert mein Lächeln. »Gerne.«

Kaum ist sie aus dem Flur verschwunden, mustert Matteo mich noch eindringlicher als zuvor. »Bist du Mary Poppins oder so?«

»Bist du hier, um dich zu entschuldigen oder so?« Angriff ist die beste Verteidigung.

Matteo grinst. »So, wie es aussieht, ist das nicht mehr nötig. Du hast dich ja wieder gefangen.«

»Falls du es nicht wusstest … eine ehrliche Entschuldigung darf man auch aussprechen, wenn das Gegenüber nicht mehr heulend auf dem Boden liegt.«

»Du hast also doch meinetwegen geweint?«

Herr im Himmel, womit habe ich dieses Gespräch verdient? Falls das Karma es irgendwie übel mit mir meint, hätte das bisherige Chaos während dieses Aufenthalts doch locker ausgereicht, oder nicht?

»Falls du mehr Informationen über meinen Gefühlszustand haben willst, könntest du ja einfach noch mal in meinem Tagebuch lesen.«

Matteo seufzt. »Kann ich zuerst reinkommen?«

»Das hier ist die Toilette. Die Frauentoilette.«

»Dann komm du heraus.«

Widerwillig lasse ich die Tür hinter mir ins Schloss fallen, zumal ich viel zu neugierig bin, ob er doch noch etwas herausgefunden hat.

»Es tut mir leid, dass ich dir nicht mehr zu dem Bild sagen konnte.«

Oh. Das habe ich nicht kommen sehen.

Als ich vor Verblüffung einige Sekunden nichts sage, fährt Matteo fort: »Ich wollte dir nicht das Gefühl geben, dass ich die Abmachung nicht einhalte.«

»Das Gefühl geben?«, wiederhole ich. »Du hast sie nicht eingehalten.«

»Das ist so nicht wahr.« Er lächelt schief. »Ich habe dir die Infos gegeben, die du haben wolltest.«

»Und mich mit denen im Regen stehen lassen«, schmolle ich.

»Wenn dem so wäre, würde ich dann hier mit Tickets für das bekannteste Opernhaus in Venedig stehen?«

Jetzt ist es an mir, Matteo ziemlich verdattert anzusehen.

»Starr mich nicht so an, *tedeschina*. Du hast doch selbst gemerkt, dass sie dich ohne Ticket gerade mal über die Türschwelle lassen.«

»Meinst du das ernst?« Na gut. Die Frage hätte ich ein bisschen netter formulieren können. »Du bist hergekommen, um mir ein Opernticket zu geben?«, schiebe ich etwas ruhiger nach.

Matteo zuckt mit den Schultern. »Nein.«

Ich wusste, die Sache hat einen Haken.

»Das sind zwei Tickets. Im Archiv hat man Zugang zu den Mitarbeiterlisten. Wir haben uns damals heimlich die alten Bewerbungen der Angestellten durchgelesen. Die waren teilweise noch gespeichert.«

Das verschlägt mir die Sprache. Mein Herz macht einen aufgeregten Sprung. Matteo will mich begleiten?

Allein bei dem Gedanken schießt mir Hitze in die Wangen. Unser letzter gemeinsamer Ausflug hat schließlich mit einem Moment geendet, den ich am liebsten aus meinem Kopf radieren würde.

»Kein Grund, verlegen zu werden! Das ist kein Date oder so.«

»Das habe ich auch nicht erwartet«, gebe ich zurück. Das hier ist eine Chance. Meine Chance, Spuren zu Andrea zu entschlüsseln.

»Du kannst natürlich auch allein hin …« Er bricht ab und wirkt beinah nervös, während er sich ins Haar fasst. »Hör zu, es tut mir wirklich leid. Ich mag manchmal ein Arschloch sein, aber wenn, dann bin ich eins, das zu seinem Wort steht.«

Reflexartig nicke ich. Ich bin überrascht über seine Direktheit. So überrascht, dass ich noch nicht so recht weiß, ob ich dem Braten trauen kann. Andererseits kann ich es mir nicht erlauben, Chancen auszuschlagen. Außerdem wäre es dumm, das Friedensangebot abzulehnen.

»Klar. Also, ich meine, ich bin dabei. Wann wird das Stück gespielt?«

»Morgen Nachmittag um halb vier. Es gibt eine zusätzliche Vorstellung, weil die Tickets für abends sehr begehrt waren.«

»Und du bist extra gekommen, um mir das zu sagen?«, rutscht es mir eine Spur zu direkt über die Lippen.

Ein Flackern geht durch Matteos Augen. »Ich habe die Karten

über einen Bekannten bekommen und eben abgeholt. War also sowieso in der Nähe. Ich schreibe dir noch mal eine Nachricht, wo wir uns treffen. Ich kann dich natürlich auch vor deinem Zimmer abholen. Mit Anklopfen, meine ich. So weit ist der Weg ja nicht.« Ist das Nervosität in seinem Blick? Wäre er nicht Matteo, könnte man eventuell behaupten, diese Unbeholfenheit bei seiner Entschuldigung sei ein bisschen süß.

»Du kannst mich gerne abholen«, sage ich und schenke ihm ein Lächeln, das vielleicht ein wenig amüsiert, aber dafür nicht weniger aufrichtig ist. »Dritte Tür von links. Meine Intuition sagt mir, dass du dich nicht verlaufen wirst.«

Ich ertappe ihn beim Schmunzeln, ehe er sich umdreht und das Restaurant verlässt.

28. Kapitel

Merle

Am nächsten Tag bin ich bereits am Morgen mit Isabella und Adriano verabredet. Wir treffen uns im Unigarten, der um diese Uhrzeit zum Glück noch leer ist.

»Kannst du mal prüfen, ob das genau fünf Meter sind?«, ruft Adriano mir zu.

Ich werfe einen zweiten Blick auf den Zollstock und versuche, gegen die aufsteigende Müdigkeit anzukämpfen.

»Fünf Komma zwei.«

Ich habe die Nacht kaum geschlafen. Die heutige Verabredung mit Matteo wollte mir nicht aus dem Kopf gehen.

Nicht um seinetwegen natürlich, sondern vor allem deshalb, weil ich mir zum ersten Mal seit meiner Ankunft in Venedig echte Chancen auf Antworten ausrechne.

»Du solltest wirklich aufpassen, dass du dich nicht übernimmst. Ihr macht doch schon die Moderation. Wir sind genug Leute, dass nicht alles an dir hängen bleiben sollte«, durchbricht Isabella meine Gedanken. Ihre Worte sind an Adri gerichtet.

»Ich muss mich darauf verlassen können, dass die Sache hier läuft. Wenn jemand einen Fehler macht, bleibt das an dem Leiter der Zeitung hängen. Und wer wäre das? Volltreffer!« Adriano deutet auf sich selbst. »Außerdem macht es mir nichts aus, hier zu sein.«

»Na schön. Solange ich die Elf-Uhr-Vorlesung nicht verpasse, bin ich still.« Isabella greift in Adrianos Tasche und zieht etwas heraus, das wie eine Fernbedienung aussieht. »Ähm … kann mir mal einer sagen, was das hier ist?«

Neugierig nehme ich ihr das Teil aus der Hand und betrachte es. »Ist das so was wie ein Verstärker?«

Adriano nickt. »Wir sollten noch mal prüfen, ob die Anschlussstecker passen. Die Moderation wird – wenn das Wetter mitmacht – vom Innenhof hierher übertragen. Ich dachte, damit gehen wir ganz sicher, dass die Übertragung funktioniert. Außerdem sollten wir noch überlegen, wie viel Security gebraucht wird. Nur am Eingang und an der Bühne oder auch zwischen den Zuschauern?«

»Security? Gibt es eigentlich etwas, woran du nicht gedacht hast?«, frage ich mit einer Mischung aus Belustigung und Erstaunen.

»Ich hoffe, nicht«, antwortet Adri. »Denn falls doch, bin ich mir ziemlich sicher, dass das hier unser letztes Event für die nächsten Jahre war.«

»Ach, Quatsch«, widerspreche ich. »Selbst wenn ein Abend mal nicht perfekt läuft, reißen sie dem Orga-Team doch sicher nicht gleich den Kopf ab?«

»Die Situation ist etwas komplizierter.« Er rümpft die Nase. »Der Präsident wollte die Vorbereitungen schon dieses Jahr an eine andere Fachschaft abgeben.«

»Wieso das denn? Ihr macht das doch super!« Ich drehe mich zu meiner Freundin um und fange einen warnenden Blick auf, der eindeutig Adriano gilt.

»Was denn?« Fragend sehe ich zwischen den beiden hin und her.

Der seltsame Ausdruck auf Isabellas Gesicht schwindet und macht Platz für ein Lächeln. »Adri ist viel zu selbstkritisch.«

Da muss ich ihr absolut recht geben. Man kann sagen, was man will, aber was dieses Festival angeht, legt Adriano sich so sehr ins Zeug, dass man meinen könnte, dieser Abend sei sein persönliches Baby.

»Wie dem auch sei ... Hier sind wir jetzt fertig. Jetzt müssen wir nur noch schauen, ob die Sachen für die Bühne noch funktionieren. Es wäre schlecht, wenn wir mitten im Programm merken, dass die Leinwand einen Riss hat.«

Isabella wirft seufzend einen Blick auf ihre Armbanduhr. »Sorry, aber es ist zwanzig vor. Ich kann dir erst wieder am Nachmittag helfen. Medienrecht wartet nicht. Was ist mit dir, Merle? Kommst du mit?«

Unschlüssig bewege ich meinen Kopf zwischen beiden Freunden hin und her.

»Geh schon! Ich komme allein klar. Wenn du eine Vorlesung bei Signor Conti schwänzt, kriegt Isabella nachher noch einen Nervenzusammenbruch«, bemerkt Adriano amüsiert. »Sehen wir uns noch mal am Nachmittag?«

Entschuldigend schüttele ich den Kopf. »Heute nicht. Habe später noch etwas vor.« Kaum habe ich den Satz ausgesprochen, hoffe ich inständig, dass keiner der beiden nachfragt. Ich wüsste nicht, wie ich ihnen Matteos Hilfe erklären sollte, ohne zu gestehen, dass ich seinen Namen auf die Liste geschmuggelt habe.

Doch offenbar erwartet das auch niemand. Adriano hat sich auf den Boden gekniet, um seine Sachen wieder in die Tasche zu räumen, und Isabella winkt hektisch, als wäre die Vorlesung das Weihnachtsessen, zu dem wir gerade zu spät kommen. Das Glück scheint auf meiner Seite. Ich kann nur hoffen, dass es noch für ein paar Stunden reicht.

• • •

Giulia: *Du hast ein Date mit Matteo?*

Das Leuchten dieser Nachricht brennt in meinen müden Augen. Ich bin eingeschlafen. Verdammt! Die Vorlesung war so anstrengend, dass ich beinah schon im Hörsaal weggenickt wäre.

Giulia: *Wieso erfahre ich nichts davon?*

Giulias zweite Nachricht trifft in der Sekunde ein, in der ich unseren Chat öffne. Shit! Es ist schon nach vierzehn Uhr. Matteo müsste jeden Augenblick hier auftauchen. Mein ungeplanter Mittagsschlaf hat meinen Zeitplan völlig durcheinandergebracht.

Merle: *Wovon sprichst du?*

Giulia: *Dann stimmt es nicht? Romeo hat so was behauptet. Seine Mutter hätte ihm angeblich Theatertickets für euch gegeben. Sie kriegt dort Rabatt. Aber Romeo ist eh eine Labertasche! Ich wusste, er schwätzt nur Unsinn.*

Seufzend lasse ich mich zurück ins Kissen sinken. Na super.

Andere Länder, andere Sitten. Allerdings scheinen sich Gerüchte und Tratsch hier genauso schnell zu verbreiten wie zu Hause.

Merle: *Das ist kein Date. Wir müssen nur etwas erledigen.*

Weil ich keine Zeit habe, weitere Fragen zu beantworten, drücke ich unseren Chat weg. Ob und wann ich Giulia die ganze Geschichte erzähle, kann ich mir immer noch überlegen, wenn wir aus dem Theater sind. Ich rutsche vom Bett, tausche mein verschwitztes Shirt und den Rock gegen meinen hellblauen Jumpsuit und knote die Schnüre im Nacken zusammen.

Auf gar keinen Fall darf ich mein Reisetagebuch vergessen. Vielleicht können mir meine bruchstückhaften Notizen ja irgendwie weiterhelfen.

Matteos Klopfen lässt mich in dem Moment zusammenschrecken, in dem ich den letzten Bissen eines von der Hitze verklebten Müsliriegels in meinem Mund verschwinden lasse. Hustend gehe ich zur Tür und krächze Matteo ein »Hallo« entgegen.

»Bitte nicht ersticken!« Er drückt mir eine Flasche Wasser in die Hand. Er muss sie für unseren Ausflug mitgenommen haben.

Schnell nehme ich einige Schlucke. »Danke.«

»Purer Eigennutz. Leichen im Flur fangen sicher schnell an zu müffeln.«

»Du bist so witzig.« Erst als ich die Tür hinter mir ins Schloss fallen lasse, spüre ich die Aufregung wie einen Flummi frei durch meine Brust springen. Dabei habe ich mir vorgenommen, nicht zu viel Hoffnung zuzulassen.

»Ich weiß, *tedeschina*. Deshalb hast du mich so gern.«

Spöttisch zeige ich ihm einen Vogel. Wir verlassen das Casa Nera und steuern auf Matteos Boot zu, das direkt gegenüber vom Haus im sanft schaukelnden Wasser festgemacht ist. Gott sei Dank, ich habe gehofft, dass wir den Weg nicht zu Fuß gehen müssen. Die glänzende, tiefblaue Lackierung des Bootes hebt sich lebhaft von der glitzernden Oberfläche des Wassers ab. Es wirkt kompakt und funktionell, gestaltet, um durch die oft engen und überfüllten Kanäle der Stadt zu manövrieren. Matteo lässt mich zuerst einsteigen.

Der Fahrtwind, der nach dem Ablegen an uns vorbeistreift, tut meinem überfüllten Kopf unglaublich gut.

»Hast du eigentlich einen Plan?«

»Einen was?«

»Einen Plan? Du hast irgendwas von Archiv gesagt, und ich nehme an, dass wir da nicht einfach hineinspazieren können.«

»Hmm.« Matteo grinst. »Hätte ich gewusst, dass wir so was brauchen, hätte ich vielleicht auch eine ganze PowerPoint-Präsentation inklusive Lageplan des Gebäudes gemacht.«

»Dann würde man zumindest glauben, dass du die Sache ernst nimmst.«

»Hältst du deine Skepsis wirklich noch für angebracht? Wie du siehst, habe ich bisher mein Wort gehalten.«

Ohne zu widersprechen, lehne ich mich gegen den Bootsrand und schaue auf das Wasser. In der Mittagssonne scheint es, als würde die ganze Oberfläche förmlich glänzen, und wenn ich mich vorbeuge, kann ich meinen eigenen Schatten sehen.

Während der weiteren Fahrt zum Theater sagt niemand von uns etwas. Ich bin zu nervös, um ein Gespräch anzufangen, meine Gedanken kreisen um das, was vor uns liegt. Außerdem bin ich mir sicher, dass Matteo keinen großen Wert darauf legt, sich mit irgendwem zu unterhalten. Die alten Gebäude von Dorsoduro ziehen an uns vorbei, das Boot gleitet unter kunstvollen Brücken hindurch, ehe wir den großen Kanal erreichen. Als wir am nächsten Halt aussteigen, höre ich das Rauschen in meinen Ohren, als seien es Wellen, die ungleichmäßig gegen mein Trommelfell schlagen.

»Bereit?« Mit einem beinah amüsierten Lächeln reicht Matteo mir beim Aussteigen eine Hand. Zögerlich ergreife ich sie und spüre, wie noch im Augenblick unserer Berührung ein feiner Stromschlag durch meine Adern schießt.

Ein wenig erschrocken, stolpere ich zur Seite und fange mich glücklicherweise im letzten Moment mit einer Hand auf dem Bordstein ab.

Matteo ist mit einem Satz neben mir.

»Hoppala! Niemand hat gesagt, dass du zum Dank einen Kniefall machen musst.«

Ich funkele Matteo an und werde von der Vorahnung erfüllt, dass mich die nächsten Stunden aus gleich mehreren Gründen herausfordern werden.

29. Kapitel

Matteo

Als wir den Platz vorm Theater betreten, ist es kurz vor drei. Noch dreißig Minuten bis zur Aufführung. Ungeduldig reihen wir uns hinter einem älteren Ehepaar in die Schlange zur Ticketkontrolle ein. Ich bekomme nur am Rande mit, wie die Frau mit den rot gelockten Haaren ihrem Mann in hochgestochenem Italienisch irgendetwas über das heutige Programm erzählt.

»Weißt du überhaupt, was für ein Stück da heute läuft?«, fragt Merle und legt den Kopf in den Nacken. Vermutlich versucht sie, eins der Plakate zu entziffern, die im Treppenaufgang ins erste Stockwerk hängen.

»Vergessen. Wir werden aber sowieso nichts davon mitbekommen«, murmele ich grinsend.

Als ich meinen Kopf wieder zur Seite bewege, begegne ich dem entsetzten Blick der Dame vor uns. Ouh! Meine Bemerkung scheint sie missverstanden zu haben. Sie ist ein ganzes Stück kleiner als Merle, dafür aber mindestens doppelt so breit. Von ihren schmalen Lippen ist nur noch ein dünner Strich zu sehen. Missbilligend sieht sie an mir herab. Ich glaube, sie will etwas sagen, doch ich komme ihr zuvor. Schließlich ist das Letzte, was wir tun wollten, Aufmerksamkeit zu erregen.

»Entschuldigung! Meine Schwester ist etwas verträumt.« Ja, das ist gut.

Dafür dreht sich jetzt Merle zu uns um. Die Verwirrung in ihrem Blick weicht ziemlich schnell einem Ausdruck, den ich nur als ein *Was hast du jetzt wieder angestellt?* deuten kann. Schnell setze ich ein unschuldiges Lächeln auf.

»Nicht wahr, Schwesterherz?« Ich lasse sie nicht zu Wort kommen. »Entschuldigung, sie ist etwas schüchtern. Sie ist nicht von hier. Merle kommt aus Deutschland. Sie ist meine Halbschwester.« Der Ellenbogen in meiner Magengegend kommt überraschend. Natürlich ist es diesmal nicht die Frau, die mich mit vorwurfsvollem Gesichtsausdruck ansieht, sondern Merle. Ohne etwas zu sagen, schiebt sie mich aus der Reihe.

»Hey, wir wollen doch rein.«

»Richtig. Dort stehen aber weniger Leute.« Sie zeigt auf einen zweiten, etwas versteckten Einlass, an dem gerade ein Mitarbeiter des Theaters aufgetaucht ist.

Kaum haben wir uns von der Schlange entfernt, bleibt Merle stehen und sieht mich mit einer Mischung aus Verärgerung und Unverständnis an.

»Was sollte denn diese Nummer? Halbschwester aus Deutschland? Dein Ernst?«

Ich zucke mit den Schultern und lächele vorsichtig. »Ich hätte schon noch gesagt, dass du ein Wunschkind warst.«

»Wie großzügig«, sagt sie gedehnt und geht mit schnellen Schritten an mir vorbei.

Als ich unsere Theaterkarten vorlege, erinnere ich mich wieder. *Der Barbier von Sevilla.*

Wir passieren die Kontrolle und folgen einer Gruppe Menschen durch den Theaterkorridor. Es ist Ewigkeiten her, dass ich hier gewesen bin, und doch meine ich, mich an einen Moment in meiner Kindheit zu erinnern, in dem ich zwischen all den Touristen Ausschau nach meiner Mutter gehalten habe.

»Und jetzt?«

Merles Stimme holt mich zurück in die Gegenwart. Ich sehe mich um. Wir sind zu weit gelaufen.

»Also, zum Archiv geht es doch runter, nehme ich an.«

Die Frage, wo sie diese Information herhat, schlucke ich hinunter, als ich einen beschrifteten Pfeil an der Mauer entdecke.

»Warum schildern sie das Archiv aus, wenn es gar nicht öffentlich ist?«, überlegt Merle laut.

»War es früher vielleicht mal. Das Gebäude hier ist steinalt. Komm!« Die vorbeigehenden Besucher scheinen viel zu sehr auf die glanzvollen Räumlichkeiten zu achten oder sind in ihre Gespräche verwickelt. So gelingt es uns, unbemerkt den Gang zu verlassen.

»Die Treppe runter«, zische ich und umfasse Merles Handgelenk. Etwas verblüfft fängt sie meinen Blick auf. Ihre Wangen glühen vor Aufregung, und hätten wir es nicht ziemlich eilig, würde ich ihr vielleicht sagen, dass die Röte in ihrem Gesicht einen gewissen Charme hat. Vielleicht ist es aber auch nur die stickige Luft hier drin, die mir schon wieder den Verstand vernebelt.

»Wie war das noch mal mit dem Plan?«, flüstert Merle, als wir vor einer Tür mit dem Messingschild *Zutritt nur für Personal* halten. Vorsichtig drücke ich gegen den Türknauf, doch natürlich ist die Tür verschlossen. Shit! Daran habe ich nicht gedacht. Doch Merle genau das zu erklären kommt nicht infrage. Das Schloss aufzubrechen, um die Daten einer Person zu finden, von der ich noch immer nicht weiß, weshalb wir sie überhaupt suchen, allerdings genauso wenig.

Als die Tür aufspringt, greift Merle vor Schreck nach meinem Arm. Ich habe keine Zeit, zu reagieren, denn im nächsten Moment tritt eine junge Frau im schwarzen Hosenanzug heraus. Sie hat die dunklen Haare zu einem strengen Zopf gebunden und trägt eine kleine Anstecknadel auf Höhe der Brust.

Lächelnd tritt sie zur Seite. »Ahh! Da seid ihr ja schon. Ich habe noch gar nicht mit euch gerechnet.«

Ich habe keine Ahnung, ob man von meinem Gesicht die Überraschung ablesen kann. Ich räuspere mich, um Zeit zu gewinnen.

»Es ist doch okay, dass ich Du sage, oder? Oje, entschuldigt die Umstände. Normalerweise kommt das mit den Kostümen nicht vor. Zum Glück hatten wir hier unten noch eine Alternative. Aber erst einmal herzlich willkommen. Wir kennen uns ja noch gar nicht. Ich bin Rita. Eigentlich ist das hier nicht meine Aufgabe, aber ihr seht ja … Hier geht einiges drunter und drüber. Ihr müsst Louis und Camilla sein.« Ihr Blick wandert von mir zu Merle, der jegliche Röte aus dem Gesicht gewichen ist.

»Sorry für die Umstände. Wir können auch später wiederkommen«, stottere ich.

Die junge Frau, die sich als Rita vorgestellt hat, schüttelt den Kopf. »Auf keinen Fall. Überpünktlichkeit erlebt man viel zu selten. Die meisten Schauspieler kommen zu spät oder tauchen erst gar nicht auf. Obwohl einen schweren Krankheitsfall natürlich niemand vorhersehen kann, versteht mich nicht falsch.« Sie macht eine abwartende Geste Richtung Tür.

Bittet sie uns gerade wirklich hinein?

»Wir sind so dankbar, dass ihr für die Rolle so spontan einspringt. Normalerweise hätten wir alles absagen müssen, aber wir sind sicher, dass ihr eine hervorragende Zweitbesetzung seid.« Sie lässt die Tür weit offen stehen und geht voran.

Vorsichtig schüttele ich Merles Hand ab. »Geh!«

»Spinnst du?« Sie funkelt mich entsetzt an.

»Willst du jetzt Sherlock Holmes sein oder ohne Ergebnisse

nach Hause gehen?«, zische ich zurück und schiebe sie mit einer Hand Richtung Tür.

Meine Worte scheinen ihre Entscheidung zu vereinfachen. Ohne sich noch einmal umzusehen, folgt Merle Rita in das Innere des Archivs. Als auch ich den Raum betrete, strömt mir ein Geruch nach altem Keller und dickem Stoff entgegen. Genau so habe ich es hier in Erinnerung gehabt. Nur ohne das beschissene Herzklopfen.

»Ich schlage vor, ihr schlüpft kurz in die Kostüme, und wir sehen, was sich machen lässt. Bis zur Generalprobe nächste Woche können wir Kleinigkeiten ändern lassen oder notfalls abstecken«, erklärt Rita mit dem Rücken zu uns. Sie ist damit beschäftigt, die besagten Kostüme von einer Stange zu nehmen. »Vielleicht haben wir Glück, und sie passen einigermaßen.«

Ich suche Merles Blick. Entgeistert starrt sie mich an, als erwarte sie, dass ich die Situation mit einem Fingerschnipsen ändere.

»Das klingt gut«, sage ich mit einem erzwungenen Lächeln auf den Lippen und nehme von Rita die Kostüme entgegen. Verdammt. Ich habe keine Ahnung, wo hier vorne und wo hinten ist. Und was ist das, bitte? Etwa eine Strumpfhose?

»Lasst euch ruhig Zeit. Ihr seid ja früh genug dran.« Rita dreht sich um und verschwindet hinter einer prall gefüllten Kleiderstange.

»Lass uns abhauen«, flüstert Merle und deutet in Richtung Tür.

»Jetzt schon? Wir waren noch nicht am Computer.«

»Ja und? Wir können die Nummer hier nicht lange durchziehen!«

Ritas Stimme ertönt vom anderen Ende des Raumes. »*Tristan und Isolde* ist eins meiner Lieblingsstücke. Wie lange spielt ihr schon? Und woher kommt ihr noch gleich? Verona?«

Mein Herz macht einen aufgeregten Sprung. »Noch nicht so lange. Es ging alles sehr schnell. Die Rollen sind uns quasi zugeflogen.«

Merle nimmt mir wortlos das Kleid aus der Hand.

»Oh. Das ist ungewöhnlich. Die meisten bereiten sich seit ihrer Kindheit auf Chancen wie diese vor. Ihr müsst erstaunliches Talent haben.« Rita tritt aus der Dunkelheit zurück in die Mitte des Raumes und lächelt entzückt, während Merle über den Stoff streicht.

»Das ist wirklich ein besonderes Kleid«, murmelt sie leise vor sich hin.

»Wenn ich euch helfen soll, gebt gerne Bescheid.« Rita sieht zuerst Merle an, dann mich. Als Merle entschieden in ihr Kleid hineinsteigen will, schüttelt sie den Kopf. »Am besten zieht ihr die Kleidung darunter aus. Sonst lässt es sich für mich schwer vermessen. Die Unterwäsche könnt ihr natürlich anlassen.«

Es ist, als würde auch die restliche Farbe aus Merles Gesicht entweichen. Und diesmal muss ich zugeben, dass ich sie verstehen kann. Wir können uns unmöglich hier ausziehen. Was ist, wenn unser Schauspiel schlagartig auffliegt?

»Das Kleid der Isolde ist aus wunderschönem und feinem Stoff. Passend zur Rolle einer Königin«, fährt Rita fort, als niemand von uns reagiert. »Du kannst dich an einen der Tische setzen, Louis.«

Mein Kopf bewegt sich vorsichtig in die Richtung, in die sie deutet. Als ich den Computer entdecke, beginnt mein Puls, hoffnungsvoll zu rasen. Das ist die perfekte Gelegenheit, um einen kurzen Blick in die Datenbank des Theaters zu werfen.

»Oder magst du zuerst beginnen?«

»Nein, nein. Camilla kann es die ganze Zeit schon kaum erwarten. Das Kleid ist unglaublich.« Der Ärger in Merles Augen verpufft, als sie meinem Blick folgt und begreift. »Spiel einfach weiter!«, flüstere ich und drehe mich um.

Es sind keine vier Meter bis zum Schreibtisch. Der Bildschirm ist angeschaltet. Ich setze mich auf einen Rollstuhl und überlege fieberhaft, wie ich mich unbemerkt an die Tastatur begeben soll. Fest steht: Was auch immer wir nach diesem Tag herausfinden werden – mit dieser Aktion sind Merle und ich definitiv quitt.

Als ich aufschaue, löst Rita gerade den Knoten, der Merles Jumpsuit im Nacken zusammenhält. Ich sollte mich dem Computer widmen. Jetzt sofort. Vermutlich haben wir nur wenige Minuten, falls Merle überhaupt so weit geht, dass … Okay, sie macht es wirklich. Wirklich. Mit einer erstaunlich gelassen wirkenden Souveränität lässt Merle den hellblauen Stoff an sich herunterfallen, sodass sie im nächsten Moment nur in Slip und BH im gedämmten Kellerlicht steht. O Jesus. Darauf war ich nicht vorbereitet. Ich weiß, ich sollte wegschauen. Allein schon, weil sie meine Mitbewohnerin ist. Weil wir uns von Anfang an nicht ausstehen konnten. Doch was soll ich sagen? Ich tue es nicht. Stattdessen streift mein Blick ihre langen Beine. Sie sind schlank, aber trainiert. Ich erinnere mich, dass Merle bei einem der Abendessen beiläufig erzählt hat, sie habe viel Handball gespielt. Oder war es Basketball?

Merle trägt einen einfarbigen BH, passend zum Slip, der knapp ihre beiden Pobacken bedeckt. Beides ist rosa oder hellbeige. Das kann ich im schwachen Licht nicht genau erkennen. Diese Situation hier … Holy shit, sie ist alles andere als passend, um auf solche Gedanken zu kommen … Dennoch merke ich, wie mir die Spucke wegbleibt und eine elektrisierende Hitze durch meinen Unterleib schießt.

Reiß dich zusammen, Mann! Wir sind unerlaubt im Archiv des Stadttheaters und werden für die Hauptdarsteller eines Stückes gehalten. Es ist vollkommen unpassend, dass ich in so einem Augenblick nichts Besseres zu tun habe, als meine Mitbewohnerin anzuschmachten.

»Gar kein Problem. Ich bin gleich wieder da.« Die Worte dringen wie aus weiter Ferne zu mir hinüber. Dann geht alles ganz schnell.

Rita verlässt den Raum, und keine Sekunde nachdem die Tür ins Schloss gefallen ist, klaubt Merle ihren Jumpsuit von einem Hocker auf. Sie hält sich den Stoff vor die Brust.

»Worauf wartest du? Anstatt mich anzustarren, könntest du die Zeit nutzen.«

»Wo ist sie hin?«

»Sie holt nur ein Glas Wasser. Königin Isolde hat nämlich langsam Kopfschmerzen von dem Theater.«

Verblüfft drehe ich den Stuhl in Richtung Computer und fahre hektisch mit den Fingern über die Tastatur.

»Die Passwörter sind hier alle nach dem jeweiligen Raum benannt, wenn sich nichts geändert hat«, erkläre ich leise und tippe die Buchstaben A R C H I V I O nacheinander in das Anmeldefeld. »Wer auch immer sich das ausgedacht hat, scheint noch nie einen Spionagefilm gesehen zu haben.«

»Du auch nicht. Sonst würdest du mal einen Zahn zulegen.« Aus dem Augenwinkel sehe ich, wie Merle eilig zurück in ihre Hosenbeine tritt.

»Hier ist so eine Datei. Da kann man die Namen eingeben.« Andrea Greco. Treffer. Ein Kontakt ohne Foto. Nicht mal ein Geburtsdatum oder eine Notiz.

»Wir brauchen eine Adresse. Oder eine Telefonnummer«, raunt Merle und wirft angespannt einen Blick über die Schulter Richtung Tür. »Wenn sie hier jetzt wieder auftaucht, kriegen wir Schweineärger für nichts. Ist das schon Betrug, was wir gemacht haben? Uns für andere Leute ausgeben?«

»Bullshit!«, murmele ich und scrolle die Seite hinunter. Da. Volltreffer. Kontaktadresse. »Mach ein Foto!«

Merle zieht ihr Smartphone aus der Tasche und hält es direkt vor den Bildschirm.

»Los! Lass uns abhauen!«, sagt sie hektisch.

Ich nicke und schiebe den Stuhl zurück, noch während ich die Seite auf dem Computer schließe. Gemeinsam hasten wir zu der Tür, durch die wir eben mit Rita hineingekommen sind. Doch gerade, als ich die Klinke berühre, höre ich Stimmen im Flur. Mehrere Stimmen. Dann einen Schlüssel, der bedrohlich nah am Türschloss klimpert.

»Scheiße«, entfährt es mir in dem Moment, in dem Merle meine Hand packt. Ohne nachzudenken, lasse ich mich von ihr hinter eine vollgehängte Kleiderstange ziehen. »Was …?«

»Pscht! Geh in die Hocke!« Schwitzige Finger legen sich um meinen Unterarm, kurz bevor die Tür aufspringt und ich zwischen zwei roten Samtumhängen Ritas Gestalt entdecke. Diesmal ist sie nicht allein. Ihre Begleitung sind eine junge Frau mit hellbraunem glattem Haar und ein Kerl, der etwa meine Größe hat. Man muss keine Intelligenzbestie sein, um zu kapieren, dass es sich bei den zwei Neuankömmlingen um die tatsächlichen Schauspieler handelt.

»Ich denke, das ist alles ein großes Missverständnis, das sich schnell klären lässt«, murmelt Rita und sieht sich suchend um. »Vielleicht hat die Agentur unseren Auftrag doppelt verbucht.«

Merle hat neben mir die Augen geschlossen, als könne sie sich auf diese Weise unsichtbar machen. Wir berühren uns an den Schultern, und ich spüre, wie schnell und aufgeregt ihre Atmung geht.

»Missverständnis?«, wiederholt die echte Camilla schrill. Ihre Körperspannung verrät, dass sie die Angelegenheit nicht so gelassen sieht. »Die beiden haben hoffentlich nichts kaputt gemacht, geschweige denn die Kleidung bereits getragen.« Camilla schüttelt sich, als sei schon die Vorstellung das Widerlichste, das ihr je widerfahren ist.

»Wir klären das … Eben sind sie auf jeden Fall noch hier gewesen.« Rita klingt, als könne sie das Szenario noch nicht ganz begreifen. Die drei treten tiefer in den Raum hinein und drehen uns ihre Rücken zu. Bei der Stille kostet es uns dennoch keine Mühe, jedes einzelne Wort zu verstehen.

»Und die haben behauptet, Camilla und Louis zu heißen? Da ist doch etwas faul. Gibt es hier keinen Sicherheitsdienst?«

Sicherheitsdienst? Ich beiße mir auf die Zunge, um ja keinen Mucks von mir zu geben.

Rita nickt zögernd. »Ich werde ihn benachrichtigen. Ihr könnt euch gerne schon mal setzen!«

Okay. Okay. Vielleicht habe ich diese Aktion hier doch etwas unterschätzt. Ich lege meine linke Hand auf mein heftig klopfendes Herz und versuche, gleichmäßig zu atmen. Zu hektisches Luftschnappen oder auch nur eine einzige falsche Bewegung könnten uns verraten.

Merles Fingernägel bohren sich panisch in meine Haut. Ich würde ihr gerne sagen, dass sie sich beruhigen soll. Dass die Sache halb so wild ist. Allerdings müsste ich dann nicht nur lügen, sondern allein schon den Mund aufmachen. Also nehme ich ihre Hand und drücke sie so fest, dass mir jegliches Blut in die Finger schießt. Ich spüre Merles Atmung ganz dicht an meinem Hals. Wir sind uns noch nie so nah gewesen. Abgesehen von dem einen Moment vor wenigen Wochen, in dem ich … in dem … Das spielt jetzt keine Rolle. Wir müssen hier raus, bevor Rita tatsächlich jemanden von der Security benachrichtigt.

Während der junge Mann, Louis, auf dem Stuhl Platz nimmt, auf dem ich noch wenige Minuten zuvor gesessen habe, bleibt Camilla noch immer von uns abgewandt im Raum stehen.

Vorsichtig drehe ich meinen Kopf Richtung Tür. Wir sind nicht weit vom Ausgang entfernt und haben damit einen kleinen Vorsprung. Mit einer plötzlichen Bewegung dürfte es möglich sein … Merle folgt meinem Blick. Als sie versteht, was ich vorhabe, nickt sie langsam und zählt stumm mit den Fingern einen Countdown herunter.

Fünf Sekunden. Vier. Drei.

Einer von uns muss die Tür öffnen, bevor Camilla unsere Anwesenheit so richtig realisiert.

Zwei. Eins. Los.

Ich denke nicht. Ich funktioniere einfach, als ich mit einem Satz aus der Garderobe springe. Ein erschrockener Schrei. Camilla oder Rita. Vielleicht auch beide. Merle jedenfalls ist direkt neben mir. Sie erreicht die Tür zuerst und reißt mit so viel Kraft die Klinke hinunter, dass es mich nicht wundern würde, wenn sie im nächsten Augenblick auf den Boden fiele.

Wir schaffen es durch den dünnen Spalt hinaus, ehe Camilla keuchend die Tür erreicht.

»Schneller!« Merles Keuchen ist so dicht vor mir, dass ich fast meine, es käme aus meiner eigenen Brust. Als wäre der Teufel hinter uns her, stürzen wir die Treppenstufen nach oben und laufen, so schnell wir können, in die Richtung, aus der wir eben noch gekommen sind.

Diesmal sind die Flure wie ausgestorben, und die langen Wege scheinen aus endlosen roten Teppichen zu bestehen. Die Aufführung hat offenbar schon angefangen. Das dumpfe Geräusch unserer Schritte dröhnt unverhältnismäßig laut in meinem Kopf. Vielleicht ist es aber auch der rasende Puls, der in meinen Ohren rauscht.

»Warte«, flüstert Merle und verlangsamt ihre Schritte.

»Nicht stehen bleiben!«

»Aber … ich glaube, sie sind nicht mehr hinter uns.«

Ich brauche einen Moment, um nicht nur ihre Worte, sondern auch eine mögliche Bedeutung dahinter zu realisieren.

»Gut. Wir müssen den Notausgang nehmen. Vielleicht haben sie schon im Foyer Bescheid gegeben. Dann kommen wir da nicht mehr raus.«

»Ist das nicht verboten?«, keucht Merle, als ich sie in Richtung der Leuchtschilder ziehe.

»Nicht verbotener, als Daten im Theaterarchiv zu klauen«, schnaufe ich, als wir die Eisentür erreichen.

Als sie hinter uns wieder ins Schloss fällt, stehen wir in einem alten, modrig riechenden Treppenhaus. Die Wände sind dreckig, der Putz ist an vielen Stellen heruntergekommen. Aber das spielt keine Rolle. Dieser Ausgang führt uns in die Freiheit.

»Ich weiß nicht genau, wo wir rauskommen. Falls dort Menschen sind, müssen wir ruhig bleiben, um nicht aufzufallen. Okay?«

Als Merle nickt, atme ich tief durch und lege meine rechte Hand auf den verstaubten Türgriff.

»Ähm.«

»Was ist?« Reflexartig halte ich inne.

»Nichts. Ich glaube nur, du kannst meine Hand jetzt loslassen.«

30. Kapitel

Merle

»Ich breche nie mehr mit dir in ein Theater ein«, japse ich und vergrabe mein glühendes Gesicht in den Händen. Wir haben Matteos Boot erreicht und befinden uns bereits mitten auf dem Wasser. Ich glaube, ich habe noch nie jemanden so hastig und dennoch gekonnt einen Anlegeknoten lösen sehen wie gerade eben Matteo.

»Wie schade. Ich dachte, das wäre jetzt so unser Ding.«

»So wie bei Bonnie und Clyde?«, rutscht es mir heraus. Erst einen Moment später wird mir klar, dass die beiden nicht nur als berühmtes Verbrecherduo gelten, sondern auch ein Liebespaar waren. Wäre mein Kopf vor Anstrengung und Panik nicht ohnehin bereits hochrot angelaufen, wäre es spätestens jetzt der Fall.

»Zum Beispiel«, erwidert Matteo und streicht sich über den Haaransatz. Er ist genauso verschwitzt wie ich. Wie zwei Gefängnisausbrecher, die ihre langersehnte Freiheit bereits fühlen können, sind wir nebeneinander die letzten Treppenstufen hinaufgehechtet.

Erst sehr spät ist mir klar geworden, dass wir uns vom ersten Moment an, seit der Flucht aus dem Archiv bis ins Treppenhaus, an den Händen gehalten haben.

»Das war so verdammt knapp«, murmele ich und zupfe meinen Jumpsuit zurecht. Er klebt mittlerweile wie eine zweite Haut auf meinem Rücken, und ich kann es kaum abwarten, zu Hause unter die Dusche zu springen.

Matteo stößt hörbar Luft aus. »Freiwillig werde ich mich heute keinen Zentimeter mehr bewegen.«

Mein Herz macht einen Satz, und die feinen Härchen auf meinem Arm stellen sich auf. Nein, Merle. Das kannst du nicht erwarten. Wirklich nicht. Zugegeben, Matteo hat mir meinen Start in Venedig nicht sonderlich leicht gemacht, aber die Aktion heute hat einiges geradegerückt. Ich mag mir gar nicht vorstellen, welchen Ärger wir hätten bekommen können.

Nachdenklich drehe ich mein Smartphone in der Hand und entsperre dann den Bildschirm. Ich muss wissen, wo diese Adresse liegt. Nur dann kann ich weiter planen. Das will ich doch, oder?

Die plötzliche Schwere auf meiner Brust erschwert mir die Atmung. Vielleicht stelle ich das alles hier gerade nur infrage, weil mir der nötige Sauerstoff im Gehirn fehlt. Das muss es sein, oder?

Aus dem Augenwinkel sehe ich, wie Matteo einen Blick über seine Schulter wirft. Ihm muss aufgefallen sein, dass ich nichts mehr sage. »Alles okay?«

Mein Nicken kommt etwas zu schnell, also schiebe ich schnell noch ein »Na klar« hinterher. Laut Google Maps ist Andreas Adresse nur zwei Kilometer von hier entfernt.

»Lass mich raten, Bonnie. Du planst bereits den nächsten Step.«

»Was?« Ertappt sehe ich von meinem Handy auf.

»Den nächsten Step. Schritt. Stufe. Sag schon, du willst hinfahren, oder?« Seine Stimme klingt deutlich sanfter, als ich es gewohnt bin.

Was soll ich antworten? Ich weiß es nicht? Ich habe Monate darauf gewartet, Antworten zu finden. Mich mit der Frage gequält, ob ich es überhaupt schaffen kann, Andrea ausfindig zu machen.

Und jetzt wird mir allein bei dem Gedanken, vor ihr zu stehen, übel.

»Was ist, wenn sie da nicht mehr wohnt? Das Archiv war ja nicht mehr ganz auf dem neuesten Stand …«

»Gib mir dein Handy!«

»Was?«

»Dein Handy! Oder zumindest die Adresse!« Er klingt so entschlossen, dass ich, wenn auch zögerlich, erneut das Foto öffne, um ihm die Zeilen vorzulesen.

»Was hast du vor?«, rutscht es mir heraus.

»Kuchen essen. Was macht man sonst mit einer Adresse?«

Ich verdrehe die Augen. »Du möchtest hinfahren? Jetzt? Ich dachte, du willst nach Hause und …«

»Wollte ich auch. Aber weißt du, was? Ich habe die letzten zwei Stunden zum ersten Mal seit Wochen nicht an meine eigenen Probleme gedacht.«

Matteos unerwartete Offenheit … Sie … sie überrascht mich nicht einfach nur. Sie berührt mich auf eine beinah furchterregende Art. Es fühlt sich an, als hätte ich die ersten Seiten eines Buches aufgeschlagen, das ich niemals auch nur in den Händen hätte halten dürfen.

»Was für Probleme?«

Was nicht heißt, dass ich es nicht lesen möchte. Zeile für Zeile. Wort für Wort. Buchstabe für Buchstabe.

»Du solltest keine Fragen stellen, deren Antwort du nicht aushalten würdest, *tedeschina*.«

»Woher willst du wissen, dass …?«

»Dass du sie nicht aushalten würdest? Weil du ein Herz hast.« Er spricht so leise, dass ich nicht sicher bin, ob er die Worte wirklich an mich gerichtet hat.

»Wie auch immer.« Jetzt sieht er mich an. »Wenn es hilft, in ein

Theater einzubrechen und irgendwelche Leute aufzuspüren, um meinen Kopf frei zu bekommen, dann fürchte ich, dass das ab sofort voll mein Ding ist.«

• • •

Aus irgendeinem Grund habe ich mir die Gegend, in der Andrea lebt, anders vorgestellt. Größer. Imposanter. Irgendwo direkt am Wasser, sodass man schon am Morgen nach dem Aufstehen den Blick über den Canal Grande genießen kann.

Stattdessen erstreckt sich vor uns eine große, fast verlassene Siedlung, wie ich sie seit meiner Ankunft in der Stadt bisher kaum gesehen habe. Die meisten Gehwege in Venedig liegen direkt am Wasser, doch von hier habe ich zum ersten Mal keinen direkten Blick auf einen Kanal. Wir sind umgeben von Backsteinmauern, Wäscheleinen, die sich von Fenster zu Fenster spannen, und einer Katze, die gerade in die Nachbargasse huscht.

»Da wären wir«, höre ich Matteo leise hinter mir sagen. »Wie war noch mal die Nummer?«

Ohne etwas zu sagen, halte ich ihm das Display meines Handys vors Gesicht.

»Dann müsste es das hier sein!«, überlegt er laut.

Mein Herz schlägt schneller, als mein Blick an einem gelben Haus mit grünen Fensterläden hängen bleibt.

Ich bin hier. Ich bin richtig. Wir sind richtig. Obwohl Matteo die ganze Zeit neben mir steht, bekomme ich plötzlich kaum noch etwas von dem mit, was um mich herum vor sich geht. Fahrig sucht mein Blick nach einem Klingelschild.

Hier muss doch irgendwo *Greco* stehen. Zumindest dann, wenn Andrea Greco all die Jahrzehnte genau hier wohnen geblieben ist. Doch just in dem Moment bleibt mein Blick an einer Klingel hängen. Einer Klingel *ohne* Namensschild.

»Verdammt!« Ich beiße mir vor Anspannung fest auf die Zähne und versuche, einen klaren Kopf zu bewahren.

»Lass uns klingeln und fragen«, schlägt Matteo vor.

»Hm.« Nein, Merle. Du wirst jetzt garantiert keinen Rückzieher machen. Du bist aus diesem Grund hergekommen und wirst es bis zum Ende durchziehen.

»*Scusi?* Kann ich Ihnen helfen?« Eine helle Stimme lässt mich heftig zusammenzucken. Als wir uns umdrehen, bemerke ich, dass eine Frau im Alter meiner Mutter direkt hinter uns steht. Sie ist ein ganzes Stück kleiner und kräftiger als ich, hat lange schwarze Haare, die sie zu einem Zopf gebunden hat, und trägt ein olivfarbenes Sommerkleid, das ihre Kurven gut betont.

»Huch! Ich wollte Sie nicht erschrecken.« Sie lächelt freundlich und sieht verwundert an mir und dann an Matteo hinab. »Suchen Sie etwas?«

Augenblicklich verdoppelt sich mein ohnehin schon rasender Puls. »Oh, ähm«, haspele ich und fahre mir verlegen durchs Haar. »Ja. Ich … wissen Sie, ob … Signora Greco …« Es ist, als seien mir plötzlich alle Vokabeln aus dem Kopf gerutscht. Irgendwo in dem ganzen Durcheinander verloren gegangen. Als hätte ich plötzlich keinen Zugriff mehr auf ganz banale Begriffe. Als wäre es nicht schon schwierig genug, in so einer Situation in meiner Muttersprache die richtigen Worte zu finden, weiß ich jetzt erst recht nicht, was ich sagen soll.

»Wir suchen eine Signora Greco. Können Sie uns sagen, ob wir hier richtig sind?«, eilt Matteo mir zu Hilfe.

Zu meiner Erleichterung leuchtet in den Augen der Frau etwas auf. Etwas, das jedoch im nächsten Moment zu einem traurigen Lächeln wird. Wir sind hier falsch. Natürlich. Es wäre auch zu einfach gewesen, wenn Andrea nach dreißig Jahren immer noch im selben Haus leben würde. Wer weiß, vielleicht ist sie gar nicht mehr in der Stadt? Nicht einmal mehr in Italien? Ein dicker Kloß setzt sich in meinem Hals fest.

»Signora Greco? Oh no!« Sie senkt den Blick. »Ich fürchte, da muss ich Sie enttäuschen, Signorina. Meine Mutter ist vor zwei Jahren verstorben.«

Mein Herz macht einen stolpernden Satz, ehe die Worte der Frau so richtig in meinem Kopf ankommen.

Ich höre, dass Matteo etwas sagt. Seine Stimme klingt ruhig. Ich glaube, er stellt eine Frage. Doch obwohl ich direkt neben ihm stehe, kommt nichts davon in meinem Hirn an. Verstorben? Vor zwei Jahren? Nein. Nein. Nein. Die ganze Zeit über habe ich mir Gedanken gemacht, ob Andrea eventuell die Stadt verlassen und irgendwo ein neues Leben angefangen hat. Doch kein einziges Mal habe ich den Gedanken zugelassen, dass sie genau wie Opa …

Die Frau, Andreas Tochter, muss merken, dass mich die Information ziemlich aufwühlt. Sie legt besorgt die Stirn in Falten.

»Vielleicht kann ich Ihnen helfen … oder mein Vater? Wenn es um meine Mutter geht, werde ich ihn gerne aufwecken. Alles andere würde er mir sicher übel nehmen.«

»Ihr Vater?« In derselben Sekunde beiße ich mir auf die Lippe. Ja, natürlich. Andrea muss genau wie Opa geheiratet und eine Familie gegründet haben. Der lebende Beweis dafür steht schließlich direkt vor mir.

»Ja. Er engagiert sich ehrenamtlich in der Stadt und ist tagsüber viel unterwegs. Aber zur Siesta ist er eigentlich immer hier.« Ob die beiden von meinem Opa wissen?

»Wissen Sie, ob Ihre Mutter einen Friedrich Weber aus Deutschland kannte?« Blut rauscht in meinen Ohren. So laut, als würde ich direkt am offenen Meer stehen. Kann man vor Enttäuschung ohnmächtig werden? Bewusstlosigkeit, ausgelöst dadurch, dass man über ein halbes Jahr lang den Atem angehalten hat und erst jetzt realisiert, dass alles umsonst gewesen ist?

Der ratlose Ausdruck in ihrem Gesicht genügt. Erst danach fällt mein Blick auf eine Einkaufstasche, die sie neben den Füßen abgestellt hat.

»Ach. Vergessen Sie einfach, dass ich gefragt habe. Wir möchten Sie auch nicht weiter stören.« Hektisch zwinge ich meine Mundwinkel zu etwas, das mit gutem Willen vielleicht als ein Lächeln durchgehen könnte, und mache einen Schritt zur Seite. »Es ist nicht wichtig.«

Es ist nicht wichtig. Nicht wichtig. Nicht wichtig. Die Worte hallen in meinem Kopf nach. Es ist nur der Grund gewesen, weshalb ich mich vor Monaten dazu entschieden habe, mein Auslandssemester ausgerechnet in dieser Stadt zu verbringen.

»Sind Sie sicher?«

Auf einmal spüre ich, wie sich in meinem Innersten etwas zusammenzieht. Schlagartig wird mir bewusst, dass ich keine Antworten mehr bekommen werde. Keine Antwort auf die Frage, wann das mit Andrea und Opa auseinandergegangen ist, warum er trotz dieser Empfindungen meine Oma geheiratet und uns nie etwas davon erzählt hat.

Ich nicke. »Trotzdem danke.« Meine Beine zittern, als ich mich rückwärts vom Haus entferne. Ich sehe noch, wie in der oberen Etage ein Vorhang zur Seite geschoben wird und ein älterer Mann hinuntersieht. Er wirkt einige Jahre jünger als meine Großeltern und hat kurzes graues Haar. Mehr kann ich von hier aus nicht erkennen. Und doch ist mit einem Mal jeder Zweifel in mir wie weggeblasen. Wir sollten gehen. Es wäre nicht richtig, die Familie einer verstorbenen Frau mit Fragen zu belasten. Nein, es wäre purer Egoismus, weiter nachzufragen.

Matteo bewegt sich wie ein Schatten neben mir. Stumm, als wüsste er, dass es für diesen Moment keine Worte gibt. Dass ich allein sein will, ohne einsam zu sein. Dass ich niemanden sehen will, der mir jetzt einen schlauen Ratschlag gibt. Leere Worthülsen.

Matteo ist nicht so. Er schweigt. Nicht, als ginge ihn das alles nichts an, sondern als wisse er, wie gut es ist, jemanden zu haben, der gerade einfach nur da ist.

31. Kapitel

Matteo

»Weißt du, was ich mich frage?«

Es ist das Erste, was Merle sagt, seit wir die Siedlung verlassen und uns in einen Hauseingang zurückgezogen haben. Ich glaube, ich habe hier zwischen den ganzen Häusern die Orientierung verloren, doch es war mir selten so egal. Hauptsache, wir haben einen Platz, an dem Merle ihre Gedanken und Gefühle in Ruhe sortieren kann.

»Was fragst du dich?« Warum sie ausgerechnet mit mir hergekommen ist? Sicher würde ihr eine Liste voller Menschen einfallen, die sie in einem Moment wie diesem lieber an ihrer Seite hätte.

Ihre Augen glänzen noch immer, die Wangen sind mit roten Flecken gesprenkelt, und alle paar Sekunden zieht sie die Nase hoch. Ich habe mich neben sie gehockt. Nichts gesagt. Einfach gewartet, bis die Tränen aufgehört haben. Weil es manchmal besser ist, nichts zu sagen als das Falsche.

»Wenn man einen Menschen wirklich liebt und die Gefühle erwidert werden … warum ist das nicht genug?«

Ihre Worte treffen mich ein wenig unvorbereitet. Gerade erst hat dieser Schleier sich ein Stück von ihrem Blick gelöst, und schon stellt sie solche Fragen. Fragen, die sich nicht mal eben mit Ja, Nein oder einem einfachen Schulterzucken beantworten lassen.

»Wie kommst du darauf, dass es nicht genug ist?«

Merle zuckt mit den Schultern. »Warum sonst trennen sich Menschen, die sich lieben?«

»Tun sie das?«, frage ich verwirrt.

»Offenbar schon.«

Kurz fühle ich mich, als sei das Ganze hier eine Serie, bei der ich mindestens eine Episode übersprungen habe. Wie kommt Merle jetzt auf dieses Thema?

»Keine Ahnung. Vielleicht, weil die Lebensumstände nicht passen.«

»Und dann gibt man innige Gefühle einfach so auf?«

Sie starrt nachdenklich in die Luft, sodass ich nicht einmal sicher bin, ob sie auf ihre Frage eine Antwort erwartet.

Einen Moment lang sagt keiner von uns beiden etwas. Ich glaube schon, sie wieder an ihre Gedanken verloren zu haben, als ich Merle etwas murmeln höre.

»Hast du was gesagt?«

»Mein Großvater ist gestorben. Vor einem halben Jahr.«

»Das … das tut mir leid«, sage ich und spüre, wie sich in meinem Bauch etwas zusammenzieht.

»Ich bin bei meinen Großeltern aufgewachsen.« Sie zögert kurz. »Also, nicht so richtig. Streng genommen habe ich nicht dort gewohnt, ich bin aber eigentlich immer bei ihnen gewesen.«

Ihre Offenheit überrumpelt mich. Nicht auf eine negative Art, nein. Ganz im Gegenteil: Aus irgendeinem verfluchten Grund habe ich plötzlich Gänsehaut. Gänsehaut, die sich wie tausend kleine Ameisen auf meiner Haut anfühlt.

Ich weiß, wie du dich fühlst. Es gibt einen Teil in mir, der das sagen will. Ein anderer hält dagegen: Tue ich das? Fühlt sich Verlust für jeden Menschen gleich an?

Es wird besser werden.

Aber es wird nie ganz verschwinden.

Merle zieht die Beine eng an den Körper und fährt mit den Händen über ihre Arme. Vielleicht sind die Ameisen auch auf ihre Haut gewandert?

»Ich habe beim Aufräumen alte Liebesbriefe gefunden. Viele Liebesbriefe. Alle von einer Absenderin. Immer der gleiche Name.«

Sie braucht nicht weiterzusprechen. Auch ohne ihre Erklärung kann ich mir denken, dass sie von Signora Greco spricht.

»Die beiden haben sich geliebt.« Sie schluckt. »Mehr geliebt als meine Oma und er. Sonst hätte er aufgehört, ihr nach seiner Hochzeit noch Briefe zu schreiben. Solche Briefe.«

In meinem Kopf fügen sich einzelne Bruchstücke zusammen. Signora Greco ist die Affäre ihres verstorbenen Großvaters gewesen?

»Du hast sie nicht gekannt?«

»Nein, und er hat sie auch nie erwähnt.« Sie sagt es so sachlich, als wäre es ihr egal. Dabei kann ich spüren, wie weh ihr der Verrat tut.

»Du bist also hergekommen, um sie zu finden?«

»Absurd, ich weiß. Und anscheinend auch umsonst.« Sie senkt ihren Blick. »Wobei ich damit nicht sagen will, dass Venedig keine tolle Stadt ist. Das Studium macht Spaß, und ich habe so viele tolle Menschen kennengelernt. Giulia … Emilia … ich hätte sie sonst nie getroffen.«

»Das stimmt.« Kurz zögere ich, entscheide mich dann aber, weiterzusprechen. »Und ich habe keine Ahnung, ob ich Emilia zuvor schon einmal so präsent erlebt habe wie mit dir.«

»Präsent?«

Ich zucke mit den Schultern. »Sie ist unscheinbar. Verletzlich. Wir kommen nicht richtig an sie heran. In den letzten Tagen habe ich sie zum ersten Mal fast schon rebellisch erlebt. Vielleicht ist das die Pubertät. Was meinst du?«

Merle beißt sich auf die Lippen. »Ihr verbringt nicht so viel Zeit miteinander, richtig?«

»Na ja. Sie will alles allein machen. Hausaufgaben, für die Schule lernen …«

»Das meine ich nicht«, unterbricht Merle mich. »Wie oft macht ihr Dinge, die ihr Freude bereiten? Wann hast du sie zum letzten Mal gefragt, welche Musik sie hört? Was für Hobbys sie interessieren und was sie nach der Schule machen will?«

Ein brennender Schmerz bohrt sich in meine Brust. Dann ist da auf einmal Wut. Ich will sagen: *Du denkst also, dass du meine kleine Schwester besser kennst als ich*, doch irgendetwas hält mich zurück. Vielleicht ist es die Angst, sie könnte die Frage mit Ja beantworten. Vielleicht ist es aber auch die Vernunft, die weiß, dass sie recht hat.

»Sie liebt dich. Das weiß ich. Sie fühlt sich aber … unverstanden«, flüstert Merle. Sie ist ein Stück näher an mich herangerutscht, sodass sich unsere Knie fast berühren. Hätte mir jemand noch vor einigen Wochen gesagt, dass wir hier gemeinsam sitzen und tiefsinnige Gespräche führen würden, hätte ich die Person für verrückt gehalten. Doch wenn ich tief in mich reinhorche, hat sich die Nähe zu einem anderen Menschen lange nicht mehr so gut angefühlt.

»Wie machst du das?«

»Wie mache ich was?«

»Menschen für dich zu gewinnen«, rutscht es mir heraus. Auf einmal weiß ich gar nicht mehr, ob ich von meiner Schwester rede oder auch ein klitzekleines bisschen von mir selbst.

»Tue ich das?« Ein Lächeln schleicht sich um Merles Mundwinkel.

»Säßen wir sonst hier?« Mein Herz klopft wild. War dieser Satz vielleicht etwas zu direkt?

Merle zögert einen Moment, ihre Augen fixieren meine, und dann lächelt sie sanft.

»Ich versuche, Menschen nicht zu schnell in eine Schublade zu stecken. Ich denke, es ist normal, dass man Vorurteile hat. Man sollte sich nur nicht zu sehr von ihnen leiten lassen. Zumal ich auch einfach gerne zuhöre.« Sie streicht sich eine blonde Haarsträhne hinters Ohr und blickt in die Gasse vor uns.

»Finde ich cool. Nein, wirklich. Das ist eine tolle Eigenschaft. Vielleicht kann ich mir davon eine Scheibe abschneiden.«

Ich sehe das Lächeln in ihrem Profil und kann nicht verhindern, dass sich mein Bauch mit Wärme füllt. Es ist ein Gefühl, das ich nicht erwartet hatte, und ich kann nicht leugnen, dass es mich überrascht und gleichermaßen fasziniert.

»Wie war er so? Dein Großvater, meine ich.«

Seufzend legt sie den Kopf in den Nacken und schweigt. Einen Moment bin ich unsicher, ob es falsch war, das Thema noch mal anzuschneiden. Aber es interessiert mich, was in ihr vorgeht. Fieberhaft überlege ich, was ich sagen könnte, um die Situation zu entspannen. Als ich gerade den Mund öffne, atmet sie tief ein.

»Warmherzig, geduldig, einfühlsam und irgendwie sogar weise. Auf eine etwas seltsame Art war er mir Opa, Vater und Freund zugleich.« Sie schluckt. »Als er gestorben ist, war es, als bräche meine ganze Welt zusammen. Klar, ich wusste natürlich vorher, dass es irgendwann passieren würde. Aber als es dann wirklich so weit war, dachte ich: Jetzt habe ich ihn für immer verloren. Es war schlimm. Sehr schlimm. Ach, wem sage ich das eigentlich …«

Ohne es zu wollen, denke ich an die ersten Morgen zurück, an denen Mammas Stimme im Haus fehlte und ich nachts von ihr geträumt hatte. Das alles hörte irgendwann auf. Ihre Stimme in meinem Kopf wurde schwächer. Die Träume seltener. Und während ich anfangs glaubte, den Schmerz nun endlich zu überwinden, fing damit das Unerträglichste überhaupt erst an. Denn von nun an wusste ich, dass ich meine Mutter mit jedem nächsten Aufwachen ein Stückchen weiter aus meiner Erinnerung verlieren würde.

»Aber weißt du, was für mich noch schlimmer gewesen ist, als ihn an seinem Todestag zu verlieren?« Erneut glänzen Tränen in ihren Augen. »Schlimmer war es, als ich mit einem einzigen Tag plötzlich nicht mehr sicher war, ihn überhaupt je gekannt zu haben.«

Ohne nachzudenken, lege ich eine Hand auf ihre Schulter. »Er muss kein anderer Mensch gewesen sein, nur weil du einen Teil seines Lebens nicht gekannt hast.«

»Es ist aber nicht irgendein Teil«, widerspricht Merle mit zittriger Stimme. »Es geht weit über diese Sache hinaus. Woher will ich wissen, ob er noch andere Geheimnisse hatte? Wie kann ich sicher sein, dass wir die gleichen Werte geteilt haben? Wie soll ich anderen Menschen vertrauen, wenn ich nicht einmal weiß, ob die Person, die mir am meisten bedeutet hat, ehrlich zu mir gewesen ist?«

Ihre Worte klingen wie ein Echo in meinem Kopf nach. Schlagartig spüre ich, wie sich Schuldgefühle in mir regen. Es mag albern klingen, weil ich genau weiß, dass das hier nichts mit mir zu tun hat, gleichzeitig komme ich mir so nackt vor. Als sie nervös lächelt, rede ich mir ein, dass sie es sieht. Dass sie die Schatten *über*sieht. Dass die Wahrheit nichts verändert hat.

Ich räuspere mich, um meine Gedanken abzuschütteln. »Hast du deshalb nichts gesagt? Die Sache mit Signora Greco für dich behalten?«

Merle streicht ein wenig nervös mit der Hand über den Stoff

ihres Jumpsuits. »Kann sein. Und ich wollte mir von niemandem sagen lassen, dass es mich nichts angeht. Dass es nicht meine Beziehung ist. Dass ich mich nicht so hineinsteigern soll.«

Ich bemerke, dass sie leicht zittert.

»Deine Eltern?«

Sie nickt. »Sie konnten meine Aufregung überhaupt nicht nachvollziehen. Die Briefe haben sie gar nicht interessiert. Meine Mutter konnte die Familie meines Vaters nie ausstehen. Ich glaube, es hat ihr wehgetan, dass ihre eigenen Eltern anders waren. Distanzierter. Mein Vater ist anders. Er ist ein warmherziger Mensch, wenn man ihn kennenlernt. Aber ich schätze, genau das ist der springende Punkt. Man hat keine Chance, ihn kennenzulernen, weil er ständig nur mit seiner Arbeit beschäftigt ist. Schon vor dem Tod meines Großvaters war das so.«

»Hast du ihnen gesagt, weshalb du hier bist?«

Sie schüttelt vehement den Kopf. »Wenn sie wüssten, dass ich diesen Briefen nachgehe …« Es scheint, als kämpfe sie gegen einen dicken Kloß in ihrem Hals an. »Sie halten nichts davon, in der Vergangenheit zu wühlen. Und wer weiß, vielleicht hatten sie dieses Mal ja sogar recht.«

»Na ja. Du wolltest ihn verstehen. Ich sehe nichts Falsches daran«, überlege ich laut.

»Es ist auch dieses Gefühl von Unbeständigkeit, das ich nicht gut aushalten kann.«

»Wie meinst du das?«

»Na ja«, fährt sie achselzuckend fort. »Es löst doch eine gewisse Angst aus, dass nichts wirklich von Dauer ist. Meine Großeltern haben sich geliebt. Das weiß ich. Zumindest dachte ich immer, es zu wissen. Wenn selbst diese Überzeugung sich als eine Lüge herausstellt – worauf im Leben kann ich mich dann noch verlassen?«

Ich muss an Nonno denken. An die Bemerkung, die mich erst

vor wenigen Tagen kurz aus der Fassung gebracht hat. Mir eine andere Frau als Nonna an seiner Seite vorzustellen ist so befremdlich, dass ich automatisch nicke. »Das verstehe ich.«

»Wirklich?« Ihr Blick streift mich mit einer Mischung aus Hoffnung und Unglaube.

»Ich denke, schon. Aber möglicherweise bin ich beim Thema Liebe auch nicht der richtige Ansprechpartner.« In mir regt sich etwas, das ich nicht benennen kann. Trauer? Angst? Wut? Es ist eine alte Wunde, die ich selbst aufgerissen habe.

»Ist nicht dein Ding, was?« Merle lacht trocken auf und lässt ihre Haare wie einen Schleier über ihre rechte Gesichtshälfte fallen. So sieht sie nicht, wie ich langsam den Kopf schüttele und die Hand von ihrer Schulter nehme.

Ihre Frage sollte mich nicht überraschen. Es ist wahr, ich habe mich bisher nicht wie der geborene Romantiker benommen. Doch das hat nichts damit zu tun, dass ich nicht an die Liebe glaube.

»Das schließt du woraus? Wie war das noch mal mit den Vorurteilen?« Ich räuspere mich.

»Na, du hast es doch selbst gesagt.«

»Nein. Ich meinte, dass ich nicht die richtige Person bin, um über die Liebe zu philosophieren«, korrigiere ich und versuche, einen Blick durch die in der Sonne beinah weißgoldenen Haare in ihr Gesicht zu erhaschen.

Gar nicht notwendig. Jetzt sieht Merle auf. »Weil du nicht daran glaubst?«

»Hat man dir so was über Männer erzählt, oder hast du den Quatsch aus Filmen?« In meinen Mundwinkeln zuckt ein schwaches Lächeln. Ein kläglicher Versuch, meine vollkommen lächerliche Verletztheit zu überspielen.

»Komm schon, das ist nicht gerade abwegig. Du strahlst das einfach aus.«

Autsch! »Dass ich ein herzloses Arschloch bin und Liebe für ein Märchen halte?« Ich fahre mir mit dem Ärmel über die Stirn. Doch die eigentliche Hitze scheint von innen zu kommen.

»Tust du das denn?«

Ich schlucke gegen die Enge in meinem Hals an.

Nein. Aber ich weiß nicht, wie sie funktionieren soll. Alles, was ich von der Liebe gesehen habe, ist mit Schmerz verbunden. Allein diese Erkenntnis schmerzt.

»Wolltest du nicht noch mal heulen?«, murmele ich.

»Wolltest du nicht meine Frage beantworten?«

»Du nervst, Bonnie.« Meine Kehle hat sich noch enger zugeschnürt. Es fühlt sich wie ein hauchdünner Faden an, der um meinen Hals liegt. Ein Faden, der genügt, um in mir das Bedürfnis nach mehr Sauerstoff zu wecken.

»Ich glaube, du magst mich trotzdem ein kleines bisschen.«

Mein schwarzes Herz macht einen Hüpfer. »Woran machst du das fest?« Ich brauche definitiv Luft.

»Du hast aufgehört, ein Kotzbrocken zu sein.«

Mehr Luft, als hier draußen vorhanden ist. Mehr Luft, die meinen Verstand klärt.

Ich lache leise. »Stimmt. Dann musst du wirklich okay sein.«

Mehr Luft, die nicht nach Merle riecht.

»Du gibst also zu, dass du dich in mir geirrt hast?«

»Ich irre mich selten«, erkläre ich gedehnt. »Aber es ist nicht ausgeschlossen, dass du einer dieser seltenen Fälle bist.«

Schnell dreht sie ihren Kopf zur Seite. Allerdings nicht schnell genug, als dass mir das Lächeln auf ihren Lippen entgehen könnte.

»Versteckst du dich jetzt vor mir?«

Sie schüttelt den Kopf, ohne sich mir wieder zuzuwenden.

»Tust du wohl.« Ich strecke meine Hand aus, um ihr Gesicht in meine Richtung zu drehen. Als meine Finger die weiche Haut ihrer Wange streifen, zucke ich innerlich zusammen. »Sorry.«

»Wofür?« Plötzlich sieht sie mich an. Mit ihrem typischen Merleblick. Neugierig und fragend. Verständnisvoll und fast schon berührt. Aber auch amüsiert und gleichzeitig ein wenig frech. Eine Mischung aus allem, das so gut zu ihr passt. Das sie auf eine bunte, quirlig lebendige Art ausmacht. Gott, warum klingt das so, als würden wir uns bereits ewig kennen?

»Für …«, setze ich an und verliere mich für den Bruchteil einer Sekunde in ihren Augen. »Keine Ahnung.« Ich brauche einen Moment, um meine Worte zu sortieren. »Vielleicht für alles. Die ganzen letzten Wochen. Es tut mir leid. Am liebsten wäre mir, wir könnten noch einmal von vorne anfangen.«

Merle lächelt. Sie lächelt so verdammt ehrlich, dass ich mich bei dem Gedanken daran, sie wochenlang so mies behandelt zu haben, am liebsten selbst ohrfeigen würde. »Ganz von vorne?«

»Das wäre doch was, oder? Vielleicht würde ich die letzte Pizzaschnecke in der Cafeteria dann auch dir überlassen.«

»Übertreib es nicht!« Sie lacht. Wie ein Sommerstrahl in einem dunklen Raum.

»Okay, okay. Aber möglicherweise würde ich dir als Entschuldigung eine neue backen.«

»Als ob!« Sie legt den Kopf schief und tut so, als müsse sie sich ganz genau überlegen, ob sie mir glauben kann.

»Ich schwöre«, beteuere ich. »Und du? Was war eigentlich dein erster Gedanke, als du mich gesehen hast? Abgesehen von Kotzbrocken natürlich.«

»Ähh.« Sie hebt eine Augenbraue und beißt sich merletypisch auf die Lippe. »Willst du das wirklich wissen?«

»Klar!«

Gespannt sehe ich sie an. Wohl wissend, dass ich jetzt mit der knallharten Wahrheit leben muss. Doch sie sagt nichts und fährt sich mit der Zunge verlegen über die Lippe. Es ist, als könnte ich förmlich sehen, wie es hinter ihrer Stirn rattert.

»Was? Schlimmer als Kotzbrocken?« Als sie immer noch nichts sagt, geht ein seltsames Kribbeln durch meine Brust. »Auweia! Jetzt musst du es wirklich sagen. Anderseits werde ich danach erst mal wieder einiges an Selbstbewusstsein aufbauen müssen …«

Ich will weitersprechen. Etwas sagen, das vor wenigen Sekunden noch in meinem Gehirn war. Doch als Merle sich vorbeugt und ihre Lippen auf meine presst, gelingt es mir nicht mehr, überhaupt an irgendetwas zu denken.

32. Kapitel

Merle

Unser Kuss brennt auf meinen Lippen wie ein prickelndes Feuer nach. Ein sanfter Schauer läuft mir über den Rücken, und es ist, als hätte ich mit der winzigen, hauchzarten Berührung unserer Münder dafür gesorgt, dass die Erde aus ihrer Umlaufbahn gefallen ist.

Ich bin verrückt. Vollkommen wahnsinnig geworden. Vom Teufel besessen. Oder aber ich habe durch die plötzliche Verzweiflung des heutigen Tages komplett den Verstand verloren.

Eine andere Erklärung für das, was ich gerade getan habe, fällt mir nicht ein. Sollte es aber. Am besten innerhalb der nächsten zwei Sekunden. Oder ist die Zeit tatsächlich stehen geblieben? Ist dieses Vakuum-Traum-Gefühl echt?

»Fuck«, rutscht es mir heraus.

Ist es nicht. In einer Fantasie würde ich garantiert nicht »Fuck« sagen, und, o Gott, ich hätte nicht mehr damit aufgehört, ihn zu küssen, nein. Stattdessen hätte ich meine Finger in seinem Haar vergraben. Er hätte meinen Po umfasst, mich gegen die Wand gedrückt und lustvoll gestöhnt. Ich hätte herausgefunden, wie es schmeckt, ihn mit Zunge zu küssen. Wie sich meine Hand auf seiner Brust anfühlt.

Stoooooppp! Dieser Film macht alles nur noch schlimmer.

Mit einem Satz cutte ich die Verbindung zu meiner Fantasie und stürze zurück in die Realität, in der Matteo nur stumm die

Luft durch die Zähne zieht. Es ist unmöglich, seine Miene zu lesen. Erst als ein Schmunzeln in seinen Mundwinkeln zuckt, löse ich mich aus einer Art Erstarrung.

»Du schmeckst nach Abenteuer, Bonnie.«

Bitte, lieber Himmel, mach, dass mein Herz nicht stehen bleibt.

»Schön«, sage ich und klinge dabei viel zu zittrig. Was um alles in der Welt hat mich geritten, ihn zu küssen? Aufgeregt fahre ich mir mit der Zunge über die Unterlippe. Mein ganzer Körper glüht, und das habe ich gewiss nicht nur der Sonne zuzuschreiben.

»Wir sollten gehen.«

Viel zu abrupt stehe ich auf, sodass sich die Schwärze wie ein dunkles Tuch vor meine Augen spannt. Das Blut rauscht in meinen Ohren, und mein Herz rast, als hätte ich einen Marathon hinter mich gebracht.

Ich höre, wie Matteo hinter mir aufsteht und mich mit wenigen Schritten überholt.

Schnell beiße ich mir auf die Zähne. So fest, dass ich die Spannung bis in die Schläfen spüren kann.

»Zum Boot müsste es in die andere Richtung gehen. Ich glaube, da sind wir hergekommen«, erklärt Matteo.

»Okay.« Wie ferngesteuert nicke ich und gehe mit strammen Schritten neben ihm her.

Ich bin fieberhaft auf der Suche nach etwas, das ich sagen könnte, um die Stille nicht noch unangenehmer zu machen. Wir haben das Ende einer engen Calle erreicht, als ich es endlich schaffe, den Mund zu öffnen.

»Äh.« Bemerkenswerter Wortschatz, vor allem für jemanden, der mal Journalistin werden möchte. *Merle, reiß dich zusammen.*

Matteo bleibt stehen. Sieht mich an. Nein, verdammt. Es kommt mir plötzlich so vor, als könne er in mich hineinsehen.

Reiß dich zusammen, wiederhole ich noch einmal im Kopf

und balle meine Hände kraftvoll zu Fäusten. »Ich bin dafür. Also, für das Von-vorne-Beginnen. Wie wäre es, wenn wir direkt starten?«

»Alles vergessen?«

»Reset, genau!« Als könnte ich die letzten fünfzehn Minuten jemals aus meinem Kopf bekommen.

Ich muss nur mit der Zungenspitze meine Lippe berühren, und schon habe ich den Eindruck, den süßen Geschmack unseres Kusses in jeder Faser meines Körpers zu schmecken. Zu spüren. Was auch immer.

»Klingt gut«, willigt Matteo ein und bewegt sich ein Stück näher auf mich zu.

»Super.« Ich gehe einen Schritt zurück und stoße mit dem Rücken gegen eine Hauswand.

»Alles vergessen. Ab hier?«

»Genau.«

»Erledigt.« Er grinst und macht keine Anstalten, sich von mir zu entfernen. Ganz im Gegenteil, er tritt so nah, dass ich sein Aftershave riechen kann. Jenes Aftershave, das mich schon einmal hormonell außer Gefecht gesetzt hat.

»Na dann …« Ich will zur Seite treten. Die Augen zukneifen. Meinetwegen auch einen arroganten Spruch von ihm kassieren. Doch statt mich durchzulassen, stützt er seine Hände rechts und links von mir an die Wand.

»So, jetzt können wir von vorne anfangen«, raunt er und legt seine Hände um mein Gesicht. Sein Atem streicht sanft über meine Haut, ehe er die letzten Zentimeter Distanz überwindet und seine Lippen auf meine presst. Zuerst vorsichtig. Dann mutiger. Bestimmter.

Innerhalb einer Sekunde übernimmt dieser Kuss meinen Verstand, schießt mir wie ein prickelnder Cocktail aus Gefühlen durch den gesamten Körper. Ich öffne die Lippen, um seine Zunge hineinzulassen.

Dieses Angebot nimmt er, ohne zu zögern, an. Im nächsten Augenblick ist es, als würde er meine Zunge in seinen Mund saugen.

Meine Beine beginnen zu zittern, also drücke ich mich gegen ihn. Suche Halt zwischen ihm und dieser Wand.

Ich lege meine Hand verlangend gegen seine Brust. Sein Herz, es schlägt genauso schnell wie meins. Als würden sie versuchen, sich dem Rhythmus des anderen anzupassen.

Matteos Hand gleitet sanft über meinen Kiefer, mit dem Daumen streichelt er über meine Unterlippe. Der Kuss wird fordernd und bleibt doch zärtlich.

Ich lasse mich so tief in dieses Gefühl fallen, dass meine Knochen vor Verlangen vibrieren und ich keine Ahnung habe, wie lange wir hier stehen und uns küssen. Es spielt auch keine Rolle. Dieser Kuss könnte niemals lang genug sein. Verflucht noch mal, nichts, das zwischen ihm und mir ist, könnte jemals auch nur annähernd genug sein.

Erst als Matteo sich langsam von mir löst, meinen Hinterkopf noch immer in seiner Hand, öffne ich die Augen. Ich öffne die Augen. Verdammt, ich habe beim Küssen die Augen geschlossen.

»So«, sagt Matteo mit gedämpfter Stimme. Ein Prickeln tanzt über meine Haut. »Mit diesem Neuanfang kann man arbeiten.«

...

»Ich kann nicht mehr.« Livi sind Tränen in die Augen geschossen. Mit einer Hand hält sie sich den Bauch, mit der anderen versucht sie, das Smartphone festzuhalten. Mehr oder weniger erfolgreich, denn ihre Bewegungen bringen das Bild heftig zum Wackeln.

»Das ist nicht komisch«, brumme ich und gehe in meinem Zimmer auf und ab.

»Doch. Das ist es. Das ist dermaßen komisch«, japst meine Cousine und schnappt nach Luft. »Ich meine, what the hell, ich dachte, ihr könnt euch nicht leiden?!«

»Können wir ja auch nicht«, sage ich schneller, als ich denken kann. »Zumindest war es bis vor Kurzem noch so. Ach, ich habe doch keine Ahnung.«

»Mach dir nichts draus, Merlchen. Es ist vollkommen normal, dass du verwirrt bist. Ich meine, du hast deinem Mitbewohner die Zunge in den Hals gesteckt.« Wieder beginnt sie zu prusten. »Bitte noch mal langsam und von vorne! Wie hat er reagiert?«

Ich weiß nicht, ob ich genervt die Augen verdrehen oder selbst am liebsten lachen möchte. Aufs Bett schmeißen und alle viere von mir strecken erscheint mir als gute Alternative.

»Habe ich doch gesagt: Er hat mich noch mal geküsst. So richtig. Noch viel länger, heftiger und …«

»Heißer?«

»Es war intensiv«, erkläre ich.

»So intensiv, dass kein Slip trocken geblieben ist?«

»Livi!« Ich schleudere ein Kissen in Richtung meines aufgestellten Smartphones. Meine Cousine ist unmöglich. Sie ist schon immer der direkte Typ gewesen. Kein Mensch, der lange um den heißen Brei herumredet. Und normalerweise ist genau das eine Eigenschaft, die ich so an ihr schätze.

Normalerweise! Nicht, wenn sie so dermaßen ins Schwarze trifft, dass sich in meinem Unterleib erneut etwas kribbelnd zusammenzieht.

Fuck. Dieser Kuss war unbeschreiblich.

»Am Ende ist es sowieso egal, was passiert ist. Viel wichtiger ist, dass die Sache mit Signora Greco aussichtslos ist.« Ich seufze. »Es war alles umsonst.«

Bei diesen Worten bohrt sich ein spitzer Pfeil in meine Brust. Das Absurde ist, dass die Verzweiflung und der Frust wegen meiner gescheiterten Suchaktion nach dem Kuss beinah in den Hintergrund gerückt sind. Doch wenn ich es so klar ausspreche, merke ich, wie weh die Erkenntnis noch immer tut.

»Was redest du da, Merle? Umsonst war das alles ganz und gar nicht.« Livis Stimme ist ganz sanft geworden.

»Und ob.« Beinah verärgert presse ich die Zähne zusammen.

»Süße, hör mal! Die Sache mit Signora Greco ist abgehakt. Das ist schade und traurig und …« Sie sucht nach der richtigen Formulierung. Vermutlich, weil auch ihr aufgefallen ist, dass die Worte ein wenig zu belanglos geklungen haben. »Ich weiß, wie viel dir das bedeutet hat. Du denkst, ich kann das nicht nachvollziehen, weil meine Bindung zu Opa eine andere gewesen ist. Das, was ihr hattet, war besonders. Einzigartig. Und echt! Egal, was diese verdammten Briefe sagen. Ich weiß, dass du das alles nur sehr schwer loslassen kannst, Merle. Aber denk daran, was du noch vor ein paar Wochen zu mir gesagt hast.«

Ich zucke mit den Schultern.

»Als du die Reise gebucht hast, hast du entschieden, dass dies eine Chance ist. Nicht nur darauf, Antworten zu bekommen. Sondern genauso auch darauf, deinen Eltern zu zeigen, wer der Boss in deinem Leben ist. Nämlich du, Merle. Du hast dich an der Uni beworben, weil du die Zeit auch für dein Studium nutzen wolltest. Jede Erfahrung, die du sammelst, kannst du nutzen, um eine fabelhafte Journalistin zu werden. Hast du das ganz vergessen?«

Eine Gänsehaut läuft über meinen Rücken. Die feinen Härchen auf meinem Arm stellen sich vibrierend auf.

»Das war vor dem Kuss«, flüstere ich, als würden die Worte erst wahr werden, wenn ich sie laut ausspreche.

»Und der ändert was?«

»Ähmmm. Alles? Er ist mein Mitbewohner. Ein Mitbewohner, der mich niemals haben wollte. Genau wie alle anderen im Haus. Wenn die Jungs davon erfahren …« Über dieses Szenario habe ich mir noch gar keine Gedanken gemacht.

»Quatsch! Du hast ihn geküsst. Er dich. Es hat Spaß gemacht. Millionen Menschen weltweit träumen von einem Sommerflirt. Daran ist absolut nichts Verwerfliches.« Im Hintergrund hat Josefine angefangen zu schreien, sodass Livi einen gestressten Blick über die Schulter wirft. »Du kannst die Schokolade nach dem Abendessen haben. Versprochen!«

Sie wendet sich wieder mir zu. »Sorry! Ich dreh hier manchmal wirklich durch. Also, wo waren wir stehen geblieben?«

»Bei meinem Sommerflirt«, sage ich ausdruckslos.

»Richtig.« Livi nickt. »Weißt du, was man mit denen macht? Mitnehmen. Genießen. Und dann irgendwo tief vergraben!«

»Den Kerl?« Ohne es zu wollen, muss ich lachen.

»Eigentlich meine ich das Gefühl. Es ist wichtig, dass man es nicht zu sehr an sich heranlässt, damit der Sommerflirt keine Narben hinterlässt«, erklärt sie achselzuckend. »Den Typen … hm … den kann man sich immer noch vornehmen, wenn Plan A nicht funktioniert.«

33. Kapitel

Matteo

Der Kuss zwischen Merle und mir ist in den nächsten zwei Tagen alles, woran ich denken kann.

Es kommt mir so vor, als würde mein Gehirn nur noch aus ihr bestehen.

Aus ihr und der Frage, wie ich es so lange geschafft habe, der Versuchung zu widerstehen. Die Wahrheit ist nämlich: Ich wollte sie die ganze Zeit küssen. Neulich im Flur, als ihr die Traurigkeit ins Gesicht geschrieben stand und ich wusste, dass ich es verbockt hatte. Selbst im Theater, als wir zwischen den verstaubten Kostümen hockten und den richtigen Zeitpunkt zum Abhauen abwarten mussten.

»Ist alles okay bei dir?«

Ich zucke zusammen. Obwohl Giulia mitten im Eingang sitzt und sich die Stiefel zuschnürt, habe ich sie auf dem Weg zur Treppe nicht bemerkt.

»Ganz sicher, dass du nicht mitkommen willst? Die anderen stehen noch draußen. Wir können warten. Ich meine, du brauchst doch auch noch was zum Anziehen fürs Festival.«

»Ich finde schon was«, beantworte ich zumindest den zweiten Part ihrer Frage.

»Du schlägst also die einmalige Chance auf eine modische Beratung von Diego, Leandro und Romeo aus?«

»Die Versuchung ist groß, aber ich fürchte, ich muss verzichten.« Ich setze einen Fuß auf die unterste Stufe und halte plötzlich inne. »Was ist mit Merle? Kommt sie nicht mit?« Ein jämmerlicher Funke Hoffnung, noch einmal mit ihr allein zu sein, flammt in mir auf.

»Sie ist im Restaurant, soweit ich weiß. Aber was ist mit dir?«

Im Restaurant. Ich könnte Papà fragen, wie lange ihre Schicht geht, und hoffen, dass sie vor den anderen heimkommt. Aber wozu? Um mit ihr zu sprechen? Worüber?

Vor Merles Auftauchen hat sich über ein halbes Jahr lang jeder beschissene Tag gleich beschissen angefühlt. Ich hasse diesen winzigen Teil in mir, der sich wünscht, er könnte loslassen. Der glaubt, mit einer Frau wie Merle das Glück finden zu können, die Zeit zu vergessen, wenn auch nur kurz. Denn alles daran ist so falsch. Jeder beschissene Tag zwingt uns, uns zu erinnern.

»Keine Zeit. Ich muss mich noch mal an meinen Beitrag setzen.«

»Leandro meinte, die Aufnahmen seien wirklich toll geworden.«

Ich schaffe es nur mühsam, mir ein Lächeln abzuringen, und das, obwohl ich Giulia für ihr Interesse wirklich dankbar bin.

»Das Schwierigste wird sein, das Material zu kürzen. Der Rohschnitt geht aktuell noch über eine Stunde. Ich muss es irgendwie auf drei Minuten bringen.«

»Das schaffst du! Wenn du magst, gucke ich es mir gerne mal an.«

»Danke, Giu. Viel Spaß in Mestre. Und sorg dafür, dass sie was Anständiges kaufen.«

»Oh, darauf kannst du dich verlassen.« Sie springt auf und verabschiedet sich mit einem Zwinkern. Kaum ist die Tür hinter ihr ins Schloss gefallen, gehe ich hoch in mein Zimmer und setze mich an den Computer.

Für die nächsten Stunden vergesse ich vollkommen die Zeit.

Ich bringe meinen Film auf zehn Minuten (immer noch viel zu lang), bis mich der Hunger zu einer Pause zwingt. Es ist fast achtzehn Uhr.

Ich gehe die Treppe hinunter in Richtung Küche, als ich ein Geräusch höre. Ein Geräusch, das eindeutig so klingt, als sei jemand im Haus. Ein Poltern, das entweder direkt aus der Küche oder aber aus dem Esszimmer kommt.

Die anderen können unmöglich schon zurück sein. Giulia hat erst vor einer halben Stunde ein Foto aus einem Klamottenladen geschickt. Ich muss verrückt geworden sein. Die Anspannung der letzten Monate hat meinen Verstand ausgeschaltet oder aber … Da bewegt sich etwas. Schritte. Ohne nachzudenken, greife ich nach dem Erstbesten, das mir in die Hände kommt: eine Vase mit getrockneten Blumen. Grässliches Ding. Zudem höchst ungeeignet als Verteidigung.

»Matteo?«

Meine Finger sind immer noch um das Porzellan gekrallt, als Emilia plötzlich vor mir steht. Emilia. Die Schritte gehörten meiner kleinen Schwester.

»Was … was machst du denn hier?« Schnell lasse ich die Vase sinken.

»Wir haben gebacken.«

»Wir?« Kaum habe ich die Frage ausgesprochen, taucht Merle im Türrahmen auf. Sie hat die blonden Haare zu einem Zopf gebunden und trägt eine Schürze, die eigentlich Giulia gehört.

»Ich habe Giulia gefragt, ob ich sie mir ausleihen kann«, sagt sie, als sei dies die einzige Antwort auf all die Fragezeichen, die mir im Gesicht stehen.

»Hast du gedacht, wir seien Einbrecher?« Skeptisch mustert meine Schwester die Vase, die ich noch immer auf Hüfthöhe halte.

Reflexartig schüttele ich den Kopf. »Unsinn. Ich wollte …« Was wollte ich? »Sie nur umstellen. Mir gefällt der Platz nicht.«

Stirnrunzelnd sieht Emilia zu Merle. »Das war's dann wohl mit der Überraschung.«

»Was für eine Überraschung?« Ich stelle die Vase, um einige Zentimeter verrückt, zurück an ihren Platz.

»Die Pizza ist noch nicht im Ofen. Aber wir haben den Teig gemacht und auch schon die Bleche belegt«, erklärt meine Schwester und klingt ungewohnt aufgeregt. »Merle hat gefragt, ob ich ihr helfen will.«

»Dein Vater ist mit Natalie ausgegangen. Ich dachte, es wäre schöner, wenn Emilia bei uns bleibt, anstatt abends ganz allein zu sein«, ergänzt diese. Erst jetzt bemerke ich ein Flackern in Merles Augen. Sie will mir etwas sagen. Und erst jetzt begreife ich, was.

»Das ist eine tolle Idee.« Ich klinge unbeholfen, dabei meine ich es genau so, wie ich es sage. »Kann ich denn noch helfen?«

In den knapp vier Jahren, die ich im Casa Nera wohne, ist Emilia erst zwei Mal zu Besuch gewesen. Das erste Mal war gleich nach dem Einzug, als mein Vater geholfen hat, die Kisten mit meinen Sachen rüberzubringen.

Wir wussten alle, dass es das Beste war, wenn ich erst einmal woanders wohnte, und doch habe ich mich insgeheim gefragt, was mein Auszug mit meiner kleinen Schwester machen würde. Ob sie mich vermissen würde.

Ich versprach ihr, dass sie mich jederzeit besuchen könne, und hoffte, sie würde es irgendwann wirklich tun.

Das zweite Mal, dass Emilia herkam, war am siebenundzwanzigsten November letzten Jahres. Warum ich das Datum so genau weiß? Weil an dem Tag genau eine Woche vergangen war, seit es nicht nur ein *Davor*, sondern auch ein *Danach* gegeben hat. Ich weiß nicht, was sie damals hier gesucht hat. Ob sie wirklich nur gekommen ist, um uns mit einem Topf Pasta zu versorgen, den Papà ihr mitgegeben hat. Vielleicht wollte sie auch wissen, ob es stimmt, was die Leute sagen. Ob man Schuldgefühle irgendwie sehen kann. Wie Narben, die nie ganz verblassen.

»Du kannst deine Seite selbst belegen, wenn du willst«, reißt meine Schwester mich aus meinen Gedanken.

»Nichts lieber als das.« Wir gehen in die Küche. Ganz vorn Emilia, hinter ihr Merle, die mich von der Seite ansieht, als müsse sie noch prüfen, was das hier mit mir macht. Als sich unsere Blicke treffen, formt sie mit den Lippen lautlos eine Frage: »Alles okay?«

Ich lächele. Nicke. Antworte stumm mit einem »Danke«.

Ich werde mich früh genug wieder erinnern.

• • •

»Und dann?«

Wenn Emilia weiter so gebannt an Merles Lippen klebt, wird keine der beiden dazu kommen, ihre Pizza zu essen. Wir sitzen seit fast zwei Stunden am Esstisch im Sala Nera und teilen Geschichten über Gott und die Welt miteinander.

»Wir haben die Flure mit Altklausuren plakatiert und die Schüler unterschreiben lassen. Manche Klausuren wurden über Jahre hinweg genau so gestellt, ohne dass sich eine Ziffer oder auch nur ein einziges Wort geändert hat.«

»Habt ihr Ärger bekommen?«

»Wir mussten eine Woche lang nachsitzen.« Merle lacht auf. »Und natürlich wurde der Artikel nie veröffentlicht. Aber die ganze Schule wusste trotzdem Bescheid. Ich fürchte nur, dass sich nicht viel verändert hat. Es wird immer noch Lehrer geben, die keinen Finger rühren, um ihre Klausuren zu verändern.«

»Man spart sich halt eine Menge Arbeit«, werfe ich ein.

»Ja und? Es ist nicht fair den Schülern gegenüber, die keine älteren Geschwister haben.«

Emilia nickt. »Du hättest mir deine alten Arbeiten sowieso nicht gegeben.«

»Weil du viel zu klug bist, um zu schummeln.«

Die Wangen meiner Schwester färben sich leicht rosa. »Meinst du das ernst?«

»Natürlich.« Entschieden beiße ich in das letzte Stück Pizza auf meinem Teller.

Emilia senkt traurig ihren Blick. »Ich frage mich, warum die anderen es dann nicht sehen. Was mache ich nur falsch?«

Es ist kein Geheimnis, dass Emilias Noten in den letzten zwei Halbjahren immer weiter gefallen sind. Doch egal wie viele Elterngespräche ihre Lehrer noch führen wollen, weiß ich, dass es nichts verändern wird. Meine Schwester ist nicht dumm. Sie funktioniert einfach nur anders als andere Kinder.

»Emilia, du darfst nicht darauf hören, was die anderen sagen, weißt du?«, kommt mir Merle zuvor. »Sagt dir der Name Thomas Edison etwas?«

Wider meine Erwartung nickt meine Schwester. »Du meinst den Erfinder der Glühbirne?«

»Genau. Es gibt eine Geschichte über ihn, da kam der kleine Thomas eines Tages von der Schule nach Hause und gab seiner Mutter einen Brief. Den hatte er von seinem Lehrer bekommen, mit der Bitte, ihn nur von seinen Eltern lesen zu lassen. Als Thomas' Mutter anfing, die Zeilen zu lesen, hatte sie plötzlich Tränen in den Augen. Sie las ihrem Sohn vor, was dort über ihn geschrieben war. Und zwar hieß es, die Lehrer hielten die Schule für zu klein und nicht gut genug für ein Genie wie Thomas. Sie baten seine Mutter, ihn ab sofort von zu Hause aus zu unterrichten. Und das tat sie auch.«

Emilia scheint genauso wenig Ahnung zu haben, worauf Merle mit dieser Geschichte hinauswill.

»Thomas Edison wurde einer der größten Erfinder des Jahrhunderts. Nach dem Tod seiner Mutter wühlte er irgendwann in alten Familiensachen herum. Ratet mal, worauf er stieß!«

»Keine Ahnung«, brumme ich. »Auf eine Glühbirne?«

Emilia verdreht die Augen. »Er hat den Brief gefunden.«

Merle nickt. »Er nahm ihn heraus und las, was dort geschrieben stand: *Ihr Sohn hat eine geistige Behinderung. Wir wollen ihn nicht mehr in unserer Schule haben.*«

Gänsehaut fährt mir über den Rücken. Seine Mutter hat ihn also angelogen, um ihn zu schützen.

»Edison weinte und verfasste schließlich einen Tagebucheintrag, in dem er schrieb, Thomas Alva Edison sei ein Kind mit geistiger Behinderung gewesen, das durch seine heldenhafte Mutter zum größten Genie des Jahrhunderts wurde.« Merle macht eine Pause und sieht von mir zu Emilia. »Wie gut deine Noten sind, sagt nichts darüber aus, wie klug du bist. Versprich mir, dass du dir das merkst.«

»Das werde ich. Versprochen.« Meine Schwester sieht auf ihren Teller herab, begutachtet die Pizza, die sicher mittlerweile kalt geworden ist, und reibt sich die Augen. »Kann ich die morgen noch essen?«

»Sicher. Ich packe sie dir ein«, sagt Merle. »Bist du müde?«

»Etwas. Außerdem würde ich gern noch ein wenig nachdenken. Allein.«

Kurz überlege ich, ob ihre Worte als Zurückweisung gemeint sind. Doch als Merle mit einem Lächeln auf den Lippen nickt, ist es, als würde etwas von ihrer Gelassenheit auf mich übergehen.

»Ich habe Natalie gesagt, dass Emilia die Nacht bei uns bleiben kann. Das ist doch in Ordnung, oder?«

»Na klar. Ich bringe dich hoch in ein Zimmer, wenn du magst.«

Ich traue kaum meinen Augen, als meine Schwester vom Stuhl aufsteht und gähnend zustimmt.

»Kommst du hier klar?«, frage ich an Merle gewandt.

Ihr Blick schweift über den gedeckten Tisch. »Macht nur! Das hier sind nur ein paar Handgriffe.«

Ich nicke. Dabei habe ich weniger die Teller mit den Resten gemeint als die Tatsache, dass ich sie ungern allein lassen will.

Allein lassen … Ich höre mich an, als sei ich ihre Nanny … Oder als müsste ich langsam zugeben, wie sehr dieses Mädchen mich um den Verstand bringt.

Emilia ist vorgelaufen und schon längst auf der Treppe. »Habt ihr hier Zahnbürsten?«, ruft sie. »Ich hab meine vergessen.«

»Von einem Abend ohne Putzen werden die Zähne schon nicht schimmeln.«

»Haha!«, kommt es zurück. Dabei habe ich meine Aussage eigentlich ernst gemeint.

»Sieh es als deine Chance, ihr ein guter großer Bruder zu sein«, raunt Merle mir zu. »Der beste, den sie je hatte.«

Unsere Blicke verharren ein paar Sekunden zu lang ineinander. Zu lang, um mir weiter einzureden, dass da nichts ist.

»Lauf nicht weg, okay?«

»Hatte ich nicht vor.« Sie lächelt.

Ich lächele zurück. Gott, verflucht sei dieses Herzrasen, für das nur sie verantwortlich ist.

Mit einer Energie, die ich ewig nicht in dieser Intensität verspürt habe, drehe ich mich um. »Zimmerservice kommt sofort«, rufe ich die Treppe hoch.

Emilia ist schon bis ins zweite Stockwerk gelaufen.

»Darf ich mir ein Zimmer aussuchen?«, begrüßt sie mich grinsend am Geländer.

»Welches schwebt dir denn vor?«

Sie deutet auf die Nummer zwanzig, ein Zimmer auf der linken Seite des Flurs. »Das hier spricht mich spontan am meisten an.«

Die Tür ist nur angelehnt, das Zimmer natürlich nicht auf Besuch vorbereitet. Das hole ich schnell nach. Ich versorge Emilia zusätzlich mit Zahnbürste und frischen Handtüchern und warte vor der Badtür, bis sie sich umgezogen hat.

»Du bist ja noch da.« Sie schaut mich verwundert an. Hätte ich einfach gehen sollen?

»Ähm, ja. Ich dachte, ich sag dir noch kurz Gute Nacht.«

Sie zupft nervös an ihrem Pyjama herum. »Oh, okay!«

Ich will nicht zulassen, dass sie wieder ihre Mauern hochfährt und die Leichtigkeit, die ich eben noch gespürt habe, mit ihr zusammen hinter imaginären Ziegelsteinen verschwindet. Trotzdem gehe ich zur Tür.

»Als du noch klein warst, habe ich dir manchmal vorgelesen. Kannst du dich daran erinnern?«, platzt es aus mir heraus, kaum habe ich ihr Zimmer verlassen.

Sie steht im Türrahmen und nickt. »Na klar. Du hast das sogar dann noch gemacht, als ich längst selbst lesen konnte.«

Sie hat recht. »Vielleicht habe ich nicht so richtig mitbekommen, wie alt du geworden bist.«

»Ich bin doch nicht alt.« Sie streckt mir die Zunge raus. Dabei kann ich sehen, dass sie genau weiß, was ich sagen will.

»Schlaf gut, Mila.« Es ist Jahre her, dass ich sie so genannt habe, und doch kommt es mir vor, als hätte ich nie damit aufgehört.

»Schlaf gut, großer Bruder.« Die Tür ist nur noch einen Spaltbreit geöffnet. »Und versprich du mir auch was!«

Abwartend hebe ich eine Augenbraue.

»Vergeig es nicht mit ihr! Eine wie sie finden wir nicht noch mal.«

34. Kapitel

Merle

»Ist dir kalt?« Ich zucke zusammen, als Matteo plötzlich hinter mir im Soggiorno steht. Gerade eben erst habe ich mir eine Decke über die Beine gelegt und nur für wenige Sekunden die Augen geschlossen. Die Müdigkeit beginnt langsam, in meinen Augen zu brennen. Entweder kommt das von dem Buch, das ich gerade lese, oder es liegt schlichtweg daran, dass mich die letzten Stunden noch weiter durcheinandergebracht haben.

»Warum so schreckhaft? Außer uns ist hier niemand.« Er tritt näher an das Sofa heran.

»Das ist es ja.« Ich muss schmunzeln.

»Du hast Angst vor mir, Bonnie?« Als er sich neben mir aufs Sofa setzt, spüre ich augenblicklich Nervosität in mir hochschießen.

»Träum weiter«, murmele ich und ziehe die Decke ein Stück höher zur Brust. Ich trage nur noch mein dünnes Schlaftop und die hellblauen Shorts, die am Bein schon zigmal gerissen und genäht wurden. Irgendwie bin ich nicht davon ausgegangen, dass Matteo tatsächlich noch mal zurückkehrt, nachdem er so lange mit Emilia oben war. Ich freue mich für die beiden und hoffe, dass der Abend ihnen gutgetan hat.

»Was liest du da?« Er deutet auf das Buch in meinem Schoß.

Schnell drehe ich den Einband aus seinem Sichtfeld. Dabei fällt mir leider mein eher provisorisches Lesezeichen auf den Boden.

»Kennst du nicht.« Ich versuche, das kleine Papier, das vorher zwischen den Seiten gesteckt hat, vom Boden zu angeln, kann es aber aus meiner Position nicht erreichen. Matteo hingegen kostet es keine Mühe.

»Warum nutzt du ein Bonbonpapier als Lesezeichen?«

»Hatte gerade nichts anderes«, erkläre ich achselzuckend.

»Und wie heißt das Buch, das ich nicht kenne?«

Hitze schießt mir in die Wangen. Auf gar keinen Fall werde ich ihm den Titel verraten. »Ist auf Deutsch«, schwindele ich und beiße mir verlegen auf die Lippe.

Argwöhnisch verengen sich seine Augen. »Du kannst es mir ja übersetzen.«

Er beugt sich vor und entreißt mir in einem perplexen Moment das Buch. »Hey! Das geht noch kaputt!«

»*SEX/LIFE*. Soso, Deutsch also. Der Titel klingt für mich ziemlich englisch.« Der Ausdruck in seinem Blick ist so amüsiert, dass ich grinsend die Augen verdrehe.

»Das Buch ist aber auf Deutsch.«

»Gibt's da auch 'ne Handlung?«

»Bist du zurückgekommen, um mich aufzuziehen?«

Er legt das Buch neben sich und sieht mich herausfordernd an. »Hast du etwas anderes erwartet?«

Dieser Typ macht mich mit seinen Gegenfragen wahnsinnig. Doch noch mehr wurmt mich, wie sehr seine Anwesenheit mein Herz zum Rasen bringt. Vor allem dann, wenn er mir so nah ist, dass seine Stimme fast schon auf meiner Haut vibriert. Ob seine Berührungen mich wieder so in Ekstase versetzen würden? *Okay, Merle. Stopp! Das hier geht definitiv zu weit! Du hast zu viele spicy Szenen gelesen.*

Ich schlucke, streiche mir die Haare aus dem Gesicht und hoffe, dass mein Gesicht mittlerweile nicht noch röter geworden ist. »Der Abend ging länger, als ich erwartet hatte.«

»Aber er hat dir gefallen?« Matteo grinst.

»Bis zu dem Zeitpunkt, an dem du wieder begonnen hast, Gegenfragen zu stellen.«

»Entschuldige! Ich vergaß, wie sehr ich dich damit zur Weißglut treibe.« In seinen Mundwinkeln zuckt erneut ein Lächeln.

Mein Herz flattert in meiner Brust. »Ich bin bereit, für heute darüber hinwegzusehen.« Wann hat es angefangen, dass er mit seiner Mimik mein Gefühlsleben derart beeinflussen kann?

»Du bist so großzügig.«

Wir sitzen einen Moment nebeneinander und schweigen. Er hat die Arme auf die Sofalehne gelegt. Sein dünnes Shirt spannt über seiner Brust und zeichnet die Spur von leicht definierten Muskeln ab. Ich spüre seine Beine an meinen Zehenspitzen, denke aber gar nicht daran, meine Füße an mich heranzuziehen. Diese kleine, rein zufällige Berührung treibt mir einen feinen Schauer über den Arm. Und nicht nur das. Eine Wärme pocht zwischen meinen Oberschenkeln. So zaghaft, als wüsste sie genau, dass sie eigentlich überhaupt nicht existieren dürfte. Nicht jetzt. Nicht hier. Nicht wegen Matteo. Und schon gar nicht, weil wir nebeneinander auf einem Sofa sitzen und schweigen. Ich glaube nicht, dass ein anderer Mann so etwas jemals auf diese Art und Weise in mir ausgelöst hat. Vielleicht hat dieses Buch mich aus der Fassung gebracht. Mein Hormonhaushalt muss sich erst einmal sortieren. Was gar nicht so einfach ist, wenn Matteo in seiner Position verharrt und ich mich frage, wie sich meine Hände wohl auf dieser braun gebrannten Haut anfühlen würden. Oder seine auf mir.

Fuck. Ich sollte an etwas anderes denken. Ein neues Thema beginnen.

»Emilia war ziemlich müde, oder?«, breche ich also etwas unbeholfen die Stille.

Matteo nickt. »Kein Wunder. So viel wie heute habe ich sie im gesamten letzten Jahr nicht sprechen hören.«

Von der Seite meine ich, eine neue Ernsthaftigkeit in seinem Blick zu erkennen. Es ist unübersehbar, dass er sich Sorgen um seine kleine Schwester macht.

»Sie ist auch viel stärker, als du denkst«, sage ich und beiße mir im nächsten Moment auf die Lippe. »Entschuldige! Das sollte nicht so klingen, als würde ich sie besser kennen …«

»Tust du doch!«, murmelt er und fährt sich durchs Haar. »Seit du hier bist, ist sie komplett verändert. Ich weiß nicht, ob ich Emilia je so zugänglich erlebt habe. Neulich im Restaurant hat sie sich mir wirklich widersetzt, als ich mit dir reden wollte.« Er macht eine bedeutungsvolle Pause. »Ich liebe meine Schwester. Ich habe sie immer geliebt. Aber die letzten Jahre waren echt anstrengend für die ganze Familie.«

Ich presse die Lippen zusammen und nicke. Sofort schießt das Gespräch, das ich mit Emilia in ihrem Zimmer geführt habe, wieder in meinen Kopf.

»Sie hat gegen etwas rebelliert, was niemand von uns verstehen konnte. Nur gesprochen hat sie nicht. Mit keinem von uns. Ich habe mich so oft gefragt, was sie beschäftigt. Ob es daran liegt, dass sie bei Mammas Tod so jung gewesen ist. Vielleicht passiert so was mit einem kleinen Kind, das in einer Umgebung voll Trauer aufwächst …« Seine Stimme bricht.

Ich beuge mich, ohne nachzudenken, vor und greife nach seiner Hand. Erst in dem Moment, in dem seine Wärme meine Finger durchflutet, wird mir klar, wie intim diese Berührung ist. Ich bin kurz davor, zurückzuweichen, als er seine Finger mit meinen verschränkt und meine Hand festhält, als habe er Angst, ohne sie zu ertrinken.

»Was denkst du? Was ist heute anders gewesen?«

»Frag es dich selbst!«, flüstere ich und streiche mit der Hand über seinen Handrücken.

»Das ist es ja eben. Es gibt nichts, das ich gemacht habe. Ganz im Gegenteil: Zwischendurch war es, als hätte ich vergessen, dass sie sonst anders ist.«

Ich nicke heftig. »Und vielleicht ist genau das etwas, das sie braucht: normal sein. Ein Teenager sein. Nicht in Watte gepackt werden.«

Matteo zieht die Brauen zusammen. »Wir haben all die Jahre versucht, sie zu unterstützen. Ihr nicht zu viel zuzumuten. Rücksicht zu nehmen. Und du denkst also, dass sie genau das Gegenteil gebraucht hätte?«

Als ich nicht antworte, mustert er mich von der Seite. »Hat sie dir irgendwas erzählt?«

Ich lege die Stirn in Falten und schiebe schnell ein Lächeln hinterher. »Das wüsstest du wohl gerne, was? Aber ich werde den Teufel tun, Mädchengeheimnisse auszuplaudern.«

»Verdammt!« Ein Funkeln geht durch Matteos Augen. »Es wäre zu schön gewesen.«

»Du bist ein scheußlicher Bruder mit niederen Manieren!«, schimpfe ich gespielt erbost und schnipse mit zwei Fingern seine Hand weg.

»Niedere Manieren«, wiederholt Matteo amüsiert. »Was soll das denn heißen?« Die Art, wie er seinen Blick zuerst über mein Gesicht und dann den Hals hinunterstreifen lässt, zwingt meinen Puls, sich auf der Stelle zu beschleunigen.

»Soll ich dir dein Fehlverhalten mir gegenüber wirklich in allen Einzelheiten auflisten?«, frage ich mit gedämpfter Stimme.

»Ich kann es kaum erwarten.« Seine braunen Augen haben sich prüfend verengt.

»Es ist unmöglich!«

»Du könntest hinten beginnen! Was hat mich zuletzt als Mitbewohner disqualifiziert?«, raunt Matteo.

Ich habe nicht bemerkt, dass seine Hand sich unter meine Decke bewegt hat. Erst als Zeigefinger und Daumen ganz langsam über meine Waden fahren, schnappe ich überrascht nach Luft. Im selben Moment zieht sich in meinem Unterleib alles zusammen.

»Fällt dir da was ein?« Sein selbstsicheres Lächeln spornt in mir den Ehrgeiz an, mir nichts von meiner … äh … körperlichen Reaktion anmerken zu lassen. Mein Mund ist plötzlich wie ausgetrocknet. Ich lecke mir unauffällig über die Lippen und nicke dann.

»Die fehlende Einsicht wäre ein guter Anfang.«

»Schwach!«, winkt Matteo ab. »Da fällt dir doch sicher was Besseres ein.« Seine Hand bewegt sich ein Stück höher mein Bein hinauf.

»Du blockierst in den letzten Tagen häufig das Bad. Das ist sehr unhöflich.«

»Das ist alles?« Er streicht über mein rechtes Knie, das mittlerweile wie unter elektrisierter Spannung steht.

»Sicher nicht. Du hast beinah unsere Abmachung gebrochen!«

»Beinah!«, erinnert er mich.

»Es war sehr dicht dran!«

»Wie dicht denn? Schon so dicht?« Fuck. Seine Hand fährt vorsichtig über die Innenseite meines Schenkels, und auch der herausfordernde Blick in seinen Augen nimmt weiter zu. Wie kann er bloß so gelassen aussehen, während er sich Zentimeter für Zentimeter meinen Körper hochtastet?

»Etwa zu dicht?« Er weiß genau, was er tut. Er weiß genau, was das mit mir macht.

»Schon okay«, erkläre ich möglichst tonlos und versuche, meinen Beckenboden so zu entspannen, dass der aufsteigende Druck zwischen meinen Beinen ein wenig nachlässt.

»Das erleichtert mich. Ich dachte schon, ich hätte dich zu sehr verärgert. Doch irgendwas gibt mir das Gefühl, dass du gerade eigentlich ganz zufrieden mit mir bist.«

Er ist so ein Arsch! Ein verdammter Mistkerl, der leider genug Pheromone versprüht, um meine Willenskraft außer Gefecht zu setzen.

»Eigentlich ist das eher mein gelangweiltes Gesicht«, presse ich zwischen einem leisen Stöhnen hervor.

»Oh, okay!« Belustigt beißt er sich auf die Lippen.

Als ein Finger so zart meinen Slip berührt, dass ich für einen kurzen Moment glaube, mir den Finger nur eingebildet zu haben, schießt das Verlangen schmerzhaft durch meinen Unterleib.

»Stimmt, jetzt kann ich es auch sehen … Du siehst richtig gelangweilt aus!«

»Sei nicht traurig! Es liegt nicht an dir«, hauche ich und presse meine Hände zu Fäusten.

»Daran hatte ich auch keinen Zweifel.« Er wirft einen prüfenden Blick zur Treppe, bevor er mit den Händen meine Fußgelenke umfasst und sie mit einem Ruck aus der angewinkelten Position zieht. Kaum liege ich flach auf dem Sofa, bewegt er sich im Vierfüßlerstand über mich.

Sein Gesicht ist jetzt über mir. Sein rechtes Handgelenk direkt an meinem Ohr. Ich spüre seinen Atem auf meinem Gesicht, rieche eine Mischung aus Parfüm und herbem Deodorant. »Von hier oben siehst du fast niedlich aus. Wie so ein Anblick doch täuschen kann.«

»Von hier unten siehst du immer noch genauso arrogant und unverschämt aus wie am ersten Tag.« Und schon damals habe ich mich gleich im ersten Moment wie magisch zu ihm hingezogen gefühlt.

»So arrogant und unverschämt, dass ich dich noch immer langweile?«

Ich tue so, als würde ich herzlich gähnen, woraufhin er seinen Kopf zu mir runterbeugt. Seine Lippen berühren zuerst meinen Hals. Dann meine Schultern. Mit der Spitze seiner Nase schiebt er die Decke ein Stück zur Seite und küsst sich bis zum Ausschnitt meines Tops hinunter. Ich verschränke meine Finger in seinem Nacken und ziehe ihn näher an mich heran.

Als unsere Lippen aufeinandertreffen, schwillt mein Herz zu einem riesigen Luftballon voller Adrenalin an. Das Flattern in meiner Brust wird kräftiger. Habe ich noch vor einer Woche geglaubt, den intensivsten Kuss meines Lebens bekommen zu haben, so muss ich diese Aussage in dem Augenblick revidieren, in dem unsere Zungen sich ineinander verfangen. Warme, feuchte Lust kribbelt unter dem dünnen Stoff meines Slips. Verdammt, warum fühlt sich das so gut an?

Mit geschlossenen Augen pelle ich mich aus der Decke und presse meinen Oberschenkel gegen Matteos. Während er seine Hände in meinen Haaren vergräbt, reibe ich mich in langsamem Rhythmus an seinem behaarten Bein. Das Blut schießt wie ein sich viel zu schnell ausbreitendes Gift durch meine Adern, betäubt förmlich meine Sinne. Ich erhöhe die Geschwindigkeit, um die Lust einzufangen. Doch ich habe keine Chance mehr, nach ihr zu greifen.

»Ich will dir etwas zeigen.« Matteos Atem streicht so nah an mein Ohr, dass ich nicht einfach nur Gänsehaut bekomme, ich bestehe plötzlich aus diesem Kribbeln.

»Jetzt?« Ich japse nach Luft.

»Warum nicht?«

Weil das Letzte, was mir jetzt in den Sinn käme, wäre, diesen Moment hier zu unterbrechen. Sei es auch nur für ein paar Minuten. Sekunden. Herzschläge.

»Glaub mir, du wirst es lieben.« Gott, sein Lächeln bringt mich beinah um den Verstand. Ehe ich michs versehe, hat er mich gepackt und verboten mühelos auf seine Arme gehoben.

»Du kannst mich nicht schon wieder einfach so hochheben.« Trotzig boxe ich ihm gegen die Brust.

»Du siehst doch, dass ich es kann.« Mit einem Grinsen sieht er auf mich hinunter. »Außerdem glaube ich kaum, dass du dich beschweren würdest, wenn du wüsstest, wohin wir gehen.«

»In diesem Hotel gibt es also eine Schatzkammer?«, albere ich herum.

»Das, was ich meine, ist besser. Mach die Augen zu.«

Sein rauer Befehlston lässt das Pulsieren in meinem Unterleib kein bisschen besser werden. Und obwohl ein gewisser Trotz in mir darüber nachdenkt, mich ihm zumindest kurz zu widersetzen, gehorche ich. Ich schließe die Augen und schmiege mich in seine Arme, als sei dieser Platz etwas, das von Anfang an mir gehört hat.

Als es in diesem Haus plötzlich nur noch Matteos Schritte gibt, gerate ich in Versuchung, zu blinzeln.

»Nicht schummeln, *tedeschina*.« Anders als vor wenigen Wochen, klingt dieser dämliche Spitzname aus seinem Mund auf einmal überhaupt nicht mehr dämlich, sondern als habe er einen Wert, den nur wir beide verstehen. »Nicht erschrecken. Das ist nur eine kleine Treppe, okay?«

Ich nicke kaum merklich, versuche, im Kopf die Stufen zu zählen. Wo um alles in der Welt gehen wir hin? Ich spüre, wie Matteo einen Vorhang, der kurz meine Stirn streift, zur Seite schiebt, und kneife die Augen noch fester zusammen, als könne ich sonst für nichts garantieren.

»Das hier ist mein Lieblingsort im ganzen Hotel.« Matteos Arme lösen sich von meinem Körper, und ich versinke in dem weichen Stoff eines Sessels. Zumindest glaube ich, dass es sich um einen Sessel handelt.

»Kann ich jetzt?«

»Moment. Erst bei fünf! Ich muss eben …« Seine Stimme entfernt sich, und ich beginne, leise zu zählen.

Eins. Zwei. Aufregung kitzelt in meiner Brust. Drei. Ich spüre Matteos Atem nah bei mir. Vier. Matteos Hand ist wieder da; seine Finger gleiten zwischen meine. Fünf.

Ich öffne die Augen.

35. Kapitel

Matteo

Der Anblick des leuchtenden Himmelszeltes reicht, um ein Gefühl in mir hervorzurufen, das ich dachte, tief in mir begraben zu haben. Ich weiß, dass die anderen es für albern halten würden, doch seit jenem Tag im letzten November bin ich kein einziges Mal hier gewesen. Habe nie auch nur daran gedacht.

Doch heute fühlt es sich richtig an. Zu sehen, welche Wirkung diese vier Wände auf Merle haben, beruhigt mich. Beruhigt mich so sehr, dass mein Puls wieder langsamer wird.

»In den ersten Wochen und Monaten nach unserem Einzug ins Casa Nera haben wir Stunden hier verbracht«, durchbreche ich die Stille. »Wenn ich ehrlich bin, habe ich mir damals nicht vorstellen können, diesen Ort hier jemals wieder zu verlassen. Und das lag nicht allein an der Popcornmaschine.«

»Moment mal, es gibt eine …«

»Eine Popcornmaschine«, bestätige ich. »Was hast du erwartet? Ein Kino ohne Popcorn ist wie ein …« Ich suche nach dem richtigen Vergleich.

»Wie ein Himmel ohne Sterne?« Sie legt den Kopf in den Nacken und lächelt.

»Es war nicht meine Idee. Wir fanden es damals eigentlich sogar ziemlich kitschig. Es hat Ewigkeiten gedauert, die vielen Klebesterne an der Decke zu befestigen.«

»Wessen Idee war es dann? Giulias?«

Ich schüttele langsam den Kopf. »Die Freundin eines alten Freundes. Sie meinte, es würde den Raum noch magischer wirken lassen.«

Erinnerungen flackern vor meinem geistigen Auge auf. Es sind dieselben Bilder, die mich so lange davon abgehalten haben, herzukommen. Und obwohl ich damit rechne, dass sie mich kanonenartig treffen, sind sie auf einmal nur ein dumpfer Schlag gegen die Brust. Schmerzhaft, aber erträglich; eine Tatsache, die mich prompt mit einem schlechten Gewissen erfüllt.

»Ich kann nicht glauben, dass ich die letzten Wochen kein einziges Mal hier gewesen bin«, murmelt Merle und geht die flachen Stufen hoch bis zu den hintersten Reihen. »Es gibt hier doch freie Platzwahl, oder?« Das Lächeln reicht ihr bis in die Augen.

»Nicht nur das. Du kannst sogar den Film aussuchen.« Ich folge ihr.

»Das ist also wirklich ein echtes Kino?«

»Hmmm. Ich habe noch nicht so oft ein unechtes gesehen.«

»Haha«, macht sie und streckt mir die Zunge heraus. »Was ich sagen wollte, ist … Die Leinwand funktioniert also noch?«

Ich nicke. »Was nicht heißen soll, dass man hier oben nur Filme schauen kann …«

»Hör bloß auf! Ich will gar nicht wissen, mit wie vielen Frauen du schon hier warst!« Sie stützt die Hände, den Rücken leicht gebeugt, auf der Armlehne eines Sitzes ab und verdreht die Augen.

»Du hältst das hier also für eine Masche?« Ich trete einen Schnitt näher an sie heran, so nah, dass ich ihren schnellen Atem auf meiner Haut spüren kann.

»Vielleicht.« Wir liefern uns ein kurzes Blickduell. Zu sehen, wie ihre Armmuskeln über den Lehnen leicht zu zittern beginnen, löst so viel Begierde in mir aus, dass meine Zweifel leiser werden.

Es wäre das Leichteste der Welt, mich vorzubeugen, die Hände in ihrem wohlgeformten Po zu vergraben und ihr all die lüsternen Dinge ins Ohr zu stöhnen, die ich gern mit ihr machen würde. Mit ihr. Nur mit ihr.

Doch ich bleibe in meiner Reihe, genieße den Moment, in dem ihre Schultern noch tiefer sacken. Ihr Hintern ist jetzt nur wenige Zentimeter von dem Stoff des Kinositzes entfernt, und doch hält sie das Kinn gereckt, als sähe sie keinen Anlass, sich unter mir zu ergeben.

»Und würdest du behaupten, dass sie dir gefällt? Diese *Masche?*« Ich beuge mich vor und küsse mich ihren Hals hinunter bis zu den Schultern.

»Hmmm … Es heißt, man soll nicht lügen.« Sie legt den Kopf schief. »Deshalb muss ich gestehen, schon Besseres erlebt zu haben.«

»Es muss schwer sein, dieses Schauspiel aufrechtzuerhalten.« Ruckartig ziehe ich meinen Oberkörper zurück. »Setz dich!«

Überrascht stelle ich fest, dass sie es tatsächlich tut. Sie lehnt sich mit verschränkten Beinen zurück und sieht mich an. Abwartend, als sei ich der Film und ihr Körper das Publikum. Das Verlangen glüht so heiß auf ihren Wangen, dass ich mich frage, wie es mit dem Rest von ihr aussieht. Mit den Teilen ihrer Haut, die sich bislang noch unter dem knappen Pyjama befinden. Ich setze mich auf den Sitz neben ihr, unsere Arme liegen so dicht beieinander, dass sie sich fast berühren.

»Hast du mal darüber nachgedacht, dass ich dir das Kino vielleicht auch gezeigt habe, weil ich dich mag?« Ich überwinde die letzte Distanz, beuge mich seitlich zu ihr hinüber und küsse sie. Küsse sie so heftig, dass mir ein leises Stöhnen entfährt.

Ich habe keine Ahnung, wie ich es so lange ausgehalten habe, es nicht zu tun. Meine Lippen auf ihre zu pressen, so stürmisch, als hingen unsere beiden Leben davon ab. Diesmal schmeckt Merle nicht nach Abenteuer. Sie schmeckt nach Sommer, schießt es mir durch den Kopf. Dabei kann ich nicht einmal sagen, wie Sommer überhaupt schmeckt. Herrlich süß, vertraut, einfach nach etwas, das ich mag. Ihre Hände, die eben noch so unschuldig auf dem Schoß gelegen haben, graben sich jetzt in meine Schultern. Fuck. Ich will sie. Ich will sie so sehr, dass ich aufpassen muss, mich in diesem Verlangen nicht vollends zu verlieren. Ihre Zunge dringt noch tiefer in meinen Mund ein, als wolle sie mir mit einem Mal alle Bedenken nehmen.

Ich gehe mit der Hand unter den Stoff ihres Pyjamas und ertaste ihren trägerlosen BH. Ihr Brustkorb hebt und senkt sich schneller, als ich das Ding aufmache und achtlos in die Reihe hinter uns werfe.

Ihre Brüste passen so perfekt in meine Hände, als wären sie nur für mich geformt. Als ich mit den Fingerkuppen sanft über ihre harten Nippel streiche, beginnt sie, nach Luft zu schnappen. Sie schließt die Augen, legt den Kopf in den Nacken und drückt mir den Brustkorb fordernd entgegen. Am liebsten würde ich ihr den Stoff sofort vom Körper reißen, doch ich darf die Kontrolle nicht verlieren. Nicht vollends.

Ich öffne den obersten Knopf ihres Tops und küsse mich den Saum entlang bis zu ihren weichen Brüsten. Zuerst gehe ich nur sanft mit der Zunge über ihre Nippel, doch als ich sehe, wie sie den Rücken lustverzerrt noch weiter durchstreckt, nehme ich meine Zähne dazu.

Ich probiere mich vorsichtig auf dem schmalen Grat ihres Schmerzes, wechsle zwischen sanften Liebkosungen und kleinen Bissen.

»Ist das okay? Wenn dir das nicht gefällt, dann …«

Wieder stöhnt sie auf. »Mach weiter!«

Das lasse ich mir nicht zweimal sagen. Ich beschleunige mein Tempo, gleite mit der Hand in ihre Hose und streiche über den hauchdünnen Stoff ihres Slips.

Wir küssen uns erneut. Noch schneller und haltloser, sodass ich es kaum noch ertrage und mit dem Finger in sie eindringe.

Sie ist so warm und feucht, dass ich an mich halten muss, um ihr nicht die ganze Hand in die Pussy zu schieben. Ich nehme einen zweiten Finger, bewege ihn im Rhythmus unseres Kusses in ihr und verteile ihre Lust mit dem Daumen auf ihrem geschwollenen Kitzler. Als sie mir erstickt in den Mund stöhnt, weiß ich, dass ich ihr verfallen bin.

Ich könnte die ganze Nacht hier sitzen und zusehen, wie sie sich unter meinen Berührungen windet. Spüren, wie sie ihre Muskeln anspannt und ihr Unterleib sich enger um meine Finger schließt. Wie ein Pulsieren, das ausschließlich ich spüren kann. Das Becken leicht angehoben, bewegt sie sich auf meiner Hand.

»Du siehst so schön aus, wenn du meinen Finger reitest.«

»Du bist ein Arsch!«

»Du beleidigst mich selbst dann noch, wenn ich dich im wahrsten Sinne des Wortes in der Hand habe?« Ich gleite mit dem Finger ein Stück aus ihr heraus und muss grinsen, als ich sehe, wie ihre Beine zittern.

»Es ist nur die Wahrheit.«

»Wenn du dabei nicht so heiß wärst, hätten wir ein Problem!«

»Das einzige Problem, das ich sehe, ist, dass du dich nicht auf deinen Job konzentrierst.«

»Verstehe«, knurre ich und stoße ohne Ankündigung noch tiefer in sie hinein. »Weißt du, ich nehme diese Aufgabe hier eigentlich sehr, sehr ernst.«

Sie japst schon wieder nach Luft, aber ich denke gar nicht daran, ihr eine Atempause zu erlauben. Ich umkreise mit der

Zunge noch einmal ihren Nippel, nehme ihn zwischen die Lippen und presse diese so fest zusammen, dass Merle heftig zuckt.

Ich packe sie an den Handgelenken und nehme ihre Arme über dem Kopf zusammen. »Hör auf, dich zu bewegen!«

Inzwischen ist die Nässe zwischen ihren Beinen längst durch ihren Slip gesickert.

»Wusstest du, dass auf Sitzeversauen eine hohe Strafe steht?«

»Strafe?« In ihren Augen blitzt ein unschuldiges Lächeln auf, das so gar nicht zu dem Mädchen passt, das gerade noch versucht hat, es sich mit meiner Hand selbst zu besorgen. Anstelle einer Antwort massiere ich erneut ihren Kitzler, erhöhe die Geschwindigkeit, als ich merke, wie ihre Atmung sich beschleunigt. Ich stoße noch einmal in ihre feuchte Mitte. Schneller. Härter. Dabei lasse ich sie nicht aus den Augen.

»Mach den Mund auf!«

Sie gehorcht ausnahmsweise sofort. Schließlich weiß sie, dass ich am längeren Hebel sitze. Als ich spüre, wie sich ihr Beckenboden enger um mich schließt, ziehe ich meine Finger aus ihr heraus und tausche sie mit der anderen Hand.

»Leck ihn ab!« Ich halte ihr meinen Zeigefinger vor die Lippen und warte, bis sie ihre Zunge spitzt und langsam über meine nasse Haut fährt, den Blick starr auf mich gerichtet. Ich schiebe ihr den Finger so tief in den Mund, dass sich ihr Würgereiz meldet. »Das ist die Strafe fürs Sitzeversauen.«

Fuck, es macht mich so geil, wenn sie mich aus ihren Katzenaugen heraus ansieht und ich mir vorstelle, ihre Lippen würden sich so hart um meinen Schwanz schließen.

Während sie weiter lutscht, bringe ich sie mit der anderen Hand zum Stöhnen. Ihre Muskeln schließen sich pulsierend um meinen Finger, und das Gefühl, sie so zu beherrschen, bringt mich beinah dazu, in meiner Hose zu kommen. Als Merles Lider zu flattern beginnen, spüre ich ihren Orgasmus so heftig, als wäre es mein Körper, der von einem Beben überrollt wird. Ich spüre ihre scharfen Zähne über meine Haut fahren und küsse sie, weil ich wissen will, wie ihre Lust schmeckt.

Kaum hat ihre Atmung sich wieder beruhigt, ist da dieses lautlose Schmunzeln auf ihrem hübschen Gesicht.

»Immer noch gelangweilt?«, frage ich amüsiert.

Sie gähnt gedehnt.

»Dann hast du sicher auch keine Lust auf einen Nachtisch, oder?«

Etwas, womit ich nicht gerechnet habe, blitzt in ihren Augen auf: Erwartungen.

Falsche Erwartungen. Falsch insofern, als ich sie nicht erfüllen kann. Nicht heute. Nicht jetzt. Gott, ich will jetzt nicht daran denken. Den Stress nicht zulassen.

»Ich habe Popcorn und Cola im Angebot. Wenn du es lieber salzig magst, muss ich erst nachsehen.«

Falls sie enttäuscht ist, lässt sie es sich nicht anmerken. »Süß ist perfekt. Salzig hatte ich schon.« Als sie sich mit einem zweideutigen Grinsen über ihre Unterlippe fährt, wird mir etwas bewusst: Egal, wie sehr ich mich am Anfang in Merle getäuscht habe … mit etwas habe ich recht behalten: Sie ist eine Spielerin. Eine wahnsinnig gute Spielerin.

Es gibt nur ein Problem: Sie hat keine Ahnung, dass sie nicht alle Regeln kennt.

36. Kapitel

Merle

Die nächsten Tage vergehen, ohne dass sich an ihrem Ablauf etwas ändert. Ganz im Gegenteil, am Freitagmorgen habe ich das Gefühl, unsere Routine bereits so tief verinnerlicht zu haben, als gäbe es ein Drehbuch, aus dem wir gelernt haben.

Morgens im Flur tauschen wir bedeutungsvolle Blicke aus, die so viel heißen wie »Gut erholt?« oder »Heute Abend wieder?«.

Beim raschen Frühstück ist meist einer der anderen dabei. Also tun wir so, als hätten wir einander nicht viel zu sagen. Eine Ausnahme sind die heimlichen Nachrichten, die Matteo mir textet, während er so tut, als sei er in einen mitreißenden Artikel auf seinem Smartphone konzentriert. Nicht nur ein Mal zucke ich wegen einer aufleuchtenden Benachrichtigung zusammen.

»Alles okay bei dir?«, fragt Giulia und hebt misstrauisch eine Augenbraue, als ich blitzschnell das iPhone vom Tisch nehme.

»Ja, klar«, lüge ich und setze ein scheinheiliges Lächeln auf. Es war nicht meine Entscheidung, die Sache zwischen Matteo und mir für uns zu behalten, doch natürlich ist mir nicht entgangen, dass es ihm lieber ist, wenn die anderen erst einmal nichts davon wissen.

Eine weitere eingehende Nachricht vibriert in meiner Hand.

Matteo: *»Ein unbefleckt Herz lässt sich nicht so leicht erschrecken.«*

Todesmutig beginne ich, unter dem Tisch zu tippen. Ich hätte nie gedacht, dass mich dieser Nervenkitzel auch nur annähernd so reizen könnte.

Merle: *Haha, und dieses »befleckt sein« ist nur meine Schuld?*

Matteo: *»Die Hölle ist leer. Alle Teufel sind hier.«*

Merle: *Ist das ein schräges Zugeständnis?*

Matteo: *Das musst du Shakespeare fragen.*

Merle: *Ahh, verstehe! Der Herr zitiert gehobene Literatur.*

Matteo: *Alles Teil einer Masche!*

Merle: *Und was ist, wenn ich darauf nicht abfahre?*

Matteo: *Hm … dann würde ich wieder auf meine gewohnten Mittel zurückgreifen.*

Und da wären wir bei den Abenden … Die ganze Woche, bis auf gestern, haben wir uns spät am Abend hoch ins Kino geschlichen und Grenzen gebrochen, von denen ich nicht einmal mehr sagen kann, ob man sie noch als Grenzen bezeichnen kann.

Allein die Erinnerung daran, wie er mit der Zunge jeden Millimeter zwischen meinen Beinen erkundet hat, treibt mir Hitze ins Gesicht.

Ich unterdrücke ein Schmunzeln, nehme den letzten Löffel meines Müslis und schiebe den Stuhl zurück. Wenn ich die Zeit weiterhin so aus den Augen verliere, komme ich zu spät zu meiner Vorlesung.

Erst als ich meinen Teller in die Spülmaschine gestellt habe, prüfe ich noch einmal mein Display.

Matteo: *Um 20:00 Uhr?*

Merle: *Wenn du mir einen Platz mit der besten Sicht freihältst.*

Matteo: *Sag bloß, du willst diesmal etwas vom Film mitbekommen …*

• • •

Eine Stunde später spüre ich das Kopfsteinpflaster unter den dünnen Sohlen meiner Sandalen, während ich neben Isabella durch die engen Gassen zur Universität gehe.

Der Oktober ist nicht annähernd mit dem von zu Hause vergleichbar. Alles ist weniger dunkel und trist, die Welt leuchtet viel mehr. Die Häuser reihen sich wie bunte Perlen aneinander, und das Licht tanzt auf den Kanälen.

»Habe ich irgendetwas verpasst?«, fragt Isabella mich von der Seite.

Ertappt beiße ich mir auf die Unterlippe. »Nein, was sollst du verpasst haben?«

Ich habe beschlossen, mein kleines Geheimnis noch eine

Weile für mich zu behalten. Solange die anderen im Casa Nera nichts darüber wissen, ist es besser, vorsichtig zu sein.

»Du wirkst so … glücklich«, murmelt Isabella.

»Und das ist so komisch?«

»Vergiss, was ich gesagt habe. Hast du dir die Folien von letzter Woche mal angesehen? Ich glaube, dass da mindestens eine Seite fehlt.«

Erleichtert, noch mal die Kurve bekommen zu haben, schüttele ich den Kopf. Asche auf mein Haupt, aber nein, ich hatte die letzten Tage andere Dinge im Sinn, als mich auf die Uni zu konzentrieren.

»Ich werde Signor Loma fragen, ob er sich den Upload noch mal ansieht. Das kann doch nicht sein. Stell dir vor, ausgerechnet diese Seiten sind am Ende prüfungsrelevant.«

Ich nicke abwesend. Jedes Mal, wenn mein Handy vibriert, zucke ich zusammen in der Hoffnung, dass es eine Nachricht von Matteo ist.

In der Uni angekommen, versuche ich, mich auf die Vorlesung zu konzentrieren.

Während der Pause checke ich heimlich mein Handy. Eine Nachricht von Matteo: *Kann es kaum erwarten, dich heute Abend zu sehen.* Mein Herz macht einen aufgeregten Hüpfer, und ich spüre, wie meine Wangen heiß werden. Ich tippe eine flüchtige Antwort, verberge mein Lächeln und stecke das Handy schnell weg, bevor Isabella etwas merkt. Der Nachmittag vergeht wie im Flug.

Als ich am Abend pünktlich um acht das alte Kino betrete, ist Matteo noch nicht da. Ich setze mich auf einen der vordersten Sessel und warte. Warte, bis die Anzeige meines Handys auf halb neun umspringt.

Kann es etwa sein, dass er mich vergessen hat?

Ein paar Minuten tigere ich unruhig zwischen den Reihen hin

und her und versuche, ihn zu erreichen. Warum hat er sein Telefon ausgeschaltet? Schläft er etwa schon? Wer in Gottes Namen geht um halb neun schlafen? Und hallo? Wer in Gottes Namen geht um halb neun schlafen, wenn er eigentlich vor einer halben Stunde verabredet war?

Ich kann nicht verhindern, dass sich Enttäuschung in mir breitmacht.

Um kurz vor neun komme ich mir langsam zu blöd vor und entscheide mich für einen Rückzug. Wenn er bis jetzt nicht hier aufgetaucht ist, muss er mich tatsächlich vergessen haben.

In meinem Zimmer angekommen, tausche ich Shorts und trägerloses Top gegen ein Nachthemd. Der viel zu dünne Streifen meines Tangas zwickt zwischen meinen Pobacken, und ich nehme mir selbst das Versprechen ab, nie wieder so ein Ding anzuziehen. Ja, ja, ich weiß, man sollte so was nicht wegen eines Kerls machen. Ich habe daraus gelernt, okay?

Trotzig strampele ich mich aus dem winzigen Stück Stoff und lasse mich rücklings aufs Bett fallen. So ungern ich es zugeben mag, hatte ich mich doch auf den Abend mit Matteo gefreut. Endlich nicht mehr so tun, als bestehe das Risiko, dass wir einander jeden Augenblick die Augen auskratzen. Endlich wieder mit dem Gesicht auf seiner Brust die Sterne sehen und endlich wieder seine Finger zwischen meinen Schenk… Stopp! Ja, verdammt, ich gebe es zu: Nicht nur mein verkorkstes Herz hat die Zeit mit Matteo den ganzen Tag herbeigesehnt. Auch ein anderer Part meines uneinsichtigen Körpers hätte einem Wiedersehen nicht widersprochen.

Ob wir diesmal sogar einen Schritt weiter gegangen wären? Der Gedanke daran bringt die Stelle zwischen meinen Beinen ordentlich zum Pochen.

Fast kommt es mir so vor, als kenne Matteo einen Trick, der Frauen süchtig nach ihm werden lässt. Das würde jedenfalls erklären, warum er anfänglich ständig einen neuen Flirt parat hatte. Na schön, er ist verboten attraktiv und hat ein Ego, das bis zur Antarktis reicht … Aber die Theorie mit den überschäumenden Orgasmen finde ich angesichts meiner vor Lust protestierenden Vulva ziemlich schlüssig.

Ich rolle mich noch tiefer ins Bett hinein und streiche gedankenversunken meinen rechten Oberschenkel hinauf. Bei Matteo haben sich diese Berührungen eindeutig intensiver angefühlt. Aber Matteo ist nun einmal nicht hier.

Ich ertappe mich bei einem nachgesetzten »Leider«.

Dass es nicht seine Hände sind, die jetzt unter den Bund meines Nachthemdes wandern, ändert noch lange nichts daran, dass ich es mir zumindest vorstellen kann.

Ich schließe die Augen und lasse die Erinnerungen sanft in mir kribbeln. Fuck, ich wünschte, er wäre hier.

Plötzlich ist da dieses Knarzen an der Tür. Nicht in meinem Kopf, sondern genau hier. In meinem Zimmer.

Ich schlage die Augen auf, fahre ruckartig zusammen und starre ihn an. Matteo. Heilige Jungfrau Maria, der liebe Gott hat meine Gedanken gelesen, und ich komme in die Hölle.

»Wie war das noch mal mit dem Klopfen?«, fahre ich ihn an. Angriff ist die beste Verteidigung.

»Sorry. Ich wusste nicht, ob du noch wach bist, deshalb war ich extra leise.«

Fieberhaft überlege ich, wie viel er gesehen haben kann. Automatisch ziehe ich die Knie zusammen. »Ich war im Halbschlaf.« Ja, Merle, ist klar.

Das freche Grinsen, das in seinen Mundwinkeln zuckt, lässt nicht viel Platz für Interpretation übrig. »Ich wollte dich bei deinem … äh … Halbschlaf nicht stören.«

Idiot! Muss er die Situation noch peinlicher machen, als sie ohnehin schon ist?

»Eigentlich wollte ich mich nur entschuldigen, weil ich dich versetzt habe. Ich war im Restaurant, und es war brechend voll. Dann ist irgendwann auch noch mein Akku leer gewesen.«

»Und es gab kein Ladekabel?« Wieso klinge ich schon wieder so patzig?

»Nicht in Reichweite, nein«, antwortet Matteo und mustert mich, als habe er sich die gleiche Frage auch gestellt. »Bist du sauer?«

Ich schüttele den Kopf und presse die Beine verlegen noch fester aneinander. »Ich habe nur nicht mehr mit dir gerechnet.« Ganz offensichtlich nicht.

»Darf ich trotzdem reinkommen?«

Ja. Nein. Ja. Nein. Ja, ich will ihn. Nein, ich habe keinen Slip an.

»Oder soll ich besser gehen?«

»Nein.« Mein Platz in der Hölle ist sicher schon bereit gemacht. Vielleicht gibt es noch ein Gratishöschen dazu. »Ich meine, bleib! Bitte.«

Er nickt und lässt die Tür hinter sich ins Schloss gleiten. Schnell ziehe ich mir die Decke über die Beine.

Ich rechne damit, dass er es sich auf dem Sessel an meinem Fußende bequem machen wird, doch Pustekuchen, er setzt sich direkt gegenüber von mir auf die Matratze. Nach wie vor ist da dieses herausfordernde Lächeln auf seinen Lippen.

Ich wünschte, er würde es einfach direkt ansprechen. Meinetwegen auch mit einem seiner Sprüche, so nach dem Motto: »Du hast heute also ohne mich weitergemacht?« Aber nein, das wäre zu einfach. Matteo ist der Typ fürs Quälen. Seine Augen huschen über den Teil meines Körpers, den ich nicht unter der Decke versteckt habe, und bleiben bei meinen Brüsten hängen. Ich trage keinen BH. Natürlich trage ich unter meinen Schlafsachen keinen BH.

»Dieses Nachthemd steht dir sehr gut.« Er beherrscht dieses Quälen so gut wie kein anderer. Ich muss eine Masochistin sein, wenn ich mich dennoch so stark zu ihm hingezogen fühle.

»Du liest also Shakespeare?«

Falls er überrascht über den plötzlichen Themenwechsel ist, lässt er es sich nicht anmerken. »Nicht nur. Ich lese alles, was mich auf potenzielle Theatereinbrüche vorbereitet. Nach Shakespeares gesammelten Werken wäre *Tristan und Isolde* dran gewesen, aber davon brauche ich jetzt erst mal ein wenig Abstand.«

»Verstehe. Wenn du vorhast, alle von Shakespeares Dramen zu lesen, hast du ja vorher auch noch einiges zu tun, nehme ich an.«

Matteo zuckt mit den Schultern. »Wusstest du, dass es Spekulationen gibt, er habe seine Werke nicht selbst geschrieben?«

Argwöhnisch hebe ich das Kinn. »Du kommst mir jetzt nicht mit einer Verschwörungstheorie, oder?«

»Vielleicht doch. Aber sie ist wirklich interessant und auch ein bisschen spannend.«

»Ist das nicht genau der Punkt, weshalb man sich so was erzählt?«

»Du glaubst, Menschen erzählen sich solche Dinge hauptsächlich darum, weil solche Theorien unterhaltsam sind?«

Ich weiche nicht zurück, als er näher an mich heranrutscht.

»Klar. Je spektakulärer, desto besser. Vielleicht will auch niemand wahrhaben, dass eines der am meisten vergötterten und gebildetsten Genies aller Zeiten ein ganz normaler Bürger irgendeiner englischen Provinz war. Fitzek hat mal in einem Interview gesagt, dass seine Leser ihm nichts so wenig glauben wie die Geschichten aus dem wahren Leben.«

»Wer ist Fitzek?«

Ups. »Sebastian Fitzek ist ein deutscher Thrillerautor.« Mir entfährt ein Lachen. »Also, was ist jetzt mit deiner Verschwörungstheorie zu Shakespeare?«

»Es ist nicht meine Verschwörungstheorie«, korrigiert er mich. »Aber schön, also willst du sie doch hören.« Zufrieden räuspert er sich. »Es wird spekuliert, ob anstelle von William Shakespeare einer seiner Freunde die Werke geschrieben hat.«

»Und gibt es dafür auch irgendwelche Indizien?«

»Ganz langsam, *tedeschina*. Ich wollte gerade ausholen. William hat damals geheiratet und Kinder bekommen. Kurz darauf verließ er die Familie und verschwand für ein paar Jahre. Es gibt keinerlei Aufzeichnungen darüber, was in dieser Zeit mit ihm gewesen ist. Später veröffentlichte er seine ersten Werke, die nicht nur auf einem ungewöhnlich hohen literarischen Niveau waren, sondern auch an Orten spielten, an denen Shakespeare selbst nie gewesen ist.«

»Na und? Denkst du, Lewis Carroll ist jemals im Wunderland gewesen? Oder willst du behaupten, Tolkien habe *Herr der Ringe* nicht geschrieben, weil er Mittelerde nie besucht hat?«

Matteo lacht auf. »Bring mich nicht auf Ideen! Aber nein, das kannst du nicht vergleichen. Shakespeare beschrieb Städte wie Verona so präzise, dass es schon erstaunlich ist. Jedenfalls ohne Google Maps.«

»Und wer soll die Werke stattdessen verfasst haben?«

»Dazu gibt es unzählige Theorien. Eine davon handelt von Christopher Marlowe, der nach einer Anklage wegen Hochverrats hingerichtet werden sollte. Man sagt, er habe seinen Tod vorgetäuscht und danach unter Shakespeares Namen veröffentlicht. Aber wie gesagt, es gibt etliche solcher Storys.«

»Die du glaubst?«

»Was ich glaube oder nicht glaube, spielt dabei keine Rolle. Mir ist egal, wer die Texte geschrieben hat. Genauso, wie es mir egal war, dass du Emilia ein Märchen über Thomas Edison und seine Mutter erzählt hast.«

Ich verschränke empört die Arme vor der Brust. »Ich habe es irgendwo gehört.«

»Und die Quelle nicht überprüft?«, fragt er mit hochgezogenen Augenbrauen.

»Bist du mein Deutschlehrer?«

Seine Hände wandern näher an mein Bein heran. »Ich kann für dich sein, wer immer du willst.«

»Spinner.« Mein Atem beschleunigt sich, und die feinen Härchen auf meinem Arm stellen sich auf, als ich eine Berührung an meinem Schenkel wahrnehme. Wie hat er es so plötzlich unter meine Decke geschafft?

»Ich habe dich vermisst.« Diese Worte aus seinem Mund zu hören sollte sich falsch anfühlen. Alles hier sollte sich falsch anfühlen. Bis vor Kurzem konnten wir einander nicht ausstehen. Aber die Wahrheit ist, dass es das nicht tut. Sich falsch anfühlen. Vielmehr ist es so, als gehören diese Worte schon immer hierher. Zwischen ihn und mich.

»Ich dich auch«, bringe ich atemlos hervor. »Ich habe zwischendurch gedacht, dass ich wahnsinnig werde.«

»Und ich habe zwischendurch gedacht, dass ich mich am Küchentisch vor aller Augen auf dich stürzen und dich so heftig küssen möchte, dass du deinen eigenen Namen vergisst. Das Einzige, was mich hat durchhalten lassen, war der Gedanke, dass ich dich jetzt für mich allein habe.«

»Sag bloß, Exhibitionismus ist nicht dein Ding«, flüstere ich.

»Eigentlich nicht. Aber nun ja … andererseits ist alles, was mit dir zu tun hat, neuerdings mein Ding.«

Meine Wangen werden, wenn überhaupt möglich, noch heißer.

Matteo hingegen wagt einen weiteren Vorstoß. Er fährt meine Schenkel weiter hinauf und hält plötzlich inne. »Du hast keinen Slip an, Bonnie.«

Dieser Spitzname, er sollte dämlich klingen. Kindisch, albern, absolut bescheuert. Doch ich kann nicht genug davon bekommen.

»Ich dachte, der lenkt sowieso nur ab.« Meine Erklärung bringt ihn erneut zum Grinsen.

»Schlaues Mädchen!«

Mein Herz rast, als er mich näher an sich heranzieht, die freie Hand um mein Gesicht legt und meine Lippen so stürmisch mit seinen verschließt, dass mir schwindelig wird. Unser Kuss ist zuerst romantisch und voller Hingabe, doch dann nimmt er immer weiter an Fahrt auf.

Ich spüre, wie er Luft holt. Kurz innehält, als könne er nicht genug davon bekommen. Nicht genug von dem Moment.

Ich rutsche so nah an ihn heran, dass ich halb auf seinem Schoß sitze, verlagere mein Gewicht nach vorn und drücke meinen Unterleib so fest gegen sein Bein, dass das Kribbeln zunimmt. Ich will so sehr, dass er es merkt. Will, dass er spürt, wie feucht ich bin.

Wie feucht ich durch ihn bin. In kreisenden Bewegungen rutsche ich auf seinem Schoß hin und her, lasse die Hände unter sein Shirt gleiten, damit ich seine muskulöse Brust fühlen kann.

Das Verlangen vibriert zwischen meinen Beinen, und ich verdränge den Gedanken daran, welch eine Sauerei meine Lust auf seinen Shorts hinterlässt. Am liebsten würde ich für immer hier sitzen, meine Sinne von seinem herben Duft betören lassen und alles vergessen, was nicht mit uns zu tun hat. Mit uns und unseren Händen, Lippen, Zungen und Herzen.

Als Matteo mir einen vorsichtigen Schubs nach hinten versetzt, fürchte ich für den Bruchteil einer Sekunde, er könne mich loslassen. Doch stattdessen bettet er mich sanft auf mein Kissen, schiebt die Decke zur Seite und küsst sich meinen Hals hinab über die Schlüsselbeinknochen zu meinem Bauch.

Beide Hände auf meine Knie gelegt, spreizt er meine Schenkel. Ich keuche auf, als er zurückweicht, um keinen Herzschlag später mit seinem Gesicht zwischen meinen Beinen abzutauchen.

Seine Zunge erkundet zuerst sanft meine weiche Haut, bevor er beginnt, um meinen empfindsamsten Punkt zu lecken. Ich beiße mir so fest auf die Unterlippe, dass mir ein Schmerz durch den Körper jagt. Mit einer quälenden Ausdauer umkreist er meine Klitoris, ohne sie auch nur ein einziges Mal zu berühren. So zärtlich, wie ich es ihm nie zugetraut hätte. Aber eben auch so zärtlich, dass er keine Anstalten macht, meinem Pulsieren nachzugeben.

Wimmernd vor Lust drücke ich mich seinem Mund entgegen, kralle meine Fingernägel fest in sein Haar und bete, dass er das Zeichen, mich von meinem schmerzhaften Verlangen endlich zu erlösen, versteht. Doch dazu scheint er es zu sehr zu genießen, mich vollständig unter seiner Kontrolle zu haben. Ich bin kurz davor, restlos die Vernunft zu verlieren, da legt er die Lippen um meine geschwollene Klit und beginnt, sie mit der Zungenspitze vorsichtig zu massieren.

»Du. Machst. Mich. Verrückt.« Stöhnend winde ich mich unter seiner Berührung, als er auf einmal noch seine Hand dazunimmt.

Ich verlasse meinen Verstand, schwebe über uns in einem Rausch, getragen von einem Cocktail aus Endorphinen. Ich bin trunken vor Glück. Es ist so viel und gleichzeitig nie genug. Weil ich mehr von ihm will. Immer mehr. Mehr. Mehr. Mehr von seinen Berührungen. Mehr von ihm. Ihm. Ihm. Fuck! Ich will ihn jetzt. Vollständig. Ich will, dass er mich bis zum letzten Zentimeter ausfüllt und wir gleichzeitig auf dieser Welle reiten. Also beschließe ich, ihm das zu zeigen. Ich will ihn hochziehen, küssen und schmecken, während er in mich gleitet. Doch anstatt auf mein Zeichen zu reagieren, beschleunigt er seine Stöße mit den Fingern, macht, dass seine Liebkosungen noch intensiver werden. Er will nicht aufhören, nein, es ist, als würde er darum kämpfen, mich auf diese Weise zu verwöhnen. Noch nie war ein Mann derart besessen von mir. Die Erkenntnis lässt mir beinah Tränen in die Augen schießen. Tränen und gleichzeitig so viel Vertrauen, dass ich meine Hüfte anspanne und sie im Takt seiner Stöße bewege.

Es wäre so einfach, jetzt zu kommen. Zu kommen, während er mit der Zunge kräftiger an meinem Kitzler saugt. Doch ich kann nicht zulassen, dass es vorbei ist. Nicht, bevor ich weiß, wie es sich anfühlt, ihn in mir zu spüren. Vom Übermut gepackt, wage ich einen zweiten Versuch.

»Ich will dich so sehr!« Atemlos streiche ich über seinen Bauch und erreiche in genau dem Moment den Bund seiner Hose, als Matteo erschrocken zusammenfährt.

Blitzartig ziehe ich meine Hand zurück und erstarre in dieser Position. Bum. Bum. Bum. Mein Herz randaliert in meiner Brust.

»Alles okay? Ist irgendwas?«

Matteo presst die Lippen aufeinander und setzt sich gerade auf.

»Habe ich etwas falsch gemacht?« Hitze und Scham. Scham und Hitze. Als könnten sie ohneeinander nicht existieren, fressen sie sich gleichzeitig von meiner Fußspitze bis in den Kopf.

Matteo stöhnt auf, schließt angestrengt die Augen und fährt sich mit der Hand erschöpft durchs Gesicht. Was ist denn los?

Unschlüssig greife ich nach der Decke und schiebe sie zurück über mein Bein. »Ist alles okay?«, wiederhole ich noch einmal, so leise, dass ich mich selbst kaum hören kann.

Matteos Antwort ist ein schweres Atmen. Sonst nichts. Er

bleibt genau zehn Sekunden regungslos neben mir auf der Matratze sitzen.

Ich drücke meine Oberschenkel so fest zusammen, dass das verräterische Prickeln genauso plötzlich verschwindet, wie es gekommen ist. »Tut mir leid, wenn ich irgendwas falsch …«

»Gute Nacht, Merle.« Mit diesen Worten unterbricht er mich. Steht auf. Und geht. Geht aus dem verfluchten Zimmer und lässt mich mit tausend Fragen und einer peinlichen Stille zurück.

37. Kapitel

Matteo

Wenn ich hier liegen bleibe und beschließe, nie mehr die Augen zu öffnen, könnte ich mir selbst vormachen, überhaupt nicht mehr zu existieren.

Wie viel würde ich darum geben, meinem idiotischen Ich von gestern Abend etwas früher ein Zeichen zu geben? Wie in dem Film mit Matthew McConaughey, *Interstellar*, meine ich. Ich habe ihn vor ein paar Jahren im Kino gesehen und muss plötzlich daran zurückdenken.

Nur gibt es da den kleinen Unterschied, dass ich weder ein Astronaut bin, der die Welt retten will, noch eine Erklärung dafür habe, weshalb die Relativitätstheorie für mich irgendwie von Bedeutung sein könnte.

Ich setze mich auf. Wir haben erst kurz vor sieben, ich habe eine Höllennacht hinter mir und weiß nicht, wie ich den heutigen Tag überstehen soll.

Eine Nachricht auf meinem Smartphone verrät mir, dass Diego mit Kopfschmerzen flachliegt und jemand anderes die Besorgungen fürs Wochenende machen muss.

Ausgerechnet heute, wo ich am liebsten keiner Menschenseele über den Weg laufen würde. Allen voran nicht Merle.

Der Gedanke treibt mir Wut in den Bauch. Nicht auf sie, sondern einzig und allein auf denjenigen, der von Anfang an zu weit gegangen ist. Der die Zeichen ignoriert hat und seine verdammten Finger nicht von ihr lassen konnte. Ich hätte wissen müssen, dass das nicht lange gut geht. Wie immer. Bei Laura, Maria, Gloria und all den Mädels davor war es dasselbe. Wie konnte ich nur so dumm sein und mit Merle den gleichen Fehler begehen? Merle, die mir wirklich etwas bedeutet. Das wird Emilia mir nie verzeihen.

Weil ich die anderen mit den Einkäufen nicht allein lassen kann, bleibt mir keine andere Wahl, als mich zu stellen. Ich werde mich nicht in meinem Zimmer verbarrikadieren und warten, bis Merle wieder nach Deutschland zurückkehrt und es so sein wird wie zuvor. Beschissen. Aber wenigstens ohne die Angst, den eigenen Flur zu betreten.

Ein fieses Stechen brennt in meiner Brust. Warum fühlt sich dieser Gedanke so wenig befreiend an? Weil ich weiß, dass es dann von vorne losgehen wird? Dass ich aus diesem Teufelskreis nicht herauskommen werde, solange diese Scheißangst mich wie eine fiese Zecke aussaugt. Oder weil ich nur ahnen kann, wie seltsam es sein wird, mir im Bad nicht mehr absichtlich viel zu viel Zeit zu lassen und bei jedem frechen Spruch einen bösen Blick aufzufangen?

Schnell schlüpfe ich in ein frisches Shirt und kurze Shorts, fahre mir nervös durchs Haar und verlasse schließlich mein Zimmer.

Leandro begegnet mir als Erster im Flur. Er sieht blass aus. Erschöpft. So, als hätte er keine Sekunde mehr Schlaf bekommen als ich. Ob er auch mit irgendwem rumgemacht und sich anschließend heftig das Herz verbrannt hat? Kaum vorstellbar. Leandro ist nicht der Typ für eine schnelle Nummer. Wahrscheinlich ist es beim Shoppen gestern spät geworden.

»Guten Abend gehabt?«

Ein heftiger Ruck geht durch meine Brust. Irritiert schaue ich Leandro an. »Wie meinst du das?«

»Na, so, wie ich es gesagt habe. Bist du weitergekommen?«

»Hast du mit Merle gesprochen?«, rutscht es mir über die Lippen.

»Merle? Was hat die damit zu tun?« Mein Freund runzelt die Stirn, und mir wird klar, dass ich mich gerade zum Deppen gemacht habe. Leandro hat vom Lernen gesprochen.

»Ich habe ihm kurz geholfen.« Aus dem Nichts taucht Merle hinter mir auf. Ich habe nicht mitbekommen, dass sie ihr Zimmer verlassen hat.

Ihr Anblick versetzt meinen Körper in höchste Anspannung.

»Du ihm? Wobei denn?« Misstrauisch sieht Leandro zwischen uns hin und her. Kein Wunder, Merle ist noch im Bachelor, und ich bin ihr damit einige Semester voraus.

»Bei seinem Film. Für das Filmfestival.«

Verdammt! Ich will nicht, dass sie denkt, sie müsse für mich lügen.

»Ahh! Also bist du fertig geworden?«

»Fast«, presse ich hervor.

»Nicht schlecht. Dann bin ich mal gespannt auf das Ergebnis.« Mit einem Schulterklopfen geht Leandro an mir vorbei in sein Zimmer. »Weiter viel Erfolg!«

Ich murmele ein unverständliches »Danke« und will schnell die Treppe nach unten, als ich eine Hand auf meiner Schulter spüre.

»Hey, du könntest wenigstens jetzt mit mir sprechen.« Merles Stimme ist sanft. Weich und freundlich. Doch wenn sie gehofft hat, dass sie mich so dazu bekommt, mein Seelenleben vor ihr auszubreiten, muss ich sie enttäuschen.

»Es gibt nichts zu besprechen.«

»Wenn ich was falsch gemacht habe, dann wäre es schön, wenn du es mir einfach sagst.«

Fuck. Am liebsten würde ich den Blick von ihr abwenden. Alleine schon, um die Verletztheit in ihren Augen nicht sehen zu müssen.

»Ich habe mir Gedanken gemacht.«

»Kannst du mir wann anders davon erzählen?« Ich bin so ein Arschloch. So ein verdammtes Arschloch. Sei nicht nervig, Matteo.

Merles Schultern beben leicht. »Und woher weiß ich, dass du nicht wieder wegläufst?«

»Ich laufe nicht weg«, lüge ich.

»Ach ja? Und was war das dann gestern Abend?« Merle fixiert mich mit ihrem scharfen Blick, als könnte sie mit reiner Willenskraft meine Gedanken lesen.

Hilflos nach Worten suchend, wische ich meine Hände an der Hose ab. »Nichts. Ich war nur müde und wollte ins Bett.«

»Ins Bett?«, wiederholt sie etwas schrill. Verdammt, sie muss sich wirklich für dumm verkauft fühlen.

Ich seufze. »Sorry! Niemand sucht sich seinen Schlafrhythmus aus. Aber war ja klar, dass du so ein riesiges Ding daraus machst.« Schulterzuckend starre ich an die Decke. Ich will ihr nicht in die Augen sehen, während ich ihr wehtue.

»Oh, entschuldige!« Ihre Stimme bricht, bevor sie leise weiterspricht. »Hätte ich gewusst, dass ich dich um den Schlaf bringe, hätte ich mich nicht von dir küssen lassen.«

Bäm. Ihre Worte treffen mich wie ein Schlag gegen die Brust. Was tue ich hier nur? Das kann doch nicht mein verdammter Ernst sein. Schließlich ist es Merle, die hier vor mir steht. Merle, die beim Küssen nach Abenteuer schmeckt. Manchmal auch nach Sommer.

Und ich bin der Vollidiot, der wieder einmal alles vergeigt hat. Emilia hat es gewusst.

38. Kapitel

Merle

»Weißt du, an wen du mich erinnerst?«, überlegt Adriano, als wir im Garten der Universität sitzen.

»Nein.« Um ehrlich zu sein, bin ich nicht sicher, ob ich seine Einschätzung überhaupt hören möchte. Meine Stimmung befindet sich seit dem Wochenende nahe dem Gefrierpunkt. Genauer gesagt seit vier Tagen, seitdem ich angefangen habe, mich für Matteo in Luft zu verwandeln.

Luft, wenn wir uns im Flur begegnen.

Luft, wenn wir abends am selben Tisch sitzen und so tun, als hätten wir uns nichts zu sagen.

Luft, wenn wir uns zufällig in der Uni über den Weg laufen.

Luft. Luft. Luft. Ich bin so unsichtbar, dass ich mich langsam frage, wofür ich überhaupt noch Miete im Casa Nera bezahle.

»An dieses Mädchen aus *Twilight*. Bella.« Adriano wirft einen schnellen Blick zu Isabella, die aussieht, als wolle sie mit diesem Gespräch gerade absolut nichts zu tun haben. »Sie ist diesem einen Kerl so sehr verfallen, dass sie freiwillig mit einer Horde Vampire abhängt und sich immer wieder neuen Gefahren aussetzt.«

Irritiert hebe ich eine Augenbraue. »Falls es dich beruhigt … Erstens bin ich mir ziemlich sicher, dass Matteo aus Fleisch und Blut ist.« Aus ziemlich heißem Fleisch und Blut, füge ich in Gedanken hinzu und erröte augenblicklich. »Zweitens würde ich bei einer Zurückweisung nicht von Gefahren sprechen, und drittens … drittens bin ich ihm nicht verfallen.«

»Die erste Phase jedes Liebeskummers ist Verleugnung.« Adriano sieht seufzend zu Isabella, die nervös an ihren Fingernägeln knibbelt. »Du solltest froh sein, dass er dich ignoriert. Es gibt eine Menge unschöner Geschichten über die Jungs …« Isabella verpasst ihm einen Seitenhieb.

»Was ist?«, fährt Adriano sie an.

»Halt jetzt endlich deine Klappe. Wir haben beschlossen, uns aus der Sache herauszuhalten.« Sie wirkt ungewohnt nervös.

»Kann mich mal jemand aufklären?«, versuche ich, den Faden des Gesprächs wieder aufzunehmen.

»Versuch, ihn zu vergessen, okay? Diese Jungs sorgen für nichts als Ärger. Glaub mir, du willst kein Teil davon werden.« In Isabellas Augen flackert etwas auf, das sich für mich nicht deuten lässt. Ist es Nervosität? Wut? Oder eher Traurigkeit? Im nächsten Moment verschwindet der Ausdruck aus ihrem Gesicht, und sie lächelt, als sei nie etwas gewesen.

Ich bin verwirrt. Es ist das zweite Mal, dass einer der beiden eine so kryptische Warnung ausspricht, und langsam beginnt mich diese Geheimnistuerei wirklich sauer zu machen.

»Da bin ich ausnahmsweise komplett deiner Meinung«, stimmt Adriano ihr zu. Er sieht mich fragend an. »Wie wäre es, wenn du heute Abend mit nach Lido an den Strand kommst? Wegen Halloween wird da ordentlich gefeiert. Die ganze Uni wird dort sein.«

»Die ganze Uni, abgesehen von mir«, ergänzt Isabella. »Sie wollen dieses Jahr ein Feuerwerk veranstalten. Als hätte das Spektakel an *Ferragosto* nicht gereicht.«

»*Ferragosto* ist einer unserer wichtigsten Feiertage.«

»Na und? Feiern auf Kosten von anderen? Das ist pervers, wenn du mich fragst. Zum einen, weil es unschuldige Tiere verschreckt.

Zum anderen wird mir schlecht bei dem Gedanken an diese CO_2-Verschwendung.«

»Du bist eine Spielverderberin. Hat dir das schon mal jemand gesagt?« Adriano verdreht die Augen. »Wenn die Amis an Thanksgiving Unmengen an Truthahn in sich reinstopfen können, wird bei uns wohl auch ein zweites Feuerwerk drin sein.«

Isabella schüttelt den Kopf. »Was du hier machst, nennt sich *Whataboutism*.«

Die beiden verfallen in eine Diskussion, bei der sich vermuten lässt, dass es nicht die erste zu diesem Thema ist. Wobei ich Isabella recht geben muss. Ich würde auf Feuerwerke auch lieber verzichten.

»Also, bist du dabei?«, hakt Adriano an mich gerichtet nach, als das Wortgefecht zwischen den beiden beendet ist.

Ich sammele die Blätter meines Collegeblocks ein und schüttele rasch den Kopf. »Heute nicht. Gerade ist bei mir einfach zu viel los. Ich werde den Feiertag nutzen, um ein paar Gedanken zu sortieren.« Entschlossen greife ich nach meiner Tasche. »Jetzt muss ich erst mal los. Das Restaurant hat ab morgen eine ganze Woche geschlossen, und ich habe Natalie versprochen, heute noch vorbeizukommen.«

»Oh Mann, überleg es dir, okay? Du weißt ja, wo du uns findest.«

»Mache ich«, verspreche ich, obwohl ich nicht vorhabe, meine Meinung zu ändern. »Habt einen schönen Nachmittag, ja? Und Happy Halloween.«

Ich halte das Gespräch mit Isabella und Adriano keine Sekunde länger aus. Dabei habe ich es alles andere als eilig damit, im Restaurant aufzutauchen. Es ist, als gäbe es auf dieser Insel keinen Platz mehr, an dem ich mich wohl- und sicher fühle. Und obwohl ich mir einzureden versuche, dieses Gefühl sei einzig und allein die

Folge meiner gescheiterten Familienmission, weiß ich, dass einer der Gründe auch Matteo ist.

Mir bleibt noch eine knappe Stunde Zeit, bis meine Schicht beginnt. Weil es sich nicht lohnt, ins Casa Nera zurückzukehren, beschließe ich, mich in ein Café abseits des Trubels zu setzen. Hier ist es nicht nur ruhiger, sondern vor allem werden die Getränke zu einem erschwinglicheren Preis angeboten. Ich setze mich an einen der freien Tische, bestelle eine gekühlte Limonade und klappe den Laptop auf. In den letzten Tagen habe ich tatsächlich zwei E-Mails bekommen, die sich auf meinen Aushang bezüglich einer Wohnung beziehen. Ich hatte nicht mehr damit gerechnet, überhaupt Rückmeldung zu erhalten. Ganz im Gegenteil, ich war eigentlich davon ausgegangen, dass der Aushang längst vom Schwarzen Brett verschwunden wäre. Wenn ich ehrlich bin, war ich zuletzt nicht einmal mehr böse drum. Doch nach Matteos Verhalten in den letzten Tagen sollte ich vernünftig sein und mir die Zimmer wenigstens mal ansehen.

Kaum habe ich meine Mail mit der Frage nach einem Besichtigungstermin abgeschickt, bekomme ich eine standardisierte Antwort, die besagt, dass das Angebot nicht mehr verfügbar ist. Am liebsten würde ich mir in den Arsch beißen, weil ich mich nicht früher darum gekümmert habe. Das hat man davon, wenn man seine Pläne wegen eines Typen über den Haufen wirft. Ich tippe eine Nachricht an meine Cousine.

Merle: *Warum kann ich nicht einfach bei euch wohnen?*

Livi: *Ich werde ihn umbringen.*

Merle: *Falls die NSA mitliest: Sie meint das nicht ernst.*

Livi: *Glaubst du vielleicht.*

Livi: *Ich rufe dich in einer halben Stunde an.*

Merle: *Muss gleich zur Arbeit.*

Ein paar Sekunden später leuchtet Olivias Name auf meinem Bildschirm auf. Nicht in Form einer eingehenden Nachricht, sondern diesmal als eingehender Anruf. Kurz überlege ich, sie mit einer Notlüge abzuwimmeln. Ich könnte ihr sagen, dass mein plötzliches Heimweh kein bisschen mit Matteo zu tun hat. Vielleicht vertrage ich die venezianische Luft nicht, oder ich habe einfach Sehnsucht nach zu Hause. Weil ich weiß, dass Livi mir ohnehin kein Wort glauben würde, entscheide ich mich letztendlich aber doch für die Wahrheit.

»So, ich weiß, dass du das, was ich jetzt zu sagen habe, nicht hören willst«, unterbricht mich meine Cousine nach meinem ausführlichen Redeschwall.

»Wie wäre es, wenn du es dann einfach für dich behältst?« Ich seufze schwer.

Livi übergeht meinen Kommentar und spricht einfach weiter. »Für mich ergibt das ganze Szenario absolut null Sinn. Dieser Typ ist der reinste Player. Wir wissen nicht mal, mit wie vielen Mädels er es alleine in der Zeit getrieben hat, die du in diesem Haus lebst.«

»Hör auf!« Die Worte meiner Cousine treffen mich direkt in den Magen.

»Womit? Die Wahrheit zu sagen? Merle, Süße, ich habe dir gesagt … angucken okay, küssen okay. Meinetwegen hättest du auch mit ihm schlafen können. Aber weißt du, wonach all das, was du gerade erzählt hast, für mich klingt?«

»Ich will's nicht wissen.«

»Das musst du aber. Irgendjemand sollte dir die Wahrheit sagen. Ich meine es doch gut mit dir. Aber alles, was du gerade gesagt hast, klingt für mich so, als hättest du dich in ihn verliebt.«

Meine Finger sind auf einmal ganz schwitzig, und das flaue Gefühl in meinem Magen macht es mir schwer, etwas zu sagen.

»Und versteh mich nicht falsch! Du hast es verdient, den Typen zu finden, der dich auf Händen trägt, der dir jeden verdammten Tag das Gefühl gibt, absolut richtig und perfekt zu sein.« Sie macht eine bedeutungsvolle Pause. »Aber dieser Typ ist mit ziemlich großer Wahrscheinlichkeit nicht Matteo!«

Ich schließe angestrengt die Augen. »Woher willst du das wissen, Liv?«

Meine Cousine stöhnt auf. »Meinst du das ernst? Merle, vielleicht, weil ich alle Red Flags wahrnehme, die dein entzückender Mitbewohner von Tag eins an gehisst hat.«

»Er hat sich dafür entschuldigt.«

»Wow.«

»Und er hat gesagt, dass er mich mag.« *Hast du mal darüber nachgedacht, dass ich dir das Kino vielleicht gezeigt habe, weil ich dich mag?* Die Erinnerung an seine Worte treibt mir augenblicklich eine Gänsehaut über den Rücken.

»Weißt du, was ich mag? Nutella mit Weißbrot, Ausschlafen am Wochenende, eine ausgiebige Shoppingtour. Ich könnte dir tausend Dinge aufzählen, die ich mag. Das ist noch lange kein Grund, um ihm blind zu vertrauen.«

»Du kannst einem richtig Mut machen, Liv«, sage ich bitter. »Du kennst ihn doch gar nicht. Vielleicht braucht er einfach nur Zeit, um nachzudenken.«

»Wir reden hier aber schon noch von dem Matteo, dem bis vor zwei Wochen nicht mal Lichtgeschwindigkeit genügt hat, um Mädels ins Bett zu kriegen?«

Ein dicker Kloß, der mir für einen Augenblick die Sprache verschlägt, bildet sich in meinem Hals. Unter gar keinen Umständen darf ich hier am Telefon jetzt weinen. Denn wenn ich erst mal damit anfange, werde ich nicht mehr damit aufhören können.

»Wach auf, Merle!«

Die Entschlossenheit, mit der Olivia spricht, treibt mir so viel Wut in den Bauch, dass ich gleichzeitig schreien, weinen und mich übergeben könnte.

»Wenn er wirklich nur auf das eine aus ist, warum hat er dann aufgehört? Sag's mir! Warum hat er nicht mit mir geschlafen, wenn ich mich ihm doch geradezu an den Hals geschmissen habe?« Er hätte mich auch erst am nächsten Tag ignorieren können. Anders macht er es doch mit den anderen Frauen auch nicht. Und dann? Wie wäre es mir damit gegangen? Ich zwinge mich, nicht weiter über diese Frage nachzudenken. Es ist nichts passiert. Er ist gegangen, bevor wir den nächsten Schritt gehen konnten.

»Was weiß ich? Ich kann doch nicht in seinen Kopf gucken! Vielleicht war ihm das Spiel zu langweilig. Vielleicht hat es seinen Jagdtrieb nicht genug befriedigt. Das ergibt für mich am meisten Sinn«, kombiniert Livi. »Alles, was dieser Kerl ausstrahlt, schreit nach purer Bindungsangst. Es wäre nicht abwegig, dass du ihm zu nah gekommen bist. Menschen, die Angst vor intensiven Beziehungen haben, gehen häufig in die Vermeidung.«

»Du meinst, ich bin ihm zu anhänglich?«

»Das sind nicht die Worte, die ich gewählt hätte.«

»Aber gemeint hast du es so.«

»Merle! Du weißt, dass ich es nur gut meine. Die Frauen, mit denen Matteo sich trifft, sind nach wenigen Malen abgeschrieben.

Und wer weiß, vielleicht ist das für sie auch in Ordnung. Jeder Mensch ist anders. Eine kurze Nummer, das war's. Aber ist das etwas für jemanden, der eine idealistische Vorstellung von Liebe hat?«

»Die habe ich nicht«, widerspreche ich.

»Du bist in ein anderes Land geflogen, um die große Liebe deines Großvaters zu finden. Klingt das für dich nach etwas, das Matteo interessieren würde?« Ein Knacken geht durch die Leitung.

»Weißt du, was?«, sage ich beherrscht. »Du hast recht. Genau das wollte ich nicht hören. Außerdem muss ich jetzt sowieso auflegen.«

Ich lasse das Telefon in meinen Schoß fallen, stürze den Inhalt meines Glases hinunter und schiebe meinen Laptop zurück in den Rucksack. Nach dem Zahlen verlasse ich sofort das Café und beschließe, für den Weg zum *Prezioso* eine Abkürzung durch eine unbelebte Gasse zu nehmen, die gerade breit genug ist, um als einzelne Person hindurchzupassen. Gerade will ich den Fuß um die Ecke setzen, als mich ein eisiger Schreck durchfährt. Panisch ziehe ich den Kopf zurück. Nein. So viele Zufälle kann es nicht geben. Das ist unmöglich. Ich habe gerade erst über ihn gesprochen.

Angespannt beuge ich mich vor und wage einen zweiten Blick in den Gang. Die Hoffnung, mich verguckt zu haben, zerfällt in mir wie ein Häufchen Asche. Es besteht kein Zweifel: In der Gasse steht Matteo, und er ist nicht allein. Das Mädchen, das direkt neben ihm steht, hat dunkelbraune Haare, die zu einem geflochtenen Zopf gebunden sind. Es braucht nicht viel Menschenkenntnis, um zu sehen, dass die beiden einander vertraut sind. Zu vertraut. Als sei das alles noch nicht genug, werde ich Zeugin einer hinreißenden Umarmung.

Plötzlich weiß ich nicht mehr, wie man atmet. Alles in mir schmerzt, als würden sich dicke Risse durch mein Innerstes ziehen. Ich muss an mich halten, um nicht laut aufzuschreien. Auf gar keinen Fall darf er wissen, was das hier mit mir macht. Was *er* mit mir gemacht hat. Dieses verdammte Arschloch!

Ich fühle mich so schwer, dass ich am liebsten auf den Boden sinken und nie wieder aufstehen möchte. Einzig der Gedanke, er könnte mich hier finden, bringt mich dazu, mich auf den Beinen zu halten.

Die ersten Schritte kämpfe ich mich mühsam voran. Erst als ich die Tränen nicht mehr halten kann, beginne ich zu rennen. Weg von hier. Nur weg.

• • •

»Merle hat sich das Knie aufgeschlagen.«

Das Restaurant ist der letzte Ort, an dem ich jetzt sein möchte. Nur meinem bescheuerten Pflichtbewusstsein habe ich es zu verdanken, dass ich doch hergekommen bin.

Ich mache eine wegwerfende Handbewegung. »Ist nur eine Schramme.«

»Na, so wie du aussiehst, muss das aber eine sehr schmerzhafte Schramme sein«, sagt Natalie besorgt und nimmt das Desinfektionsmittel von Cristiano entgegen. »Nicht erschrecken! Könnte kurz brennen.«

»Autsch!« Ich ziehe Luft durch die Zähne ein.

»Sorry! Es ist aber besser so, als wenn sich die Wunde noch entzündet. Du bist offenbar ganz schön schnell unterwegs gewesen, was?«

Ich zucke mit den Schultern. »War spät dran und habe eine Stufe übersehen.«

»Du Arme.« Natalie streicht mir liebevoll über den Arm.

»Wenn du lieber nach Hause gehen möchtest, dann bekommen wir das heute auch allein hin. Wir schließen ja bereits früh.«

Schnell schüttele ich den Kopf. »Halb so wild, wirklich! Die Tränen kamen nur vom Schrecken.« *Weil ich quasi live dabei zusehen musste, wie dein Stiefsohn mich verarscht hat.* »Außerdem habe ich ein wenig Heimweh.« Diese Ausrede zieht immer.

»Oh nein. Das kann ich mir vorstellen.«

»Die Ablenkung beim Arbeiten wird mir sicher guttun.«

»Das hoffe ich. Wir müssen die Mittagsgäste versorgen und später die Vorräte aussortieren. Wir schließen dann schon gegen achtzehn Uhr. Eigentlich wollte Matteo auch kommen, aber ich fürchte, das wird nichts mehr.«

Alleine seinen Namen zu hören versetzt mir einen brennenden Stich.

»Cristiano sagt, er ist den ganzen Tag zu Hause und mit diesem Filmprojekt beschäftigt. Hat er dir mal was dazu gezeigt?«

Mein Körper verspannt sich. Filmprojekt, ist klar!

»Wir reden zu Hause nicht sonderlich viel miteinander«, weiche ich der Frage aus. »Kann ich jetzt anfangen?«

Natalie lässt sich kein zweites Mal bitten und winkt mich in die Küche. Und ich? Ich bleibe ein paar Sekunden zu lange im Eingang des Restaurants stehen und frage mich, wie ich so naiv sein konnte. So naiv, zu glauben, das zwischen Matteo und mir habe auch nur irgendetwas zu bedeuten.

39. Kapitel

Merle

Der Geruch von Kohle und Feuer liegt in der Luft. Für Ende Oktober ist das Wetter erstaunlich mild.

Ich versinke mit den schwarzen Riemchensandalen im Sand, der durch die Lichter in eine Mischung aus Pink und Blau gefärbt ist.

Als Adriano sagte, die ganze Uni würde heute Abend kommen, hat er nicht übertrieben. Der Strand von Lido ist mit Menschen gefüllt, die sich rhythmisch zu der lauten Musik bewegen.

»Ich bin so froh, dass du doch mitgekommen bist«, schreit Giulia mir ins Ohr. Wir stehen direkt nebeneinander, und doch ist Brüllen die einzige Möglichkeit, sich Gehör zu verschaffen.

»Danke, dass du mich überredet hast.« Ich versuche, in den vielen Gesichtern um mich herum Adriano zu finden. Wir sind recht spät mit einem der Boote rübergefahren, er sollte also längst hier sein.

»Wollt ihr was trinken?« Ein Mädchen mit schwarzem Fledermauskostüm steht plötzlich vor uns. Auf den Händen balanciert sie ein volles Tablett. »Bitte fragt mich nur nicht, was dadrin ist. Ich habe langsam die Übersicht verloren.« Mit dem Kinn deutet sie auf die Cocktails, die es in vielen verschiedenen Farben gibt.

»Muss nicht schmecken. Nur wirken.« Augenzwinkernd

nimmt Giulia zwei Gläser vom Tablett und drückt mir eins davon in die Hand. »Auf uns. Happy Halloween!!«

Wir stoßen miteinander an.

»Bist du jedes Jahr hier?«

Giulia nickt. »Mittlerweile schon. Die Partys am Strand sind ein Highlight für alle jungen Leute aus der Stadt. Letztes Jahr hat Romeo sich so abgeschossen, dass er mich mit dem Namen seiner Mutter angesprochen hat. Du kannst dir nicht vorstellen, wie verstörend das war.« Sie lacht amüsiert auf.

»Dann wart ihr sonst immer zusammen hier?« Ich versuche, die Frage so beiläufig wie nur möglich klingen zu lassen, sehe aber, wie sich in Giulias Mimik etwas verändert.

»Du trinkst ja gar nichts.«

Weicht sie gerade meiner Frage aus? Ich nehme einen großen Schluck vom Cocktail. »Sag bloß, die Jungs haben auch Probleme mit dem Feuerwerk!«

Nicht, dass etwas falsch daran wäre … Ich kann es mir nur schlecht vorstellen.

»Mit dem Feuerwerk?« Mit der Zunge fährt Giulia über den Zuckerrand ihres Glases.

»Isabella.« Ihr Name scheint als Erklärung zu genügen.

»Ach so, nein. Da machen wir sowieso nicht mit.« Schon wieder habe ich das Gefühl, dass sie meiner eigentlichen Frage ausweichen will. Doch mir soll's recht sein. Schließlich bin ich hier, um Matteo für einige Stunden aus meinem Kopf zu bekommen. Über ihn zu sprechen macht diesen Versuch nicht gerade einfacher. Statt noch einmal nachzufragen, kippe ich den Cocktail in einem Zug hinunter.

»Du willst es aber wissen!«, ruft ein Typ, der mich anscheinend beobachtet hat. Als ich ihn ansehe, pustet er sich lässig eine dunkle Locke aus dem sonnengebräunten Gesicht. Auf seinen Lippen tanzt ein herausforderndes Lächeln. Vielleicht sollte ich bei meiner heutigen Mission ein bisschen Hilfe zulassen.

»Was dagegen?« Ich recke das Kinn und lasse meinen Blick über seinen Körper wandern.

»Überhaupt nicht.«

Als er näher kommt, spüre ich Giulias Hand an meinem Arm. »Lass uns weitergehen!«

Sanft mache ich mich von ihr los.

»Ich komme nach.«

Fragend sieht Giulia zwischen dem Kerl und mir hin und her. »Sei vorsichtig, okay? Und pass auf, was du trinkst. Manche Typen sind hier nicht ganz ohne. Die wollen dich alle nur rumkriegen.«

»So wie Matteo?«, platzt es aus mir heraus, ehe ich nachdenken kann.

Aus irgendeinem Grund wirkt Giulia nicht einmal überrascht. »Egal, was passiert ist, ich kann dir versprechen, dass es zwecklos ist, den einen Schmerz mit einem anderen betäuben zu wollen.«

Da bin ich ausnahmsweise anderer Meinung.

»Du kannst ihm sagen, dass es vorbei ist. Was auch immer da überhaupt war. Ich habe ihn mit seiner Neuen gesehen.«

Ich setze eine gespielt gleichgültige Miene auf und drehe mich rasch von ihr weg. Giulia soll nicht sehen, wie weh es mir tut, die Worte auszusprechen.

Der Typ ist mittlerweile herangekommen und steht jetzt direkt vor mir.

»Keine Sorge. Ich werde deine Freundin keine Sekunde aus den Augen lassen.« Er haucht mir einen Luftkuss auf die Hand, und ich kann im letzten Moment dem Drang widerstehen, mich seiner Berührung zu entziehen. *Fick dich, Matteo! Was du kannst, kann ich schon lange.*

»Ich bin Fabio. Und wie heißt du?«

»Merle.«

»Woher kommst du, Merle? Oder nein, warte! Wenn ich richtig rate, darf ich dir den nächsten Drink ausgeben.«

Das läuft ja einfacher als gedacht. »Einverstanden.«

»Hm … Für eine Spanierin bist du zu blond. England schließe ich aus. Die Briten klingen anders. Ich schätze, du bist Deutsche.«

»Gibt es hier Margarita?«

»Nichts leichter als das.« Er nickt in Richtung einer provisorisch aufgebauten Bar, und ich folge ihm. Kaum habe ich meinen Cocktail überreicht bekommen, setze ich meine Lippen ans Glas. Es wäre gelogen, zu behaupten, das Zeug schmecke mir wirklich gut. Aber ich glaube nicht, dass es an diesem Abend hier irgendwem um den Geschmack geht. Ich für meinen Teil bin hier, um zu vergessen. Vergessen, wie Matteos Hände über meine Schenkel gefahren sind, wie sich sein Keuchen in meinem Ohr anfühlt und … Fuck, ich brauche mehr. Mehr von dem Vergessen. Kann das nicht ein bisschen schneller gehen?

Ich kippe mir die Margarita herunter und quittiere Fabios erstaunten Blick mit einem Schulterzucken. Gott sei Dank habe ich mich von Giulia überreden lassen, herzukommen.

»Du hast es ja ganz schön eilig, was?«

»Für mich kann es nie schnell genug gehen.« Ich kichere eine Spur zu albern. Der Typ muss mich bereits für betrunken halten. Dabei gäbe es nichts, was ich gerade lieber wäre …

»Wenn das so ist.« Immerhin besorgt er eifrig Nachschlag.

Innerhalb von einer halben Stunde habe ich bereits den vierten Drink inhaliert. Oder waren es schon fünf?

Ich folge Fabio den Weg über den Strand entlang Richtung Wasser. Während der Bass immer weiter nachlässt, ist das Rauschen der Wellen nun klarer zu hören. Noch ein Vorteil, den der Alkohol mit sich bringt: Selbst am Wasser friere ich kaum.

Immer wieder leuchten die bunten Lichter der Feuerwerkskörper am Himmel auf. Ob man sie drüben auf der anderen Insel, vielleicht sogar in Dorsoduro, ebenfalls sehen kann?

»Du kannst sie hier stehen lassen. Die nimmt niemand mit«, sagt Fabio und beginnt, seine Schuhe auszuziehen.

Als ich es ihm nachmache, schwankt es bereits um mich herum.

»Du bist noch nicht lange hier, oder?« Eine Welle flutet unsere Füße und spült den klebrigen Sand, der sich zwischen meine Zehen verirrt hat, fort.

»Seit ein paar Wochen.« Meine Nasenflügel weiten sich, und ich versuche, so viel Sauerstoff wie möglich in mich aufzunehmen. Zum ersten Mal seit Tagen kann ich wieder annähernd frei atmen.

Ein paar Kreislaufprobleme ist das allemal wert.

»Dann hast du ja genau die richtige Zeit mitgenommen, oder bist du absichtlich über Halloween hier?«

Ich schüttele den Kopf. »Um ehrlich zu sein, hatte ich keine Ahnung, dass das hier so groß gefeiert wird.«

»Wenn man die Mengen an Alkohol sieht, die hier fließen, hat das wohl auch seine Schattenseiten.« Er lacht so laut, dass es mir in den Ohren dröhnt.

Glucksend lasse ich zu, dass Fabio nach meiner Hand greift.

»Siehst du das Zelt da? Wir können dort kurz chillen. Ist windgeschützt und kaum was los.«

»Bei Hinsetzen bin ich sofort dabei.«

Wir beschleunigen unser Tempo, nur um festzustellen, dass der Platz hinter dem Zelt bereits besetzt ist. Jedenfalls deuten die zurückgelassenen Schuhe und ein einsamer Rucksack neben dem Eingang darauf hin.

»Mist! Ich hole erst mal was Neues zu trinken«, kündigt Fabio an. »Willst du was?«

»Einmal alles zum Mitnehmen, bitte«, säusele ich.

»Lauf mir nicht weg, ja?« Fabio zwinkert mir zu. Während er den Strand hochläuft, trete ich einen Schritt zur Seite, um mich nach einem möglichen Besitzer von Schuhe und Tasche umzusehen. Schneller als gedacht werde ich fündig. Im Sand, den Rücken von mir abgewandt, kniet ein Mädchen, das gerade damit beschäftigt ist, einem Zwei-Meter-Kerl einen zu blasen. Sie hat die langen dunklen Haare zu einem Zopf gebunden und stöhnt so laut, dass ich mich frage, wie die zwei bis jetzt unentdeckt bleiben konnten. Er hat die Lider geschlossen, während er leise seufzt. Fuck. Ich kneife die Augen zusammen, nur um sie im nächsten Moment wieder aufzureißen. Doch an dem Szenario, das sich direkt vor mir abspielt, hat sich nichts geändert. Und ich? Ich stehe immer noch wie angewurzelt da und versuche, einen klaren Gedanken zu fassen. Was zur Hölle stimmt nicht mit mir? Ich sollte mich umdrehen und von hier verschwinden, ehe einer der beiden auf mich aufmerksam wird und mich für eine perverse Stalkerin hält.

Der Alkohol scheint mein Reaktionsvermögen verlangsamt zu haben, denn ehe ich einen Schritt zurücksetzen kann, hat der Typ seine Augen geöffnet.

Erschrocken zucke ich zusammen. Doch anstatt mich abzuwenden, tue ich das, was man in so einer Situation auf keinen Fall machen sollte: Ich erwidere seinen Blick. Nicht freiwillig. Nicht, weil mich jemand festhält. Sondern, weil ich unter Schock stehe. Zumindest ist das die einzige logische Erklärung, die ich mir für mein Verhalten geben kann.

Ein Lächeln legt sich auf die Lippen des Fremden, während er das Mädchen dazu bringt, seinen Schwanz noch tiefer in sich aufzunehmen. Seine Hände krallen sich in ihrem Haar fest, sodass dem Mädchen ein leises Keuchen entfährt. Oder kam dieses Geräusch von mir?

Gerade will ich meinen Kopf abwenden, da geht ein Beben durch den Körper des Typen. Seine Lippen sind einen Spaltbreit geöffnet, und er starrt mich an, als sei ich es, die ihn gerade zum Kommen bringt.

»Hat dir die Show gefallen, Kleine?«

Die junge Frau, die noch immer vor ihm hockt, dreht sich erschrocken zu mir um. Während der Typ mir vollkommen fremd ist, erkenne ich sie sofort: Aurora.

»Ich … ich … ich habe nur …«, suche ich nach den richtigen Worten.

Schlagartig ist mir kotzschlecht.

»Was machst du hier? Hau ab!« Der Schreck ist aus Auroras Gesicht gewichen und macht blanker Wut Platz. Zu Recht. Ich habe keine Ahnung, was in mich gefahren ist. Warum stehe ich immer noch hier und kriege kein Wort heraus?

»Gib mir ein paar Minuten, und ich bin für eine zweite Runde aufgetankt«, witzelt der Typ und funkelt mich belustigt an.

Aurora springt auf und holt aus, bevor sie ihm eine saftige Ohrfeige verpasst.

»Ich liebe temperamentvolle Frauen.« Er greift in seine Hosentasche und drückt Aurora etwas in die Hand. Ich kann nicht sehen, was es ist, doch es genügt, um mich auf einmal noch miserabler zu fühlen.

»Was guckst du so? An deiner Stelle hätte ich ganz andere Probleme«, faucht sie in meine Richtung, ballt die Hand zu einer Faust und wischt sich über den Mund. Dann greift sie nach ihren Schuhen und ihrer Tasche und geht barfuß an mir vorbei.

»Angebot gilt.« Mit einem Augenzwinkern zieht er sich die Hose hoch.

»Was hast du ihr gegeben?« Endlich finde ich meine Sprache wieder.

»Ich wüsste nicht, was dich das angeht. Aber mach dir mal keine Sorgen, es war ein fairer Tausch. Sie hat förmlich darum gebettelt, mir einen Gefallen tun zu dürfen.«

Was für ein verdammtes Arschloch! Am liebsten würde ich mich auf ihn stürzen und da weitermachen, wo Aurora aufgehört hat. Nicht so, wie er es gerne hätte, sondern mit einer zweiten Ohrfeige. Doch im Moment bin ich schon froh, mich auf meinen schwankenden Beinen halten zu können.

»Hast du Bock, 'ne Runde zu schwimmen?« Ich brauche einen Moment, um die Stimme hinter mir Fabio zuordnen zu können. Er ist wieder da. Endlich! Kaum hat er die Höhe des Zeltes erreicht, lasse ich mich in den Sand sinken. Aus dem Augenwinkel kann ich sehen, wie der Typ seinen Rucksack nimmt und sich aus dem Staub macht.

»Trink erst mal was!« Er drückt mir eine Flasche in die Hand, und ich nehme den ersten Schluck.

»Alles okay.« Die Lüge brennt in meinem Hals, als hätte ich eine ganze Brennnessel verschluckt. Und dann ist da auch noch diese elendige Hitze, die plötzlich überall ist. In der Luft. Auf meiner Haut. Aber vor allem. In. Mir. Drin.

»Du glühst ja richtig«, bemerkt Fabio. »Sollen wir ins Meer?«

»Jetzt? Das Wasser ist doch sicher arschkalt.« Anderseits – ich will, dass das weggeht. Dieses schmierige Gefühl. Ich will, dass das Meer die letzten Minuten von mir abspült und mit sich in die Weite zieht. Oder in die Tiefe. Hauptsache, weg.

»Ich hab nichts zum Schwimmen dabei.« Mein Blick gleitet an mir herab.

Das Kleid, das ich mir für den Abend von Giulia geliehen habe, spannt auf einmal noch enger auf meiner Haut.

Es ist schwarz und am Ärmel nur aus dünnem Stoff. Gleichzeitig ist alles daran auf einmal zu viel. Viel zu viel.

»Na und? Es ist dunkel.«

Gänsehaut fährt mir über den Rücken. Gänsehaut, die sich anfühlt wie eine stumme Warnung. Eine stumme Warnung, die mir egaler nicht sein könnte.

40. Kapitel

Matteo

Es ist mir vollkommen egal, dass Merle mit Giulia ausgeht. Die Sache, die für meine unterirdische Laune verantwortlich ist, hat weniger mit dem Abend in Lido zu tun, sondern eher mit Merle selbst. Ich hätte meine Probleme nicht an ihr auslassen dürfen. Der Abstand, den ich aus reiner Panik gesucht habe, hat alles nur noch schlimmer gemacht. Erklärungsversuch hin oder her …

»Alles okay bei dir?« Schon vor einer halben Stunde habe ich die Worte in mein Telefon getippt, sie aber noch immer nicht abgeschickt.

Schnell lösche ich die Buchstaben und drehe mich auf die Seite. Von hier aus kann ich perfekt auf die Wanduhr starren. 23:32 Uhr. Ob Merle noch klar denken und geradeaus laufen kann? Ich hoffe, Giu und ihre Freunde haben sie nicht allzu sehr abgefüllt.

Ich schalte die Nachttischlampe aus und lasse den Kopf in mein Kissen sinken. Schlafen werde ich sowieso nicht können.

Es ist kurz vor Mitternacht, als mein Smartphone vibriert. Eine Benachrichtigung von Instagram. Giu hat eine neue Story hochgeladen. Ich zwinge mich, fünf Minuten zu warten, bis ich den Bildschirm entsperre und die App öffne.

Das Video, das Giulia geteilt hat, zeigt nur einen Drink, flackernde Lichter und dunkle Umrisse von tanzenden Personen. Unmöglich, etwas Genaues zu erkennen. Verdammt.

Ich will Instagram gerade schließen, als ich ein privates Foto bekomme. Ebenfalls von Giulia.

Ein albernes Peacezeichen mit der Unterschrift *Wenn du eh noch wach bist, hättest du auch mitkommen können.*

»Vergiss es!«, antworte ich und warte, bis meine Nachricht auf *gelesen* steht.

Ein zweites Bild. *Es ist aber sooooo lustig hier.* Wo zum Teufel ist Merle?

Hier auch, tippe ich und schicke Giu ein Selfie aus der Dunkelheit zurück.

Langweiler! Dann muss ich wohl einen Shot für dich mittrinken. Ich bekomme einen Boomerang, wie Giulia mit jemandem anstößt. Leicht unscharf. Die beiden sind mit Sicherheit schon gut beschwipst. *Andererseits bist du sowieso ein Arschloch.*

Wow. So kenne ich meine Freundin aus Kindertagen gar nicht.

Danke für die Info, schreibe ich und schicke fünf Fragezeichen nach.

Was läuft da zwischen Merle und dir?

Mein Herz macht einen erschrockenen Sprung. Ohne es verhindern zu können, wird mein Gehirn von einer Erinnerung durchflutet, die mittlerweile mehr als fünf Jahre her ist. Eine Erinnerung, die ich seitdem schmerzhaft von mir fernhalte. Ein kalter Schauer läuft mir über den Rücken, während ich mein Handy fest umklammere.

Was meinst du?, stelle ich mich unwissend.

Ich weiß nicht, ob es Enttäuschung, Scham oder Angst ist. Möglicherweise ist es auch die Wut, die meinen Puls plötzlich so zum Rasen bringt, dass ich leicht zu schwitzen beginne.

Was wohl!

Als ich nichts schreibe, leuchten wieder drei Punkte auf dem Display auf.

Weißt du, was das Schlimmste ist?

Dass sich mein Innerstes vor Panik zusammenzieht? Dass mir meine lang verdrängten Ängste wie eine Bombe das Hirn wegschmettern?

Wärst du eine Frau, würde man dich als Hure bezeichnen. Als Schlampe. Bitch. Billig. Und ihr Männer kommt jedes Mal mit so was davon.

Ich lese Giulias Nachricht und spüre, wie sich meine Stirn in Falten legt. Ihre Worte ergeben überhaupt keinen Sinn. Null. Nada. Ich habe keine Ahnung, wovon sie spricht.

Mit was?

Die nächsten Sekunden kommen mir wie eine halbe Ewigkeit vor.

Meine Güte, wir wissen alle, dass du deinen Schwanz nicht in der Hose lassen kannst. So genau weiß sie ja gar nichts. *Aber musstest du es selbst bei Merle so weit treiben? Sie hat dich und dein Date gesehen.*

Wie durch einen Filter sickern ihre Worte langsam in mein Gehirn. Meinem Date? Merle? Als ich begreife, werde ich von einem heftigen Stoß Adrenalin durchflutet.

Wss für ein Date? Daw kqnn nur ein Missberständnif sein.

Meine Finger rasen viel zu schnell über die kleine Tastatur, sodass ich zig Fehler mache. Aber egal. Sie muss die Nachricht lesen. Dringend. Doch das tut sie nicht.

Fünf Minuten später ist meine Nachricht noch immer ungelesen. Ich versuche es mit einem Anruf. Keine Chance. Wahrscheinlich hat Giulia ihr Telefon eingesteckt. Also wähle ich Merles Nummer. Nichts.

Immer und immer wieder versuche ich, die beiden Mädchen per Textnachricht oder Anruf zu erreichen, komme aber irgendwann nicht einmal mehr durch. Sind sie gerade in einem Funkloch? Ich stelle mein Telefon auf laut, lasse es neben mich auf die Matratze sinken und rolle mich auf die Seite. Spätestens morgen werde ich die Sache aufklären können. Bis dahin muss es mir nur gelingen, irgendwie einzuschlafen. Fehlanzeige. Es kommt mir vor, als seien zwei Jahre vergangen, als ich um halb drei nachts auf die Uhr sehe und noch immer keine Antwort habe. Dafür aber zumindest zwei graue Haken. Die Nachrichten sind zugestellt.

Ich pelle mich aus der Bettdecke und stehe auf. Im Flur ist es stockdunkel. Bis vor wenigen Monaten hatten wir hier noch so ein Nachtlicht in der Steckdose, das mir seinerzeit viel zu grell erschien. Doch jetzt vermisse ich es. Wenigstens konnte man so mehr als die groben Umrisse der Türen erkennen.

Als ich das Casa Nera verlasse, trage ich eine kurze Sporthose und mein Schlafshirt.

Die ersten Meter entferne ich mich langsam vom Haus weg, doch kaum bin ich in Bewegung, überkommt mich beinah so etwas wie ein Energieschub. Ich beschleunige mein Tempo und schalte im Laufen die Taschenlampe meines Smartphones ein. Mir fällt auf, dass Diegos Boot fehlt. Es ist um einiges größer und schneller als meins, doch jetzt bleibt mir keine Wahl. Ich steige ein, löse den Anlegeknoten vom Holzpoller und starte den Motor. Das Wasser spritzt hoch über den Rand des Bootes, aber ich bremse nicht ab. Normalerweise halte ich mich an das Geschwindigkeitslimit, doch heute gilt die allgemeine Aufmerksamkeit ohnehin dem Feuerwerk am Himmel.

Als ich den Strand von Lido erreiche, finde ich Giulia erstaunlich schnell. Und das, obwohl mindestens die Hälfte aller Leute verkleidet ist und ich mich mehrfach in Umhängen und Hüten verfange.

»Sag bloß, du hast es dir anders überlegt.« Sie trägt ein Hexenkostüm, das ich bereits an ihr kenne. Allerdings ist ihr lila Lippenstift komplett verschmiert. Kein Wunder, sie ist betrunken. Natürlich ist sie das. »Weißt du noch, letztes Jahr? Da waren wir alle sechs hier. Eigentlich alle sieben.«

Sie soll den Mund halten. Gott, sie soll dieses *Wir* nie wieder erwähnen.

»Giu. Bitte halt die Klappe! Wo ist Merle?«

»Weiß ich nicht. Jedenfalls nicht hier.«

»Wieso habt ihr euch getrennt?«

»Wusste gar nicht, dass wir zusammen waren.«

Ich finde die Sache alles andere als witzig.

»Sie war mit einem Typen unterwegs.« Falls sie glaubt, mich mit diesen Worten zu beruhigen, hat sie sich verdammt noch mal geirrt.

»Mit wem?« Ich muss mich zusammenreißen.

»Keine Ahnung. Hab ihn noch nie gesehen. Glaube, er hieß Fabio. Oder Fabrizio?«

Ein Mädchen taucht neben Giulia auf. »Wer sucht hier nach Fabio?«

Ich spanne meine Muskeln an und zwinge mich, ruhig zu atmen. »Weißt du, wo er ist?«

Das Mädchen zuckt mit den Schultern. »Nö. Glaube, er war scharf auf die Blondine mit dem schwarzen Kleid. Vampir, oder?«

Alles in mir zieht sich zusammen. »Bist du irre, sie einfach so gehen zu lassen?«, fahre ich Giulia an.

»Sie ist erwachsen, Matteo.«

»Und das ändert was daran, dass sie mit einem Aufreißer unterwegs ist?«

»Jetzt mach mal halblang«, redet nun auch noch das andere Mädchen auf mich ein. »Fabio ist kein Serienkiller, sondern mein Bruder. Wir kommen aus Rom und sind nur ein paar Tage hier. Schätze, er will einfach ein bisschen Spaß haben.«

Spaß haben, begehrt die Eifersucht in mir bitter auf. Aber im

Grunde überwiegt jetzt nur noch ein einziges Gefühl: die Sorge, Merle könne etwas passiert sein. Weiß der Geier, ob dieser Typ tatsächlich harmlos ist.

»Und hast du auch eine Ahnung, wo genau er diesen Spaß hier haben wollte?«

Sie verdreht die Augen. »Glaube, die beiden sind runter Richtung Meer. Aber schon vor einer ganzen Weile.«

Ich bekomme die Hälfte ihres Satzes nicht mehr mit, weil ich bereits losgegangen bin. Wenn Merle auch nur annähernd so betrunken ist wie all die anderen Leute hier, muss ich sie unbedingt finden.

Sollte es das sein, was ich denke, und sie hat mein Treffen mit Chiara so dermaßen falsch verstanden, mag ich mir gar nicht vorstellen, was sie jetzt mit diesem Fabio treibt. Ich könnte es ihr nicht einmal übel nehmen.

Beruhig dich. Am wichtigsten ist, dass du sie findest. Der Rest kommt danach. Wenn du weißt, dass sie in Sicherheit ist.

Je näher ich ans Wasser gehe, desto lauter wird auch das Rauschen des Meeres. Ich beginne, ihren Namen zu rufen, schreie gegen die Wellen an. Keine Chance. Mein Herz wummert schneller in meiner Brust. Schneller und heftiger. Ich habe ewig nicht mehr hier gestanden. Es ist eine Sache, in einem Boot über den Kanal zu fahren. Eine andere ist es, so nah am offenen Meer zu stehen. In der Dunkelheit. Die sich brechenden Wellen so nah, dass alles in mir drin nach Flucht schreit. Ich will nicht an einem Ort wie diesem sein. Ich will mich nicht erinnern.

Ich gehe ein paar Schritte über den Sand und entdecke plötzlich ihre Schuhe, die scheinbar zurückgelassen wurden. Wie weit können sie von hier gelaufen sein? Meine Schritte beschleunigen sich, die Lichter, die eben noch wild getanzt haben, verschwimmen in meiner Sicht zu einem bunten Nebel, und ich höre nur noch den Wind in meinen Ohren.

Je weiter ich laufe, desto leerer wird der Strand. Bis auf ein paar Zelte wirkt schließlich alles verlassen, und ich kann nur hoffen, Merle bis hier nicht verpasst zu haben. Die Vorstellung, sie könne mit einem Fremden so weit ins Wasser gegangen sein, lässt mich schneller nach Luft ringen.

Verdammte Scheiße, das ist alles meine Schuld! Warum habe ich damit angefangen, und warum konnte ich ihr dann nicht die Wahrheit sagen? »Fuck! Fuck! Fuck!« Ich verlangsame mein Tempo, raufe mir das Haar und drehe mich um die eigene Achse. Das hier ist Lido und nicht der Strand von Miami. Irgendwo muss sie doch sein!

Plötzlich ist da dieser Schrei. Ich weiß nicht, ob ich ihn mir eingebildet habe. Ob der pfeifende Wind mir einen Streich spielt. Doch dann höre ich es schon wieder. Diesmal lauter. Ich fahre herum und sehe zwei Gestalten, die sich auf meiner Höhe im Meer bewegen. Sie sind zu weit weg, als dass ich in der Dunkelheit ihre Gesichter erkennen kann. Und doch weiß ich sofort, dass eine von ihnen Merle ist. Merle, die mitten in der Nacht betrunken ins Meer gegangen ist. Ist sie wahnsinnig geworden?

Wie berauscht laufe ich ins Wasser, ignoriere die Kälte, die mir plötzlich bis zu den Knien reicht.

»Merle!«

Ich kann nicht. Kann nicht tiefer in dieses Wasser gehen.

»Merle!«

Ein paar Zentimeter, die erste Welle schwappt mir gegen die Hüfte. Der Stoff meiner Shorts saugt sich immer weiter mit Wasser voll.

Ich kann nicht. Ich kann nicht weitergehen. Also rufe ich noch einmal ihren Namen, bin aber nicht sicher, ob sie mich hört. Die Gestalten kommen näher, doch ich wage nicht, aufzuatmen.

Aus dem Nichts sind da plötzlich tausend bunte Funken am Himmel. Funken, die wie ein Regen aus Sternen die Nacht erleuchten.

Es ist Merle. Sie schwimmt auf mich zu.

Und sie ist nicht allein. Der Typ, der neben ihr aus dem Wasser kommt, ist unwesentlich kleiner als ich. Sein Alter kann ich in der Dunkelheit schlecht schätzen, zumal ich ihn nicht einmal ansehen will.

»Was machst du hier?« Die Arme vor der nackten Brust verschränkt, steht sie vor mir und funkelt mich an.

Ich will wütend sein. Sie anschreien. Fragen, ob sie den Verstand verloren hat. Doch nichts dergleichen schafft es aus meiner Kehle. Da ist nur dieser tiefe Wunsch, ihren nassen Körper an mich zu reißen und mich zu vergewissern, dass sie okay ist.

»Ich gehe dann mal«, murmelt der Typ neben ihr. Zu meiner Erleichterung versucht Merle nicht einmal, ihn aufzuhalten. Er geht mit einem abschätzigen Blick an mir vorbei, und ich hoffe um seinetwegen, dass er nicht noch einmal hier auftaucht.

»Was machst du hier?«, wiederholt Merle ihre Frage.

»Dich suchen.«

»Mich?« Sie ist angetrunken, aber nicht so betrunken, wie ich befürchtet habe.

»Siehst du hier sonst noch irgendwen?«

»Nur dich!« Sie gluckst leise. Nicht amüsiert. Es ist Schluckauf, der ihr das Reden erschwert. »Ich brauche keinen Aufpasser.«

Jetzt steht sie nur noch einen Meter von mir entfernt, und doch klopft mein Herz bedrohlich schnell.

»Bist du irre, so weit von den anderen entfernt allein hier rumzulaufen?«

»Ich war nicht allein.«

»Ach, stimmt, ich habe den fremden Kerl vergessen, mit dem du halb nackt und betrunken im Meer schwimmen warst.« Ich wage kaum, an ihr hinabzusehen. »Hier draußen hätte dir weiß Gott was passieren können.«

»Ist es aber nicht«, zischt sie. »Und wenn, was würde es dich angehen?«

»Ist das dein verfluchter Ernst?«, fahre ich sie an.

»Und ob es das ist.« Sie tritt näher an mich heran, löst die Arme aus ihrer Verschränkung und reckt provozierend das Kinn. Für den Bruchteil einer Sekunde verliere ich die Kontrolle, lasse den Blick über ihre nackten Brüste wandern und halte den Atem an. Wasser tropft von ihren Haaren die Schultern hinab, sodass einzelne Tropfen ihr Dekolleté hinabrollen. Obwohl ich weiß, dass es die Kälte ist, die ihre Nippel so hart werden lässt, geht der Anblick mir so tief unter die Haut, dass ich die Fäuste balle.

Wie soll ich einen klaren Gedanken fassen, wenn sie so vor mir steht?

»Können wir reden?«

»Es ist mitten in der Nacht.«

Sie wringt sich die nassen Haare aus und geht an mir vorbei. Von hinten bin ich förmlich gezwungen, meinen Blick auf ihren Po zu richten. Sie trägt einen knappen schwarzen Slip, der nicht viel Spielraum für Fantasie lässt. So wackelig sie auch auf den Beinen ist, weiß sie doch genau, wie sexy sie aussieht. An jedem anderen Ort würde ich das Spiel vielleicht mitspielen, doch heute, hier, jetzt, will ich erst mal dafür sorgen, dass sie begreift.

»Es ist wichtig.« Als sie nicht stehen bleibt, beschließe ich, das Gespräch einfach allein zu beginnen.

»Ich habe mit Giulia geschrieben. Wie es aussieht, gibt es zwischen uns etwas Wichtiges zu klären, Merle.« Unbeirrt spreche ich weiter. »Dass ich Abstand gesucht habe, hatte nichts …«

»Nichts mit mir zu tun?« Entgegen meiner Erwartung bleibt sie unvermittelt stehen, starrt mich einen Moment ungläubig an und beginnt dann zu lachen. »Oh bitte, versuch nicht, mich für dumm zu verkaufen.« Sie klingt so kühl, dass es mir einen Stich versetzt, als würde sich ein spitzer Pfeil in meine Brust bohren.

»Du hast das einfach vollkommen falsch verstanden.« Ich strecke meine Hand aus, um sie an der Schulter zu berühren, doch sie weicht zurück.

»Was ist bei dir eigentlich falsch? Du lauerst mir am Strand auf, nur, um mir zu sagen, dass die ganze Sache zwischen uns ein dämliches Missverständnis war?«

»Ja!« Ich nicke heftig. »Das habe ich doch gesagt. Du hast das in den vollkommen falschen Hals bekommen.« Angespannt presse ich die Hände zu Fäusten.

»Du bist echt unglaublich.« Die Worte klingen alles andere als nach einem Kompliment. »Weißt du, was, Matteo? Was auch immer dich zu so einem arroganten Scheißkerl gemacht hat, es ist keine Entschuldigung. Keine Entschuldigung dafür, dass du dich so benimmst.« Sie schnappt nach Luft. »Ich hab's kapiert, okay? Du hast gewonnen. Schreib es meinetwegen auf deine Checkliste. So was haben Kerle wie du doch oder?«

»Gewonnen?«

Merle schnaubt. »Willst du dafür vielleicht noch einen Preis erhalten? Eine Trophäe?« Jetzt klingt sie richtig wütend.

»Ich habe keinen Plan, wovon du sprichst.«

»Sicher«, zischt sie. »Sag mal, tust du nur so, weil du es aus meinem Mund hören willst, oder bist du so kaputt, dass du es nicht gemerkt hast?« Plötzlich stehen ihr Tränen in den Augen, und sie ringt um Fassung.

»Worauf willst du hinaus?« Mich überkommt der Impuls, sie einfach in eine Umarmung zu ziehen und so fest zu halten, dass die Traurigkeit aus ihrem Gesicht verschwindet. Doch als sie mir noch einmal in die Augen sieht, wird mir schlagartig klar, dass den Schmerz ganz alleine ich verursacht habe. »Rede mit mir!«, flehe ich und hoffe, dass ihr Kopf klar genug ist, um zu realisieren, wie verzweifelt ich bin.

»Wozu?« Nach Luft schnappend geht sie weiter, bückt sich plötzlich, als sie ihr Kleid im Sand findet. Sie steigt in das schwarze Stück Stoff hinein, schwankt und stolpert beinah über ihre eigenen Beine. Sofort stehe ich neben ihr, greife nach ihrem Arm und fange sie auf. Ihre Haut fühlt sich arschkalt an.

»Ich brauche keine Hilfe. Schon gar nicht von dir.«

Zornig funkelt sie mich an, dann beginnt sie zu rennen. Weg von hier. Weg von mir. Weg von einem *Uns*.

41. Kapitel

Merle

Die Luft riecht nach einer Mischung aus Feuerwerkskörpern und Erbrochenem. Letzteres liegt wohl daran, dass ich mir den ungünstigsten Platz ausgesucht habe, um nach meinem Abgang zum Stehen zu kommen. Ich verziehe angewidert das Gesicht und mache einen Satz zur Seite, um meinen Mageninhalt nicht auch noch zu verlieren. Übel genug ist mir sowieso schon. Ich kann nur hoffen, in der Menschenmenge irgendwo auf Giulia zu stoßen und sie zum Gehen überreden zu können. Ich will gerade weiterlaufen, als mir jemand auf die Schulter tippt.

»Ich wusste, du wirst es dir anders überlegen.« Amüsiert grinst Adriano mich an. »Und wow, du siehst hinreißend aus.«

Ich zwinge mich zu einem schwachen Lächeln. Nach Komplimenten ist mir gerade am wenigsten zumute.

»Warst du im Meer?« Er deutet auf meine nassen Haare. »Respekt! Ganz schön frisch.«

»Nur kurz. Hast du Giulia gesehen?«

Adriano zieht die Brauen zusammen. »Keine Ahnung. Die meisten sind eben in das große Zelt gegangen. Glaube, das haben irgendwelche Studis hergeschleppt.«

»Kannst du mich hinbringen?«

»Dadrin ist es bestimmt rappelvoll. Wir können auch hier draußen was trinken.«

»Ich will Giulia finden«, sage ich mit Nachdruck.

»Schon verstanden.« Mit einem Nicken deutet er nach rechts. »Siehst du dahinten das Feuer? Etwa auf der Höhe müssen wir noch ein Stück Richtung Promenade.«

Wir stapfen nebeneinander durch den Sand. Obwohl die Luft noch recht warm ist, beginne ich zu frösteln. Im nassen Slip herumzulaufen war keine gute Idee.

Als wir das Feuer mitten auf dem Strand erreichen, sehe ich die zwei weißen Festzelte, die an den Seiten geöffnet sind. Drum herum tummeln sich Gruppen von Feiernden, deren Körper sich rhythmisch zur Musik bewegen.

»Schätze, sie ist in einem von denen«, erklärt Adriano und macht keine Anstalten, sich noch einen einzigen Schritt zu bewegen.

»Wartest du hier?« Ich will nur ungern zugeben, wie unwohl mir bei dem Gedanken ist, schon wieder allein an diesem Strand zu sein.

»Klar. Mach in Ruhe! Falls du es da überhaupt durchschaffst, ohne zerquetscht zu werden.«

Ich nicke, trete näher an eine Gruppe Mädels heran und versuche, mich seitwärts durch die Masse zu schieben. Gott, das hier ist schlimmer als jeder Freitagabend in einem angesagten Club.

Wie es aussieht, hat das Schicksal aber einiges gutzumachen: Es dauert nur einen Moment, bis ich Giulias türkisen Haarschopf auf der anderen Seite des Zeltes entdecke. Sie steht mit einem dunkelhaarigen Mädchen zusammen, das ich zuvor noch nie gesehen habe.

»Hey!«, rufe ich, so laut ich kann. Abgesehen von einem besoffenen Kerl neben mir wird niemand auf mich aufmerksam. »Giulia!«, versuche ich es noch einmal. »Hier! Giulia!«

In dem Augenblick, in dem unsere Blicke sich treffen, trampelt mir irgendein Trottel auf die Füße. Nein, nicht irgendein Trottel. Ein Trottel mit gewaltig viel Kraft und einem dicken Profil unter der Sohle. Ich öffne den Mund, um schmerzerfüllt aufzuschreien, doch jeder Laut bleibt mir in der Kehle stecken. Denn auf einmal wird es still im Zelt. Still und doch wieder laut. Wie bei einer La-Ola-Welle verstummen die Leute und richten ihre Aufmerksamkeit auf etwas, das scheinbar vor dem Zelt stattfindet. Jemand brüllt. Eine helle Frauenstimme kreischt auf.

»Was ist da los?«, flüstert ein Mädchen neben mir ihrer Freundin zu.

»Diego ist da«, zischt eine andere Stimme. Schlagartig haben es alle eilig, das Zelt zu verlassen. Ich gerate in ein Gerangel, versuche, mich gegen den Strom zu stemmen und wieder Blickkontakt mit Giulia aufzunehmen. Doch ihr Haarschopf ist schneller untergetaucht, als ich begreifen kann, was hier überhaupt vor sich geht. Diego ist hier? *Unser* Diego? Warum drehen alle hier so durch? Meine Wangen beginnen, schrecklich zu glühen. Die Unruhe im Zelt scheint ansteckend zu sein. Jedenfalls gerät auch mein Körper in Alarmbereitschaft.

Weil es jetzt leerer geworden ist, entdecke ich Diego im Eingang. Er ist es tatsächlich. Aber er ist nicht allein dort.

»Du bist ein dreckiger kleiner Hund.« Den groß gewachsenen Typ, den Diego am Hals gepackt hat, erkenne ich sofort. Und das, obwohl ich mir vor einer Stunde nicht hätte vorstellen können, ihn jemals so ausgeliefert zu erleben. Er duckt sich unter Diegos Griff weg, aber der ist schneller. Seine Faust landet in einem schnellen Uppercut gegen seinen Kiefer. Ich könnte schwören, etwas knacken zu hören, bevor der Zwei-Meter-Typ, den ich vorhin am Strand mit Aurora gesehen habe, zurücktaumelt. Aber Diego denkt gar nicht daran, aufzuhören. Schnell macht er einen Schritt vor, reißt den Kopf des Typen an den Haaren herum und holt ein weiteres Mal aus. Mit seinen Knöcheln trifft er ihn an der Schläfe.

»Weißt du, was du bist? Ein widerlicher Perversling, dem man am besten den Schwanz abschneiden sollte.«

Ziemlich drastisch ausgedrückt, aber im Großen und Ganzen kann ich Diego nicht widersprechen. Erst jetzt gelingt es dem Zwei-Meter-Kerl, sich aus Diegos Griff zu befreien. Was auch immer hier gerade passiert ist, er scheint noch nicht genug zu haben. Dabei tropft ihm bereits Blut aus der Nase.

»Was mischst du dich in den Scheiß überhaupt ein? Schon mal drüber nachgedacht, dass sie vielleicht scharf auf mich war?«

Wut blitzt in Diegos Augen auf. Wut, die über all das hinausgeht, was ich kenne. Seine schwarzen Augen sind zu schmalen Schlitzen verengt, und Diegos Oberkörper zittert, als sei er ein tollwütiger Hund. Erst jetzt sehe ich, dass er selbst bereits eine Platzwunde auf der Stirn hat.

»Davon träumst du wohl, du Schwein!« Gekonnt zieht er ihn noch einmal an sich heran, schlingt seine Arme um den Hals seines Gegners und brüllt. »Und wenn du es wagst, sie noch einmal auch nur anzugucken …«

»Pscht! Beruhige dich, Diego«, unterbricht Giulia ihn. Sie ist überraschend hinter ihm aufgetaucht, macht aber keine Anstalten, ihn zu berühren. »Er ist es nicht wert!«

Kurz habe ich das Gefühl, einen Teil der Anspannung aus seinem Gesicht weichen zu sehen. Doch dann zieht er den Kerl noch enger an sich heran. »Sag mir deinen Namen! Sag mir deinen Namen, und ich werde höchstpersönlich dafür sorgen, dass jede Frau in Italien zukünftig einen großen Bogen um dich macht«, knurrt er.

»Ricco.«

Hat er mir gegenüber vorhin noch große Töne gespuckt, so klingt er jetzt erstickt.

»Schön, Ricco.« Diego spuckt ihm den Namen förmlich vor die Füße. »Und was hat dich dazu bewegt, deinen schmutzigen kleinen Pimmel in ihren Rachen zu schieben?«

Ich erstarre, als mir klar wird, worum es hier gerade geht.

»Jetzt lass ihn los!« Entweder ist Aurora gerade aus dem Nichts aufgetaucht, oder ich war zu konzentriert darauf, das Szenario zwischen Diego und diesem Ricco zu beobachten. »Bitte, Diego, lass ihn einfach los! Du machst es nur noch schlimmer.«

Ihre Stimme ist sanft und weich. Ganz anders als die der anderen Aurora, die ich mit Ricco hinterm Zelt erwischt habe.

»Du musst ihn loslassen. Bitte.« Sie nähert sich den beiden vorsichtig und legt Diego zögerlich eine Hand auf die Schulter. Diesmal bin ich mir ganz sicher … Seine Muskeln entkrampfen sich unter ihrer Berührung, doch er hält Ricco weiterhin fest.

»Wieso verteidigst du diesen Drecksack?«

Seine Nasenflügel weiten sich, und obwohl ich weit genug entfernt bin, klappere ich bei seinem Anblick unwillkürlich mit den Zähnen.

»Weil es nicht so war, wie du denkst.« Aurora schnappt nach Luft. »Er hat mich nicht gezwungen. Ich …« Sie sieht aus, als schnüre der Gedanke an das, was sie jetzt sagen wird, ihr die Kehle zu. »Ich habe es freiwillig gemacht.«

Ruckartig löst Diego seinen Griff, sodass Ricco sich mühelos frei machen kann.

Kaum steht dieser wieder sicher auf seinen Beinen, ist da dieses hämische Grinsen auf seinen Lippen. Ein Grinsen, für das ich ihm am liebsten zwischen die Beine treten würde.

Diego wischt sich das Blut von der Stirn und dreht sich abrupt um. Wer ihm bis dahin noch im Weg gestanden hat, springt zur

Seite, als er, jeden Muskel zum Zerreißen gespannt, durch die Menge der Schaulustigen geht. Ich verharre in meiner Bewegung und schaffe es erst wieder, einen klaren Gedanken zu fassen, als die Dunkelheit seine Umrisse endgültig verschluckt.

Ein Durcheinander aus Stimmen bringt mich zurück ins Hier und Jetzt. Es ist ein absurdes Bild, das sich mir plötzlich bietet: zwei stämmige Typen, die Ricco gleichzeitig ein Taschentuch anbieten. Eine bewegungslose Aurora, deren Augen weit aufgerissen sind. Stumme Tränen rollen ihr über die Wangen, doch sie macht keine Anstalten, sie wegzuwischen.

»Bist du okay?« Das ist meine Stimme. Irgendwie habe ich es geschafft, trotz Schock den Mund zu öffnen. Ich strecke die Hand aus, um Auroras Arm zu berühren, ziehe sie aber im selben Moment wieder zurück. »Kann ich dir irgendwie helfen?«

Die langen Haare haben sich größtenteils aus ihrem Zopf gelöst, sodass das Gummi kurz davor ist, vollständig herunterzurutschen.

»Sollen wir hier weggehen?«, versuche ich es noch einmal. Fuck, ich habe ihre Wut gesehen. Ihre Verzweiflung. Was auch immer sie eben gesagt hat, ich habe gespürt, dass sie diesen Ricco nicht wollte.

Rufe dringen näher an meine Ohren heran. Es sind Begriffe wie »Flittchen«, »Hure«, die sie heftig zusammenzucken lassen. Ein Typ, er kann sich kaum noch auf seinen Beinen halten, beginnt, laut zu stöhnen, während er seinen Unterleib in eindeutigen Bewegungen in unsere Richtung hält.

»Kleiner Nachtisch gefällig? Ich werde es deinem Freund schon nicht sagen.«

Mein Mittelfinger schnellt nach oben. Ich verstehe nur die Hälfte von dem, was hier vor sich geht, und doch ist es genug.

»Hör zu, wir sollten hier weggehen.«

Sie hat noch immer nichts zu mir gesagt. Kein einziges Wort.

Dafür ruft auf einmal jemand anderes meinen Namen. Zögernd drehe ich mich um und entdecke Matteo, der sich durch die Umstehenden schlängelt und auf uns zukommt. Ist er die ganze Zeit hier gewesen?

»Wartet, ich fahre euch!«

Er ist der Letzte, dessen Hilfe ich annehmen möchte, und doch widerspreche ich nicht, denn es geht hier nicht mehr um mich. Nicht um meine Gefühle.

»Okay. Ihr könnt vorgehen, ich werde Giulia holen. Sie will sicher mitkommen.«

Bevor ich auch nur einen Fuß bewegt habe, wendet sich Aurora an Matteo. »Denkst du wirklich, ich würde in dein verficktes Boot steigen?«

»Ich will dir nur helfen«, versucht dieser, ruhig auf sie einzureden. »Mit wem bist du hergekommen?«

Als sie schweigt, erahne ich, dass sie, genau wie Giulia und ich, einen der Wasserbusse genutzt hat.

»Willst du hierbleiben und warten? Zuhören, wie diese Vollidioten dich weiter beleidigen?«

»Es ist mir egal.« Da sind noch immer diese Tränen. Tränen, die im absoluten Widerspruch zu jedem ihrer Worte stehen. »Du hast keine Ahnung, wie egal mir jeder Einzelne hier ist. Und glaub mir …« Sie geht auf Matteo zu, bis sie ihm ganz nah ist. »Ich würde lieber für immer hier sitzen, als bei einem von euch im Boot mitzufahren.«

Fragend sehe ich zwischen den beiden hin und her. Natürlich ist mir aufgefallen, wie wenig Aurora die Jungs ausstehen kann. Und damit ist sie an der Uni offenbar nicht die Einzige. Aber geht diese Auseinandersetzung nicht ein bisschen zu weit? Was auch immer für ein Problem sie miteinander haben, das lässt sich doch bestimmt ein anderes Mal klären?

»Komm schon, wir bringen dich nach Hause«, versuche ich es mit sanfter Stimme und ziehe sie ein paar Schritte weg vom Zelt. Doch Aurora nimmt nicht einmal Notiz von mir, sondern bleibt mit ihrem Zorn an Matteo hängen.

»Ihr seid für mich gestorben. Jeder Einzelne von euch. Ich wünschte, jeder von euch müsste wenigstens einen Tag lang das durchmachen, was ich seit Monaten durchmache, während Tinos Körper um sein Leben kämpft.«

Was zum Teufel passiert hier gerade, und wer ist dieser Tino?

Matteo schüttelt den Kopf. »Begreifst du nicht, dass wir das tun?«

Ein hysterisches Lachen dringt aus Auroras Mund. »Kein einziges Wort glaube ich dir. Denn wenn es stimmen würde … Wenn er euch wirklich etwas bedeutet hätte, dann hättet ihr euer dämliches Schweigen gebrochen. Stattdessen tut ihr so, als sei es euer Gehirn, das keinen Sauerstoff mehr bekommen hat, suhlt euch in eurer Feigheit und schaut zu, wie jeden Tag ein Stück mehr von ihm verschwindet. Jeden Tag ein bisschen. Ach, was rede ich da! Du hast keine Ahnung, wovon ich spreche, oder? Du hast ihn in elf Monaten doch kein einziges Mal besucht.«

Instinktiv packe ich Matteo am Arm. »Wovon redet sie?« Dann blicke ich zu Aurora. »Wer ist Tino? Worum geht es hier eigentlich?« Meine Stimme klingt so zittrig wie das Zupfen einer Gitarrensaite. Ich bin mir sicher, dass die Kälte, die sich in meinem Körper festgebissen hat, nichts mit dem nassen Slip oder meinen Haaren zu tun hat.

»Wow«, platzt es aus Aurora heraus. »Ihr habt es ihr nicht mal gesagt?« Da ist etwas, das so hart und intensiv in ihrer Mimik steht. Ich möchte es nicht Hass nennen. Ich will es nicht, weil es die Fragezeichen noch tiefer werden ließe. Noch tiefer und schmerzhafter.

Und doch finde ich keinen anderen Begriff für das, was Auroras ganze Haltung ausstrahlt.

»Wer hat mir was nicht gesagt?« In meinem Kopf rauscht es, als stände ich noch immer am offenen Meer. »Matteo, erklär mir, was hier passiert!«

»Das kann er nicht«, sagt Aurora stattdessen. »Er kann es nicht, weil er ein Feigling ist. Genau wie seine Freunde.« Erst jetzt sieht sie von ihm zu mir. »Tino und ich waren zweieinhalb Jahre lang ein Paar, bis er im letzten November verunglückt ist. Seitdem liegt er in einem Krankenhaus in Mestre. Sie haben ihn in ein künstliches Koma versetzt.«

Ein eiskalter Schauer läuft mir über den Rücken. Was soll das heißen? Warum höre ich zum ersten Mal davon?

»Er hat mit den anderen im Casa Nera gewohnt. Drei verdammte Jahre lang. Ihr seid wie Brüder für ihn gewesen. Wie gottverdammte Brüder hat er euch geliebt.« Sie spuckt uns das letzte Wort förmlich entgegen. »Ich dachte, ihr wärt die Einzigen, die meinen Schmerz irgendwie verstehen könnten. Die Einzigen, die ihn außer mir wirklich kannten.« Sie reibt sich über die Augen und wischt damit nicht nur die neu aufsteigenden Tränen ab, sondern auch die letzten Reste ihrer sonst so ordentlich aufgetragenen Mascara. »Ich habe euch gebraucht. Ich habe gedacht, ihr bräuchtet nur Zeit. Zeit, um das alles zu realisieren. Zeit, die mir niemand gegeben hat, als ich von heute auf morgen alles verloren habe. Den Mann, den ich geliebt habe, und die Menschen, die ich für unsere Freunde gehalten habe. Aber nichts hat sich geändert. Ihr habt ihn einfach vergessen. Man könnte meinen, Tino habe für euch niemals existiert.«

»Das ist nicht wahr«, dringt es erstickt aus Matteos Kehle.

»Ach nein? Dann sag mir, wann bist du das letzte Mal im Krankenhaus gewesen? Wann hast du an seinem Bett gesessen, die vielen Schläuche angestarrt und dich gefragt, wie hoch die Chancen sind, noch einmal seine Stimme zu hören?«

Matteo schweigt. Er schweigt, weil er genau weiß, dass Aurora die Antwort bereits kennt. Dass ich sie kenne. Weil ich sie in ihren Augen lesen kann. So klar und deutlich, als stächen die Buchstaben aus ihren Pupillen hervor.

Gar nicht. Er ist gar nicht dort gewesen. Keiner von ihnen.

Immer mehr Puzzlestücke eines Bildes, von dem ich bis vor wenigen Minuten nicht einmal den Hauch einer Ahnung hatte, fügen sich in meinem Verstand zusammen. Und doch gelingt es mir nicht, auch nur ein einziges davon zu fassen. Wirklich zu begreifen.

Ich höre all diese Dinge, als wären sie der Text eines Romans. Ein Kapitel, das ich bislang nicht gelesen habe und bei dem ich mir nicht sicher bin, ob ich jemals bereit war, es aufzuschlagen.

»Jeden einzelnen Tag wünsche ich mir, dass er die Augen aufschlägt. Dass er zurückkommt zu mir. Und der einzige Gedanke, der mich in diesen Momenten tröstet, ist der, dass er, solange er fort ist, zumindest nichts davon mitbekommt, wie elendig seine Freunde ihn im Stich gelassen haben.« Die Worte brechen wie eine Gewitterwolke aus ihr heraus, bevor sie sich ruckartig umdreht und davonstapft.

42. Kapitel

Matteo

»Bevor du jetzt schon wieder abhaust, gib mir wenigstens eine Chance, das alles zu erklären.«

Anstatt anzuhalten, beschleunigt sie ihre Schritte noch und beginnt förmlich, durch den Sand zu joggen. »Ich will nicht.«

»Was willst du nicht?«

»Alles, Matteo, alles. Ich will dir nicht mal zuhören!« Ihre Stimme bebt, und ich kann hören, dass sie gegen die Tränen kämpft.

Die Erkenntnis schneidet so tief in meine Haut, dass ich aufschreien will. Schreien und nicht mehr damit aufhören, bis diese unerträglichen Schuldgefühle nachlassen. Doch die Wahrheit ist: Ich weiß, dass sie es nicht tun. Dass sie es niemals tun werden.

Als Merle weitergeht, rutscht mein Herz noch tiefer.

»Ich verstehe, dass der Abend dich aus der Bahn geworfen hat, aber es ist nicht wahr, was sie sagt. Jedenfalls nicht alles. Aurora hat keine Ahnung, was wir die letzten Monate durchgemacht haben. Sie hat keine Ahnung, wie sehr ich mir wünsche, dieser Abend wäre nie passiert.«

Sie bleibt stehen. Es ist nicht mehr weit bis zur asphaltierten Promenade.

»Du denkst, dass das mein Problem ist?« Ihr trauriges Lächeln hinterlässt nichts als raue Verwirrung in mir. »Dass du deinen

Freund nicht im Krankenhaus besucht hast? Denkst du wirklich, ich würde mir das Recht rausnehmen, eure Trauer zu bewerten?«

»Bist du wütend, dass ich es dir nicht gesagt habe?«

Sie schluckt. »Ich bin nicht wütend. Nicht mehr. Nach den letzten Tagen habe ich nicht einmal mehr die Kraft, wütend zu sein. Und was das mit uns angeht … Wir haben keinen Vertrag abgeschlossen, der festlegt, dass wir dem anderen unsere Vergangenheit offenbaren müssen. Es wäre falsch, diese Erwartung an dich zu haben.«

»Was ist es dann?«

Sie schweigt. Sieht mich an, als die Traurigkeit in ihren Augen zerplatzt und die ersten Tränen kommen.

»Merle, was ist es dann?«

»Ich hasse mich dafür, dass ich zugelassen habe, mich in dich zu verlieben.«

»Was?«, rutscht es mir irgendwie über die Lippen.

Sie lacht. Sie lacht so laut und verzweifelt, dass mein Hirn ein paar Sekunden braucht, um ihre Worte richtig zu realisieren.

»Als du mich das erste Mal geküsst hast, dachte ich, dass da zwischen uns etwas sei. Ich habe mich so stark zu dir hingezogen gefühlt und mich dafür gehasst. Gehasst, weil ich mich in den Antagonisten meiner eigenen Geschichte verliebt habe. Aber dann habe ich eine ganz andere Seite von dir kennengelernt. Eine Seite, die mir Hoffnung gemacht hat. Himmel, du hattest recht, als du sagtest, das alles wäre eine Masche.« Die Tränen laufen nun immer schneller über ihre Wange. »Nur irgendwie war ich dumm genug, es nicht zu begreifen. Dumm genug, zu glauben, es wäre real. Du siehst in mir nicht mehr als in all den anderen Frauen, die du getroffen hast. Triffst, sollte ich wohl besser sagen.«

Ich will etwas erwidern, ihr erklären, was wirklich passiert ist.

Ich will, dass zwischen ihr und mir wieder alles gut ist. Dass sie begreift, was hier eigentlich los ist.

Dass sie versteht, ohne zu verstehen. Welch Ironie.

»Merle, sieh mich an. Bitte!«

»Es reicht! Egal, was du mir jetzt sagst, ich glaube dir nicht mehr.«

Plötzlich ist mein Herz kein Ziegelstein mehr, sondern ein Splitter aus Glas.

»Warum sagst du so was?« Ich mache einen Schritt auf sie zu, nehme ihre Hand in meine und wünsche mir, sie nie mehr loslassen zu müssen.

»Ich bin nach Venedig gekommen, um die Wahrheit über meine Familie herauszufinden. Um zu verstehen, warum der Mensch, der mir am meisten bedeutet hat, mich jahrelang belogen hat.« Sie wirkt schlagartig nüchtern.

»Ich verstehe, wie hart das für dich ist, aber ich bin nicht wie er.«

»Sag mal, kannst du dir eigentlich selbst zuhören?« Sie schüttelt fassungslos den Kopf. »Und nein, du verstehst das nicht. Du hast keine Ahnung, wie es ist, wenn sich dein ganzes Weltbild plötzlich als Lüge herausstellt. Wenn du morgens wach wirst und dich fragst, ob es noch mehr Dinge gibt, bei denen du belogen wurdest und deren Wahrheit du nie mehr herausfinden kannst. Ich habe dir vertraut, Matteo.« In ihrer Stimme liegt so viel Verzweiflung, dass es den Glassplitter noch tiefer in meine Brust drückt.

»Ich habe dir vertraut, weil ich dachte, dass das zwischen uns echt ist. Dass du das Gleiche für mich empfindest. Ich kann diesen Fehler nicht noch einmal machen. Nicht noch einmal herausfinden, dass alles, woran ich geglaubt habe, eine Lüge ist. Eine verdammt hässliche Lüge, die man mir erzählt hat, um es sich leichter zu machen.«

Das … das … Ich wollte das nicht. Sag es ihr. Sag ihr, dass sie sich irrt. Dass alles, was sie denkt, gesehen zu haben, in Wirklichkeit ganz anders ist. Dass ich ihr niemals wehtun wollte. Aber wie soll man jemandem gegenüber ehrlich sein, wenn man weiß, dass die eigentliche Wahrheit niemals ans Licht kommen darf?

»Du hast recht«, höre ich mich sagen.

»Ich habe recht?«, wiederholt sie so leise, dass ich einige Sekunden lang nicht einmal sicher bin, ob ich es mir nur eingebildet habe.

»Ja, du hast recht. Mit allem.« Sie braucht kein weiteres Geheimnis in ihrem Leben. Kein weiteres Rätsel, das sich nicht lösen lässt. Keine Enttäuschungen mehr. Keinen Anfang ohne Ende.

Der Splitter in meiner Brust dreht sich. Sorgt dafür, dass der Schmerz mir bis in die Zehenspitzen schießt. Doch ich weiß, dass ich es verdient habe.

Den Splitter. Den Schmerz. Weil sie recht hat, ohne zu wissen, wie sehr.

»Ich verstehe es, wenn du gehen willst.« Keine Ahnung, welchen Anteil in mir ich am meisten verfluche. Den leichtgläubigen, der sich wünscht, sie könnte etwas an ihrer Entscheidung ändern, oder den selbstzerstörerischen, der weiß, dass sie es nicht tun wird.

»Gut.« Sie beißt die Zähne so fest zusammen, dass ihr Kiefer bebt. Was habe ich nur getan?

»Ich kann dich nach Hause fahren.« Und noch einmal. Der selbstzerstörerische.

»Danke.« Sie macht eine kurze Pause. »Ich werde Adriano fragen, ob er mich mitnimmt.«

Ich will ihr widersprechen. Ich will es so sehr, bringe es aber nicht übers Herz, sie zu belügen. Und das ist, was ich tun müsste. Lügen. Immer wieder dieselben Lügen erzählen, bis ich irgendwann vielleicht anfange, sie selbst zu glauben.

43. Kapitel

Merle

Meine Finger zittern, als ich die Tür zum Casa Nera aufschließe und beim Hineingehen beinah über einen dunklen Schatten stolpere, der sich einen Herzschlag später als Grigio herausstellt.

Der kleine Kater streift mir um die Beine, als wären wir bereits die besten Freunde geworden. Vielleicht weiß er aber auch einfach, dass ich eine mögliche Eintrittskarte ins Hotelinnere bin.

»Es tut mir leid, Kleiner«, flüstere ich in die Nacht hinein. »Ich kann dich nicht reinlassen. So gern ich es auch tun würde …«

Mit großen schwarzen Kulleraugen sieht er mich an und miaut leise.

Seufzend streiche ich ihm über das Fell, bevor ich mich dazu überwinden kann, über ihn hinweg durch die Eingangstür des Hotels zu schlüpfen.

Adriano wartet im Boot auf mich. Er hat angeboten, mich erst mal mit zu sich nach Hause zu nehmen. In meinem Zimmer schmeiße ich meine Sachen in den Koffer und kontrolliere noch einmal die Schränke, um zu sehen, ob ich etwas vergessen habe. Kurz überlege ich, Giulias Kleid gegen Klamotten von mir zu tauschen, entscheide mich aber dagegen. Ich werde es ihr wiedergeben, sobald ich die Gelegenheit hatte, es zu waschen.

Während ich den schweren Koffer hinter mir über den Dielenboden ziehe, gebe ich mir keine Mühe mehr, die Tränen zurückzuhalten. Es ist mir egal, ob die anderen Jungs mich eventuell hören können. Egal, wie lange sie bereuen werden, mich jemals in diesem Haus wohnen gelassen zu haben.

Ich finde trotz Tränenschleier zur Tür und stoße ein zweites Mal an diesem Abend mit dem kleinen Kater zusammen, der sich anscheinend keinen Millimeter von der Stelle bewegt hat.

»Du weißt doch, dass ich dich nicht reinlassen kann. Und wenn du hier nicht verschwindest, bringst du Giulia in Erklärungsnot, ist dir das klar?« Langsam gehe ich neben ihm in die Knie, fahre noch einmal über seinen Rücken. Das leise Schnurren, das ihm dabei entfährt, geht mir direkt ins Herz. »Ich werde dich vermissen, Kleiner. Sehr sogar!« Bevor ich es mir anders überlegen kann, ziehe ich mich am Koffer hoch und laufe Richtung Kanal.

Vor wenigen Wochen habe ich schon einmal auf einer der Straßen Venedigs gestanden und nicht gewusst, wie es weitergehen soll. Ich hatte nicht einmal einen Platz zum Schlafen, geschweige denn irgendwen, den ich in dieser Stadt kannte. Und doch ist die Schwere, die mich heute erfüllt, kein bisschen vergleichbar mit dem Gefühl, das ich bei meiner Ankunft empfunden habe.

»Hast du alles?« Ich habe den Anleger noch nicht ganz erreicht, da kommt mir Adriano schon entgegen. Gähnend nimmt er mir den Koffer ab.

Als ich nicke, dringt aus der Dunkelheit ein Mauzen.

»Das scheint die da aber anders zu sehen.« Adriano unterdrückt ein Schmunzeln.

»Grig!!!« Ich stöhne auf. »Was machst du denn hier? Ich habe doch gesagt, dass du …« Abrupt breche ich ab. »Mit ›von der Tür verschwinden‹ war nicht gemeint, dass du mich verfolgen sollst.«

Der Kater lässt sich auf die Hinterbeine sinken und fährt sich mit der Pfote durch das kleine Gesicht.

»Als du gefragt hast, ob du eine Nacht mit zu mir kommen

darfst, hast du nichts von deiner Freundin gesagt«, bemerkt Adriano.

»Freund«, korrigiere ich. »Grigio ist ein Kater.« Was den Umstand natürlich kein bisschen verändert. »Giulia füttert ihn ab und zu. Auch an dem Abend, an dem ich angekommen bin. Die zwei haben mich quasi von der Straße aufgegabelt.«

Überrascht runzelt Adriano die Stirn, bevor sich seine Gesichtszüge wieder entspannen. »Er scheint der Meinung, du könntest dich langsam mal revanchieren.«

»Schlechtes Timing.«

»Ach was!« Jetzt lächelt Adriano. »Meine Eltern haben fünf Kinder. Die Zwillinge kennst du ja schon. Denkst du wirklich, ein kleiner Straßenkater fällt da noch groß ins Gewicht?«

»Ist das dein Ernst?«

Er zuckt mit den Schultern. »Wenn ich du wäre, würde ich mich nach so einer Nacht wie dieser nicht auch noch mit einer sturen Katze anlegen wollen.«

Unfreiwillig grinsend gehe ich in die Hocke und zucke wenige Sekunden später zusammen, als Grigio auf meine Schulter springt.

»Na schön. Du hast gewonnen, kleiner Mann. Ich hoffe, du bist schwindelfrei.«

• • •

»Wir hätten es dir gleich erzählen sollen.« Kaum hat das Boot sich in Bewegung gesetzt, räuspert Adriano sich. »Das, was im letzten Winter passiert ist. Es war falsch, dir nichts davon zu sagen. Ich schätze, wir wollten nicht, dass das Thema wieder und wieder hochkommt.«

»Tut es das nicht zwangsläufig?«, frage ich leise. »Ich meine, er ist doch noch da. Irgendwie. Oder?«

»Irgendwie. Ja. Das beschreibt es am besten.« Als Adriano mit den Schultern zuckt, wird mir klar, dass ich ihn bislang kein einziges Mal so ernst erlebt habe wie jetzt. »Hoffnung gibt es immer. Doch die Ärzte halten es für unwahrscheinlich, dass Tino je wieder aufwacht. Es ist eher so was wie eine schleichende Verabschiedung. Wenn du weißt, was ich meine.«

Ich muss an Aurora denken. An den Schmerz, der so klar und deutlich in ihren Augen stand, dass ich mich frage, wie ich ihn die letzten Wochen nicht habe sehen können.

»Auri hat sich verändert. Natürlich hat sie das. Gott, und manchmal vergesse ich trotzdem, wie sie *sehr* sich verändert hat.«

»Darf ich dich etwas fragen?«

»Klar.«

»Was ist an dem Abend genau passiert? Ich meine, *wie* ist es passiert?« Kaum habe ich die Frage laut ausgesprochen, spüre ich einen dicken Knoten in meiner Kehle sitzen.

Adrianos Körperhaltung verkrampft sich, während er das Boot weiter durch die Kanäle steuert. »Wir waren alle auf einer Uniparty. Ich war damals schon in der Fachschaft, genau wie Auri. Wir hatten eine Abmachung mit der Unileitung getroffen, in der sie uns genaue Regeln vorgaben. Der Klassiker: kontrollierter Alkoholkonsum, keine Drogen, nichts darf beschädigt werden. Alles war rappelvoll, im Unigarten konnte man sich kaum noch bewegen. Valentino war auch da. Wir hatten nie viel Kontakt, ich kannte ihn nur durch Aurora. Die Clique um Matteo ist immer schon viel unter sich geblieben. Na ja, genau weiß ich auch nicht, was dann passiert ist. Ich habe nicht mal mitbekommen, dass Tino weg ist. Seine Freunde habe ich irgendwann gegen Ende noch gesehen. Am nächsten Tag ging es dann wie ein Lauffeuer rum. Wir wussten, dass Tino häufiger konsumiert hat. Häufig genug hat es deshalb zwischen ihm und Auri Streit gegeben. Sie wollte unbedingt, dass er damit aufhört. Jedenfalls kam dann die Nachricht, dass die Carabinieri ihn aus dem Lagunenwasser gezogen haben. Er war kurz davor gewesen, zu ertrinken.«

Für einen Moment schweigen wir betreten. Ertrunken, hallt es in meinem Kopf nach. Ein saurer Geschmack brennt in meiner Kehle. Ich sehe auf das vom Mondschein beleuchtete Wasser und spüre, wie mir eine Eiseskälte den Rücken hinunterläuft. Immer wieder hört man von Touristen, die unsanft abrutschen und ins Wasser fallen. Erst neulich habe ich gesehen, wie eine junge Frau den Halt verloren hat und beim Versuch, ein Foto zu machen, in den Kanal geplatscht ist. Ihr Mann hat gelacht, ihr aber unverzüglich herausgeholfen.

»Aber wie … Man ertrinkt doch nicht einfach. Ich meine, konnte er denn nicht schwimmen?«

Adriano seufzt schwer. »Die Scheißdrogen haben ihn absaufen lassen. Diese Pillen sind ein Teufelszeug.«

»Das ist so schrecklich.« Meine Hände versinken tiefer in Grigios Fell. Plötzlich bin ich unfassbar froh, ihn dabeizuhaben, mich auf das Schnurren konzentrieren zu können.

»Das ist es.« Adriano steuert das Boot um eine Ecke, und ich kann sehen, wie Wasser gegen das Holz schwappt.

»Weißt du, wie tief so ein Kanal ist?« Will ich das beklemmende Gefühl wirklich noch weiter herausfordern?

»Der Canal Grande ist an die fünf Meter tief. An Stellen wie hier geht es keine zwei runter. Das Wasser in der Lagune ist damit allerdings nicht vergleichbar.« Ich meine zu hören, wie er schluckt. »Ich glaube, da sind es etwa zwanzig.«

Nervös beiße ich mir auf die Unterlippe. »Aurora hasst sie, oder? Die anderen Jungs, meine ich.«

Adriano reibt sich mit der freien Hand den Nacken. »Hass ist ein großes Wort. Aber ja, sie hat es ihnen nicht verziehen. Zu Recht, wenn du mich fragst. Egal, wie tief der eigene Schmerz sitzt … Sie hätten sich um sie kümmern sollen. Sie haben gewusst, wie schlecht es Auri geht. Sie ist über Weihnachten in eine Klinik gegangen. Irgendwo in Rom, soweit ich weiß, wir haben nie direkt darüber gesprochen. Uns ist natürlich aufgefallen, wie wenig sie nur noch gegessen hat. Zuletzt war sie spindeldürr. Ich bin froh, dass sie sich Hilfe gesucht hat, aber versteh mich nicht falsch … Sie mag wieder zugenommen haben … doch gesund ist sie nicht. Wie auch? Wenn der Kummer einem den Magen zerfrisst, kann ich mir auch nicht vorstellen, was runterzukriegen.«

Ich nicke betroffen. »Immerhin kann ich jetzt verstehen, warum sie sich mir gegenüber so verhalten hat. Sie hat mich mit den anderen gesehen und mich automatisch abgeschrieben.«

»Du kannst ihr keinen Vorwurf daraus machen.«

»Mache ich nicht«, sage ich schnell.

Von der Seite sehe ich, wie Adriano nickt. »Wir sind gleich da. Alle Passagiere bereit, auszusteigen?«

»Ich hatte es noch nie so eilig, vom Wasser zu kommen«, gestehe ich und lasse zu, dass der kleine Kater mir vom Schoß die Schulter hinaufklettert. Es ist erstaunlich, wie leicht er mir vorkommt.

Wir halten an einem gut beleuchteten Ufer, an dem schon zahlreiche andere Boote liegen. Kaum hat Adriano das Boot am Anleger befestigt, steigen wir aus. In vereinzelten Häusern brennt noch Licht, was aber nichts daran ändert, dass das Wasser fast schwarz glänzt. Ich bin bisher nur wenige Male in den hintersten Ecken von Castello gewesen, was seltsam ist, wenn man bedenkt, wie groß dieser Stadtteil im Vergleich zur restlichen Insel ist.

»Ich bin hier geboren worden«, erklärt Adriano, während wir

durch einen Torbogen in eine Wohnsiedlung gehen. »Das da drüben ist unser Haus.« Er deutet auf das rotbraune Gemäuer, das direkt an helleren Backstein anschließt. Kaum ein Haus in Venedig ist wirklich frei stehend, nicht einmal das Casa Nera, dessen Bild sich jetzt schmerzhaft in mein Bewusstsein schiebt. »Wir müssen leise sein, damit die Zwillinge nicht wach werden.«

»Kein Problem«, murmele ich und greife meinen Koffer neu.

»Nee, lass mich den nehmen. Sei mir nicht böse, aber den kriegst du niemals die ganze Treppe hoch.«

Zum zweiten Mal an diesem Abend lasse ich mir das Gepäck abnehmen, wohl wissend, dass die wahre Schwere eine ganz andere ist. Eine, die zu tief und zu fest sitzt, als dass man sie einfach so loslassen könnte.

Teil 2

44. Kapitel

Merle

Mein Zimmer ist ein kahler Raum mit weißen, beinah ungenutzten Möbeln, die allesamt aussehen, als hätte jemand das Standardsortiment eines schwedischen Möbelhauses per Copy-and-paste eingefügt.

Es gibt ein Bett mit Schubladen, einen schmalen Schreibtisch und einen Kleiderschrank ohne Bügel. Über dem Waschbecken (eine Toilette gibt es ausschließlich im Flur) hängt ein kleiner Spiegel, der den Verdacht nahelegt, dass meine Vorbesitzerin gerne Lippenstift getragen hat.

Livi: *Und? Bist du drin?*

Merle: *Es ist perfekt.*

Das ist nicht gelogen. Weder fehlende Bügel noch ein bisschen Lippenstift können etwas daran ändern, dass dieses Wohnheim alles ist, wonach ich mir vor sechs Wochen die Finger blutig geleckt hätte.

Livi: *Was heißt das? Ist das Ironie????*

Merle: *Nein. Es ist wirklich gut. So gut, dass ich dir am liebsten die Füße küssen würde.*

Meine Cousine antwortet mit einem Kotz-Emoji, das mich wenigstens für ein paar Sekunden zum Lächeln bringt.

Merle: *… dir mein Erstgeborenes überlassen werde?*

Livi: *Bloß nicht! Ein Kleinkind reicht mir für die nächsten einhundert Jahre.*

Merle: *Die potenziellen Kindsväter stehen aktuell auch noch nicht Schlange.*

Jedenfalls nicht die, die ich selbst in Betracht ziehen würde, füge ich bei dem Gedanken an Fabio und Ricco hinzu.

Merle: *Ich ruf dich an, sobald ich klar denken kann, ja?*

Livi: *Keine Eile! Jetzt, wo ich weiß, dass du weder auf der Straße noch bei Mister »Ich-breche-die-Herzen-aller-Mädchen« wohnen musst, habe ich alle Zeit und Ruhe dieser Welt.*

Wenn sie wüsste, was ich in den letzten vier Tagen alles erfahren habe, wäre sie sicherlich nicht so entspannt.

Ich schließe unseren Chat und wechsle stattdessen auf eine andere Nachricht, die ausgerechnet jetzt aufploppt.

Während unser Gruppenname *I Tre Moschettieri*, auf Deutsch »Die drei Musketiere«, anfangs noch für ein amüsiertes Lächeln auf meinem Gesicht gesorgt hat, lässt mich mittlerweile sogar das neue Profilbild kalt:

In diesem Chat ist ohne Probleme Platz für drei Leute.

… als ob es Leute ohne Probleme gibt.

Adriano hat es seit Erstellung dieses Chats bestimmt schon zehnmal geändert, sodass ich jedes Mal eine Sekunde brauche, um das Bild unserer Gruppe zuzuordnen.

Isabella: *@Adri Hat dir mal jemand gesagt, wie unsensibel du bist? Mach das Bild weg!*

Adriano: **Emoji, das die Augen verdreht* Ich wollte sie doch nur etwas ablenken.*

Isabella: *Mit einem dämlichen Spruch???*

Adriano: *Voraussetzung fürs Lachen ist, dass man überhaupt Humor hat. Bei Merle habe ich da (anders als bei dir) keine Zweifel …*

Isabella: *@Merle Wenn was ist, kannst du mich anrufen! Oder willst du dich treffen?*

Isabella: *Ich müsste allerdings zwischendurch mal in ein Buch gucken. Wir könnten sonst auch zusammen lernen?*

Adriano: *Ja, bestimmt hat sie nichts Besseres vor, als sich jetzt mit der Uni zu beschäftigen. So was kann auch nur von dir kommen.*

Ich beginne zu tippen, bevor die beiden sich wirklich in die Haare bekommen.

> **Merle:** *Schon okay. Macht euch keinen Kopf um mich. Ich bin eben erst angekommen und packe erst mal meine Sachen aus. @Adri Sag deiner Mutter vielen Dank für die Sandwiches.*

Bevor ich mit Fragen zu dem Platz im Wohnheim bombardiert werde, lege ich das Handy zur Seite und setze mich auf die Matratze. Das Bett hier ist nicht nur deutlich kleiner als das im Casa Nera, sondern auch steinhart. Ich lasse den Blick von der Zimmerdecke über die Wand hinunterwandern und bleibe an dem großen Fenster hängen, das sich im Neunzig-Grad-Winkel zum Bett befindet. Die Chancen, Grigio die ein oder andere Nacht hineinzuschmuggeln, schätze ich hier im dritten Stockwerk ziemlich gering ein. Natürlich hätte ich lieber ein Zimmer im Erdgeschoss bezogen, doch ich kann froh sein, überhaupt so spontan einen Platz bekommen zu haben.

Nachdem Livis Mann erneut halb Venedig abtelefoniert hat, hatte er diesmal Glück. Wobei »Glück« eindeutig zu tief gestapelt ist. Es gleicht einem Sechser im Lotto, dass irgendeine Studentin so kurzfristig abgesprungen ist.

Wer weiß, vielleicht hat sie sich ja auch in ihren vorübergehenden Mitbewohner verliebt und einfach mehr Glück gehabt als ich. Ich würde es jeder Frau in diesem Universum gönnen.

Die nächsten Tage vergehen, ohne dass ich ein einziges Mal das Wohnheim verlasse. Ich habe Natalie bislang nur eine knappe Nachricht geschrieben, in der ich sie um eine Auszeit gebeten habe. Das schlechte Gewissen, sie so kurzfristig mit der Arbeit im Stich zu lassen, nagt noch immer an mir. Ich hätte sie fragen können, ob sie mir eine Schicht zuteilt, in der ich Matteo nicht begegne. Doch dann hätte ich mich erklären müssen, und ich komme mir ohnehin schon so albern vor, Matteos ätzender Masche auf den Leim gegangen zu sein.

Als ich mir jetzt, eine Woche nach Halloween, die Frage stelle, was ich seit meinem Auszug gemacht habe, fällt mir nicht einmal genug ein, um eine Seite in meinem Tagebuch zu füllen.

Anders als bei jedem Liebeskummer, den ich je zuvor empfunden habe, bin ich diesmal einfach leer. Ausgesaugt. Da ist nichts, worüber ich schreiben, geschweige denn weinen könnte.

Es fühlt sich an, als gäbe es eine unsichtbare Kraft, die meine Organe am Leben hält, ohne dass ich mich wirklich lebendig fühle.

Am neunten November halte ich es nicht mehr aus und schreibe eine Nachricht an meine Freunde: *Treffen wir uns vor der Vorlesung?*

Isabella ist sofort online und reagiert mit einem Daumen hoch.

Schnell packe ich meine Tasche und mache mich auf den Weg. Die Gänge des Wohnheims sind weitestgehend still, einzelne Stimmen dringen kaum zu mir hindurch. Als ich das Gebäude verlasse, fühle ich mich wie in einem Film. Alles um mich herum erscheint mir surreal, so weit weg.

»Dornröschen ist aus seinem Schlaf erwacht«, begrüßt mich Adriano mit einer herzlichen Umarmung.

»Nicht wirklich. Wenn ich ehrlich bin, fühle ich mich noch immer wie unter Narkose.«

»Keine Sorge! Bis zum zweiundzwanzigsten bist du wieder …«

»Was er eigentlich sagen wollte, ist, dass wir für dich da sind«, unterbricht Isabella Adriano mit einem strafenden Blick.

»Sieh mich nicht so missbilligend an! Ich dachte, das wäre selbstverständlich«, geht dieser in die Verteidigung.

»Selbstverständlich ist, dass wir Merle keinen zusätzlichen Druck machen. Auch nicht wegen irgendeines irrelevanten Festivals!« Isabella hakt sich bei mir ein. »Komm, wir gehen!«

»Irrelevant?«, ruft Adriano und setzt sich hinter uns in Bewegung.

»Schon gut. Streitet euch nicht, bitte!«, versuche ich, die beiden zu beruhigen. »Lasst uns einfach diese Vorlesung hinter uns bringen und meinetwegen danach noch einen Kaffee trinken.«

Isabella nickt zustimmend.

Im Hörsaal ist es bereits voll, als wir hineinkommen. Während des Vortrags kann ich mich kaum konzentrieren. Matteos Abwesenheit ist wie ein stummer Schrei in meinem Kopf. Meine Augen wandern immer wieder zur Tür, und ich ertappe mich bei der Hoffnung, Matteo könne jeden Augenblick hineinkommen. Ich stelle mir vor, wie sich unsere Blicke treffen, er in meinen Augen sieht, was er kaputt gemacht hat. Es ist bescheuert, ich weiß. Absolut erbärmlich, sogar selbstzerstörerisch. Ich sollte froh sein, dass er nicht hier ist. Dass wir einander auf dem Campus nicht wie Fremde über den Weg laufen.

Jedes Mal, wenn ich einzuknicken drohe, versuche ich, an das Bild aus der Gasse zu denken, das sich vor meinem geistigen Auge nach wie vor ohne Weiteres abrufen lässt. In 4-K-Auflösung. Mindestens.

Nach der Vorlesung gehen wir über den Campus zur Cafeteria. Ausnahmsweise ist hier kaum etwas los. Ich hole mir einen Kaffee – stark und schwarz. Bereits beim ersten Schluck verziehe ich das Gesicht.

»Ich könnte das niemals einfach so runterkriegen«, bemerkt Isabella mit kritischem Blick.

»Oh, glaub mir, wenn du zwei Tage kaum geschlafen hast, inhalierst du alles, was dir irgendwie etwas Energie gibt.«

»Du hast zwei Tage nicht geschlafen?«

Anstelle einer Antwort seufze ich.

»Lass uns über etwas anderes reden. Habt ihr noch mal einen Soundcheck gemacht?«, wende ich mich an Adriano. Fragen zum Filmfestival sind eine sichere Methode, um vom Thema abzulenken.

»Ja, zum Glück. Ein Lautsprecher ist kaputt. Man kann ihn austauschen, aber wir warten noch auf den neuen. Hoffentlich kommt er pünktlich. Wir haben immer noch keine Liveband und müssen die Musik notfalls über die Boxen abspielen.«

Während Adriano und Isabella in eine Diskussion über die Bedeutsamkeit eines Vor-Ort-Auftritts einsteigen (ich weiß nicht einmal, wer welche Meinung vertritt), drehe ich mich ein Stück zur Seite und lasse den Blick aus den Fenstern der Cafeteria wandern.

Die Welt wirkt auf mich, als habe jemand einen Filter draufgesetzt. Sättigung runter. Kontrast ganz raus, dafür Körnung hoch.

Doch plötzlich geht ein Blitz durch das Bild. Kein Gewitter. Ein Blitz im übertragenen Sinne. Aurora. Unser Augenkontakt dauert maximal drei Sekunden …, wenn überhaupt.

Mein Herz beginnt, wild zu pochen, und meine Finger zittern so unverhältnismäßig, dass ich aufpassen muss, mir die braune Brühe nicht über meinen Pulli zu kippen.

Stattdessen trete ich näher an die verglaste Wand und drücke mit der freien Hand die Türklinke nach unten.

»Signorina, da können Sie nicht durch!«, ruft eine Frau vom Tresen. »Ist abgeschlossen. Irgendein Scharnier, das klemmt. Sie müssen außenrum gehen.«

Mist. Ich blicke erneut nach draußen und stelle fest, dass Aurora immer noch hierhersieht. Mit einer knappen Handbewegung versuche ich ihr zu erklären, dass ich rauskomme.

»Kannst du mal kurz halten?« Ohne eine Antwort abzuwarten, drücke ich Isabella meinen Kaffee in die Hand.

»Was ist los? Wo willst du hin? Ich dachte, wir planen das Festival weiter!«, ruft Adriano hinter mir her.

»Bin sofort wieder da.« Keine Ahnung, ob meine Antwort überhaupt noch zu verstehen ist.

Im Flur laufe ich beinah zwei Studenten über den Haufen. »Kannst du nicht aufpassen?«

Ich höre sie nur mit einem halben Ohr, bin viel zu sehr damit beschäftigt, irgendwie meine Gedanken zu sortieren.

Ich habe Aurora seit Halloween nicht gesehen, was zugegebenermaßen vor allem daran liegt, dass ich alle Orte, an denen wir uns gewöhnlich begegnen könnten, gemieden habe.

Doch mit diesem Versteckspiel muss Schluss sein. Vor allem, was Aurora angeht.

Ich muss mit ihr sprechen. Ihr sagen, wie sehr mir alles leidtut. Dass, hätte ich davon gewusst … Ja, was wäre dann gewesen? Hätte ich mich dann nicht in Matteo verliebt, weil ich in ihm einen schlechten Freund gesehen hätte?

Nein. Es ist, wie ich gesagt habe: Jeder Mensch geht mit seiner Trauer auf seine Weise um. Und dennoch mag ich mir den Schmerz, den Aurora die letzten Monate empfunden hat, nicht annähernd vorstellen.

Ich erreiche den Haupteingang, stoße von innen die Tür auf und schnappe nach Luft, als hätte ich im Gebäude stundenlang nicht geatmet. Doch es ist zu spät. Von Aurora ist nichts mehr zu sehen. Sie ist verschwunden.

45. Kapitel

Matteo

Ich stehe in der Küche, umgeben von dem vertrauten Duft des frischen Gemüses. Meine Hände arbeiten mechanisch, während ich ein Risotto anrichte. Der Lärm und das Treiben im Restaurant erscheinen mir heute lauter als sonst. Dazu das siedende Wasser und das Klirren der Töpfe. Das Durcheinander ist der perfekte Soundtrack zu meinen Gefühlen.

Als die Tür aufgeht und Natalie eintritt, straffe ich unwillkürlich die Schultern. Sie wirft mir einen überraschten Blick zu. »Hattest du heute nicht frei?«

»Planänderung«, brumme ich. »Nonno fühlt sich nicht gut.«

Ich vermeide ihren Blick. Ja, mein Großvater wirkte müde, aber ehrlich gesagt war ich schon lange vor ihm hier. Die Uni, das Casa Nera – ich halte es nirgends aus, besonders heute nicht, zehn Tage nach Halloween. Zehn Tage ohne ein Wort von ihr.

Im Restaurant ist sie ebenfalls nicht aufgetaucht, wobei ich davon ausgehe, dass sie Natalie irgendeine Ausrede aufgetischt hat. Wahrscheinlich konnte sie es nicht ertragen, mich zu treffen. In Momenten, in denen ich ihren schmerzerfüllten Blick zu klar vor meinem geistigen Auge sehe, tröstet mich einzig der Gedanke, dass es das Beste für sie ist. Ich bin ein juckendes Pflaster, das sie besser schnell und ruckartig abzieht. Zumindest sage ich es mir immer und immer wieder.

Natalies Stimme reißt mich aus meinen Gedanken. »Oh, hoffentlich wird er nicht krank. Er wirkte neulich so … anders.«

Ich zucke mit den Schultern, versuche, mich auf das Risotto zu konzentrieren. Ihr prüfender Blick lastet auf mir, als ich unbeabsichtigt murmele: »Vielleicht ist das so ein Ding in dieser Familie. Sobald Frauen ins Spiel kommen, drehen wir Männer am Rad.«

Natalie lehnt sich gegen die Arbeitsplatte und mustert mich mit einem Blick, der irgendwo zwischen Fürsorge und Prüfung schwebt.

»Eine Frau?«

Mist! Ich habe erwartet, dass Nonno meinem Vater von dieser Loretta erzählt hat. Immerhin hat er sie wohl schon vor Wochen im *supermercato* kennengelernt. Gleichzeitig kann ich es ihm nicht übel nehmen, dass er so lange mit niemandem gesprochen hat. Vor allem, nachdem ich das letzte Mal so abweisend auf seine Anspielungen reagiert habe.

»Vergiss, was ich gesagt habe.«

»Moment mal. Sprechen wir hier von Silvio oder von dir?«

Ich hole angestrengt Luft. Wie komme ich aus dieser Nummer jetzt noch raus?

»War nur ein blöder Spruch«, versuche ich es mit einer lahmen Ausrede.

»Das würde sein Verhalten tatsächlich erklären. Neulich hat er mir ein Kompliment zu meiner Bluse gemacht. Das kam mir schon so ungewöhnlich vor.«

Ich runzele die Stirn. Natalie hat recht. Das klingt so gar nicht nach meinem Nonno.

»Kein Wort zu ihm, verstanden? Er würde mich lynchen.«

»Versprochen! … Obwohl ich sie zu gern kennenlernen würde. Hast du sie schon gesehen?«

»Ich werde mit dir nicht über die Flamme meines Großvaters

sprechen.« Wenn ich ganz ehrlich bin, möchte ich überhaupt nicht reden. Erst recht nicht über irgendwelche Liebesangelegenheiten. Und schon gar nicht mit Natalie.

»Na schön, wenn du magst, kannst du ihm ja später eine Portion Risotto hochbringen. Er wird für sich allein sicher nichts kochen. Wenn er denn zu Hause ist.« Ein vorsichtiges Lächeln umspielt ihre Lippen.

»Mache ich«, antworte ich knapp und nehme meinen Topf vom Herd.

Natalie verlässt die Küche und hinterlässt mir zwei neue Zettel mit Bestellungen. Ich erledige meine Arbeit, so gut ich kann, und nutze die einstündige Pause des Restaurants, um Natalies Vorschlag zu folgen. Die Wohnung, in der Nonno wohnt, ist gleich nebenan. Es ist nur einige Jahre her, da hat er hier gemeinsam mit meiner Großmutter gewohnt. Zu dieser Zeit blühte vorm Haus noch ein großer Rosenbogen, von dem jetzt nicht mehr übrig geblieben ist als ein verrostetes Drahtgestell.

Bevor ich klingeln kann, werde ich von einer heraustretenden Nachbarin ins Haus gelassen.

Als kleiner Junge habe ich mich in dem stickigen, engen Treppenhaus immer ein wenig gegruselt, jetzt spüre ich bereits auf den ersten Stufen einen Hauch von Melancholie in mir aufsteigen. Ich klopfe und höre kurz darauf Schritte im Flur. Dann wird die Wohnung von innen aufgeschlossen.

»Mein Junge, wie hast du dich denn hierher verirrt?«, begrüßt mich Nonno mit überraschter Miene.

»Ich bringe dir Essen. Natalie meinte, wir müssen dich besser pflegen.«

Nonno lacht auf. »Aha, da muss man als alter Mann nur mal einen Tag schlappmachen, und schon empfängt man den hohen Besuch des eigenen Enkelsohns.«

Ich schnaube. »Jetzt tu mal nicht so, als würde ich dich sonst nie besuchen.«

»Nicht so tun? Junge, du hast dich seit über einem Jahr nicht hier blicken lassen.«

Ich will gerade widersprechen, als mir klar wird, dass er recht hat. Jedenfalls erinnere ich mich an keinen einzigen Besuch seit letztem Winter.

»Dafür siehst du mich ja oft genug im Restaurant«, weiche ich meinem schlechten Gewissen aus.

»Willst du trotzdem reinkommen?« Nonno tritt einen Schritt zur Seite, und ich gehe in den engen Flur. Der Geruch von altem Leder und Teppich schlägt mir entgegen.

»Was hast du mir Gutes mitgebracht?« Neugierig inspiziert er den Topf, den ich nach wie vor in meinen Händen halte.

»Risotto.«

»Ahhh! Dein Papà hat die Karten getauscht, was?«

»Die Sommergerichte waren längst überfällig«, erkläre ich. »Papà sagt, das hier passt besser zur Jahreszeit. Es ist mit Kürbis und Steinpilzen.«

»Ich weiß. Das Rezept ist älter als du. Genau genommen ist es eins der Lieblingsgerichte deiner Mamma gewesen. Wir haben es damals gemeinsam verfeinert.«

Überrascht sehe ich Nonno an. »Das hat Papà wohl vergessen zu erwähnen.«

Nonno lächelt. »Dafür hast du ja mich. Setz dich, mein Junge. Du willst doch nicht gleich wieder gehen, oder?«

»Nein, nein. Ich muss um achtzehn Uhr wieder drüben sein. Bis dahin habe ich Zeit.«

Mein Blick wandert über den Tisch, hoch zur Wand, an der eine dunkelbraune Holzuhr hängt. Gleich daneben befindet sich ein Bild in schwarzem Rahmen. Das Foto ist eine Schwarz-Weiß-

Aufnahme und zeigt meine Eltern am Tag ihrer Hochzeit. Obwohl ich das Bild kenne, versetzt sein Anblick mir einen Stich.

»Sie sah wunderschön aus, nicht wahr? Wie eine Prinzessin.«

»Emilia hat ihre Haare«, sage ich leise.

»Oh, nicht nur das. Sie hat vor allem die Intelligenz deiner Mutter. Damals hat man über so was wie Hochbegabung noch nicht wirklich gesprochen.«

»Du denkst, Emilia ist hochbegabt?«

»Ich habe keine Ahnung, mein Junge. Aber ich könnte es mir vorstellen. Loretta hat einen Enkelsohn, der genauso ist wie deine Schwester. Sie haben ihn auf eine spezielle Schule geschickt.«

Langsam nicke ich. Ich weiß nicht viel über Hochbegabung, aber alles, was ich gehört habe, würde zu Emilias Verhalten passen.

»Deine Mutter wäre so stolz auf euch. Sie hat damals jedem erzählt, was für ein großartiger Bruder du bist.«

Ich blicke stumm auf meine Hände.

»Oh, sie wäre enttäuscht.« Meine Augen fixieren einen unsichtbaren Punkt an der Wand.

Nonno sieht mich an, als wüsste er genau, was ich denke. »Hör auf, dich schlechtzumachen, mein Großer. Neulich, als deine Schwester bei euch war, kam sie mit solch strahlenden Augen wieder, dass ich sie kaum wiedererkannt habe.«

»Das hatte nichts mit mir zu tun. Es war Merle, die sie aus ihrem Schneckenhaus bekommen hat.« Die Erwähnung ihres Namens genügt, dass sich meine Kehle zusammenzieht.

»Unsinn. Sie war glücklich über die Zeit mit euch beiden. In Merle hat sie eine Freundin gefunden. Du bist ihre Familie.«

Nonno tätschelt meinen Arm.

»Jetzt gerade siehst du allerdings so aus, als würdest du dich gerne selbst in jenes Schneckenhaus zurückziehen. Habe ich recht?«

»Hab nur schlecht geschlafen.«

»Weißt du, mein Junge – deine Schwester mag aussehen wie deine Mutter, aber du bist mindestens genauso schlecht im Lügen wie sie.«

Ich puste mir eine Haarsträhne aus dem Gesicht. »Ich schätze, genau das ist das Problem.«

»Geht es um das Mädchen, das sich für das Bild interessiert hat?«

Überrascht zucke ich zusammen. Nein, auch mit Nonno kann ich nicht über Merle reden. Nicht über das, was zwischen uns steht.

»Keine Sorge, Matteo. Ich kann deine Gefühle nicht immer lesen.« Nonno lacht. »Aber jetzt gerade machst du es mir leicht. Du siehst einfach genau aus wie dein Vater.«

»Wie Papà? Ich bin aber nicht wie er«, fahre ich ihn in verärgertem Ton an.

»Nein, das bist du wirklich nicht«, entgegnet Nonno ruhig, aber bestimmt. »Du behältst deine Probleme lieber für dich.«

»Von wegen. Wenn überhaupt, ist das Papàs Strategie. Er ist der, der nie über das spricht, was ihn beschäftigt.«

»Du tust deinem Vater unrecht.« Nonno klingt sanfter als sonst.

Ich schnaube abfällig. »Das sagst ausgerechnet du? Mamma war deine Tochter.« Ich klinge vorwurfsvoll, aber das ist okay. Nonno hat keine Ahnung, was er da sagt.

»Oh ja. Die zauberhafteste Tochter, die mir das Leben hätte schenken können. Und sie hat mir nicht nur zwei Enkelkinder hinterlassen, sondern auch einen Sohn.« Nonno lächelt. »Wer wäre ich, wenn ich nicht wollte, dass er glücklich ist?«

»Das ist doch lächerlich. Papà hat Natalie zwei Monate nach Mammas Tod angeschleppt. Zwei Monate.« Ich muss an das Gespräch mit Merle denken. Sie ist die Einzige, der ich diese Dinge je erzählt habe.

»Deine Mutter war krank, Matteo. Sie hat jahrelang gegen den Krebs gekämpft.«

»Sie war zwischendurch gesund!«

»Ein knappes Jahr, dem wir deine Schwester verdanken. Kurz nach ihrer Geburt fanden sie heraus, dass der Tumor gestreut hatte. Sie hat so sehr gekämpft, dass niemand von uns glauben wollte, sie könne es nicht schaffen. Sie hat für sich gekämpft, aber vor allem für die Familie, insbesondere für ihre Kinder und ihren Mann. Eineinhalb Jahre vor ihrem Tod sagten die Ärzte, dass sie nichts mehr für sie tun könnten. Was danach passiert ist, weißt du.«

Ich schlucke. Meine Mamma lag monatelang nur im Bett, die starken Schmerzen zwangen sie, jede Bewegung zu vermeiden. Papà hat das Restaurant allein geführt und versucht, die Familie zusammenzuhalten.

»Deine Mutter hat allein gegen den Tod gekämpft, ja. Das konnte ihr niemand abnehmen, sosehr wir es uns gewünscht hätten. Doch dein Vater hat alles getan, um deine Mutter im Guten gehen zu lassen. Er wollte, dass sie sich niemals Sorgen um euch machen musste. Sie sind beide über sich hinausgewachsen. Einmal, das war ein halbes Jahr vor ihrem Tod, nahm ich deinen Vater zur Seite und sagte ihm, er solle gefälligst aufhören.«

»Womit?«

»Er hat sich übernommen, weil er glaubte, die Aufgaben eurer Mutter mittragen zu müssen. Ich habe ihm vorgeworfen, wenn er so weitermache, würden seine Kinder bald beide Elternteile verlieren. Aber er kam nicht aus seiner Haut.«

»Er war ständig erschöpft«, erinnere ich mich nun auch.

»Bis … diese Frau im Restaurant aufgetaucht ist. Sie hat mir von Anfang an zu viel geredet. Da war nicht viel von deutscher Zurückhaltung. Sie war jung, aufgeschlossen und hilfsbereit. Sosehr ich es mir wünschte, ich konnte ihm nicht verdenken, dass er sich in sie verliebt hat.«

»Du sprichst von Natalie?«

Nonno nickt. »Sie kam jeden Tag, um zu helfen. Meist dann, wenn du in der Schule warst oder bei Freunden. Sie hat mit Emilia gespielt, im Restaurant geholfen und deinem Vater zugehört. Drei Monate vor dem Tod deiner Mutter kam er schließlich zu mir, ich werde es nie vergessen. Noch nie zuvor hatte ich ihn so aufgelöst erlebt, nicht einmal, als die Ärzte sagten, der Krebs sei zurück. Er sagte, er müsse mir etwas gestehen. Ich wusste sofort, worum es ging. Und bevor er überhaupt etwas sagen konnte, nahm ich deinen Vater in den Arm. Er musste mir das Versprechen geben, sich nie mehr für seine Gefühle zu verurteilen. Deine Mutter war seine große Liebe, Matteo, aber sie lag im Sterben. Dein Vater brauchte eine Zukunft, um für euch da zu sein. Ich wusste, wie sehr deine Mutter ihn liebte. Also gab ich ihm und Natalie meinen Segen. Wir beschlossen, deiner Mutter nichts davon zu erzählen.«

»Du hast es gewusst und Mamma belogen?«

»Ich habe das getan, was ich am besten für sie hielt. Sie hätte gewollt, dass es euch gut geht. Aber wir wollten ihr nicht wehtun. Aus heutiger Sicht weiß ich nicht, ob es der richtige Weg war. Nichtsdestotrotz habe ich es nie bereut.«

»Dass ihr sie belogen habt?«

»Wir haben ihr den Teil der Wahrheit verschwiegen, der ihr unnötigen Schmerz hätte zufügen können. Ich erzähle dir das, weil ich glaube, dass du alt genug bist, solche Entscheidungen zu begreifen. Dein Vater hätte deine Mutter niemals belogen. Sein schlechtes Gewissen hat ihn schließlich erst zu mir geführt. Aber jemanden zu schützen, den man liebt, bedeutet auch, Verantwortung zu tragen. Er hätte es sich leicht machen und deiner Mamma davon erzählen können. Doch er tat das, was für sie das Beste war, und hielt sein Versprechen, ihren Kindern die beste Version eines Vaters zu sein. Das ist alles, was deine Mutter gewollt hätte.«

Mein Herz fühlt sich wie betäubt an.

»Warum hast du es mir nicht schon früher erzählt?«

»Ich hielt es nie für den richtigen Zeitpunkt.«

»Was ist jetzt anders?«

»Das sagte ich doch bereits.« Nonno nickt wissend. »Ich habe keine Ahnung, wer sie ist und was zwischen euch passiert ist. Aber wenn ich eins weiß, dann ist es, dass du gerade genauso aussiehst wie er damals.«

46. Kapitel

Merle

»Ich bin so froh, dass du dich gemeldet hast.« Giulia kommt laut keuchend vor mir zum Stehen. »Aber Holy Moly, du hättest mir zehn Minuten mehr Zeit geben können. Ich bin nicht Usain Bolt. Auch wenn man es bei meinem hammerathletischen Körper beinah meinen könnte. Gott, ich war in den letzten fünf Jahren vielleicht ein einziges Mal joggen. Und überhaupt, mit diesen Schuhen kannst du zwar jemanden umlegen, aber keinen Sprint absolvieren.«

Abrupt bricht sie ab, lässt mir aber keine Zeit, etwas zu sagen, weil sie sich direkt in einem neuen Redeschwall verliert.

»Scheiße, Merle, tut mir leid. Ich rede schon wieder nur Blödsinn. Das tue ich immer, wenn ich verlegen bin. Und verlegen bin ich, weil ich weiß, wie beschissen das alles gelaufen ist. Du hast jedes Recht, wütend zu sein. Um ehrlich zu sein, weiß ich nicht mal, ob ich mich selbst noch mit mir verabreden wollen würde, und … und … jetzt habe ich schon wieder zu viel gesagt. Wie geht es dir? Bist du okay?«

Zu meiner eigenen Überraschung ist das Lächeln, das sich auf meinen Lippen abzeichnet, echt. »Mir geht es gut. So gut, wie man es eben erwarten kann.«

Es ist ordentlich was los am Piazzale Roma. Habe ich anfangs geglaubt, Menschenansammlungen hätten hier etwas mit An- oder Abreisetagen zu tun, so wurde ich schnell eines Besseren belehrt. Bisher habe ich kaum einen Tag erlebt, an dem es nicht wuselig war.

»Das kann ich mir vorstellen. Und ich weiß, du denkst, ich würde ihn verteidigen wollen … Aber was auch immer da gewesen ist … Ihm geht es damit genauso beschissen wie dir.«

Es sind zwei Wochen vergangen, seitdem ich aus dem Casa Nera ausgezogen bin. Zwei Wochen, die selbstverständlich nicht gereicht haben, um das Bild von ihm und der Fremden aus meinem Kopf zu bekommen.

»Ich schätze, er wird genug Mädels kennen, mit denen er sich trösten kann. Aber klar, so ein Ego poliert sich nicht von allein.« Je häufiger ich mir vor Augen halte, dass das zwischen uns nichts weiter als ein dämlicher Kick für ihn war, desto schneller hört es auf, wehzutun. Kurz durch die Hölle, und dann beginnt die Heilung.

»Er kann ein richtiges Arschloch sein. Sie alle können das. Romeo ist kein bisschen besser.« Giulia betritt vor mir das Deck des Vaporettos.

»Dann hat er dir auch schöne Augen gemacht, dich dazu gebracht, dass du dich in ihn verliebst, nur um dich dann nach Strich und Faden zu verarschen?«, frage ich trocken und werfe prüfend einen Blick auf das Tagesticket in meiner Hand. Obwohl Murano nur zwanzig Minuten von der Hauptinsel Venedigs entfernt ist, bin ich bislang noch nicht dort gewesen.

»Das nicht. Jedenfalls nicht direkt. Dafür hat er eine Kommilitonin gefragt, ob sie mit ihm zum Filmfestival gehen möchte.«

Entsetzt sehe ich Giulia an. »Hat er nicht …«

»Oh doch! Aber halb so wild, ich werde mit Marco gehen.«

»Marco?«

»Sein Trainer. Ich glaube, Romeo denkt, dass ich auf ihn stehe.« Ein zufriedenes Lächeln huscht über ihre Lippen.

»Aber das tust du nicht?«, spreche ich das Offensichtliche aus.

»Natürlich nicht. Wie soll ich sagen … Ich bin nicht ganz Marcos Typ …«

Ungläubig sehe ich an Giulia herab. Natürlich ist mir klar, dass nicht jeder Mann den gleichen Geschmack hat. Trotzdem fällt es mir schwer, zu glauben, jemand könne Giulia kategorisch ausschließen.

»Nicht so, wie du denkst.« Sie winkt ab. »Um in Marcos Beuteschema zu passen, braucht es erst einmal ein Y-Chromosom.«

Ich brauche einen Moment, um zu verstehen, dann geht mir ein Licht auf.

»Behalte es bitte für dich, ja? Wenn das in seinem Fußballclub die Runde macht, könnte ihn das in Schwierigkeiten bringen. Es gibt überall homophobe Arschlöcher!«

Sofort nicke ich. »Ich werde es niemandem erzählen. Und du … bist du dann so was wie sein Alibidate?«

Giulia zuckt mit den Schultern. »Nun ja, ich würde sagen, es kommt uns beiden zugute.«

»Oder du stürzt dich damit noch weiter ins Verderben, weil es das zwischen Romeo und dir endgültig zerstört.«

»Ich wünschte, es gäbe etwas, das kaputtgehen könnte.« Giulia lacht bitter auf. »Für ihn bin ich eine Freundin mit gewissen Vorzügen. Früher oder später werde ich mich damit abfinden müssen. Aber was reden wir überhaupt über mich? Ich will wissen, was du die letzten zwei Wochen gemacht hast. Hast du dich im Wohnheim eingewöhnt?«

Um ehrlich zu sein, fand ich es ganz angenehm, nicht über mich sprechen zu müssen. »Ich kann mich über nichts beschweren. Die Zimmer sind sauber, und ich teile mir das Bad mit zwei Studentinnen, die so gut wie nie da sind. Dafür fehlt mir Grigio ein bisschen.« Während das Vaporetto ablegt, erzähle ich Giulia von dem Abend, an dem ich ihn mit zu Adriano genommen habe. »Zuerst hatte ich Angst, seine Mutter würde uns lynchen. Stattdessen musste ich aufpassen, dass sie ihn mir nicht aus den Armen reißt. Ich hoffe, er rührt dein Trockenfutter noch an, nachdem er so verwöhnt wurde.«

Giulia kichert leise. »Tut er. Sollte ich irgendwann ausziehen, werde ich ihn garantiert mitnehmen.«

»Nach Paris oder London?«, greife ich das Gespräch auf, das wir in den ersten Tagen nach meinem Einzug geführt haben.

»Grig würde es lieben. Wer weiß, vielleicht hat er dort ja sogar Verwandte.«

»Ich schätze, er wird es uns nie sagen können.«

»Ob es einen französischen Dialekt unter Katzen gibt? *Moaw moaw* statt *miau*. Klingen die Katzen in Deutschland anders?«

»Falls ja, ist es mir bisher nicht aufgefallen«, gestehe ich. »Aber als Kind war ich mir sicher, Tiere könnten jedes Wort, das wir sagen, verstehen. Meine Cousine Olivia hatte einen Hund, mit dem wir es ständig beweisen wollten. Wir haben die Theorie aufgestellt, nach der es einen geheimen Haustierkodex gibt.«

»Klingt … originell.«

»Dieser Kodex besagt, dass es die Pflicht eines jeden Haustieres ist, die Fähigkeit, uns zu verstehen, geheim zu halten. Vor allem Katzen nehmen diesen Kodex sehr ernst.«

»Natürlich.« Giulia kramt in ihrer Tasche und holt ein dunkles Etui heraus. Im nächsten Moment offenbart sich eine Sonnenbrille, die mit ihrem rotbraunen Gestell exakt den Farbton ihres Lippenstifts trifft.

»Willst du auch eine?«

Ich staune nicht schlecht, als Giulia ein zweites Modell hervorzaubert.

»Nein danke. Ist ja kaum noch Sonne da.«

»Na und? Das ist ein Accessoire.«

»Sag mal, wie kriegst du das alles da rein? Ist das Ding verzaubert?«, frage ich mit einem ungläubigen Blick auf ihre winzige Tasche.

»Dieses Ding heißt Angela und ist eine original Armani.« Giulia kichert, als sie meinen entsetzten Blick sieht. »Beruhig dich, Angela ist secondhand. Sehe ich aus, als hätte ich zweitausend Euro für eine Handtasche übrig?« Sie sieht an meinem rosa Hoodie herab und nickt, als ich mir die Brille aufsetze. »Orange und Pink ist gar nicht mal so übel.«

Das Boot legt an. Wir gehen den schmalen Weg am Wasser entlang und erreichen bald darauf einen öffentlichen Platz. Die Insel erscheint mir auf Anhieb leerer, wobei es dennoch einige Touristen gibt. Wir überholen eine Familie mit zwei Kindern, die mitten im Weg stehen geblieben sind. Während die Mutter sich den hochschwangeren Bauch hält und auf ihre kleine Tochter einredet, sind Vater und Sohn damit beschäftigt, mit einer altmodischen Kamera die bunten Häuser zu knipsen. Wobei man eindeutig sehen kann, dass sich das Interesse des Jungen in Grenzen hält.

»Murano ist hauptsächlich für seine Glaskunst bekannt«, erklärt Giulia beiläufig. »Ich komme aber auch gern zum Shoppen her. Gott, für die Schuhe von Signora Leone würde ich meine zweite Niere verkaufen.«

»Schuhe aus Glas? Erinnert mich stark an *Cinderella*.«

»Ach nein, es geht nur um die Ziersteine. Ich sage dir, die Boutique dieser Frau ist ein Geheimtipp, über den du nicht hinwegkommen wirst. Ich wünschte, ich könnte sie alle gleichzeitig anziehen.«

Die Vorstellung einer vielbeinigen Giulia bringt mich augenblicklich zum Schmunzeln. Wenige Minuten später betreten wir die Boutique und werden mit einem Handzeichen gebeten, auf den gepolsterten Hockern Platz zu nehmen, während eine Frau mit hochtoupierten Haaren zwei Kundinnen durch den Laden führt.

Giulias zufriedenem Gesichtsausdruck entnehme ich, dass es sich bei ihr um Signora Leone handelt. Mir wird klar, wie sehr ich sie die letzten zwei Wochen vermisst habe. Giulia, deren Augen so starr auf ein Paar Pumps gerichtet sind, als bekomme sie allein bei dem Anblick einen Orgasmus.

Ich hätte mich früher bei ihr melden können, doch dafür fehlte mir die letzten Tage einfach die Kraft. Alles, was mit Matteo zu tun hat, musste aus meinem Sichtfeld verschwinden.

»Du hast mir gefehlt«, murmele ich und ziehe dadurch ihre Aufmerksamkeit auf mich.

»Und du mir erst.« Ihre Pupillen weiten sich. »Und *ihm* geht es kein bisschen anders.«

Ihre Worte versetzen mir einen Stich. Ich weiß, dass sie es nicht absichtlich tut, ganz im Gegenteil … und doch kann ich nichts daran ändern, dass die Erwähnung von Matteo etwas in mir auslöst. Unschlüssig schiele ich Richtung Umkleidekabinen, wo die drei Frauen nach wie vor beschäftigt scheinen.

»Warum habt ihr euch nach dem Unfall nicht bei Aurora gemeldet?« Ich weiß, dass diese Frage ein Fehler ist. Vor allem hier. Zwischen Dutzenden Schuhen und Stoffen. Ich habe Matteo gesagt, dass es mich nichts angeht. Tino. Der Unfall. Die Trauer. All das hat nichts mit mir zu tun. Zumal ich nicht gelogen habe, als ich sagte, jeder ginge anders mit Trauer um. Ich habe nicht das Recht, mir ein Urteil zu erlauben. Und trotzdem bekomme ich sie nicht aus dem Kopf. Die Fragen, die seit zwei Wochen an mir nagen. Sie sind von tief unten immer weiter in mein Bewusstsein hinaufgekrochen und müssen endlich heraus.

»Ich meine, ihr seid Freunde gewesen. Wenn Tino bei euch gewohnt hat, müsst ihr Aurora zumindest gut gekannt haben.«

»Merle, ich … ich denke nicht, dass wir darüber …«

»Ich möchte es einfach nur verstehen«, falle ich ihr ins Wort.

»Das weiß ich. Aber ich bin nicht die richtige Person, die mit dir über die Sache reden sollte.«

»Die richtige Person? Wer soll das sein?« In meiner Stimme schwingt ein Hauch von Verärgerung mit, der Giulia natürlich nicht entgeht.

»Hör zu, ich wünschte, ich könnte dir das alles genau erklären.«

»Warum tust du es dann nicht?«, frage ich eine Spur zu forsch.

»Weil das nicht geht. Du hast die Monate danach nicht mitbekommen. Es war schrecklich.«

»Schrecklich für Aurora.«

Giulia schüttelt abrupt den Kopf. »Nein, das ist nicht fair. Sie waren schrecklich für alle. Es hat schlagartig alles verändert. Von heute auf morgen war da diese Lücke im Haus. Eine Lücke, von der wir bis heute nicht wissen können, ob sie sich jemals wieder schließen wird.«

»Umso mehr hätte sie euch gebraucht. Ihr wart zu fünft, aber sie war ganz allein.« Ein schweres Gefühl legt sich auf meine Brust.

»Sie hat seine Familie. Seine Mutter und seine Schwester. Aber das soll es nicht rechtfertigen. Wirklich nicht! Es gibt nichts, was das wiedergutmachen könnte. Und ja, ich kann verstehen, dass Aurora uns hasst. Trotzdem musst du mir glauben, dass niemand so gehandelt hat, weil Tino uns egal wäre. Wir waren nach dem Unfall alle nicht ganz bei uns, haben versucht …« Sie bricht ab, weil ausgerechnet in diesem Augenblick Signora Leone auf uns zukommt.

»*Mia cara amica.*« Mit einer ausladenden Bewegung schließt sie Giulia in die Arme. »Diesmal sogar mit Begleitung.«

»Das ist Merle aus Deutschland. Sie macht ein Auslandssemester bei uns und hilft bei der Moderation des Filmfestivals. Wir suchen ein Kleid für sie und ein Paar Schuhe für mich.«

»*Che onore!*« Sie macht einen höflichen Knicks.

»Die Ehre ist ganz auf meiner Seite«, platzt es aus mir heraus. »Habt ihr denn schon etwas im Visier?«

»Noch nicht«, sagt Giulia. »Wir haben gehofft, Sie hätten ein paar Vorschläge für uns.«

»Na sicher! *Un momento per favore!*« Mit einem vielsagenden Lächeln verschwindet Signora Leone hinter einem Kleiderständer. Kurz überlege ich, das Gespräch von gerade noch einmal aufzugreifen, doch da ist sie bereits mit einem ärmellosen Kleid in Babypink zurück. »Probier das mal an! Ich bin sicher, die Farbe schmeichelt vorzüglich deiner hellen Haut. Und was dich angeht ...« Sie sieht zu Giulia. »Wie wäre es mal mit etwas Neuem?«

• • •

Ich liege auf meinem Bett und scrolle durch Instagram, als habe auch nur irgendetwas, das sich vor mir auf dem Bildschirm abzeichnet, den Hauch einer Bedeutung. Der letzte Beitrag, den ich mit meinen dreihundertvierundsiebzig Followern geteilt habe, ist sechs Wochen alt. Es ist ein Selfie, das ich am großen Kanal aufgenommen habe; im Hintergrund ist die überfüllte Rialtobrücke zu sehen.

Sätze wie *Du siehst so glücklich aus* oder *Girl, genieß die Zeit!* tummeln sich in der Kommentarspalte. Es sind keine Fremden, die das geschrieben haben. Mit Ann-Christin habe ich Handball gespielt, Sophie und ich haben in der Schule immer zusammengesessen, und Noemi war dabei, als ich sturzbetrunken meinen Mut zusammengenommen und den Typen aus der Zwölften angesprochen habe. Ein Fehler, wie sich im Nachhinein herausstellte. Wie es wohl wäre, wenn mir etwas passieren würde? Wo wären all diese Menschen dann? Nicht nur diejenigen, mit denen ich lose bekannt bin ... Was wäre mit denen, die mir nahestehen?

Ich hatte nie einen Zweifel daran, dass Livi für mich da sein würde, egal, was geschieht. Aber hat Tino nicht genauso über seine Freunde gedacht?

Ich verlasse meinen Feed und beginne stattdessen, Buchstaben in die Leiste unter der Lupe zu tippen. Doch Instagram spuckt mir mehr Valentinos aus, als ich zählen kann. Ich entscheide mich für einen anderen Weg und öffne Giulias Profil. Fast siebenhundert Beiträge, von denen einige auch Reels sind, dreiundvierzigtausend Abonnenten, aber nur hundertsechzig *Gefolgt*.

Entschieden klicke ich auf die Liste und beiße nervös auf meiner Unterlippe herum. Das Profil, das ganz offensichtlich zu Matteo gehört, ist anders als mein eigenes zwar nicht auf Privat gestellt, dafür enthält es nur drei Bilder, die ich ohnehin schon kenne. Keins davon ist aktuell. Bevor der Schmerz die Chance wittert, sich in mir festzubeißen, klicke ich den Account weg und starte einen zweiten Versuch. *Valentino*. Kein Treffer.

Ich versuche es mit *Tino*. Immer noch nichts. Verdammt! Ich kann nicht sagen, was es ist, doch aus irgendeinem Grund habe ich gehofft, auf diese Art und Weise zumindest auf ein Bild von ihm zu stoßen. Plötzlich kommt mir eine Idee, die so naheliegend ist, dass ich keine Ahnung habe, warum ich nicht schon viel früher darauf gekommen bin. Über Adrianos Profil gelange ich zu Aurora und … Volltreffer. Sie hat nicht nur ein gemeinsames Bild gepostet, auf dem man zugegebenermaßen nicht viel von ihm erkennt, sondern ihn auch markiert.

@rawtıno. Kein Wunder, dass ich ihn nicht gefunden habe. Mein Herzschlag beschleunigt sich, als die Seite lädt. 128 Beiträge, mehr als 5 000 Follower. Wie viele davon wohl schon vor seinem Unfall dort waren?

Ich klicke auf das erste Foto und halte die Luft an, während sich die Umrisse zweier Personen auf dem Display aufbauen.

Wie die meisten Italiener hat auch Tino braunes Haar und eine dunkle Augenpartie. Er ist ein Stück kleiner als seine Freundin, die er mit der linken Hand in eine Umarmung zieht. Beide haben das Grinsen breit ins Gesicht geschrieben, wobei mir sofort auffällt, dass Aurora verändert aussieht. Nicht nur, weil ihre Wangen mittlerweile so viel eingefallener sind, sondern vor allem, weil ihr Lächeln auf diesem Foto so *echt* wirkt.

»Es ist nur ein Bild«, murmele ich leise. Auf Bildern sehen wir alle anders aus. Weil wir nur den Moment teilen. Einen einzigen Schnappschuss von unzähligen weiteren. Aber was Aurora angeht, fällt es mir nicht schwer, zu glauben, dass ihr Leben noch vor einem Jahr um ein Vielfaches einfacher gewesen sein muss. Ich scrolle den Feed weiter nach unten, überfliege die Kommentare, in denen sich Leute über den Unfall austauschen. Einige sind tatsächlich geschmacklos genug, um über mögliche Folgen des Komas zu diskutieren.

Von *Wenn du das überlebst, ist das auch kein Leben mehr* über *Der wird nicht mehr wach* bis zu *Ruhe in Frieden*. What the fuck …

Ich bin kurz davor, das Handy zur Seite zu legen, als mein Blick plötzlich ein Foto weiter unten streift. Zuerst habe ich es nur aus dem Augenwinkel wahrgenommen. Weil es nur eins unter vielen ist, die mir eine Vergänglichkeit des Lebens so deutlich machen, als habe jemand mit roter Tinte *Im nächsten Moment könnte alles vorbei sein* in mein Herz gestochen. In mein wild hämmerndes Herz. Mein Herz, das sich durch das Dickicht der Verletzungen schlägt und plötzlich laut »Hoffnung« brüllt.

Auf dem Foto ist Tino nicht allein. Die Frau, um die er einen Arm gelegt hat, ist auch nicht Aurora. Nicht Giulia. Und doch kenne ich sie. Nicht ihren Namen. Aber ich habe sie schon einmal gesehen.

47. Kapitel

Matteo

Merle: *Du hast mich angelogen.*

Die Nachricht leuchtet auf dem Display meines Handys.

Ich spanne meine Muskeln so fest an, dass das Knacken sich anhört, als sei jemand mit einer Kettensäge in mein Trommelfell gestoßen.

Merle: *Falls nicht, würde das bedeuten, Giu hat unrecht, und du vögelst die Schwester deines verunglückten Freundes.*

Fuck. Fuck. Fuck.

Als wäre es nicht mit genug Schmerz verbunden, ihren Namen zu lesen, schmeißt sie mir nun auch noch meine eigenen Lügen um die Ohren. Dabei hätte ich selbst wissen müssen, dass ich mir mit der Nummer keinen Gefallen tue. Früher oder später wäre sie auf Chiaras Namen gestoßen und hätte eins und eins zusammengezählt. Nur, dass ich gehofft habe, dieses Später sei spät genug, um mein naives Herz davon zu überzeugen, dass wir nicht zusammen funktionieren. Dass ich ein weiteres beschissenes Rätsel bin, das sich für sie niemals lösen lässt. Sosehr ich es mir auch wünsche.

Und nun hat sie auch noch mit Giulia über Chiara gesprochen.

> **Merle:** *Du hast gesagt, dass ich nicht weglaufen soll. Dass du mir etwas erklären willst. Was ist damit? War das auch gelogen?*

> **Merle:** *Zwingst du mich wirklich, vorbeizukommen?*

Ich balle die Hände verzweifelt zu Fäusten und schließe die Augen.

Drei. Zwei. Eins. Sie kann nicht herkommen. Nicht, solange ich nicht weiß, was Merle mit Giulia besprochen hat. Ich ziehe keine Sekunde in Betracht, dass Giu uns in Schwierigkeiten bringen könnte. Aber was ist mit Merle? Bringe ich sie in Schwierigkeiten?

Ich denke an mein Gespräch mit Nonno. Es ist mittlerweile drei Tage her, und ich bin mir noch immer nicht sicher, wie ich all das neue Wissen verarbeiten soll. Vor allem, weil ich eine einzige Frage nicht aus dem Kopf bekomme: Was ist, wenn Nonno recht hat? Wenn mein Vater das Richtige tat und ich gerade genau das Falsche tue?

> **Matteo:** *Schick mir deine Adresse! Ich komme zu dir.*

• • •

Ich bin schon etliche Male an dem Studentenwohnheim in Dorsoduro vorbeigelaufen, habe allerdings noch nie einen Schritt ins Innere gesetzt.

Das Gebäude ist erst vor einiger Zeit gebaut worden und wirkt mit seiner beißend weißen Fassade und den asphaltierten Treppen wie ein Fleck in der sonst so charmevollen Architektur Venedigs. Dennoch muss ich zugeben, dass das Gelände etwas hat. Ich gehe am Eingang vorbei durch eine Art Innenhof, der nur teilweise überdacht ist. Dafür gibt es hier Tische, an denen Studenten einzeln oder auch in Gruppen hocken und arbeiten. Eine Studentin mit rotbraunen Locken und einem Stapel Bücher unterm Arm huscht an mir vorbei, ohne auch nur Notiz von mir zu nehmen. Entweder falle ich einfach nicht auf, oder aber Gäste sind hier genauso willkommen wie die Bewohner.

Ich verlasse den Innenhof und trete auf eine Grünfläche, die über einen – selbstverständlich ebenfalls frisch asphaltierten – Weg in das zweite Gebäude führt. Laut Merles Beschreibungen ist ihr Zimmer in diesem Trakt des Wohnheims untergebracht. Bei dem Gedanken daran, sie jeden Augenblick wiederzusehen, tritt mir eiskalter Schweiß auf die Stirn.

All die Jahre habe ich meinen Vater für etwas verachtet, was mir wie der leichteste Weg vorkam. Sich nicht in Schuldgefühlen wälzen, sondern weitermachen. Den Kopf über Wasser halten. Nie hätte ich gedacht, meine Meinung diesbezüglich noch einmal zu ändern.

Doch als ich vor Merles Apartment stehe, fühlt sich nichts am »Hiersein« einfach an. Stattdessen ringe ich nach wie vor mit mir. Ist das hier wirklich der richtige Weg?

Die Tür geht auf, ohne dass ich geklopft habe. *Als hätte sie meine Anwesenheit gespürt.*

»Hey«, bringe ich zuerst hervor.

»Hey!«, kommt es von ihr zurück.

Ich rechne im Stillen schon damit, dass wir uns die nächsten Minuten keinen Zentimeter von der Stelle bewegen werden, doch da tritt sie zur Seite. »Willst du reinkommen?«

Ich nicke und folge ihr in das Apartment, das nicht viel größer wirkt als ihr Zimmer im Casa Nera. Mit dem einzigen Unterschied, dass es hier sowohl einen Herd als auch ein Waschbecken gibt.

»Willkommen in der *camera bianca.* Das hier …«, sie deutet auf die schmale Küchenzeile, »ist die *cucina bianca,* und mein Bett, wer hätte es gedacht, heißt dementsprechend *letto bianco.*« Die Arme vor der Brust verschränkt, steht sie da, gibt sich Mühe, ihre Mauern aufrechtzuerhalten.

Wir haben mehr Ähnlichkeiten, als ich dachte. Nur, dass ich keinen Grund habe, ihr gegenüber misstrauisch zu sein. Meine Mauern sind eine Gewohnheit geworden, ihre ein Schutz, den sie sich meinetwegen zugelegt hat.

»Originell«, erwidere ich und lasse sie nicht aus den Augen, als sie sich rücklings auf die Matratze setzt.

»Ja, oder?« Sie fährt sich mit der Zunge über die Lippen, nicht ahnend, dass ich ihre coole Fassade längst durchschaut habe.

Ich wünschte, ich könnte sie in den Arm nehmen und ihr sagen, dass sie ihre Mauer nicht braucht. Aber ich weiß nicht, wie.

»Warum wolltest du, dass ich herkomme?«

Warum lässt du nicht zu, dass ich dich vor der Wahrheit beschütze?

»Du hast dich selbst eingeladen«, antwortet sie tonlos.

Mir entfährt ein tiefes, schmerzhaftes Seufzen. »Weshalb wolltest du mich sehen? Du hast es doch schon selbst herausgefunden. Oder sollte ich *ihr* sagen?«

Ich hätte mit Giulia sprechen sollen. Vielleicht hätte sie es verstanden oder gar selbst eingesehen, dass ein klarer Cut am wenigsten Schaden in Merle anrichten wird.

Fuck. Sie sind so laut. Die Zweifel. Wären sie Hunde, würden sie längst nicht mehr knurren oder bellen. Sie würden beißen.

Ich versuche an Nonno zu denken. An Papà.

»Du solltest froh sein, dass Giu dir eine Nummer mit Chiara nicht zugetraut hat.«

»Aber du hättest es mir zugetraut?«

»Ich weiß nicht, ob ich dich kenne. Ob ich dich jemals gekannt habe.« Merle sieht mich an, als sei meine Stirn nichts weiter als ein hauchdünnes Pergament, von dem sie die Wahrheit ablesen will. »Es hätte dich jedenfalls zu einem noch größeren Arschloch gemacht, als ich es für möglich gehalten habe.«

Ein Zucken geht durch meine Brust. »Was ist, wenn ich dir sage, dass es besser ist, wenn du mich so siehst?«

Dieser verfickte Hund.

Merle steht auf, macht einen Schritt auf mich zu und bleibt direkt vor mir stehen. Ein süßer Geruch, vermutlich der ihres Shampoos, dringt in meine Nase und lässt die Versuchung aufkommen, schwach zu werden.

»Du meinst, ich sollte Stephenie Meyer anrufen und sie bitten, ihren Romanhelden zurück in ihr Buch zu holen?«

»Wer zur Hölle ist Stephenie Meyer?«

»Die Autorin von *Twilight*, du Idiot.«

»Wenn du mich für den Helden einer Geschichte hältst, irrst du dich gewaltig, *tedeschina*.«

Halt die Luft an, Matteo. Halt die gottverdammte Luft an und hör auf, sie auch nur eine Sekunde länger anzusehen. Ihre funkelnden Katzenaugen. Die Sommersprossen, die um ihre Nase tanzen.

»Was bist du dann? Ein notorischer Lügner?«

»Ich habe dich nicht belogen.«

»Du hast mich glauben lassen, du hättest was mit einer anderen Frau gehabt.«

»Ist es zwangsläufig eine Lüge, wenn man die Wahrheit verschweigt?«

Hat Papà meine Mutter belogen, weil er ihr Herz schützen wollte?

»Dann hätte ich dich einfach nur fragen müssen?«

»Vielleicht.« Es sind die ersten sprühenden Funken, doch ich weiß bereits, dass es ein Spiel mit dem Feuer ist.

»Na schön. Dann holen wir das nach.«

Das Spiel hat noch nicht mal begonnen, und ich ahne schon, dass ich mich verbrennen werde. Aber hier, direkt vor Merle, habe ich auf einmal keine Kraft mehr, Angst zu haben.

»Hast du mit ihr geschlafen?«

Gottverdammt, allein diese Worte aus ihrem Mund … sie klingen wie das Kratzen von Fingernägeln auf einer Tafel.

»Haben wir das nicht schon geklärt?«

»Beantworte meine Frage!«

»Nein, habe ich nicht.«

»Warum habt ihr euch getroffen?«

Ich schweige.

»Du wirst es mir nicht sagen, oder?«

»Ich habe versprochen, dich nicht zu belügen. Das bedeutet aber, dass ich dir manche Fragen nicht beantworten kann.«

Sosehr ich es auch will.

Sie lässt sich einen Moment Zeit. Vermutlich, um sich meine Worte durch den Kopf gehen zu lassen.

»Okay. Hast du mich von dir gestoßen, um nicht über ihn reden zu müssen?«

Ich nicke, obwohl mein Puls so kräftig geht, dass ich mir vorstelle, wie meine Herzschlagader einfach so platzt. Vorbei. Nie mehr lügen. Nie mehr die Wahrheit verschweigen.

»Hast du … hast du gelogen, als du meintest …«

Ich schüttele den Kopf, ehe sie zu Ende sprechen kann.

»Du weißt doch gar nicht, was ich sagen wollte.«

»Ich habe nicht gelogen. Alles, was ich getan habe, war, dir nicht die ganze Geschichte zu erzählen.«

»Weil du mir nicht vertraust?«, fragt sie leise, und ich schüttele erneut den Kopf.

»Dann noch eins … Liegt es irgendwie … liegt irgendwas, was zwischen uns passiert oder ähm … nicht passiert ist … lag etwas davon an mir?«

Hitze schießt ihr in die Wangen. Hitze, die so sprüht, dass ich sie mit einem Mal auch spüren kann. Nein. Nein. Nein. Ich habe Fehler gemacht. Fehler, für die sie mich schlichtweg verabscheuen würde. Fehler, die ich mir bis zum Ende meines Lebens selbst nicht verzeihen kann. Aber was meine Gefühle angeht, bin ich immer aufrichtig zu ihr gewesen.

»Nein«, sage ich entschlossen, setze mich neben sie auf das Bett und presse ihr einen Kuss auf das blonde Haar. »Das hat es noch nie. Vom ersten Tag an nicht.«

Merle öffnet den Mund, um etwas zu sagen, doch dann schließt sie ihn wieder und sieht mich abwartend an.

»Es tut mir leid, okay? Ich weiß, ich habe es schon tausendmal gesagt, aber ich meine es ernst.« Nervös knete ich meine Hände. Ich kann nicht glauben, dass ich das hier tue. »Ich mag dich. Sehr sogar. Keine Ahnung, ob das, was du am Strand gesagt hast, immer noch stimmt, aber ich habe mich auch in dich verliebt.« Kaum habe ich es laut ausgesprochen, zündet eine Explosion in mir. Eine laute, heiße Explosion, die nicht nur die Möglichkeit eines Zurück mit sich reißt, sondern auch all die Mauern – meine Mauern –, die ich vor Jahren gebaut habe, um mich zu schützen.

»Die Nacht, in der ich gegangen bin … frag mich danach, wenn du willst.«

»Du meinst, als wir in meinem Zimmer waren?«

Mein Nicken bringt sie zum Überlegen.

»Du sagst, es ist nicht meinetwegen gewesen?«

»Nicht eine Sekunde.«

»Dann habe ich nichts falsch gemacht oder so?«

Ich beiße mir fest auf die Unterlippe. »Nicht direkt. Jedenfalls war es nicht deine Schuld. Es ging nur sehr schnell.«

Überrascht legt sie die Stirn in Falten. »Zu schnell?«

Ich weiß, wie das für sie klingen muss. Und doch ist es die Wahrheit. Die nackte Wahrheit, die bislang niemand kennt. Ich hätte mich auf dieses Gespräch besser vorbereiten sollen.

»Du hast mir gesagt, dass du nicht wissen willst, mit wie vielen Frauen ich *Dinge* getan habe. Weißt du noch, was ich darauf geantwortet habe?«

Verlegen weicht sie meinem Blick aus. »Ich will es immer noch nicht wissen.«

»Frag mich trotzdem!«

Sie vergräbt die Hände in ihrer Bettdecke und vermeidet es weiterhin, mich anzusehen. »Es sollte keine Rolle spielen, mit wie vielen Leuten man Sex hatte. Und falls du darauf abzielst, dass du es von mir wissen willst, werde ich es dir nicht sagen. Jedenfalls nicht, wenn es dir so wichtig ist.«

»Es war eine einzige.« Stein für Stein löst sich aus dem Gemäuer. Bröckelt die Fassade hinunter und schlägt auf den Asphalt.

»Eine einzige?«, wiederholt Merle.

»Eine einzige. Und das ist etwa fünf Jahre her.«

Ich habe immer gedacht, dass es schwer sein wird, die Worte auszusprechen, doch mit einem Mal kommt es mir so vor, als sei es das Einfachste der Welt.

»Sie hieß Marta und war über die Sommerferien in Venedig. Ich bin mit ihrer Cousine zur Schule gegangen. Eigentlich kam Marta aus Mailand. Wir waren nicht mal verliebt oder so. Ich war fast zwanzig, nicht schüchtern, nur etwas schwer von Begriff, was

Frauen angeht. Irgendwie habe ich jedes Mal den Punkt verpasst, an dem man einen Schritt weitergehen konnte. Marta war drei Jahre älter als ich und bei Weitem erfahrener. Sie sah wahnsinnig gut aus, und jeder meiner Freunde hatte weiß Gott was für Fantasien mit ihr. Aber wie es der Teufel wollte, war sie nur an mir interessiert.« Bei dem Gedanken daran muss ich beinah lächeln. »Wir haben uns hin und wieder getroffen, und es hat ordentlich gefunkt. Wie gesagt, alles auf einer ganz anderen Ebene als … als das mit uns. Mit Marta habe ich meine ersten Erfahrungen gemacht. Zumindest alles, was übers Küssen und Fummeln hinausgeht.«

Plötzlich ist da ein Kloß in meinem Hals, der mich glauben lässt, nicht mehr sprechen zu können. Doch ich schlucke, schlucke, schlucke ihn herunter und höre nicht auf.

»Es war gut. Ich dachte, ich hätte es richtig drauf.« Mir entfährt ein Lachen. »Bis wir dann wirklich miteinander schlafen wollten und mir aus dem Nichts die Nerven durchgegangen sind. So richtig. Auf einmal waren da tausend Gedanken, ich könnte etwas falsch machen, die Tour richtig versauen. Ich habe mich gefragt, ob sie merken würde, dass ich noch unerfahren war, und ob sie es ihren Freundinnen erzählen würde.«

Meine Finger krallen sich neben denen von Merle in die Matratze.

»Natürlich hat der Stress erst recht dafür gesorgt, dass mein Körper mich im Stich gelassen hat. Wenn du weißt, was ich meine … Sie hat immer wieder versucht, noch etwas zu retten, doch das hat es fast noch schlimmer gemacht. Glaub mir, ich habe mich in meinem ganzen Leben noch nicht so geschämt wie in diesem Augenblick.« Ich atme tief aus. »Irgendwie hat es dann irgendwann geklappt. Mehr oder weniger jedenfalls. Also, wenn du es genau wissen willst, kann ich dir nicht mal sagen, ob man diese Episode überhaupt richtig zählen sollte.«

Ich habe nicht gemerkt, dass ich die Augen geschlossen habe, doch plötzlich ist da Merles Hand, die nach meiner greift. Warm. Und vorsichtig.

»Was ist dann passiert?«

»Jeder wusste es. Jeder. Zumindest kam es mir damals so vor.« Mit der linken Hand fahre ich mir über den Nacken. »Ich kam mir vor wie eine einzige Lachnummer und geriet in einen Teufelskreis. Die Angst, so etwas noch mal zu erleben, machte mich wahnsinnig. So wahnsinnig, dass ich begonnen habe, in eine andere Rolle zu schlüpfen. Von der Jungfrau, die keinen hochbekommen hat, mutierte ich innerhalb von ein paar Monaten zum Playboy number one.«

Schlagartig sieht Merle aus, als käme sie nicht mehr hinterher.

»Was?«, frage ich und bin überrascht über mein eigenes Schmunzeln. »Du hast es mir doch auch abgekauft, oder?«

»Warte! Du behauptest also, du hättest keine dieser Frauen, die du getroffen hast, ähhh, angefasst?«

»Das habe ich nie gesagt«, widerspreche ich. »Ich meinte nur, dass ich mit keiner von ihnen geschlafen habe. Jedenfalls nicht so, wie die meisten Menschen Sex definieren. Stattdessen habe ich mich ganz auf sie konzentriert.« Ich fahre mir mit der Zunge langsam über die Lippen. »Was das angeht, bin ich mittlerweile ganz gut in Übung.«

Sie verdreht die Augen. »Können wir lieber wieder über deine Komplexe …« Diesmal bleibt sie mitten im Satz hängen. »Sorry, das war gemein.«

»Keine Sorge! Du kannst meine Gefühle nicht verletzen.« Ich mache eine übertrieben betretene Pause. »Ein Mädchen, das vor allem auf mein wahnsinnig geschicktes Fingerspiel stand, sagte mir mal, dass ich überhaupt keine habe.«

»Das ist nicht wahr«, protestiert sie.

Abwartend hebe ich eine Braue.

»Also, das mit den Gefühlen vielleicht … aber noch besser als deine Finger fand sie eigentlich das, was du mit der Zunge gemacht hast.« Ein freches Funkeln sprüht in ihren Augen.

»Verstehe.« Oh Mann, es ist nicht zu begreifen, wie sehr mich diese Frau verrückt macht. Ich ziehe meine Hand unter ihrer hervor und streiche ihr eine Haarsträhne hinters Ohr. »Es hat mich verrückt gemacht, dich zu vermissen. Das kannst du dir überhaupt nicht vorstellen.«

»Es ging mir doch kein bisschen anders.«

Ich rutsche ein Stück näher an sie heran, nehme ihr Kinn zwischen Daumen und Zeigefinger und sehe sie für eine stumme Ewigkeit einfach nur an. Wimmernd reckt sie ihren Hals, um die letzte Distanz zu überwinden, doch ich ziehe meinen Kopf zurück.

»Hör zu, bevor ich dich küsse, muss ich sichergehen, dass du das hier weißt: Sollte es noch mal so weit kommen, dass du an uns zweifelst … frag mich so direkt, wie du kannst, und ich verspreche dir, ich werde dir immer die Wahrheit sagen. Immer.«

Vielleicht, denke ich, als sich unsere Lippen berühren, werde ich ihr niemals ein vollständiges Puzzle sein. Sein können. Sein dürfen. Umso dringender ist es aber meine Pflicht, ihr zu zeigen, dass jedes Puzzlestück, das sie bereits vor sich liegen hat, echt ist.

48. Kapitel

Merle

»Wäre es unangebracht, wenn ich so etwas wie *willkommen zurück* sage?« Romeo hat sich das Weinglas bis obenhin gefüllt, sodass es mich nicht wundern würde, sollte er jeden Augenblick das Tischtuch einfärben.

»Na ja, sagen wir so: Ich hätte nicht damit gerechnet, dass mein Besuch für so viel Freude sorgen wird«, erwidere ich mit einem Lächeln in der Stimme, während ich meine Spaghetti auf die Gabel drehe.

Die frischen Kräuter in der Tomatensoße verströmen einen angenehmen Duft, der sich mit dem vertrauten Ambiente des Sala Nera mischt. Ich würde es niemals vor den anderen zugeben, aber wenn ich ehrlich zu mir selbst bin, fühlt sich dieses Haus trotz seiner Größe und Geheimnisse irgendwie heimisch an.

»Du bist immer herzlich willkommen«, sagt Leandro leise, während er bedächtig ein Stück Brot in die Soße auf seinem Teller tunkt.

»Vor allem, wenn das bedeutet, dass Matteo jetzt weniger rumheult.« Die warme Beleuchtung des Raumes wirft sanfte Schatten auf Romeos amüsiertes Gesicht.

»Ich zeig dir gleich, wer von uns beiden rumheult«, raunt Matteo, ohne seine Belustigung verstecken zu können.

Das Abendessen ist mit Abstand das friedlichste Zusammensein seit meiner Ankunft in Venedig, und ich komme nicht umhin, mich zu fragen, wie viel davon an Diegos Abwesenheit liegt.

Angeblich trifft Diego heute einen potenziellen Mandanten, doch was auch immer die anderen sagen, es fällt mir schwer, zu glauben, dass es sich bei seinem Verschwinden um einen Zufall handelt.

Aber es ist okay. Ich bin genauso wenig scharf darauf, ihn zu sehen, wie er darauf erpicht ist, mich zu sehen. Ich konzentriere mich lieber auf das Essen und freue mich ohnehin am meisten, als Matteo und ich später endlich allein sind.

»Du hast mich also vermisst?« Wir haben uns ins Soggiorno zurückgezogen.

»Vermisst ist gar kein Ausdruck.« Matteo hat die Hände auf meine Schultern gelegt und massiert mir sanft den Nacken.

»Dann stimmt es, was Romeo gesagt hat?« Ich drehe mich zu Matteo um, fahre mit den Fingern die fein definierten Muskeln seines Oberarms nach.

»Romeo ist ein Spinner«, sagt Matteo leise.

»Ein Spinner, der recht hat?« Ich kann das Lächeln, das in meinen Mundwinkeln zwickt, nicht vollständig unterdrücken.

»Kann es sein, dass du irgendwelche sadistischen Züge vor mir versteckt gehalten hast?«

»Weil ich will, dass du mich vermisst hast?« Ich pike ihm in die Seite. »Vielleicht will ich einfach nur, dass du eine winzige Vorstellung davon hast, wie sehr du mir gefehlt hast.«

Mein Herz schlägt wild gegen meine Brust, und ich frage mich, ob er es spüren kann.

»Es tut mir leid, *tedeschina* …«, setzt er an, doch bevor er weitersprechen kann, lege ich meinen Zeigefinger auf seine Lippen. »Pscht. Ich will nicht drüber reden. Obwohl … Weißt du, was mir gerade einfällt? Du hattest keine Pizza dabei.« Jetzt lächele ich noch ein Stück breiter.

»Pizza?« Verwirrung steht in seinen Augen.

»Letztens hast du noch behauptet, du würdest mittlerweile einiges anders machen als damals. Zum Beispiel als Entschuldigung Pizza backen.« Ich bohre meinen Zeigefinger spielerisch in seine Brust. »Aber keine Sorge!« In meinen Mundwinkeln zuckt es. »Es ist jetzt nicht so, als würde es mich sonderlich überraschen.«

»Du unterschätzt mich.«

»Falsch. Hätte ich dich unterschätzt, wärest du im Wohnheim mit einer Pizza aufgetaucht.«

»Okay, verstanden! Du hast definitiv etwas gut bei mir.« Matteo legt seine Hände um meine Taille und zieht mich zu sich hoch. Im nächsten Moment legt er mich vorsichtig auf einem der Sofas ab, schiebt mir ein Kissen unter den Kopf, als wäre ich seine Prinzessin.

»Magst du Kaminfeuer?«

Kaum habe ich zu einem Nicken angesetzt, ist Matteo schon auf, um die Kohle zu erhitzen. Wenige Minuten später sprühen die ersten Funken.

»Warum seid ihr so selten hier?«

Matteo dreht sich überrascht zu mir um. »Hier in diesem Raum?«

Ich nicke. »Als Giulia mir nach meiner Ankunft das Haus gezeigt hat, meinte sie, dass dieser Raum kaum benutzt wird. Und wenn ich so recht darüber nachdenke, bist du der Einzige, dem ich hier bisher begegnet bin.«

In dem Augenblick, in dem ich den Schmerz in Matteos Augen schimmern sehe, weiß ich, dass die Antwort mit Tino zu tun hat.

»Du musst die Frage nicht beantworten«, ergänze ich also schnell.

Matteo nimmt meine Hand. »Wir waren früher häufiger hier, fast jeden Abend, und haben gemeinsam gespielt. Als wir eingezogen sind, konnte Tino nicht mal Noten lesen. Irgendwann hat er gesagt, er wolle Klavier lernen. Ich habe versucht, ihm etwas beizubringen.«

»Du spielst?«, frage ich überrascht.

»Ich habe gespielt. Meine Mutter war meine Lehrerin. Als sie starb, habe ich jahrelang keinen Gedanken mehr daran verschwendet. Erst als Tino es unbedingt lernen wollte … Sein Vater war Dirigent. Er ist direkt nach Chiaras Geburt nach Mailand gegangen, weil er einen Job angeboten bekommen hatte. Dementsprechend gab es nicht wirklich viele Erinnerungen an ihn. Tino hat es nie richtig zugegeben, aber ich weiß, dass er ihm gefehlt hat. Ich habe mich gefragt, ob er es lernen wollte, weil er insgeheim hoffte, irgendwann seinem Vater zu begegnen und ihm imponieren zu können. Vielleicht habe ich aber auch zu viel in die Sache hineininterpretiert.«

»Das ist so unglaublich traurig.«

Matteo nickt. »Das erste Mal, das ich seit Monaten hier war, war mit dir. Ich habe dich spielen gehört. Auf dem Flügel.«

Hitze schießt mir in die Wangen. »Es tut mir so leid.«

»Das muss es nicht. Streng genommen hast du mich damit sogar angezogen.«

»Ich kann nicht spielen.«

»Ich weiß. Aber es hat dir Spaß gemacht. Man hat es dir angesehen.«

»Du hast mich beobachtet?«

Matteo grinst. »Bis du aufgestanden bist und dir die Bilder angesehen hast.«

»Du hast behauptet, ich würde herumstöbern.«

»Neben dem Bild von Signora Greco hing ein Bild von uns allen zusammen. Ein Bild mit Tino.«

Mein Kopf dreht sich automatisch in die Richtung. »Ihr habt es danach abgenommen?«

Matteo nickt stumm, und ich kann spüren, dass er nicht weiter darüber sprechen will.

»Du hast nie erzählt, dass du spielen kannst«, wechsle ich das Thema, indem ich in Richtung des Flügels zeige.

»Du hast nicht gefragt.« Er folgt mir mit seinem Blick, und ich kann spüren, wie er sich augenblicklich in Erinnerungen verliert.

»Und wenn ich es jetzt tue? Dich frage, ob du für mich spielst?«

»Ich kann es versuchen.« Matteo setzt sich auf den Klavierhocker und schlägt den Deckel auf. Ich beobachte, wie er konzentriert einatmet, bevor seine Finger die ersten Tasten berühren. Als sich die ersten Töne einer Melodie im Raum ausbreiten, spüre ich eine Gänsehaut über meine Arme ziehen.

Die Noten tanzen durch den Raum, umspielen die alten Fotos auf dem Kaminsims. Die Musik füllt jeden Winkel des Raumes, jede Ritze des alten Holzbodens, und ich fühle mich, als würde ich ihr nicht einfach nur zuhören. Ich bin in ihr drin. Ein Teil von ihr. Ein Teil von ihm, der sie für mich spielt.

Ich bemerke, wie sich mein Atem dem Rhythmus seiner Musik anpasst. Langsam und ruhig, dann wieder schneller und erwartungsvoll.

Es ist, als ob jede Note eine zarte Berührung ist, die mein Herz anschwellen lässt. Ich kann mich nicht erinnern, jemals von einer einfachen Musik ohne Text so berührt gewesen zu sein. Vielleicht fühle ich aber auch so, weil es mir vorkommt, als hätte ich einen Teil von ihm entdeckt, den ich zuvor nicht gekannt habe.

Das Stück endet mit einem sanften, fast zärtlichen Akkord. Matteo lässt seine Hände sinken und dreht sich zu mir um. Seine

Augen suchen die meinen, und in ihnen lese ich eine stille Frage, fast so, als wolle er wissen, ob mir seine Musik gefallen hat.

Ich drücke mich vom Sofa ab und gehe mit beinah zittrigen Beinen auf ihn zu. Matteo rutscht zur Seite, sodass ich neben ihm auf der Bank Platz nehmen kann.

»Das war … unglaublich«, bringe ich atemlos hervor.

»Ich hatte vergessen, wie es sich anfühlt.«

»Kannst du … ich meine … kannst du mir etwas zeigen?«

»Weißt du, wie man Noten liest?«

Ich nicke. »Schätze allerdings, da hört es auch schon auf.«

Er schüttelt sachte den Kopf. »Nein, da fängt es erst an. Den Rest findest du in dir.«

Ich konzentriere mich auf meine Haltung. Die ersten Töne, die erklingen, sind jedoch ziemlich unsauber.

»Mach die Augen zu!« Matteos Flüstern hinterlässt ein feines Kribbeln auf meiner Haut. Ein Kribbeln, das mich kaum an etwas anderes denken lässt.

»Das Wichtigste ist, dass du fühlst. Du kannst so viel lernen, wie du willst. Die Noten, die Tasten, sie machen dich gut. Brillant werden aber nur die, die dem Instrument ihre Gefühle anvertrauen.«

»Wie soll ein Gegenstand meine Gefühle spüren?«

Die Augen noch immer geschlossen, kann ich in seiner Stimme hören, wie Matteo lächelt. »Nicht das Klavier wird es merken, sondern diejenigen, die dir zuhören. Sie spüren, ob du bei der Musik bist oder bei den Gedanken, die in deinem Kopf rumspuken.«

Matteo nimmt meine Hände in seine. Meine Finger streifen unsicher die kühlen, glatten Tasten des Flügels.

Obwohl es Matteos Bewegungen sind, die uns über die Tasten

führen, sorgen die Töne dafür, dass in meiner Brust ein flatterndes Gefühl entsteht.

Ich schwebe. Ich schwebe durch die Musik, die unter meinen Fingern entsteht, die den Raum zum Vibrieren bringt.

Matteos Nähe in meinem Rücken ist elektrisierend, seine Wärme fast so durchdringend wie die des Feuers im Kamin.

»Spiel weiter!« Er löst seine Hände von meinen. Kurz meldet sich mein Verstand, der weiß, dass ich ohne ihn unmöglich spielen kann. »Spiel, was du fühlst.«

Sanfte Küsse tanzen über meinen Nacken. Ich stelle mir vor, wie sie in meine Fingerspitzen schießen … die Küsse … die Magie … diese Verbundenheit.

Nicht ich spiele dieses Instrument – seine Lippen beherrschen es durch mich hindurch.

Ich lege den Kopf schräg, lasse mich tief in seine Berührungen fallen. Als Matteo sanft an meiner Haut saugt, beginnt es in meinem Unterleib so kräftig zu pulsieren, dass ein Zittern durch meine Schenkel geht.

Ich weiß, dass ich das nicht mehr lange durchhalte. Es ist nur noch eine Frage von Sekunden, bis ich mich zu ihm umdrehe, die Lippen auf seinen Mund presse und ihn so fordernd küsse, dass wir uns kaum auf dem Hocker halten können.

Als er nun auch noch mit seinen Händen über meinen Rücken fährt, entfährt mir ein lustvolles Seufzen. Meine Finger lösen sich für maximal eine Sekunde von den Tasten, doch es genügt, um Matteo zum Innehalten zu bringen.

»Spiel weiter!«

»Ich kann nicht, wenn du das dabei mit mir machst«, keuche ich.

»Spiel, was du fühlst.«

Erst als ich die ersten Töne erzeuge, setzt Matteo seine Liebkosungen fort.

Ich schließe noch einmal die Augen, konzentriere mich nur auf das, was zwischen uns ist.

Von der Lust vernebelt, bekomme ich nicht einmal mit, dass er vor mir in die Knie geht. Erst als er meinen Rock hochschiebt und vorsichtig meine Beine spreizt, entfährt mir ein beinah stiller Schrei.

Matteos Kopf wandert zwischen meine nackten Schenkel, er ist nur noch wenige Zentimeter von meinem Slip entfernt. Allerdings bin ich so feucht, dass es sich anfühlt, als habe sich der dünne Stoff bereits aufgelöst.

Aber nein, fuck, er schiebt ihn zur Seite, küsst sich den nassen Saum entlang. Das Pochen der Lust grenzt mittlerweile an einen Schmerz, der mich die Selbstkontrolle verlieren lässt.

Was auch immer dieser Mann im Gegenzug für seine Zunge von mir verlangen würde, ich würde es ihm geben.

»Spiel weiter! Ich will wissen, wie es sich für dich anfühlt.«

Meine Finger wandern langsamer über die Tasten, unkontrollierter. Ich lasse den Kopf in den Nacken fallen und versuche, meine Atmung zu kontrollieren. Völlig vergeblich. Als seine Zunge sanft über meinen empfindsamsten Punkt fährt, übertönt mein Stöhnen die Klaviermusik.

Die Hitze hat mich vollends ausgefüllt, sie bringt mich zum Explodieren. *Er* tut es. Zuerst hat er mich durch seine Küsse gespielt, jetzt beherrscht er mich mit seiner Zunge. Seiner Zunge und … fuck … jetzt hat er seine Hand zu Hilfe genommen.

Als sein erster Finger in mich eindringt, spüre ich die Erregung bis in die hinterste Stelle meines Gehirns.

Er penetriert nicht nur meine Vagina. Er fickt meinen kompletten Verstand.

Habe ich das gerade wirklich gedacht? Wo zur Hölle nehme ich diese Wörter her? Diese Gedanken? Diese … shit, da ist ein zweiter Finger. Ich schwöre, wenn er nicht sofort damit aufhört, schwillt meine Klit gleich auf die Größe einer Murmel an.

Während er seine Finger immer schneller in mir bewegt, küsst er sich meine Schenkel hinauf, verwandelt meine Haut in ein glühendes Feuer. Ich kann nicht einmal mehr nach Luft schnappen, da umkreist seine Zunge endlich wieder meinen Kitzler.

Mein Unterleib spannt sich an, und als er diesmal an meiner vor Lust pulsierenden Perle saugt, verliere ich die Kontrolle. Ich reiße Augen und Mund auf, wobei mein Blick nur flirrt und aus meinen Lippen nichts außer einem tonlosen Aufschrei dringt.

Ich zerspringe. Und fliege. Ich fliege und zerspringe für mindestens eine Unendlichkeit.

Als er seine Finger aus mir herauszieht, hat sich mein Puls kein bisschen beruhigt. Ganz im Gegenteil, während er eine nasse Spur entlang meiner Schenkel zeichnet, stoße ich einen kleinen Seufzer aus.

»Du bist wunderschön, wenn du kommst«, raunt Matteo.

»Du lügst. Ich wette, ich sehe aus, als würde man mich foltern«, widerspreche ich.

»Unsinn! Aber ja, wahrscheinlich würdest du selbst dann noch wunderschön aussehen.«

Ich antworte ihm mit einem Kuss, der so tief geht, dass ich mich frage, ob es möglich ist, durch einen anderen Menschen hindurch zu atmen.

Matteo zieht mich vom Hocker zu sich heran. Endlich kann ich meine Finger in seinem Haar vergraben.

»Ich will dich.« Kaum hörbar flüstert er mir die Worte zu.

»Ich will dich auch«, antworte ich und streiche über seine Bartstoppeln.

»Nein … ich meine, ich will dich wirklich. Ich will dich jetzt.« Er nimmt meine Hand und führt sie langsam nach unten, bis ich ihn spüren kann. Ihn. Er ist hart. So hart.

Ich habe keine Ahnung, wie es möglich ist. Obwohl ich gerade erst gekommen bin, sorgen seine Worte für ein heftiges Pulsieren zwischen meinen Beinen.

»Wir müssen nicht …«

»Ich will dich, *tedeschina*. Ich will so sehr in dir sein, dass wir uns beeilen sollten, hier wegzukommen. Ansonsten kann ich nicht dafür garantieren, dass ich dich nicht anfalle und meine Unschuld auf diesem Teppich verliere.«

»Unschuld? Wovon träumst du nachts?«

Matteo legt seine Hände um meine Taille und zieht mich zu sich hoch. Ich schlinge meine Beine um ihn, wobei mein Unterleib sofort auf die Berührung seiner Bauchmuskeln reagiert.

»Wir sollten den schnellsten Weg nach oben nehmen, findest du nicht?«

Ehe ich michs versehe, stehen wir vor dem alten Paternosteraufzug.

Matteo lässt mich neben sich hinunter, legt einen Schalter um, und mit einem leisen Knarren setzt sich der Aufzug in Bewegung.

»Bereit?«

»Ich habe das noch nie …« Mein Herz rast vor Aufregung, und doch nicke ich.

»Es ist nur ein alter Fahrstuhl. Sobald er wieder unten ist, zähle ich bis fünf. Dann springst du hinein.«

»Okay«, sage ich mit belegter Stimme.

»Du brauchst keine Angst zu haben, *tedeschina*.«

Wir warten. Als wir sehen, dass der Aufzug auf der linken Seite hinunterkommt, zählt Matteo laut runter. Bei null zögere ich plötzlich einen Herzschlag lang.

Der Boden des Fahrstuhls ist bereits einige Zentimeter an uns vorbei, da entscheide ich mich, zu springen.

Matteo folgt höchstens eine Sekunde später, zieht gerade noch rechtzeitig den Kopf ein, um sich nicht an der Decke zu stoßen. Ein kurzer Adrenalinstoß peitscht durch meine Adern.

»Das war ein riskanter Sprung fürs erste Mal«, bemerkt Matteo.

Wir stehen nebeneinander in der engen Kabine, unsere Körper berühren sich fast zwangsläufig. Der Aufzug bewegt sich langsam nach oben, sein rhythmisches Ticken ist das einzige Geräusch, das die Stille durchbricht. Ich lehne mich gegen die Holzwand der Kabine, während Matteo mich fest im Blick behält, einen Ausdruck von purem Verlangen in seinen Augen.

Als wir die erste Etage fast erreicht haben, zählt Matteo erneut runter. »Jetzt!«

Das Timing ist diesmal genau richtig. Ich muss nur aus dem Aufzug hinaustreten, und doch spüre ich ein berauschendes Gefühl von Erleichterung, als ich sicheren Boden unter den Füßen habe.

»Wieso hat mir niemand gesagt, dass das so viel Spaß macht?«

»Willst du noch mal?«, fragt Matteo.

Ich schüttele den Kopf. »Nicht jetzt. Keine Zeit.« Meine Lippen umspielt ein zweideutiges Lächeln.

Matteo nimmt meine Hand und führt mich so entschieden in Richtung seines Zimmers, als hätte er auf diesen Moment nur gewartet.

Ich falle zuerst auf sein Bett, beobachte aus dieser Perspektive, wie er sich das Shirt über seinen Kopf zieht.

Wie konnte er behaupten, ich sei schön, wenn er dagegen aussieht, als sei jeder Zentimeter seiner Haut Teil eines perfekten Porträts?

Matteo beugt sich über mich und hilft mir aus dem Shirt, das ich trage. Der BH muss gleich danach dran glauben. Während er seine Hose aufknöpft, befreie ich mich diesmal vollständig aus dem Rock. Ich will, dass kein Stückchen Stoff unsere nackten Körper voneinander trennt.

Der Slip – er hatte nicht einmal Zeit, zu trocknen – landet neben dem Bett. Ich bin jetzt vollständig nackt. Doch das heißt nicht, dass es kein Zurück mehr gibt, und das soll er wissen.

»Du bist dir ganz sicher, oder?«

»Keine Sorge, *tedeschina*. Du wirst gleich spüren, wie sicher.«

Er stützt sich neben mir ab und streift einhändig die Boxershorts über seine Hüfte. Ich bekomme nur halb mit, wie er sie verschwinden lässt und dafür ein Kondom hervorzaubert. Ich bin einfach zu abgelenkt von seiner Erektion.

»Fass ihn an!«, fordert er mich mit rauer Stimme auf.

Die Haut um seinen Schaft ist so weich, dass ich ein seltenes Bedürfnis spüre, ihn mit meinem Mund zu berühren. Gleichzeitig weiß ich nicht, wie lange Matteo das aushalten wird, und ich will ihn in mir haben. Ich will, dass er spürt, wie mein Unterleib vor Verlangen zuckt.

Während er sich das Kondom überzieht, winkele ich meine Beine an und öffne mich für ihn.

Als seine Spitze über meine feuchte Mitte streicht, kann ich nicht anders ... ich drücke ihm mein Becken entgegen und halte den Atem an.

Er führt seine Härte zwischen meine Vulvalippen und dringt schließlich so langsam in mich ein, dass jeder einzelne Nerv in mir Feuer fängt.

Er ist noch nicht einmal zur Hälfte drin, da entflieht ihm ein keuchendes Fluchen.

Die letzten Zentimeter in einem Ruck, stößt er nun tiefer. So tief, dass ich nicht sagen kann, wie nah die Grenze zum Schmerz erreicht ist. Doch nicht eine Sekunde will ich, dass er sich aus mir zurückzieht. Dass ich aufhöre, seins zu sein. Gott, ja, ich will seins sein. Ich will, dass er das weiß. Ich will, dass er mich bestimmt.

Ich will, dass wir nie mehr damit aufhören. Also zeige ich es ihm. Ich ziehe seinen Kopf an mich heran, keuche gegen seine Lippen.

Unsere Körper glühen beide gleichermaßen vor Anspannung. Noch nie war ich so scharf darauf, den Schweiß eines anderen Menschen zu inhalieren.

»Zeig mir, wie du es dir selbst machst!«, knurrt Matteo und zieht seinen Kopf zurück.

Er beobachtet, wie ich Hand an mich selbst anlege und mit zwei Fingern sanft meine Klitoris massiere.

Meine Pobacken spannen sich automatisch an. Ich weiß, dass das der Moment ist, in dem ich enger werde.

Matteos Atmung geht schneller, der Druck in meinem Unterleib kratzt an der Ekstase. Wir sehen uns in die Augen, während wir gleichzeitig kommen. Der Orgasmus ist so intensiv, dass er mir jedes letzte bisschen Kraft raubt. Und doch, als Matteo neben mir stöhnend in die Matratze sinkt, fühle ich mich, als wäre ich die glücklichste Frau dieser Welt.

49. Kapitel

Merle

Die Dämmerung hat schon eingesetzt, als der Innenhof der Uni sich mit immer mehr Menschen füllt. Ich bin überrascht, dass es nicht nur viele Studenten hierhergezogen hat, sondern auch alte Menschen oder Familien. Meine Finger sind schwitzig geworden, und mein Herz pumpt so viel Blut in den Körper, dass ich beim Anblick der Menge am liebsten weglaufen würde. Weit. Weit. Weg.

Jedenfalls so weit weg, wie man in diesen halbhohen Schuhen kommen kann. Um es in den Worten von Signora Leone zu sagen: *Die perfekten Schuhe müssen nur perfekt aussehen.* Bravo! Es wäre ja auch zu viel verlangt, sich für zweihundert Euro auch noch anständig in ihnen bewegen zu können. Die Kohle werde ich bei Giulia jahrelang abbezahlen müssen. (Vorausgesetzt, ich überlebe den heutigen Abend.)

»Stell dir einfach vor, du hättest Nerven aus Stahl.« Adriano legt mir eine Hand auf die Schulter und grinst breit. »Oder eben der Klassiker: Alle hier sind vollkommen nackt. Das funktioniert. Ich garantiere es dir!«

Isabella ist zwar nicht Teil des Moderatorenteams, hat sich aber trotzdem zu uns hinter die Bühne gesellt. Wobei man sich einen Backstagebereich sicher anders vorstellt, denn in unserem Fall ist es nur ein schmaler Streifen hinter der Bühne, der zwar abgetrennt, aber von Blicken nur schwach abgeschirmt ist. Zwar behauptet Isabella, uns von hier aus besser beruhigen zu können, doch ich habe den Verdacht, dass sie den Platz in Wahrheit nutzt, um ihre Lernkarten durchzugehen. Ich wünschte, die Note meiner nächsten Klausur wäre gerade mein größtes Problem.

»Wie viele Menschen sind das noch mal?« Die Frage ist eher an mich selbst gerichtet als an einen der anderen.

»Mindestens achthundert allein hier im Innenhof. Die Übertragung im Garten sieht sich aber bestimmt noch mal die gleiche Menge an.«

Ein nervöses Rumoren geht durch meinen Magen. »Wieso habe ich noch mal gedacht, dass ich für das hier gemacht bin?«

»Hast du nicht«, erklärt Isabella, ohne von ihren Notizen aufzusehen. »Adriano hat dich quasi gezwungen.«

Augenblicklich quittiert dieser Isabellas Bemerkung mit einem strafenden Blick. »Das ist nicht wahr. Es war lediglich ein Vorschlag.«

Ein Vorschlag, den nicht einmal er, sondern streng genommen Aurora gemacht hat. Noch immer kann ich nicht verhindern, dass der Gedanke an sie eine Gänsehaut auf meinem Körper verursacht.

Ich habe mir vorgenommen, sie, sobald das Festival vorbei ist, direkt anzusprechen. Sosehr ich ihr Gefühl von Verrat, was Matteo und die anderen angeht, verstehen kann, hoffe ich doch, dass wir die Sache zwischen uns vielleicht noch aus dem Weg räumen können.

»Außerdem spielt das jetzt keine Rolle mehr. Merle wird das hervorragend machen. Wir sind alles oft genug durchgegangen, und ich habe keinen Zweifel, dass die Zuschauer begeistert sein werden.« Adriano lächelt zufrieden.

»Ich bin auch sicher, dass du das toll machst«, flüstert Isabella und nickt mir aufmunternd zu. »Die meisten sind so gespannt auf die Beiträge, dass sie bei der Moderation ohnehin nur mit einem halben Ohr zuhören. Wie viele Videos werden jetzt noch mal gezeigt?«

»Dreiundzwanzig«, sage ich wie aus der Pistole geschossen. »Wie ihr es vorhergesehen habt, deutlich weniger als anfangs erwartet.« Ein paar Filme wurden nie abgegeben, einige wenige überschritten die Höchstdauer von vier Minuten so drastisch, dass man selbst mit Kürzungen keine Chance hatte.

Ich öffne den Mund, um noch etwas zu sagen, doch da entdecke ich Diego, der gemeinsam mit Leandro den Innenhof der Ca' Foscari betritt. Sollte ich geglaubt haben, mein Puls hätte sein Maximum bereits erreicht, so muss ich mich geirrt haben. Diego habe ich das letzte Mal Halloween gesehen, doch das ist nicht der Grund meiner Aufregung. Wenn die zwei hier sind, wird Matteo sicher auch nicht weit sein. Wir haben noch heute Morgen miteinander telefoniert, und doch genügt die kurze Zeit, um meine Sehnsucht ins Unermessliche steigen zu lassen.

»Habt ihr was dagegen, wenn ich kurz verschwinde?«, frage ich die anderen und versuche dabei, nicht zu auffällig in seine Richtung zu schielen.

Natürlich durchschaut Adriano mich sofort. Ein Schatten huscht über sein Gesicht. »Haben wir eine andere Wahl?«

»Ich beeile mich. Versprochen!« Die erste Ansprache beginnt in fünfundvierzig Minuten. Doch auch wenn man sagt, dass zwei Frischverliebte sich nur schwer voneinander lösen können, sollte das ausreichen, um zumindest kurz Hallo zu sagen. Ein Kerl von der Security hebt das Absperrband für mich hoch. Ich streiche mein Kleid glatt und will mich gerade in den Tumult der Leute stürzen, als ich Isabellas Stimme höre. »Ich habe gesehen, dass er teilnimmt.«

Noch bevor ich das Absperrband passiert habe, bleibe ich stehen und verharre für den Bruchteil einer Sekunde in meiner Bewegung. Sind diese Worte noch für meine Ohren bestimmt, oder geht Isabella davon aus, dass ich nichts mehr mitbekomme? Ein rascher Seitenblick an dem Securitymann vorbei bestätigt meine Vermutung: Meine beiden Freunde scheinen sich unbeobachtet zu fühlen.

»Moment!« Ich bücke mich und tue so, als sei ich schwer damit beschäftigt, meinen Seidenstrumpf über die Hacke zu ziehen, doch in Wahrheit konzentriere ich mich wie verbissen auf das, was die beiden anscheinend ohne mich zu besprechen haben.

»Und? Ich meine, seien wir mal ehrlich: Ich kann ihn noch weniger ausstehen als du. Aber erstens sind wir nicht die Jury, und zweitens ist das nun mal ein Wettbewerb.«

Ich versuche, den aufsteigenden Kloß in meinem Hals einfach wegzuschlucken. Nichts von dem, was Adriano gesagt hat, ist falsch. Und ja, es ist kein Geheimnis mehr, dass er die Jungs nicht ausstehen kann.

»Das meine ich nicht.« Wieder Isabella. »Ich hätte schwören können, dass sein Name noch nicht da war, als wir die erste Teilnehmerliste erstellt haben.«

Schuldbewusst zieht sich mein Herz zusammen. Fuck.

Neben all dem Stress der letzten Wochen habe ich keine Sekunde darüber nachgedacht, dass mein nachträgliches Eintragen von Matteos Namen jetzt noch für irgendwelche Probleme sorgen könnte. Ganz im Gegenteil, ich war mir sicher, ich sei die Einzige, die einen genauen Blick auf die Liste der Bewerber geworfen hat.

»Du irrst dich.« Adriano.

»Ich bin mir ganz sicher.«

»Das kann aber nicht sein. Ich habe Merle gesagt, dass wir keine Ausnahmen …« Der Rest des Satzes geht in dem plötzlichen Gebrüll eines Babys unter. Der Vater, der das Kleine im Arm verzweifelt hin und her wiegt, wirft entschuldigende Blicke nach rechts und links. Was ich gehört habe, reicht ohnehin, um mir den Magen umzudrehen.

»Hast du es gleich?«, fragt der Securitytyp streng und hebt auffordernd das Band der Absperrung ein Stückchen höher.

»Sorry.« Ich schieße ertappt nach oben und stoße dabei beinah gegen seinen Arm. »Bin schon weg.«

Mit einem mulmigen Gefühl im Bauch schlängele ich mich durch die Menschen und halte Ausschau nach einem türkisen Haarschopf, der sich meist als Erstes in der Menge ausmachen lässt.

Wider meine Erwartung ist es diesmal anders. Mitten auf dem Platz stoße ich ausgerechnet mit Diego zusammen. Mein Herz macht einen wilden Sprung. Zuletzt haben wir uns am Abend vor Halloween am Strand gesehen. Das Ganze ist jetzt etwa drei Wochen her, und noch immer habe ich keinen Weg gefunden, die Erinnerungen aus meinem Kopf zu bekommen. Weder die, in denen ein fremder Typ Aurora den Schwanz bis zum Anschlag in den Hals gesteckt hat, noch die, in denen Diego auf ihn eingeprügelt hat.

Ich schiebe meine letzte Erinnerung an ihn – den Moment, in dem er aufgebracht davongestürmt ist – zur Seite und versuche mich an einem unverfänglichen Lächeln. Nein, auch wir sind in den letzten zwei Monaten keine Freunde geworden und werden es sicher auch nicht mehr werden.

Trotz aller Startschwierigkeiten gebe ich mir Mühe, es uns so leicht wie möglich zu machen. »Hi, weißt du, wo die anderen sind?«

»Die anderen oder Matteo?« Seine Augen huschen kurz über mein Kleid, wandern dann aber rasch über mich hinweg, als erwarte er keine Antwort.

Zum Glück entdecke ich gerade jetzt eine winkende Giulia, die nur wenige Meter entfernt neben einem großen, ziemlich athletischen Typen steht und mich fröhlich anstrahlt.

»O mein Gott, du siehst bezaubernd aus, Merle!« Kaum habe ich sie erreicht, zieht Giulia mich quiekend in eine Umarmung. Sie trägt ein dunkelgrünes Kleid, das ähnlich wie meins an der Hüfte eng zusammengerafft ist. Es ist über und über mit vielen kleinen Steinen verziert, die auffällig glitzern. Ich bleibe einen Moment zu lang an ihren Füßen hängen. In der Boutique von Signora Leone hat sie sich für ungewohnt schlichte Riemchensandalen entschieden, aber jetzt stecken ihre Zehen in Pumps, die die gleiche Farbe wie ihr Kleid haben.

»Keine Sorge!« Giulia bemerkt meinen Blick. »Die tausche ich, sobald es dunkel wird. Dann achtet sowieso niemand mehr darauf, und ich kann meine Zehen morgen vielleicht doch noch bewegen.« Lachend schwingt sie ihre Handtasche, bei der es sich meines Wissens weder um Clarissa noch um Angela oder Olga handeln kann.

»So, und bevor ich das Wichtigste vergesse … Darf ich dir Marco vorstellen? Marco, das ist die zauberhafte Merle.«

Marco nimmt meine Hand und haucht mir einen höflichen Kuss auf die Wange. »Ich habe schon viel von dir gehört. Und viel Erfolg für den Auftritt gleich.«

»Danke schön!« Blitzschnell wende ich mich wieder an Giulia. »Wo ist Matteo? Seid ihr nicht zusammen gekommen?«

Giulia schüttelt den Kopf. »Du weißt doch … Romeo ist mit seiner Trulla hier. Ich war vorher noch bei Marco. Keine Ahnung, wo der Rest ist.«

Nervös presse ich die Lippen zusammen. Spätestens in einer halben Stunde sollte Matteo hier sein, denn dann werden die ersten Beiträge gezeigt, und ich habe keinen Einfluss auf die Reihenfolge.

Anstatt mich in meine Sorge reinzusteigern, entscheide ich mich vorsichtshalber noch für einen kurzen Gang zu den Toiletten. Die Nervosität drückt mir schon ganz schön auf die Blase, und in den Minipausen zwischen den Beiträgen werde ich kaum Gelegenheit für einen Abstecher zum Pinkeln haben.

Ich habe Glück, die Toilettenräume im Haupthaus sind vollkommen leer. Gerade überlege ich, ob es sein kann, dass ich ein *heute-gesperrt*-Schild übersehen habe, als die Tür aufgeht. Ich stehe vorm Waschbecken, hebe den Kopf und zucke innerlich zusammen, als ich durch den Spiegel in Matteos Augen sehe. Irritiert fahre ich herum.

»Was machst du denn hier?«

»Hmmm …, lass mich nachdenken. Eigentlich war ich auf der Suche nach einer frechen Blondine, der ich hoffnungslos verfallen bin. Doch jetzt …« Sein Blick wandert an meinem Körper hinab. »Jetzt hat es mir beim Anblick dieser hinreißenden Lady den Atem verschlagen.«

Amüsiert lächele ich. »Ist das auch der Grund, weshalb du vergessen hast, dass das hier die Damentoilette ist?«

Er kommt auf mich zu, legt von hinten seine Hände auf meine Hüfte und zieht scharf die Luft ein. »Ich nehme jedes Risiko, erwischt zu werden, in Kauf, um dir noch schnell zu sagen, wie scharf du aussiehst.«

Seine Worte hinterlassen eine brennende Hitze auf meiner Haut, in meiner Brust und … fuck, wie kann allein ein Spruch dafür sorgen, dass es zwischen meinen Beinen gleich zu pulsieren beginnt?

»Freut mich, dass es dir gefällt.« Meine blöde Verlegenheit

zwingt mich dazu, noch etwas zu ergänzen. »Giulia hat es ausgesucht.«

»Oh, ich rede nicht nur von dem Kleid.« Er lässt seine Hände ein Stück tiefer wandern, bis er bei meinem Hintern angelangt ist. »Niemand hat mir gesagt, wie schlimm es werden würde.«

»Wie schlimm *was* werden würde?«

»Dieser ständige Drang, es wieder und wieder zu tun.«

Kaum hat er es ausgesprochen, spüre ich seine Härte, die sich von hinten gegen meinen Po drückt.

»Oh nein«, sage ich schnell. »Wir werden jetzt nicht auf solche Gedanken kommen.«

»Wieso nicht?« Er schenkt mir ein unschuldiges Lächeln.

»Weil ich in fünfundzwanzig Minuten auf der Bühne stehen muss.«

»Fünfundzwanzig Minuten sind besser als nichts.« Seine rechte Hand umspielt den Träger meines Kleides, während die linke sich Richtung Oberschenkel bewegt.

»Ich bin sowieso schon durch den Wind und werde garantiert etwas vergessen. Wenn ich das in den Sand setze, bringt Adriano mich um.« Ich schnappe nach Luft. Nicht nur wegen dem, was ich gerade gesagt habe, sondern viel mehr, weil Matteo den Stoff meines Kleides ein wenig hochgeschoben hat und seine Finger gerade dabei sind, ein gefährliches Spiel zu spielen. Es ist gemein, weil er genau weiß, dass meine Selbstdisziplin keine Chance gegen ihn hat.

»Wenn ich du wäre, würde ich die letzten Minuten auf Erden ganz gewiss nicht mit Warten verbringen wollen.« Daumen und Zeigefinger sind nur noch wenige Zentimeter vom Rand meines Höschens entfernt.

»Du bist unmöglich, weißt du das?« Ich lasse den Kopf gegen seine Brust sinken und schließe die Augen.

Der Saum des Slips flitscht gegen meine Haut und hinterlässt ein folterndes Gefühl von Verlangen. Den Rücken leicht ins Hohlkreuz gebogen, presse ich mich noch dichter an seinen Schritt. Zu spüren, wie sehr ihn diese Nähe erregt, lässt mich auf der Stelle noch feuchter werden.

»Sieh dich an!« Sein Mund ist so dicht an meinem Ohr, dass ich die Gänsehaut überall spüren kann. Ich blinzele, versuche, seinen Blick durch den Spiegel zu halten, während sein erster Finger problemlos in mich hineinstößt.

Als er einen zweiten Finger dazunimmt, beginnen meine Lider zu flattern.

»Ich habe gesagt, du sollst dich ansehen.« Seine Stimme ist so rau, als hätte er sie an einem Stein geschliffen. Ich versuche, die Augen auf unser Spiegelbild zu heften, so, wie er es gesagt hat. Dabei habe ich mich noch nie in solch einem intimen Moment selbst betrachtet. Noch nie gesehen, wie sich mein Körper unter den Berührungen eines anderen windet. Noch nie beobachtet, was es mit einem Mann macht, mich so unter seiner Kontrolle zu wissen.

»Ich will dich spüren, Merle. Ich will dich so sehr.«

Auf wackeligen Beinen gehe ich in die erste Kabine. Die Tür bleibt halb offen, schließlich sind wir ohnehin allein hier.

Ich mache mich an seinem Gürtel zu schaffen und höre das Rascheln eines Kondoms, das Matteo aus dem Nichts hervorzaubert. Wenige Sekunden später hat er sich mit der Hand einen Weg durch den Stoff meines Kleides gebahnt und den Slip zur Seite geschoben.

Ich presse die Lippen aufeinander und habe das Gefühl, zu zerfließen, als seine Erektion auf meine glühend heiße Mitte trifft. Die Explosion ist überall. Von den Zehenspitzen bis in den letzten Nerv meines Gehirns spüre ich sie. Ein Rausch aus Adrenalin und ungefiltertem Verlangen.

Mit einem heftigen Stoß dringt er von hinten in mich ein. Ein Mal. Ein zweites Mal. Dann noch einmal. Es ist, als sei jeder noch so kleine Anteil von mir von ihm besetzt. Vereinnahmt. Beherrscht. Gesteuert. All das, was er will. Weil ich ihn will.

Als er ein letztes Mal mit dem Becken gegen meinen Hintern stößt, glaube ich, sterben zu müssen. Entflammt von tausend Wunderkerzen, die alle gleichzeitig ihre Funken sprühen, bevor sie mit einem Schlag verlöschen.

Als Matteo den Waschraum verlassen hat, bleiben mir noch neun Minuten, um wieder einigermaßen passabel auszusehen. Neun Minuten, um den »Ich wurde gerade um den Verstand gevögelt«-Glanz aus meinen Pupillen verschwinden zu lassen. Panisch sehe ich in den Spiegel. Meine Haare sind verstrubbelt, und Mascara klebt unter meinem Auge. Shit. Shit. Shit. Wasserhahn auf und her mit dem Papier zum Händetrocken. Ich reiße vor Hektik beinah einen ganzen Wald aus dem Automaten heraus und beginne, mir die Kriegsbemalung von der Haut zu tupfen. Noch acht Minuten. Vielleicht achteinhalb.

Als ich das Knallen einer Tür höre, zucke ich zusammen. Meine Tasche rutscht mir vom Handgelenk, und mir entfährt ein leiser Schrei. Aurora. Ohne ein einziges Wort zu sagen, tritt sie aus der hintersten Kabine und schließt die Tür hinter sich. Sie hat die dunklen Haare zu einem glatten Zopf gebunden und trägt ein schwarzes Kleid, das wie eine zweite Haut über dem dünnen Körper spannt und bis zu den Knöcheln geht. Mir gefriert das Blut in den Adern, weil mir klar wird, dass sie die ganze Zeit dort in der Kabine gewesen sein muss. Die ganze Zeit, während Matteo und ich …

Meine Körpertemperatur schießt innerhalb eines einzigen

Atemzugs von eiskalt auf kochend heiß. Wie konnten wir das übersehen?

Warum zum Teufel hat sie sich nicht bemerkbar gemacht?

Das sagst gerade du?

Ich wollte das, was am Strand geschehen ist, überhaupt nicht sehen. Ich wollte nicht einmal etwas davon wissen.

»Amüsierst du dich gut?« Ihre Augen sind starr auf mich gerichtet, und doch ist es, als würde sie durch mich hindurchschauen.

Was auch immer Adriano behauptet hat … sie hasst mich. Sie muss es mir nicht sagen. Es genügt, wie sie mich ansieht, um zu wissen, wie viel Verachtung sie mir gegenüber empfindet.

»Ich denke, wir sollten mal reden.« Noch sechs Minuten. »Nicht jetzt natürlich. Es geht gleich los. Aber vielleicht danach?«

Sie macht keine Anstalten, etwas zu sagen.

»Es tut mir leid, was mit deinem Freund passiert ist.« Nichts. In ihren Augen ist nichts, was auf irgendein Gefühl schließen lässt. Keine Wut. Keine Trauer. Kein Schmerz. Nichts.

»Neulich Nacht am Strand … Ich habe erst dort davon erfahren. Sonst hätte ich dir vielleicht schon früher sagen können, dass …« Ich halte inne, weil ich den Faden verloren habe. *Was* hätte ich sagen können?

Dass ich sie verstehe? Nachvollziehen kann, wie sehr sie sich im Stich gelassen fühlt? Tue ich das? Kann ich wirklich begreifen, was es bedeutet, von heute auf morgen alles zu verlieren? Den Menschen, den man liebt? Die, denen man vertraut hat?

»Ja, also, ich dachte, ich sage dir zumindest, dass es mir leidtut. Das heißt nicht, dass du kein Recht hast, mich zu hassen. Weil ich mit Matteo zusammen bin, meine ich.«

Zusammen. Das ist es doch, was wir sind, oder?

Noch immer regt sich nichts in Auroras Mimik. Wie eine Eisskulptur steht sie da, auf der einen Seite so zerbrechlich wirkend, auf der anderen so unnahbar, dass man lieber in Deckung gehen möchte.

Und das tue ich auch. Ich bücke mich, nehme meine Tasche vom Boden und gehe mit schnellen Schritten Richtung Tür. Noch drei Minuten. Oder vier. Das Rauschen in meinem Kopf lässt mich nicht mehr klar denken.

Ich drücke meinen zittrigen Körper gegen die Waschraumtür und stolpere fast hinaus, doch Aurora sagt etwas, das mich noch einmal innehalten lässt.

»Ich habe nie behauptet, dich zu hassen, Merle. Ich gehe dir aus dem Weg, das stimmt. Aber nicht, weil ich dich hasse. Es ist vielmehr … Du tust mir leid. Das ist alles.«

50. Kapitel

Merle

Du tust mir leid.

Die Worte fegen wie ein Sturm durch meinen Kopf.

Du tust mir leid. Du tust mir leid. Du tust mir leid.

Ich betrete die Bühne und bin so durcheinander, dass ich mich – trotz tausendfachem Proben – auf die falsche Seite neben Adriano stelle.

»Links. Die Schnur vom Mikro reicht nicht bis dort«, weist mich eine Technikerin an.

Peinlich berührt, korrigiere ich meine Position und werfe Adriano einen entschuldigenden Blick zu. Gott sei Dank gibt es keine Zeit, um auf das WO ZUR HÖLLE WARST DU in seinen Augen zu reagieren, denn kaum stehe ich richtig, setzt der Klang einer Gitarre ein.

Ich habe nur am Rande mitbekommen, dass die eigentliche Band abgesagt hat und ein paar Musikstudenten sich bereit erklärt haben, gegen eine kleine Spende als Orchester aufzutreten. Dafür, dass sie sich teilweise untereinander kaum kannten, hört sich das Lied überraschend harmonisch an. Vielleicht bin ich aber auch zu sehr neben der Spur, um es richtig bewerten zu können.

Bei etwa der Hälfte des Liedes entdecke ich Matteo, der mit Leandro und Diego etwas abseits von den Stehtischen steht und einen Daumen hoch zeigt, als sich unsere Blicke treffen. Vor wenigen Wochen hätte ich mir nicht einmal vorstellen können, freiwillig Zeit mit ihm zu verbringen, und nun ist ausgerechnet er es, dessen Anwesenheit Ruhe in mein wild hämmerndes Herz bringt. Solange er an meiner Seite ist, kann mir nichts passieren. Der Gedanke ist so kitschig, dass ich lächeln muss. Ein ehrliches, aufrichtiges Lächeln, das die Begegnung mit Aurora in den Hintergrund rücken lässt. Stattdessen wünsche ich mir, sie Tag für Tag ein kleines bisschen mehr verstehen zu können. Ich wüsste nicht, was ich tun würde, wenn Matteo mir so plötzlich wieder aus meinem Leben entrissen würde. Dabei kann man das, was wir in der kurzen Zeit miteinander erlebt haben, kein bisschen mit einer jahrelangen Beziehung vergleichen, so ernst sich das zwischen ihm und mir auch anfühlt.

Kaum ist der letzte Ton verklungen, geht ein schallender Applaus durch die Menge.

»Danke für diesen fabelhaften Auftritt und die spontane Bereitschaft dieser talentierten Musiker und Musikerinnen«, tönt Adrianos Stimme durchs Mikrofon. »Wie ihr alle wisst, ist dieser Abend ein echtes Highlight für uns Studierende. Nicht nur, weil es ein Anlass ist, bekannte Gesichter wiederzusehen, sondern auch, weil zahlreiche Sponsoren und Förderer jungen Journalisten die Möglichkeit bieten, ihre Arbeit einem großen Publikum zu präsentieren. Dieses Jahr haben wir die Ehre, ein besonders hohes Preisgeld in Aussicht zu stellen. Wir sprechen hier von einer unglaublichen Summe von fünfzehntausend Euro, die dem Erstplatzierten versprochen sind.«

Ein Raunen geht durch die Menge. Bislang bin ich davon ausgegangen, dass der Betrag bereits öffentlich bekannt ist, doch bei einigen scheint es erst jetzt so richtig anzukommen.

»Durch den heutigen Abend werde ich euch, liebe Zuschauer

und Zuschauerinnen, nicht allein führen. An meiner Seite habe ich Merle Weber, eine Auslandsstudentin aus Deutschland.«

Erneut gibt es einen tosenden Beifall, von der Seite dringen Rufe zu mir hindurch. Eine Stimme kann ich eindeutig Giulia zuordnen. Kaum habe ich das Mikrofon in der Hand, ist das Lampenfieber verschwunden. Ich fühle mich so klar in meinem Kopf, als sei jemand in Lichtgeschwindigkeit durch mein Gehirn gesaust, um unnötige Gedankenfetzen einfach so einzusaugen.

»Auch von mir erst einmal ein ganz herzliches Dankeschön, dass ihr alle hierhergekommen seid oder euch die Zeit nehmt, die Übertragung im Unigarten anzusehen.« Ich mache eine kurze Pause und warte ab, bis der Jubel abgeflacht ist. Was die Stimmung der Leute angeht, haben die anderen kein bisschen übertrieben, ganz im Gegenteil. Ich muss trotz Mikro noch lauter sprechen, damit mich alle verstehen können. »Ich hoffe, ihr seid bereit für unseren ersten Kurzfilm, der den Titel *Venezianische Visionen: Die Facetten enthüllen* trägt.«

Helles Licht schwenkt hoch direkt auf unsere Bühne. Kurz darauf beginnt die Leinwand hinter uns zu flackern, und die Boxen spucken eine metallische Musik aus.

Ich setze mich neben Adriano abseits auf den Rand der Bühne und tupfe mir mit einem Taschentuch die dünne Schweißspur von der Stirn.

»Ihr macht das super!« Isabella taucht wie aus dem Nichts auf. Sie trägt einen Rock, dessen Muster mich an ein Kartenspiel erinnert und der mit seiner knappen Knielänge bestimmt ganze fünf Zentimeter kürzer ist, als ich es je zuvor bei ihr gesehen habe. Außerdem bemerke ich, dass sie geschminkt ist. Es ist schön, zu sehen, wie viel dieser Abend allen bedeutet.

»Danke«, sage ich lächelnd, bevor ich mich wieder an Adriano wende. »Du, kann es sein, dass es auf der Bühne mindestens zehn Grad wärmer ist?«

»Das ist das Licht«, erklärt er. »Und bestimmt auch die Aufregung.«

Isabella zückt eine Polaroidkamera und knipst ein Bild von uns – leider bevor ich die Gelegenheit habe, das Taschentuch verschwinden zu lassen. Na super!

»Du musst vorher wenigstens so was wie *Cheese* sagen«, raune ich ihr, in Erwartung auf das grausigste Foto aller Zeiten, zu.

»Das hier ist doch super authentisch.« Sie kichert kurz, verstummt aber im nächsten Moment wieder, weil Adriano und ich zurück auf die Bühne müssen.

So geht es die nächste Stunde weiter.

»Das Gerenne habe ich eindeutig unterschätzt«, erkläre ich, als ich das achte Mal in unseren improvisierten Backstagebereich trete und leidvoll ein Pflaster auf meine Fersen klebe.

»Hast du die Teile nicht vorher eingelaufen?«, fragt eine Studentin, die zu der Band gehört.

»Leider nein«, erwidere ich seufzend. »Ich sehe mich gleich schon barfuß nach vorne gehen. *Das* wäre dann authentisch.«

Obwohl ich die Kurzfilme allesamt schon gesehen habe, bleibt der Abend durchgehend spannend. Zum einen, weil das Publikum lebendig mitfiebert, zum anderen, weil die jeweiligen Teilnehmer spannendes Hintergrundwissen zu ihren Filmen teilen.

Ein klitzekleines bisschen hängt meine Aufregung jedoch auch damit zusammen, dass Matteos Film noch nicht gezeigt wurde und es nur noch drei Beiträge gibt. Ich rechne also jeden Augenblick damit, ihn auf der Leinwand zu sehen, als Adriano seinen Namen durchs Mikrofon verliest. Kurz darauf fällt ein weiterer Name. »Lia Moretti.«

Ein Mädchen mit schwarzer Kurzhaarfrisur bahnt sich einen

Weg nach vorne. Sie trägt einen dunklen, ärmellosen Jumpsuit und mehrere Piercings, die durch den Nasenflügel gestochen sind. Ich kenne sie nur vom Sehen, bin aber ziemlich sicher, dass von ihr der Beitrag über den venezianischen Karneval stammt.

Auch Matteo taucht in meinem Sichtfeld auf. Ich bin gespannt, welchen Beitrag wir zuerst sehen werden. Lias, Matteos oder …

»Und die letzte Person in der finalen Runde ist …« Adriano sieht überrascht von seiner Liste auf. Ein kurzer Augenkontakt zwischen uns genügt, um ein mulmiges Gefühl in mir aufkeimen zu lassen. »Aurora Puddu.«

Mein Herz setzt einen Schlag aus. Vielleicht sind es sogar zwei.

Das Klatschen lässt nach, stattdessen geht ein Tuscheln durch die Reihen.

Das muss ein Irrtum sein. Ein Missverständnis. Ich bin diese verdammte Liste Dutzende Male durchgegangen und würde meine Hand dafür ins Feuer legen, nein, ich würde mich in eine offene Stichflamme dafür werfen, dass ihr Name in keiner Auflistung gestanden hat.

Ich spüre Matteos fragenden Blick auf mir ruhen, kann ihm aber keine Erklärung geben.

»Damit kommen wir zu den letzten drei Filmen des heutigen Abends.« Adriano tritt zur Seite, und ich folge ihm nach hinten.

»Was hat sie da zu suchen?«

Anstelle einer Antwort kassiere ich ein Schulterzucken.

»Hat mich auch gewundert. Man hat mir die aktualisierte Liste eben erst in die Hand gedrückt.« Damit scheint das Thema für ihn vom Tisch. Ich hingegen werde das Gefühl nicht los, dass hier irgendwas nicht stimmt. Ganz und gar nicht stimmt.

»Du hast doch gesagt, dass nachträgliche Änderungen nicht möglich sind.«

»Na ja, sonderlich ernst genommen hast du diese Anweisung selbst ja auch nicht, oder?«

Hitze schießt mir in den Kopf, bevor ich ertappt schlucke. »Es tut mir leid«, presse ich mit gedämpfter Stimme hervor. »Das war scheiße von mir. Kann ich es dir erklären?«

»Musst du nicht.« Zu meiner Erleichterung scheint Adriano nicht einmal sauer zu sein. »Es ist mir jetzt auch egal. Hauptsache, die Filme sind gut, und wir bringen den Abend über die Bühne. Im wahrsten Sinne des Wortes.«

Ich wünschte, ich könnte ihm widersprechen. Sagen, dass ich ein ziemlich mieses Gefühl habe. Doch Aurora gehört zu unserem Team, und ich habe mich selbst nicht an die Regeln gehalten. Genau genommen habe ich also kein Recht, auf genau diesen zu beharren. Nervös wippe ich von einem Bein auf das andere.

»Okay.« Mir bleibt ohnehin keine Zeit, eine ernsthafte Diskussion anzuzetteln, denn die Leinwand beginnt bereits, zu flackern.

Wir stellen uns so, dass wir eine gute Sicht auf das Publikum haben. Von hier aus kann ich sowohl Giulia und Marco als auch Leandro und Diego sehen. Nur Romeo und seine Begleitung habe ich noch nicht entdeckt.

Mein Blick streift über die erste Reihe hinweg zu dem Trio rechts neben uns auf der Bühne. Matteo hat die Hände in den Taschen vergraben, Lia lächelt abwartend, und Aurora hat die Augen fest auf die Leinwand geheftet. Keine Sekunde zu früh, denn plötzlich setzt das Geräusch von Wind ein.

Ich warte gebannt, was uns erwartet. Anders als bei den bisherigen Beiträgen gibt es keine Musik. Keinen Text als Aufhänger, nicht mal eine Überschrift. Das Bild ist leicht unscharf, beinah verschwommen. Stirnrunzelnd frage ich mich, ob es ein Problem mit der Übertragung gibt, als die Kamera sich plötzlich bewegt. Das Video ist bei Nacht aufgenommen worden, nahe dem Anleger Zattere, das lässt sich trotz schlechter Aufnahmequalität eindeutig sagen. Die Promenade ist teilweise zu sehen, im Vordergrund ist jedoch das Ufer des schwarzen Lagunenwassers. Die ersten paar Sekunden des Videos bestehen aus einem Zeitraffer, in dem kaum etwas zu erkennen ist. Kein Wunder, mitten in der Nacht ist natürlich nicht viel los an der Promenade.

»Ist das die richtige Datei?«, höre ich jemanden hinter mir fragen.

Die Antwort bekomme ich allerdings nicht mit, denn auf einmal ist überall dieses Rauschen. Es ist nicht allein der Wind in der Aufnahme. Dieses Geräusch ist vor allem in meinem Kopf. Laut. Noch lauter. Da sind Gestalten in der Dunkelheit. Ich versuche, sie zu zählen, weiß aber auf einmal nicht mehr, wie das geht. Wie irgendwas geht. Zählen. Denken. Fühlen. Atmen. Da ist nur Rauschen. Ohrenbetäubendes Rauschen. Und dann nichts mehr. Nichts. Kein Mucks.

Die Zeit steht still. Ich bekomme keine Luft mehr. Dabei bin nicht ich es, die ertrinkt. Nicht ich. Es ist Tino.

51. Kapitel

Matteo

Vor einem Jahr

»Bitte lasst uns nie in dieses Alter kommen«, sagt Romeo und prostet uns übermütig zu.

»Das hat nichts mit dem Alter zu tun«, wirft Tino ein. »Diego ist einfach eine kleine Spaßbremse. Er macht sich immer als Erster aus dem Staub. Ich wette, das war vor fünf Jahren nicht anders.«

Wir lachen. Dabei hat niemand von uns vor, sich ernsthaft über Diegos frühes Verschwinden lustig zu machen. Bis vor ein paar Stunden haben wir nicht mal damit gerechnet, dass er überhaupt mitkommt. Schließlich ist er der Einzige von uns, der nicht studiert und nur inoffiziell zur Party zugelassen wurde. Seit zwei Stunden ist es hier rappelvoll.

»Wisst ihr, wo Giulia und Auri sind?«, fragt Tino und kippt sich zwei Shots nacheinander hinunter.

»Dass das kein O-Saft ist, ist dir klar, oder?«, kommentiert Romeo.

»Machst du jetzt einen auf Chef?« Die beiden geraten in ein spielerisches Gerangel, bevor Tino prustend zurückweicht. »Ich kann sehr gut auf mich selbst aufpassen. Mir geht's super.«

Leandro und ich tauschen verstohlene Blicke aus. Ich hasse es, mit Tino zu diskutieren. Zum einen geht mich seine Scheiße nichts an, zum anderen weiß ich so gut wie jeder von uns, wie wenig Sinn es macht, ihm etwas ausreden zu wollen. Wenn ich ehrlich bin, ist der einzige Grund, warum ich mich heute einmische, der, dass ich keinen Bock auf eine neue Eskalation zwischen ihm und Aurora habe. »Und deine Freundin würde das genauso sehen? Mensch, Alter, heul uns später nicht die Ohren voll, wenn sie nichts mehr von dir wissen will.«

Es ist kein Geheimnis, dass die beiden in letzter Zeit häufig streiten, und wenn man mich fragt, kann ich Auri sogar verstehen. Tino hat es mit seinen Pillen oft genug übertrieben.

»Obwohl ihr solche Pisser sein könnt, liebe ich euch.« Er legt den Arm um Leandro und zieht ihn näher an sich heran. Als dieser vor Schreck zurückweicht, lacht Tino übermütig auf. »Chill mal! Ich hatte nicht vor, dir die Zunge in den Hals zu stecken, Bianchi.«

»Bei dir weiß man ja nie.«

»Also, was ist jetzt, wo sind die Mädchen hin?«

Ich entdecke zuerst Giulias türkisen Haarschopf, dann bemerke ich auch Aurora. Die beiden Mädels steuern direkt auf uns zu.

»Jetzt reiß dich zusammen, ja?«, raune ich in Valentinos Richtung.

»Na? Habt ihr einen schönen Abend?« Es ist offensichtlich, dass Leandro sich bemüht, die Mädels von Tinos Zustand abzulenken. Leider vollkommen umsonst, denn unser Freund zieht Aurora in eine stürmische Umarmung.

»Ich will dich küssen, Baby.«

»Vergiss es!« Auri macht sich wütend von ihm los. »Bitte sagt mir, dass es nicht das ist, was ich denke.« Sie lässt ihren Blick durch die Runde gehen.

»Wir haben jedenfalls nichts dergleichen mitbekommen. Und

wir waren die ganze Zeit zusammen«, erkläre ich, wobei ich mir nicht sicher bin, ob sie uns glaubt.

»Mir geht's gut, Baby. Ich habe nur ein bisschen Spaß gemacht.«

Ich packe Tino an den Schultern und ziehe meinen Kumpel zurück. »Er ist den ganzen Abend schon übermütig. Das ist die Musik.« Oder sein Gehirn schafft es jetzt auch schon ohne diese beschissenen Drogen im Blut, drauf zu sein.

»Ist mir scheißegal. Ich will nicht, dass du mich anpackst, wenn du so bist.«

»Dann ist gute Laune jetzt also auch verboten?« Tino zieht einen Flunsch.

»Wenn du dich selbst sehen könntest, würdest du mir nicht so einen Bullshit erzählen. Ich hab's dir vorher gesagt: Fass noch einmal was von diesem Zeug an, und das war's mit uns.« Ihre Stimme bebt, und ihr Körper wirkt so angespannt, dass es mich nicht wundern würde, sollte sie jeden Moment in Tränen ausbrechen. Fuck! Jeder von uns weiß, dass das hier ganz und gar nicht gut ist. Tino hat ihr geschworen, mit dem Mist aufzuhören.

»Lass uns gehen!« Giulia greift, ohne uns eines Blickes zu würdigen, nach Auroras Hand. »Das bringt jetzt sowieso nichts.«

Wow! Ist es jetzt unsere Schuld, dass Tino ein verdammter Idiot ist?

Die beiden Mädchen verschwinden so plötzlich, wie sie aufgetaucht sind.

»Hast du eine Ahnung, wie tief du in der Scheiße sitzt?«, fahre ich Tino aufgebracht an. »Wie viel hast du genommen? Und wo ist der Rest?«

»Seid ihr bescheuert? Ich bin vollkommen clean. Ich sollte mir Leute suchen, die nicht solche Stimmungskiller sind.« Dieses überdrehte Lachen, das aus seinem Mund kommt, macht nun auch mich wütend. Ich muss an mich halten, um ihm nicht ins Gesicht zu schreien.

»Wir fahren jetzt alle mal kurz runter und beruhigen uns«, sage ich stattdessen.

»Sag mir nicht, was ich tun soll, Alter.« Unsanft stößt er mich zur Seite. Ich bin so überrascht, dass ich mit dem Rücken gegen einen stämmigen Kerl direkt hinter mir pralle. Mehr als einen genervten Blick fange ich mir zum Glück nicht ein.

»Ihr könnt mich mal kreuzweise. Wisst ihr, was, ich verpiss mich von hier. Ist ja ohnehin nichts los.« Tino zögert nicht lange. Ohne sich noch einmal nach uns umzusehen, geht er zum Ausgang des Unigartens. Dabei stößt er beinah erneut mit einem Typen zusammen. Ich kann hören, wie er Tino anblafft, doch dieser zeigt sich recht unbeeindruckt.

»Ich schwöre, er hat nicht mehr getrunken als ich«, setzt Romeo an. »Ihr könnt mir viel erzählen, aber das ist kein Alkohol.« Leandro schüttelt den Kopf.

»Ich habe echt gedacht, dass er es lässt.«

»Ich wette, genau das wollte er auch. Dass wir ihm vertrauen.« Romeo schnaubt. »Dieser Penner. Hätte ich eine Freundin wie Aurora, würde ich meine Beziehung nicht aufs Spiel setzen. Für keinen Kick dieser Welt.«

Aus dem Inneren des Gebäudes dringen auf einmal johlende Rufe. Es klingt so, als habe jemand eine Runde Cocktails ausgegeben. Die Leute um uns herum bewegen sich jedenfalls in einem Tempo nach innen, dass man meinen könnte, sie hätten in ihrem Leben noch nie etwas anderes als Leitungswasser getrunken.

»Lass uns abhauen und schauen, ob wir ihn noch einholen können. Der Abend ist doch eh gelaufen«, brummt Leandro schulterzuckend.

»Für dich vielleicht. Ich habe nicht vor, heute Abend allein nach Hause zu gehen.« Romeo sieht wenig begeistert aus.

Ich packe ihn an der Schulter und deute mit dem Kinn Richtung Ausgang. »Du gehst auch nicht allein, sondern mit uns! Spar dir deine Träumereien für dein Tagebuch auf und komm!«

»Na super!«, brummt Romeo. »Dann hat er es tatsächlich geschafft, nicht nur sich selbst, sondern auch uns anderen den Abend zu verderben!«

»Heul leise, Bianchi!« Ich lege gespielt tröstend einen Arm um meinen Kumpel. »Deine Zeit wird noch kommen!«

»Ich sage schnell Giulia Bescheid, okay?« Leandro wirft einen prüfenden Blick auf die Schlange, die sich auf dem Weg ins Innere des Gebäudes gebildet hat.

»Vergiss es! Wir schreiben ihr unterwegs eine Nachricht.«

Die anderen folgen mir Richtung Ausgang, der jetzt ziemlich verlassen ist.

Während wir versuchen, Valentino einzuholen, sagt niemand von uns auch nur ein Wort.

»Was zum Teufel macht er da?« Unvermittelt hält Romeo mir sein Smartphone unter die Nase. Tinos Instagram-Story flackert vor meinem Auge auf. Es ist nur ein einzelnes Foto, der Himmel ist beinah so schwarz wie das Wasser in der Lagune. Nur einzelne Lichter sorgen dafür, dass man überhaupt etwas erkennen kann.

Ich nehme ihm das iPhone aus der Hand und starre auf das Display. »Das ist an der Promenade. Beeilen wir uns!«

Wir erreichen den Anleger schneller, als ich dachte, und haben ausnahmsweise mal Glück.

»Von wegen nach Hause gehen!«, rufe ich aus einigen Metern Entfernung, als ich sehe, wie sich ein Umriss am Wasser bewegt.

»Stalkt ihr mich?« Damit wären die restlichen Zweifel beseitigt. Es ist eindeutig Tino.

»Sollten wir das?« Ich will es mir nicht anmerken lassen, muss aber zugeben, dass ich erleichtert bin. »Was machst du hier?«

»Chillen. Und übers Leben nachdenken.« Er lacht auf. »Es gibt nichts Besseres, als bei dieser Aussicht über Gott und die Welt zu philosophieren. Findet ihr nicht?«

Bevor ich etwas sagen kann, hat sich Romeo neben Tino ans Wasser gesetzt.

»Bisschen frisch, oder?« Für eine Novembernacht ist die Luft zwar ungewöhnlich mild, aber ich kann mir definitiv bessere Zeiten vorstellen, um mich ans offene Wasser zu hocken.

»Das hilft, um den Geist klar zu halten«, erklärt Tino. »Das ist wie mit Adrenalin.«

Es liegt mir auf der Zunge, zu sagen, dass ich einen Psychologen für die geeignetere Alternative halte, doch ich schlucke es hinunter. Ich weiß genau, dass Tino für Gedanken dieser Art nicht zugänglich ist.

Skeptisch sehe ich dabei zu, wie sich nun auch Leandro zu den beiden setzt.

»Können wir diese tiefsinnigen Gespräche vielleicht ins Casa Nera verlegen? Oder auf morgen früh?«, frage ich.

Anstelle einer Antwort bekomme ich einen Schwall Wasser gegen die Unterschenkel gespritzt.

»Na schön. Hätte ich gewusst, dass wir ein Mitternachtspicknick veranstalten, hätte ich was zum Snacken mitgebracht.« Ich setze mich mit einem Stück Abstand zum Wasser auf den Boden.

»Ja, genau. Wieso habt ihr Giulia dort gelassen? Wollt ihr den armen Romeo die ganze Nacht sabbern lassen?«

Ich kann sehen, wie sich Leandros Körper augenblicklich verspannt.

»Halt die Klappe, Tino«, sage ich, bevor sich zwischen meinen Freunden ein Streit in Gang setzen kann.

»Warum denn? Ich sag doch nur die Wahrheit.«

»Zum Beispiel, weil Giu Romeo sowieso nicht ranlassen würde«, knurrt Leandro. Seine Anspannung ist für mich so spürbar, als wäre es meine eigene.

»Oh, du würdest dich wundern.« Valentino kann es einfach nicht lassen. »Schwer wundern.«

»Was soll das?« Jetzt mischt sich auch Romeo ein. »Willst du Stress machen?«

»Schwachsinn. Bianchi soll sich mal locker machen.«

»Locker machen«, wiederholt Leandro mit scharfem Unterton. »Dann ist es für dich kein Problem, wenn ich mich an Chiara ranmache?«

Tino entfährt ein schepperndes Lachen. »Mach dich nicht lächerlich, Kumpel. Es ist dermaßen offensichtlich, dass Chiara nicht dein Typ ist. Gibt es überhaupt eine Frau, die dich anmacht?«

»Es reicht!«, donnere ich. Wut kocht in meinem Blut auf, und ich muss mich zusammenreißen, um nicht auf Tino loszugehen. »Das geht dich einen Scheißdreck an. Vielleicht kümmerst du dich erst mal um deine eigene Beziehung, bevor du andere blöd anmachst.«

»Was denn? Bloß, weil Leandro nicht auf seine Kosten kommt, sollen alle anderen leer ausgehen? Das ist doch lächerlich.«

»Hast du Aurora geschrieben?« Ich balle die Hände zu Fäusten.

Tino stützt die Ellenbogen auf den Asphalt und lehnt sich entspannt zurück. »Wieso sollte ich?«

»Na ja, zum Beispiel, weil du uns morgen nicht die Ohren vollheulen willst, wenn es Stress gibt.«

Tino lacht laut auf. »Weißt du, was, Matteo? Wenn ich du wäre, würde ich mich mit Ratschlägen zu Frauen ein bisschen zurückhalten.«

Ich höre ein Knacken in meinem Kopf. Dann ein Rauschen. Es ist, als hätte jemand die Verbindung zu meinem Verstand getrennt.

»Wenn ich du wäre, würde ich meine gottverdammte Fresse halten«, zische ich.

»Ach was. Dann dürft ihr euch alle in meine Beziehung einmischen, aber die gute alte Marta bleibt ein Tabu?«

Wie eine Welle verteilt sich die Wut in den letzten Fasern meines Körpers.

Hitze. Hitze überall. Ich merke nicht einmal, wie ich auf meinen Beinen zu stehen komme. Plötzlich ist Tino vor mir, sieht mich an. Seine Pupillen sind stark vergrößert, seine Kiefermuskulatur wirkt verkrampft, und doch grinst er so frech, dass ich vor Zorn kaum noch denken kann. Meine Brust hebt und senkt sich so schnell, dass mir schwindelig wird.

»Lass dich nicht provozieren, Matteo«, höre ich Leandro sagen. Er ist auf einmal ganz weit weg, dabei kann ich seine Hand auf meiner Schulter spüren. Auch er muss aufgestanden sein.

»Ja, genau. Lass dich nicht provozieren, Matteo«, äfft Tino ihn nach. Ich meine zu erkennen, dass er zittert. Nicht vor Angst. Schwachsinn! Es sind die Drogen. Das hier, dieser Mensch, der hier vor mir steht, ist nicht Tino. Es ist nur sein Körper, nur eine Täuschung, die die Drogen aus ihm gemacht haben. Fuck. Wir sollten nach Hause gehen.

»Lass dich nicht provozieren. Höre auf Bianchi! Was Männer angeht, kennt er sich besser aus als wir alle zusammen.« Tino lacht hämisch.

Leandro versetzt Tino einen Schubs, der macht, dass dieser gegen mich fällt. Wir verlieren das Gleichgewicht. Wir alle drei.

Zuerst wird es schwarz um mich herum. Schwarz und so still, als sei ich plötzlich taub geworden. Von der einen auf die andere

Sekunde. Taub. Und blind. Vielleicht auch tot. Doch dann spüre ich die Kälte. Kälte, die mir wie ein Blitz durch den Körper fährt.

Ich schieße hoch, erreiche die Wasseroberfläche und schnappe nach Luft. Immer und immer wieder, als sei ich Stunden unter Wasser gewesen. Das Wasser ist so kalt, dass es nur wenige Sekunden dauert, bis ich meine Beine nicht mehr spüren kann. Meinen Herzschlag dafür umso heftiger.

»Fuck! Kommt sofort wieder raus!« Romeos Stimme. Ich schätze, sie kommt von oben. Wo auch immer oben sein mag. Vom Schreck wie benommen, schwimme ich. Es sind nur wenige Bewegungen, bis ich das Ufer erreicht habe, dann wird es schlagartig noch dunkler.

»Dahinten ist ein Boot. Beeilt euch! Ich glaub, das sind Carabinieri.«

»Mach die Lampe wieder an!«, kommt es von der Seite.

»Geht nicht. Wenn die merken, dass wir getrunken haben, glauben die niemals, dass wir nicht absichtlich ins Wasser gesprungen sind. Das gibt nur Ärger.«

Ich ziehe mich am Ufer hoch, versuche, nicht an die eiskalte Kleidung zu denken, die klatschnass auf meiner Haut klebt.

»Lauft einfach! Nur weg hier!«

Wir rennen. Wir rennen so schnell, dass ich nicht einmal weiß, ob ich es zwischenzeitlich geschafft habe, Luft zu holen, geschweige denn, zu sagen, was in den letzten paar Minuten passiert ist. Der Wind pfeift höllisch laut in meinem Ohr, sticht mit einem scharfen Schmerz in mein Trommelfell, und kurz glaube ich, dass es explodieren wird. Jetzt. Hier.

Doch bevor ich es in Betracht ziehen kann, stehen zu bleiben, packt Romeo mich am Arm und zieht mich weiter.

Erst als wir eine Gasse erreicht haben, kommen wir zum Stehen.

Es kommt mir vor, als wären wir kilometerlang gerannt, und ich bin sicher, es fehlt nicht viel und ich muss mich übergeben.

»Tief Luft holen!«, weist Romeo mich an. Ich weiß nicht, ob er mit mir spricht oder mit einem der anderen. Leandro lehnt direkt neben mir an einer Hauswand. Ich kann ihn in der Dunkelheit nicht sehen, höre aber seinen keuchenden Atem. »Alles okay?« Ganz automatisch drehe ich den Kopf zur anderen Seite, um nach Tino zu sehen. Er ist der Einzige, der noch kein Wort gesagt hat.

»Scheiße. Es tut mir so leid. Ich wollte nur, dass du die Klappe hältst«, stößt Leandro erschöpft hervor. »Das glaubt ihr mir doch, oder? Scheiße, es ist so kalt.«

»Jetzt chill mal! Es ist nichts passiert. Die haben uns nicht gesehen«, erklärt Romeo mit gesenkter Stimme. »Lasst uns abhauen!«

»Leute?«

Mit einem Mal breitet sich ein beklemmendes Gefühl in mir aus. Panik schnürt mir von einer Sekunde auf die andere den Hals zu … und doch schaffen es die drei Wörter gerade noch aus meinem Mund.

»Wo ist Tino?«

ENDE

Danksagung

»Du wirst nie ein Buch schreiben, das allen gefällt«, heißt es oftmals unter Schreibenden. Und so sehr ich weiß, dass dieser Satz der nackten Wahrheit entspricht, setze ich mich an jedes neue Projekt mit dem Gedanken: »Dieses Mal könnte es irgendwie doch funktionieren.«

Dark Venice habe ich in drei verschiedenen Versionen geschrieben.

Beim ersten Mal hielt ich, nachdem ich 80% des Manuskripts geschrieben hatte, plötzlich inne, nur um festzustellen, dass ich vor lauter »das soll jetzt aber wirklich gut werden«, vergessen hatte, wer in diesem Prozess nicht zu kurz kommen durfte: Ich. Mein Gefühl. Denn für mich stimmte die Geschichte von vorne bis hinten nicht.

Nach einem Venedigurlaub wagte ich mich an einen zweiten Versuch, der mir zwar besser gefiel, aber noch lange nicht so war, wie ich ihn mir vorgestellt hatte. Meine Lektorin bat mich schließlich, loszulassen. »Kill your darlings!«, aber nicht mit einer Szene, sondern mit einer ganzen Idee.

Aus »auf keinen Fall« wurde dann doch ein dritter erster Satz, der so etwas wie ein Befreiungsschlag war.

Denn als ich *Dark Venice* in seiner jetzigen Form begann, platzte die Geschichte aus mir heraus, als hätte sie sich jahrelang in mir angestaut. Es hat sich so gut angefühlt. Ich habe jede einzelne Zeile des Schreibens geliebt, sodass ich jetzt, wenn ich diese Danksagung schreibe, aus tiefstem Herzen sagen kann: Es ist vielleicht immer noch nicht die Geschichte, die allen gefallen wird (Mist!), aber es ist genau die Geschichte, die ich erzählen wollte.

Wenn ich diese Zeilen hier tippe, dann habe ich die Druckfahne soeben ein letztes Mal durchgelesen und am Ende gelächelt, weil ich … (bitte halten wir diesen Moment fest, er ist nämlich enorm rar) so stolz auf dieses Buch bin.

Dass ich an diesem Punkt bin, verdanke ich aber nicht nur meiner (ausnahmsweise – aber wirklich ausnahmsweise – halbwegs funktionierenden) Geduld, sondern vor allem einigen wichtigen Menschen, die an diesem Projekt mitgewirkt haben.

Da hätten wir zum Beispiel meine Agentin Kathrin Nehm, der ich von der Idee erzählt habe, bevor *Wenn ich uns verliere* überhaupt erschienen ist. Ich weiß noch, ich habe ihr später eine Postkarte aus Venedig geschickt, um sie für das Projekt in Stimmung zu bringen. Die Karte ist bis heute nicht angekommen (Vertraut niemals einem venezianischen Briefkasten!), aber funktioniert hat es am Ende trotzdem. Und genau das habe ich meiner Lektorin Tabea Horst und dem gesamten Forever Verlag zu verdanken. Ihr habt all meine Wünsche und Ideen so unglaublich großartig umgesetzt, dass ich jetzt schon weinen will. Weil ich diese Danksagung aber heute fertig machen muss, lassen wir das und ich halte einfach fest, dass wir demnächst gemeinsam anstoßen. (Ich bringe Cola mit und ihr besorgt wieder diese Salzstangen, die es auf der Buchmesse an eurem Stand gab, und an deren Vernichtung ich ziemlich sicher nicht ganz unbeteiligt war.)

Außerdem möchte ich meiner Außenlektorin Britta Schiller

danken. Von dir gab es zwar keine Salzstangen, dafür viele wichtige Anmerkungen, um meinen Text noch besser zu machen!

Wem ich darüber hinaus noch danke sagen möchte? Dir, liebe Bianca Iosivoni. Irgendwo in unserem Chatverlauf existieren noch insgesamt zwanzig Minuten Sprachmemos, in denen ich dir eine komplette veraltete Variante der Geschichte erzähle. Warum mir das so genau im Kopf geblieben ist? Weil wir uns zu dem Zeitpunkt noch gar nicht so gut kannten und du mir in einem meiner Alles-ist-Scheiße-Momente angeboten hast, zuzuhören.

Danke an @annastudiesliterature, mit der ich damals mein Plot-Chaos strukturiert habe, und an meinen Testleser Tobias Rehme, der mir bei juristischen Fragen zur Seite stand. Ein großes Danke geht auch dich, @beccasbibliotheca. Ich will nicht übertreiben, aber ich bin ziemlich sicher, dass du zum Testlesen geboren wurdest.

Von Herzen danke an meine Freundinnen Maike Voß, Jenny Bright, Ayla Dade und Lara Holthaus. Ich hoffe, euch ist bewusst, dass ihr nie wieder aus meinem Leben verschwinden dürft. Denn mal im Ernst … wie habe ich ohne euch im Rücken früher jemals ein Manuskript beendet? Bitte versprecht mir, dass ich das nie herausfinden muss.

Danke an meine Freundin Hannah Schepmann, die nicht nur das Hörbuch zur Geschichte einlesen wird, sondern 2023 auch meine Reisebegleitung nach Venedig war. Dieser Kurztrip bleibt aus diversen Gründen unvergesslich ;-)

Natürlich möchte ich auch meiner Familie danken. Meinem Vater, der sich im Frühjahr dieses Jahres nochmal spontan mit mir nach

Venedig aufgemacht hat, meiner Schwester Toja, die jede meiner Neuerscheinungen sofort liest und meiner Mutter, die mir bald wieder Nachrichten à la »wir waren gerade im Buchladen und die hatten nur noch ein Buch von dir. Ich habe es mal ganz vorne ins Regal gestellt« schreiben wird. Ich kann es kaum erwarten!

Ich danke außerdem meinem Freund Luca, der während der gesamten Zeit meines Schreibens die Nerven bewahrt und mich in verzweifelten Momenten daran erinnert, wie weit ich schon gekommen bin.

Ich liebe dich.

Zuletzt kommt wie immer ihr, meine Leserinnen und Leser. Mein Herz ist randvoll mit Liebe für jeden, der zu diesem Buch gegriffen hat. Ich verdanke euch alles … und schulde euch nach diesem Cliffhanger einen zweiten Teil, ich weiß. Alle Antworten, ganz viel Herzschmerz und Heilung gibt es für Euch (und für Merle und Matteo) ab Januar 2025 in *Silent Haze*.

Bis dahin wünsche ich euch eine schöne Zeit und alles Liebe!

Eure Toni